HEYNE
BÜCHER

W0000498

DORIS LESSING

DAS TAGEBUCH DER JANE SOMERS

Roman

WILHELM HEYNE VERLAG

MÜNCHEN

HEYNE ALLGEMEINE REIHE
Nr. 01/8212

Die Originalausgabe erschien unter dem Titel
THE DIARY OF A GOOD NEIGHBOUR
im Verlag Michael Joseph Ltd., London
Aus dem Englischen übersetzt
von Barbara Schönberg

2. Auflage

ISBN 3-453-04823-7

Zuerst einmal muß ich etwa vier Jahre zurückgehen. Damals habe ich kein Tagebuch geführt. Hätte ich doch nur. Jetzt weiß ich nur, daß mir heute alles ganz anders vorkommt als damals, als ich es erlebte. Bevor es mit Freddie bergab ging, führte ich ein Leben; später ein anderes. Davor hatte ich mich für einen ganz anständigen Menschen gehalten, ungefähr so wie alle anderen, die ich kenne. Hauptsächlich also die Leute, mit denen ich arbeite. Heute weiß ich, daß ich mich damals nicht gefragt habe, wie ich wirklich bin, sondern nur, was andere von mir halten.

Als Freddie so krank wurde, war mein erster Gedanke: das ist unfair. Unfair mir gegenüber, dachte ich insgeheim. Halb und halb wußte ich, daß er sterben würde, aber tat so, als wäre nichts. Das war grausam von mir. Er muß sich gemeinsam gefühlt haben. Ich bildete mir etwas darin ein, daß ich die ganze Zeit weiterarbeitete (›dafür sorgte, daß der Schornstein rauchte‹) – das mußte ich ja, weil er nichts mehr verdiente. Aber ich war auch dankbar, daß mir die Arbeit einen Vorwand bot, in diesem Elend nicht bei ihm sein zu müssen. In unserer Ehe wurde über wirklich wichtige Dinge nicht gesprochen. Das ist mir jetzt klar. Wir waren gar nicht wirklich verheiratet. Es war eine Ehe, wie sie heutzutage viele Leute führen, wo jeder auf seinen Vorteil bedacht ist. Ich glaubte immer, Freddie sei mir eins voraus.

Das Wort *Krebs* fiel nur einmal. Die Ärzte sagten mir, es sei Krebs, und erst jetzt weiß ich, daß sie an meiner Reaktion merkten, wie sinnlos es war, mich zu fragen, ob man es ihm sagen solle. Ich weiß nicht, ob sie es ihm gesagt haben. Ob er Bescheid wußte. Ich glaube schon. Als er ins Krankenhaus mußte, besuchte ich ihn jeden Tag, aber ich saß nur da und lächelte und fragte, wie er sich fühle. Er sah grauenhaft aus. Ganz gelb. Knochen unter gelber Haut. Wie ein Suppenhuhn. Er hat mich abgeschirmt. Jetzt sehe ich das. Weil ich es nicht ertragen konnte. Die Kindfrau.

Als er schließlich tot und alles vorbei war, ging mir auf, was an ihm versäumt worden war. Manchmal war seine Schwester da. Ich nehme an, mit ihr hat er gesprochen. Ihr Verhalten mir gegenüber ähnelte seinem. Nachsichtig. Die arme Janna, man darf nicht zu viel von ihr erwarten.

Seit seinem Tod habe ich weder sie noch sonst jemanden aus seiner Familie je wiedergesehen: weg mit Schaden. Ich meine, das denken sie wohl von mir. Mit Freddies Schwester hätte ich ganz gern über ihn gesprochen, denn ich wußte eigentlich sehr wenig von ihm. Aber dafür war es zu spät.

Als er tot war und ich merkte, wie sehr er mir fehlte, hätte ich gerne etwas über die Abschnitte in seinem Leben gewußt, die er kaum je erwähnt hatte. Etwa seine Kriegsdienstzeit. Er hatte nur gesagt, daß er sie gehaßt hatte. Fünf Jahre. Vom neunzehnten bis zum vierundzwanzigsten Lebensjahr. Für mich waren das wunderbare Jahre. Ich war 1949 gerade neunzehn, vergaß so langsam den Krieg und baute an meiner Karriere.

Und doch standen wir uns nahe. Wir schliefen so gern zusammen. Darin zumindest harmonierten wir perfekt. Und trotzdem konnten wir nicht miteinander sprechen. Korrektur. Sprachen nicht miteinander. Korrektur. Er konnte mit mir nicht sprechen, denn wenn er es versuchte, machte ich einen Rückzieher. Die Wahrheit ist, glaube ich, daß er ein ernsthafter, introvertierter Mensch war. Genau die Art Mann, um die ich heute alles geben würde.

Als er tot war, bekam ich einen Heißhunger auf Sex, denn schließlich hatte ich zehn Jahre lang davon haben können, soviel ich nur wollte, und so hüpfte ich von einem Bett ins andere. Ich mag gar nicht mehr daran denken, mit wie vielen Männern ich damals schlief. Oder mit welchen. Einmal blickte ich bei einer Betriebsfeier um mich, und mir wurde klar, daß ich mit der Hälfte der anwesenden Männer im Bett gewesen war. Das versetzte mir einen Schock. Dabei hatte ich das immer verabscheut: ein kleiner Schwips, und dann nach einem guten Essen nichts wie ab ins Bett. Es war nicht die Schuld der Männer gewesen.

Damit war es vorbei, als meine Schwester Georgie zu mir kam und mir eröffnete, nun sei ich an der Reihe, Mutter zu mir zu nehmen. Wieder tat ich mir furchtbar leid. Heute finde ich, sie hätte eigentlich schon eher etwas sagen sollen! Ehemann, vier Kinder, ein kleines Haus – und sie hatte Mutter seit Papas Tod bei sich gehabt, acht Jahre lang. Ich hatte keine Kinder und genügend Geld, da wir beide, Freddie und ich, arbeiteten. Und trotzdem hatte nie jemand angedeutet, Mutter sei bei uns besser aufgehoben. Zumindest erinnere ich mich nicht daran. Ich war ja auch nicht der Typ, der für verwitwete Mütter sorgt. Mutter sagte immer, von dem Geld, das ich für mein Gesicht und meine Kleidung ausgab, könne eine Familie leben. Das stimmte sogar. Ich will auch gar nicht behaupten, ich hätte es bereut. Manchmal kommt es mir vor, als sei das das Beste an meinem damaligen Leben gewesen – morgens ins Büro zu kommen und zu wissen, wie ich aussah. Jeder achtete darauf, was ich anhatte und wie ich es trug. Ich freute mich immer auf den Moment, wenn ich die Tür zum Schreibpool öffnete und hindurchging und die neidischen Blicke der Mädchen sah. Und dann die Redaktionsbüros, wo die Kolleginnen mich bewunderten und wünschten, sie hätten meinen Geschmack. Denn den zumindest habe ich. Drei, vier Kleider kaufte ich pro Woche, trug sie ein- oder zweimal und gab sie dann weg. Meine Schwester konnte sie für ihre Wohltätigkeit gebrauchen, es war also keine Verschwendung. Das war natürlich, bevor Joyce mich an die Hand nahm und mich lehrte, wie ich mich richtig zu kleiden hatte – nach meinem Stil, nicht einfach nach der Mode.

Als Mutter zu mir zog, merkte ich so richtig, daß ich Witwe war. Zu Anfang war es gar nicht so schlimm. Zwar war sie nicht gerade kerngesund, aber sie hatte Spaß am Leben. Ich konnte einen Mann, der mir gefiel, nicht mehr mit nach Hause nehmen, aber insgeheim war ich ganz froh darüber. Ich kann dich leider nicht hereinbitten, meine alte Mutter wohnt bei mir – ach, arme Janna!

Ein Jahr, nachdem sie zu mir gezogen war, wurde sie krank. Ich sagte zu mir: Diesmal tust du nicht so, als wäre nichts. Ich ging mit ihr ins Krankenhaus. Dort sagte man ihr, es sei Krebs. Sie sprachen lange darüber, wie es weitergehen würde. Sie waren gütig und verständnisvoll. Mir hatten die Ärzte nicht sagen können, was mit meinem Mann los war, aber meiner Mutter konnten sie ohne Umschweife erklären, was mit ihr los war. *So ein Mensch war sie.* Zum erstenmal in meinem Leben wünschte ich, ich wäre wie sie. Vorher hatte ich mich immer ein bißchen ihrer geschämt, ihrer Kleidung, ihrer Frisur. Ich glaubte immer, niemand, der uns zusammen sah, könne uns für Mutter und Tochter halten – zwei Welten, hie respektable Kleinstadt-Behäbigkeit und da ich. Als ich so neben ihr saß und sie sich würdevoll und gelassen mit den Ärzten über ihren bevorstehenden Tod unterhielt, kam ich mir wie der letzte Dreck vor. Aber ich hatte eine Heidenangst, denn Onkel Jim war an Krebs gestorben, und jetzt Mutter – beide Seiten. Ich mußte denken, ob wohl ich als nächstes dran sei? Wieder das Gefühl, *das ist nicht fair.*

Während Mutters Krankheit tat ich, was ich konnte – nicht so wie bei Freddie, als ich einfach die Augen verschlossen hatte. Aber ich konnte nicht viel tun. Die ganze Zeit war mir übel vor Entsetzen. Sie verfiel zusehends. Der Verfall – das war es. Körperliches Leiden ist mir zuwider. Ich kann es einfach nicht ertragen. Morgens, bevor ich zur Arbeit ging, schaute ich gewöhnlich zu ihr in die Küche hinein, wo sie im Bademantel herumwirtschaftete. Ihr Gesicht war gelb und hatte einen krankhaften Glanz. Man sah alle Knochen. Zumindest sagte ich nicht zu ihr: ›Fühlst du dich heute besser, das ist fein‹; wir setzten uns hin und tranken Kaffee zusammen. Ich fragte, ob ich beim Apotheker vorbeigehen solle – so viele Pillen und Medikamente. Und sie sagte: »Ja, bring bitte dies oder jenes mit.« Aber küssen konnte ich sie nicht. Zärtlichkeit ist in unserer Familie nie sehr groß geschrieben worden. Ich kann mich nicht erinnern, meine Schwester je so richtig gedrückt zu haben. Ein Küßchen auf die Wange war das höchste der Gefühle. Und jetzt wollte ich Mutter gern in den Arm nehmen und vielleicht ein bißchen wiegen. Als es aufs Ende zuging und sie so tapfer war und es ihr so schrecklich schlecht ging, dachte ich, ich sollte sie einfach in die Arme nehmen und an mich drücken. Aber ich konnte sie nicht berühren. Nicht richtig zärtlich. Dieser Geruch – und es heißt zwar, Krebs sei nicht ansteckend, aber was weiß man schon darüber? Nicht viel. Sie pflegte mich so gerade und offen anzusehen. Und ich konnte ihr kaum in die Augen schauen. Nicht daß ihr Blick um etwas geben hätte. Aber ich schämte mich so meiner Gefühle, meiner selbstsüchtigen Angst. Ich benahm mich nicht so schäbig, wie ich es bei Freddie getan hatte. Aber ihr muß es vorgekommen sein, als gäbe ich ihr nicht gerade viel von mir – als hätte ich nicht viel zu geben. Ein paar Minuten morgens zwischen Tür und Angel. Abends kam ich immer spät nach Hause, nach dem Essen mit irgendwelchen Kollegen, in der Regel mit Joyce, und dann war Mutter schon im Bett. Aber schlafen tat sie nicht, wie ich es mir gewünscht hätte. Dann ging ich hinein und setzte mich zu ihr. Oft litt sie Schmerzen. Ich machte ihre Medikamente für sie fertig. Das war ihr angenehm, hatte ich den Eindruck. Eine gewisse Fürsorge. Wir sprachen auch miteinander. Dann fing meine Schwester Georgie an, zwei bis drei Nachmittage in der Woche herüberzukommen und bei ihr zu sitzen. Ich konnte ja nicht, ich arbeitete, und ihre Kinder waren in der Schule. Wenn ich heimkam und die beiden zusammensitzen sah, wurde ich immer ganz grün vor Neid, weil sie sich so gut verstanden. Mutter und Tochter.

Als Mutter dann ins Krankenhaus kam, besuchten Georgie und ich sie abwechselnd. Georgie mußte immer von Oxford herkommen. Ich sehe nicht, wie ich hätte öfter kommen können. Jeden zweiten Tag zwei, drei Stunden im Krankenhaus. Es war grauenhaft. Ich wußte nie, was ich sagen sollte. Aber Georgie und Mutter unterhielten sich die ganze Zeit. Und worüber! Ich hörte immer ganz ungläubig zu. Sie sprachen über Georgies Nachbarinnen, über die Kinder und die Männer von Georgies Nachbarinnen, über die Freundinnen ihrer Freundinnen. Der Stoff ging ihnen nie aus. Es war sogar interessant. Weil sie so drinsteckten.

Als Mutter dann starb, war ich natürlich erleichtert. Georgie auch. Aber ich wußte, daß es einen großen Unterschied machte, ob Georgie das sagte oder ich. *Sie hatte ein Recht dazu.* Weil sie war, was sie war. Georgie war den Monat vor Mutters Tod Tag und Nacht jede Minute bei ihr gewesen. An den Anblick hatte ich mich da schon fast gewöhnt: Mutter bestand nur noch aus Knochen mit gelblicher Haut darüber. Aber ihre Augen waren unverändert. Sie litt Schmerzen und versuchte nicht, sie zu verbergen. Sie hielt Georgies Hand.

Weil Georgie eine Hand hatte, die man halten konnte.

Dann war ich allein in der Wohnung. Ein- oder zweimal kam einer der Männer. Das brachte nicht viel. Ihnen gebe ich nicht die Schuld, wie könnte ich? Damals fing ich schon an zu begreifen, daß ich mich verändert hatte. Sie wurden mir lästig! Ganz etwas Neues. Nicht daß mir Sex nicht gefehlt hätte. Manchmal hätte ich die Wände hochgehen können. Aber irgendwie ist das doch öde, immer dasselbe. Und die Wohnung war voller Andenken an Freddie. Ich hatte das Gefühl, ich würde noch selber zu einem Monument für Freddie, weil ich auf Schritt und Tritt an ihn erinnert wurde. Mußte das sein? Ich beschloß, die Wohnung zu verkaufen und mir etwas Eigenes einzurichten. Diesen Gedanken wälzte ich monatelang. Schon damals war mir klar, daß das für mich eine völlig neue Art zu denken war. Wenn ich an der Zeitschrift arbeite, denke ich ganz anders, treffe schnelle Entscheidungen, bin wie ein Ball, der auf einem Wasserstrahl tanzt. Darum wurde mir ja der Posten angeboten. Komisch, ich hatte gar nicht damit gerechnet. Andere wußten, daß ich für die Position der stellvertretenden Herausgeberin vorgesehen war, ich nicht. Zum Teil war ich zu sehr damit beschäftigt, mein Image zu pflegen. Am Anfang war mein Image die Ulknudel Janna mit den verrückten Klamotten, Jannadampf in allen Gassen. Später dann, zu Joyces Zeit, die Seele des Betriebs, zuverlässig und unbezahlbar und immer schon dabeigewesen, und im Hintergrund ein smarter vorzeigbarer Ehemann. Nicht daß Freddie sich darin wiedererkannt hätte. Und dann, scheinbar ganz plötzlich, eine Frau in mittleren Jahren. Tüchtig. Attraktiv. Es war schwer zu verkraften. Es ist immer noch schwer.

Eine attraktive Witwe in mittleren Jahren mit einem Traumjob in der Publizistik.

In der Zwischenzeit überlegte ich hin und her, wie ich mein weiteres Leben gestalten sollte. In der Wohnung, die ich mit Freddie geteilt hatte, hatte ich das Gefühl, umhergeweht zu werden wie eine Feder oder ein Fussel. Wenn ich nach der Arbeit nach Hause kam, war es, als hätte ich dort eine Art Stütze oder Anker zu finden erwartet, und es war nichts da. Das machte mir bewußt, wie haltlos ich war, wie abhängig. Es tat weh, mich abhängig zu sehen. Natürlich nicht finanziell, aber menschlich. Kind-Tochter, Kind-Frau.

Mit dem Gedanken, wieder zu heiraten, konnte ich mich nicht recht befreunden. Irgendwie konnte ich mir das für mich nicht vorstellen. Dabei sagte ich mir, ich sollte unbedingt wieder heiraten, bevor es zu spät sei. Und manchmal möchte ich das jetzt noch tun. Gerade jetzt, wo ich das Gefühl habe, ich sei ein bißchen weniger schäbig geworden als früher. Aber wenn ich wirklich nachdenke, weiß ich, daß ich nicht heiraten sollte. Es hat mich ja sowieso niemand gefragt!

Ich verkaufte die Wohnung und kaufte diese hier. Wohn-, Schlaf- und Arbeitszimmer. Ein großes, teures Apartmenthaus. Aber ich halte mich hier selten auf. Wenn ich mal hier bin, denke ich viel nach.

Diese Nachdenkerei – es ist eigentlich kein richtiges Denken, eher ein geistiges Festhalten von Dingen, bis sie sich von selber ordnen. Wenn man das richtig langsam geschehen läßt, kommen überraschende Resultate heraus. Zum Beispiel, daß man ganz andere Vorstellungen hat, als man vorher geglaubt hatte.

Über manches muß ich noch in dieser Weise nachdenken, wozu ich noch nicht gekommen bin.

Joyce zum Beispiel. Unser Büro im obersten Stock mit Sonnenlicht und Wetter von allen Seiten. Sie an ihrem langen Schreibtisch und ich gegenüber an dem meinen. So sitzen wir nun seit Jahren einander gegenüber und machen die Zeitschrift. Dann das lange Regal an der einen Längswand mit all den Dingen, die wir für die Arbeit brauchen, Maschinen, Zeichenbretter, Fotos. Und auf der anderen Seite das Tischchen, wo die Sekretärinnen ihre Notizen aufnehmen oder Leute sitzen, mit denen wir sprechen wollen. Daran denke ich gerne, denn das ist so richtig, so stimmig, das paßt genau zur Funktion. Aber ich muß nachdenken, nachdenken . . . da ist ein Gefühl von Unbehagen, so als wäre irgend etwas *nicht* ganz richtig.

Nach dem Einzug in die neue Wohnung merkte ich bald, daß mein Leben sich nur im Büro abspielte. Zu Hause lebte ich gar nicht. Zu Hause - was für ein Ausdruck! Es war der Ort, wo ich mich fürs Büro fertigmachte oder vom Büro ausruhte.

Eins der Dinge, die bei meinem Nachdenken herauskommen, ist, daß ohne meine Arbeit nicht viel von mir übrigbliebe. Ich schaue mir die cleveren jungen Frauen an, die sich nach oben durchboxen. Eine davon, Phyllis, sehe ich gerade vor mir und grübele. Ja, sie ist vielversprechend, sie kann mit Worten umgehen, jeden interviewen, Texte redigieren, sie hat einen messerscharfen Verstand und verliert nie die Ruhe.

Versteht sie auch, wie alles *wirklich* läuft? Was ich damit meine? Ach, so viel. Alles. Sie ist ehrgeizig und ungeduldig, und man muß doch auch abwarten können.

Am meisten mußte ich daran denken, daß ich Freddie im Stich gelassen hatte und meine Mutter im Stich gelassen hatte und daß das daran lag, *daß ich eben so ein Mensch war.* Wenn wieder einmal so etwas auf mich zukäme wie Krankheit oder Tod, etwas, mit dem ich fertig werden müßte, und ich sagte zu mir: Jetzt benimmst du dich wie ein Mensch und nicht wie ein Gör, ich würde es nicht schaffen. Es ist keine Frage des Willens, sondern wie man ist.

Darum beschloß ich, etwas Neues zu lernen.

In der Zeitung sah ich eine Anzeige: ›Möchten Sie sich um einen alten Menschen kümmern?‹ Darunter ein Bild von

einer reizenden alten Dame, wie sie ein jeder gern zur Großmutter hätte. Ha! Ich rief an und machte einen Termin aus.
Miß Snow, Philanthropin. Mit ihr ging ich zu Mrs. York. Zu
dritt tranken wir Tee in einer kleinen Wohnung in Kensing-
ton. Es kam mir falsch und gräßlich vor. Ich fand, Miß Snow
benahm sich herablassend, ohne es zu merken. Mrs. York
war eine dicke, schwerfällige Invalidin, blaß und mit aufge-
dunsenem Gesicht und kleinen, wehleidigen Augen. Ich
sah, daß sie Miß Snow nicht mochte. Ich saß da und dachte:
Was zum Teufel tue ich eigentlich hier? Was soll das Mrs.
York bringen? Soll ich sie etwa jeden Sonntag mit Kuchen
besuchen kommen und fragen, was ihr Rheumatismus
macht? Miß Snow merkte, daß ich so empfand, und als wir
uns auf der Straße verabschiedeten, hatte sie mich schon abgeschrieben. »Sie rufen an, Mrs. Somers, falls diese Arbeit
Sie interessiert«, und damit stieg sie in ihren Mini und brauste ab. Fehlkontakt. Alles kann nicht klappen, sagte sie sich
wahrscheinlich.

Für Mrs. York würde sie jemand anderen finden müssen.
Aber diesmal hatte ich nicht das Gefühl, versagt zu haben.
Mrs. York war einfach nichts für mich. Ich sah mir noch einmal die Annonce mit der reizenden Oma an und dachte an
die gräßliche Mrs. York und feixte mir eins.

Dann ist da noch Mrs. Penny in der Wohnung mir gegenüber. Sie ist siebzig und allein, und sie wünscht sich sehr,
daß ich mich um sie kümmere. Das weiß ich. Ich will nicht.
Das weiß sie. Sie würde mich nicht mehr aus den Krallen
lassen. Beim bloßen Gedanken daran, wie sie mich mit Be-
schlag belegen würde, bekomme ich Erstickungsängste.

Aber dann war ich in der Apotheke, und da passierte folgendes.

Ich sah eine alte Hexe. Ich starrte die alte Frau an und
dachte, eine Hexe. Das kam, weil ich den ganzen Tag über
einem Artikel ›Frauenbilder damals und heute‹ verbracht
hatte. Das ›Damals‹ war nicht genau spezifiziert: die Dame
der spätviktorianischen Zeit, die Wohltäterin, die Kinderrei-
che, die kränkliche unverheiratete Tante, die Missionarsfrau
und so weiter. Ich hatte etwa vierzig Fotos und Zeichnungen

zur Auswahl. Unter anderem eine Hexe, aber die hatte ich nicht genommen. Aber hier stand sie neben mir in der Apotheke. Eine kleine, gebeugte Frau mit einer Hakennase, die beinahe das Kinn berührte, in schweren, schwarzen, angestaubten Kleidern und mit einer Art Häubchen auf dem Kopf. Sie sah, daß ich sie anstarrte, hielt mir ein Rezept unter die Nase und verlangte: »Was ist das? Lesen Sie es mir vor.« Zornige blaue Augen unter vorstehenden grauen Brauen, aber in ihnen lag etwas wunderbar Sanftes.

Aus irgendeinem Grund mochte ich sie sofort leiden. Ich nahm das Papier an mich und wußte, daß ich damit viel mehr übernahm. »Mache ich«, sagte ich. »Aber warum? Ist er nicht höflich zu Ihnen?« Dies in scherzhaftem Ton, und sie reagierte sofort mit einem energischen Schütteln ihres Greisinnenkopfes.

»Nein, *er* taugt überhaupt nichts, ich verstehe nie, was er sagt.«

Er war der junge Apotheker, der aufmerksam und lächelnd mit den Händen auf dem Tresen dastand: Man sah, daß er sie genau kannte.

»Es ist ein Rezept für ein Beruhigungsmittel«, sagte ich.

»*Das* weiß ich«, gab sie zurück und stieß mit dem Finger auf das Papier, das ich über meiner Handtasche glattgestrichen hatte. »Aber Aspirin ist es nicht, oder?«

Ich sagte: »Es ist ein Mittel namens Valium.«

»Wußte ich's doch! Das ist kein Schmerzmittel, das macht einen dumm und dösig im Kopf.«

Er lachte. »So schlimm ist es nun auch wieder nicht.«

»Ich habe es selber schon genommen«, beschwichtigte ich.

Sie beharrte: »Aspirin wollte ich haben, und Aspirin habe ich zu dem Arzt gesagt. Aber die Ärzte taugen auch alle nichts.«

Das kam zornig und bebend und doch mit einer gewissen Lustigkeit. Wir lachten alle drei, wie wir dastanden, und dabei war sie so wütend.

»Soll ich Ihnen denn Aspirin geben, Mrs. Fowler?«

»Ja, ja. Dieses Zeug, das einen dumm im Kopf macht, nehme ich nicht.«

Er reichte ihr das Aspirin und kassierte das Geld dafür, das sie langsam, Münze für Münze, aus den Tiefen einer großen rostfarbenen Tasche fischte und vorzählte. Dann kassierte er für meine Sachen – Nagellack, Rouge, Eyeliner, Lidschatten, Lippenstift, Lippenglanz, Puder, Mascara. Einfach alles: Mir war alles ausgegangen. Sie stand daneben und sah mit einem Blick zu, den ich heute als charakteristisch für sie kenne, einem scharfen, forschenden Blick, der wirklich zu verstehen sucht. Der alles aufnehmen will.

Ich paßte meinen Schritt dem ihren an und verließ den Laden mit ihr. Auf der Straße schaute sie sich nicht nach mir um, trotzdem war da so etwas wie eine Aufforderung. Ich ging neben ihr her. Es war schwer, so langsam zu gehen. Normalerweise renne ich fast, aber vor diesem Tag hatte ich das nicht gewußt. Sie nahm einen Schritt, hielt inne, betrachtete das Pflaster, dann wieder einen Schritt. Mir kam in den Sinn, wie ich sonst jeden Tag die Straße entlanghastete und nie Mrs. Fowler bemerkt hatte, dabei mußte sie in der Nähe wohnen. Und jetzt schaute ich die Straße hinauf und hinunter und sah – alte Frauen. Auch alte Männer, aber größtenteils Frauen. Sie gingen langsam vor sich hin. Sie standen paar- oder grüppchenweise zusammen und unterhielten sich. Oder sie saßen auf der Bank an der Ecke unter der Platane. Ich hatte sie nie bemerkt. Weil ich Angst davor hatte, wie sie zu werden. Ich hatte Angst, wie ich da neben ihr herging. Das kam von ihrem Geruch, einem süßsauren, muffigen Geruch. Ich sah das Schwarze auf ihrem mageren Greisinnenhals und den Händen.

Das Haus hatte ein zerbrochenes Geländer und kaputte, bröckelnde Stufen. Ohne sich nach mir umzuschauen, denn sie wollte um nichts bitten, stieg die Frau vorsichtig die alten Stufen hinunter und blieb vor einer Tür stehen, die nicht richtig schloß und mit einem darübergenagelten rohen Brett repariert worden war. Obwohl diese Tür nicht einmal einer entschlossenen Katze hätte widerstehen können, wühlte sie nach dem Schlüssel, fand ihn schließlich, fummelte, bis sie das Schlüsselloch fand, und öffnete die Tür. Und ich kam mit. Mir war ganz krank zumute und auch körperlich übel wegen des Gestanks. An diesem Tag roch es nach zerkochtem Fisch. Wir befanden uns in einem langen, dunklen Flur.

Den Flur gingen wir entlang bis zur ›Küche‹. So etwas hatte ich bisher nur in unserer Akte über Armut, Slums und ähnliches gesehen. Die ›Küche‹ war eine Verlängerung des Flurs mit einem schmierigen, rußgeschwärzten alten Gaskocher, einer gesprungenen, schmieriggelben alten Porzellanspüle und einem Kaltwasserhahn, der mit Lappen umwickelt war und ständig tropfte. Dazu ein gar nicht häßlicher alter Holztisch mit Geschirr darauf, ›gespült‹, aber trotzdem schmutzig. Die Wände feucht und stockfleckig. Und der Geruch, dieser gräßliche Geruch überall . . . Sie sah mich nicht an, während sie Brot, Zwieback und Katzenfutter abstellte. Die sauberen, frischen Farben auf den Packungen und Dosen in diesem fürchterlichen Raum! Sie genierte sich, aber um Entschuldigung bitten würde sie nicht. In brüskem und doch anrührendem Ton befahl sie: »Gehen Sie schon mal ins Wohnzimmer, und suchen Sie sich einen Stuhl.«

Das Zimmer, das ich daraufhin betrat, enthielt einen alten Kanonenofen, in dem das Leuchten von Flammen zu sehen war. Zwei uralte abgewetzte Armsessel. Noch einen ganz ordentlichen alten Holztisch, über den Zeitungen gebreitet waren. Ein Sofa mit Kleiderhaufen und Bündeln darauf. Und auf dem Fußboden eine gelbe Katze. Es war alles unvorstellbar schmuddelig und abstoßend und scheußlich. Ich mußte daran denken, was wir ständig über Einrichtung und Heimdekor und Farben schrieben – und wie der Geschmack sich wandelte, wie wir uns dauernd an Sachen sattsahen und sie hinausschmissen. Und hier war diese Küche, die uns Spenden von Lesern einbringen würde, wenn wir ein Bild von ihr brächten.

Mrs. Fowler trug eine betagte braune Teekanne und zwei recht hübsche alte Porzellantassen mit Untertassen herein. Nie hat mich etwas so viel Überwindung gekostet wie aus der schmuddeligen Tasse zu trinken. Wir sprachen nicht viel, ich wollte keine direkten Fragen stellen, und sie bebte vor Stolz und Würde. Die ganze Zeit streichelte sie die Katze – »ja, mein Süßes, ja, meine Muschi« – auf derbe und doch anrührende Weise – und dann sagte sie, ohne mich dabei anzusehen: »Als ich jung war, hatte mein Vater seinen eigenen Laden, und später hatten wir ein Haus in St. John's Wood, und ich weiß schon, wie alles sein sollte.«

Als ich gehen wollte, fragte sie auf ihre Art, ohne mich anzusehen: »Ich werde Sie wohl nicht wiedersehen?« Und ich antwortete: »Doch, wenn Sie mich haben wollen.« Da sah sie mich an und lächelte ein bißchen, und ich schlug vor: »Samstag nachmittag könnte ich zum Tee kommen, wenn es Ihnen paßt.«

»O ja, das paßt mir, das paßt mir sehr gut.« Und einen Augenblick lang herrschte zwischen uns eine Vertrautheit: das ist das richtige Wort. Und doch war sie so stolz und wollte um nichts bitten, und so wandte sie sich wieder ab und streichelte die Katze: ja, meine Muschi, ja, mein Miez.

Als ich an diesem Abend heimkam, geriet ich in Panik. Worauf hatte ich mich da eingelassen! Mich ekelte. Der säuerliche Gestank hing mir in Kleidung und Haar. Ich badete und wusch mein Haar und machte mich zurecht, und dann rief ich Joyce an und schlug vor, wir sollten zum Abendessen ausgehen. Wir speisten vorzüglich bei Alfredo und unterhielten uns. Ich sagte natürlich nichts von Mrs. Fowler, aber ich mußte die ganze Zeit an sie denken: Da saß ich nun und betrachtete die Leute im Restaurant, alle gut gekleidet und sauber, und ich dachte, wenn sie jetzt in dieses Restaurant käme . . . Aber das könnte sie ja gar nicht. Nicht einmal als Putzfrau oder Tellerwäscherin.

Samstag brachte ich ihr einen Strauß Rosen und Nelken und eine Sahnetorte mit. Ich war mit mir zufrieden und störte mich darum nicht weiter an ihrer Reaktion: Sie freute sich zwar, aber ich hatte des Guten zuviel getan. Sie hatte keine Vase für die Blumen. Ich stellte sie in einen weißen Emailtopf. Sie tat die Torte auf einen großen gesprungenen Teller. Ihr Verhalten war ein bißchen frostig. Wir saßen zu beiden Seiten des Eisenofens, die braune Teekanne stand zum Warmhalten darauf, und das Feuer war viel zu heiß. Sie hatte eine weiße Seidenbluse mit schwarzen Tupfen an.

Echte Seide. So ist es mit allem bei ihr. Eine wunderschöne geblümte Worcester-Teekanne, aber gesprungen. Ihr Rock ist aus guter schwerer Wolle, aber fleckig und zerschlissen. Ihr ›Schlafzimmer‹ wollte sie mich nicht sehen lassen, aber ich riskierte ein Auge, als sie gerade in der ›Küche‹ war. Teilweise hatte sie dort einwandfreies Mobiliar, Bücherregale, eine Kommode, dann aber auch einen schäbigen Frisiertisch und einen Kleiderschrank, der aussah wie aus angestrichenen Apfelsinenkisten. Auf dem Bett lag eine altmodische Steppdecke, prall gestopft und mit Chintz bezogen. Aber sie schlief gar nicht in dem Bett, wurde mir klar, sondern nebenan auf dem Sofa, wo wir gesessen hatten. Und das ganze Zimmer lag voller Gerümpel, so etwas wie Lumpen, Zeitungsbündel, alles mögliche: Das war es, was ich nicht hatte sehen sollen.

Als wir die Torte aßen, bemerkte sie: »Ach, das ist ja richtige Sahne«, und dann erzählte sie mir von den Sommern, als sie mit ihren Schwestern zu einer alten Frau nach Essex geschickt worden war.

»Damals verbrachten wir aber auch jeden Sommertag im Freien. Und was für herrliche heiße Sommertage waren das, nicht so wie heutzutage. Wir waren braun wie die Neger. Die alte Frau hatte ein Häuschen, aber keine Küche. Sie stellte im Hof im Schutz eines Schobers einen Dreifuß auf und hängte daran an Ketten einen großen eisernen Kessel, und darin kochte sie unser ganzes Essen. Zuerst tat sie ein Stück Rindfleisch in den Kessel und drumherum die Mohrrüben und Kartoffeln, und den Pudding wickelte sie in ein gemehltes Tuch und legte ihn gleichzeitig zum Kochen mit hinein. Ich habe mich damals immer gewundert, wieso der Pudding nach Marmelade und Früchten schmeckt und nicht nach Fleisch, aber natürlich lag das an dem Mehl auf dem Tuch. Und dann gab sie uns große Suppenteller und ließ uns auf den Stufen sitzen, und wir aßen das Fleisch und Gemüse auf, und dann wickelte sie den Pudding aus dem Tuch, und er lag kroß und köstlich da, und sie gab uns unsere Portionen in denselben Tellern, aus denen wir das Fleisch gegessen hatten – aber wir hatten sie saubergeleckt. Und dann schickte sie uns spielen und machte in dem eisernen Kessel Wasser heiß, um unsere Teller abzuwaschen, und danach wusch sie sich selbst, und inzwischen liefen wir über die Wiesen und pflückten Blumen. Ach, wie schön es ist, hier zu sitzen und sich an all das zu erinnern.«

»Wie alt waren Sie denn damals?«

»Kinder eben. Wir waren Kinder. Jeden Sommer sind wir bei ihr gewesen, mehrere Sommer hindurch. Das war bevor meine arme Mutter starb, wissen Sie.«

Sie redete weiter über diese gütige alte Frau mit dem Häuschen ohne fließendes Wasser und mit der Toilette über dem Hof in einer kleinen Ziegelhütte. Darüber und über diese heißen Sommer redete sie den ganzen Nachmittag. Sie redete, und ich hörte zu. Erst gegen sieben ging ich. Ich kam nach Hause und schaltete den Kamin an und dachte, eigentlich müßte ich noch saubermachen. Dann saß ich da und dachte an Mrs. Fowler, wie sie allein vor dem flackernden Feuer in ihrem Ofen saß. Ich machte mir eine Dosensuppe auf und sah fern.

Am nächsten Samstag brachte ich ihr einen Topf Usambara-Veilchen und wieder einen Kuchen mit.

Alles war wie vorher: der Kanonenofen, die gelbe Katze, die schmuddelige weiße Seidenbluse mit den Tupfen.

Sie kam mir etwas zurückhaltend vor, und ich dachte zuerst, das läge daran, daß sie ja letzten Samstag praktisch ununterbrochen drei Stunden lang geredet hatte.

Aber das war es nicht. Sie rückte damit heraus, als ich schon fast wieder fort war.

»Sind Sie eine gute Nachbarin?« fragte sie.

»Na, ich hoffe doch, daß ich zumindest noch eine werde«, antwortete ich lachend.

»Wieso, sind Sie denn nur auf Probe dabei?«

Jetzt verstand ich überhaupt nichts mehr, und das merkte sie dann auch. Anscheinend gibt es Frauen, zumeist ältere, die von der Sozialbehörde angestellt werden, damit sie bei alten Leuten mal auf eine Tasse Tee hereinschauen und nach dem Rechten sehen: Sie tun nicht viel, sondern haben nur ein Auge auf sie. Diese Frauen nennt man ›gute Nachbarin-

nen‹, und um des Verdienstes willen tun sie es jedenfalls
nicht, der ist kaum der Rede wert. All das habe ich erst im
Büro herausgefunden. Am dritten Samstag brachte ich Mrs.
Fowler etwas Obst mit und merkte, daß das ein Fehler war.
Sie sagte erst einmal wieder gar nichts, erst später warf sie
hin, wegen ihrer Zähne könne sie kein Obst essen.

»Können Sie denn nicht einmal Trauben beißen? Oder Bananen?« fragte ich.

Leichthin gab sie zurück, zu Trauben reiche ihre Rente
nicht.

Und damit war sie beim Thema Rente und den Kohlenpreisen und den Lebensmittelpreisen und ›dieser Frau von
der Behörde, die gar nicht weiß, wovon sie spricht‹. Und
wieder hörte ich zu. Ich bin noch immer nicht ganz im Bild.
Ich sehe schon, daß es noch lange dauern kann, bis meine
Unwissenheit, meine Unerfahrenheit und ihre Zurückhaltung, ihr Zorn – denn jetzt sehe ich, wie der Zorn in ihr gärt
und ihre Augen aufleuchten macht, so daß man im ersten
Moment glaubt, sie sei belustigt oder habe gar Sinn für Situationskomik –, daß es also noch lange dauern kann, bis ihr
Naturell und meins, meine Ahnungslosigkeit, mir gestatten
werden, mir ein vollständiges Bild von ihr zu machen.

Die ›Frau von der Behörde‹, eine Mrs. Rogers, habe Mrs.
Fowler eine Haushaltshilfe geschickt. Aber die Haushaltshilfe habe sie nur beschwindelt und überhaupt nichts getan
und sich geweigert, ihr die Fußböden aufzuwischen. Die
Haushaltshilfe sei genau wie alle diese jungen Frauen heutzutage gewesen, faul und sich zu gut für die Arbeit. Sie,
Mrs. Fowler, sei sich nicht zu gut, die Fußböden aufzuwischen und ihre eigene Kohle den ganzen Flur entlangzuschleppen und einmal die Woche ihren Kamin zu kehren, so
hoch sie eben mit dem Besen reiche, denn sie habe Angst
vor Bränden. Und so redete sie weiter, über die Sozialbehörde und die Haushaltshilfen und – und eine von der
Nachbarschaftshilfe, die sich einmal herabgelassen habe zu
erscheinen und zu ihr gesagt habe, sie gehöre ins Heim, und
sie habe zu ihr gesagt: »Da ist die Tür.«

»Aber Mrs. Fowler, wir haben uns in der Apotheke kennengelernt; wie kann ich denn eine dieser guten Nachbarinnen sein – ich meine, von der Behörde?«

»Denen traue ich alles zu«, sagte sie, verbittert, aber nicht wirklich giftig, denn sie hatte Angst, ich würde beleidigt sein und nicht mehr wiederkommen.

Als ich gehen wollte, begleitete sie mich an die Haustür und tat etwas, was ich bisher nur auf der Bühne gesehen oder in Romanen beschrieben gefunden hatte. Sie trug eine alte gestreifte Schürze, die sie zum Teekochen angezogen hatte, und die knüllte sie mit beiden Händen zusammen, ließ sie herabfallen und knüllte sie wieder zusammen.

»Soll ich unter der Woche mal hereinschauen?« fragte ich.

»Wenn Sie Zeit haben«, stimmte sie zu. Und konnte sich nicht verkneifen, hinzuzufügen: »Eine Kleinigkeit extra bringt es Ihnen ja wohl ein.« Aber daran erstickte sie beinahe: Sie wollte so gerne glauben, ich sei nicht von der Behörde bezahlt, sondern einfach ein Mensch, der sie gern mochte.

Am Mittwoch kam ich nach der Arbeit zu ihr und brachte ihr eine Ausgabe unserer Zeitschrift mit. Ich genierte mich etwas, denn die Zeitschrift war so blitzblank und hochglanzpoliert und hatte die Weisheit gepachtet – jedenfalls gibt sie sich so, das ist ihr Image. Aber Mrs. Fowler nahm sie mit einem übermütigen Mädchenlachen an und warf den Kopf in einer koketten Geste zurück wie ein junges Ding ihr Haar und sagte: »Ach, das gefällt mir, ich schaue mir liebend gerne an, was diese Leute sich so ausdenken.«

Es war schon sieben, und ich wußte nicht, wie ich in ihren Tagesplan paßte. Um welche Zeit aß sie wohl zu Abend? Wann ging sie zu Bett? Auf den Zeitungen auf dem Tisch stand eine Flasche Malzbier und ein Glas.

»Ich habe es schon ausgetrunken, sonst würde ich Ihnen davon anbieten«, sagte sie.

Ich ließ mich in dem Sessel gegenüber dem ihrigen nieder und hatte den Eindruck, mit zugezogenen Vorhängen und bei eingeschaltetem Licht sei das Zimmer eigentlich ganz gemütlich und gar nicht so dreckig und abstoßend. Aber warum rege ich mich überhaupt so über den Schmutz auf?

Warum beurteilen wir Menschen danach? *Ihr* schadet der ganze Schmier und Staub und selbst der Gestank im Grunde gar nichts. Ich beschloß, darauf nicht mehr zu achten, falls ich das fertigbrachte, und sie auch nicht mehr wie bisher nach ihrer schmuddeligen Umgebung zu beurteilen. Ich sah die kaputten Lichtschalter und schaute mir unter einem Vorwand daraufhin die ›Küche‹ an: Dort hingen durchgewetzte Kabel die Wände herunter, und es gab nur einen Schalter für den ganzen Raum, oben an der Lampe selbst, wo sie ihn kaum erreichen konnte.

Inzwischen blätterte sie mit stillvergnügtem Gesichtsausdruck in der Zeitschrift.

Ich sagte: »Ich arbeite bei dieser Zeitschrift.« Sie ließ das Heft zufallen und sah mich auf ihre besondere Art an, als bemühe sie sich, die Dinge zu einem sinnvollen Ganzen zusammenzufügen.

»Tatsächlich? Und was machen Sie . . .« Aber sie wußte nicht, wonach sie fragen sollte. Ich brachte es nicht über mich zu sagen, daß ich die stellvertretende Herausgeberin war. Ich sagte: »Ich tippe und mache alles mögliche.« Was sogar stimmte.

»Das ist das einzig Wahre«, sagte sie, »ein richtiger Beruf. Das steht zwischen einem und dem blanken Nichts. Das und ein eigenes Zuhause.«

An diesem Abend erzählte sie von den Kämpfen, die sie auszufechten hatte, um diese Wohnung zu bekommen. Sie hatte zuerst in einem Hinterzimmer auf dem obersten Stock gehaust, aber immer schon ein Auge auf die Parterrewohnung geworfen: Die hatte sie sich gewünscht und darauf gewartet, alles mögliche dafür unternommen und sie schließlich auch bekommen. »Und hier kriegt mich keiner je wieder raus, das brauchen sie sich gar nicht erst einzubilden.« Sie redete, als hätte sich das alles gestern zugetragen, aber es war etwa zur Zeit des Ersten Weltkriegs.

Sie erzählte mir, wie sie zuerst die Miete für diese Wohnung nicht habe aufbringen können und wie sie Penny für Penny zusammengespart habe, und dann sei das Resultat von zwei Jahren Knausern und Sparen von dem bösen Weib im ersten Stock gestohlen worden, und sie habe von vorne angefangen zu sparen und sei schließlich zum Vermieter gegangen und habe gesagt: »Jetzt geben Sie mir die Wohnung. Ich habe das Geld dafür. Und er sagte zu mir: Wie wollen Sie denn die Miete in Zukunft bezahlen? Sie arbeiten bei einer Putzmacherin, nicht wahr? Ich sagte: Das überlassen Sie nur mir. Wenn ich nicht mehr zahlen kann, dürfen Sie mich auf die Straße setzen. Und ich war nie, nicht ein einziges Mal, mit der Miete im Verzug. Nicht einmal wenn ich dafür hungern mußte. Denn das habe ich früh gelernt. Ein eigenes Zuhause muß der Mensch haben, sonst ist er ein Niemand, weniger als ein Hund. Haben Sie auch ein eigenes Zuhause?« Und als ich das bejahte, nickte sie energisch. »Richtig so, und das müssen Sie um jeden Preis halten, dann kann Ihnen nichts in der Welt etwas anhaben.«

Mrs. Fowler zahlt für ihre ›Wohnung‹ die gesetzlich festgeschriebene Miete von 22 Shilling die Woche. In der neuen Währung etwa ein Pfund, aber in diesem System denkt sie natürlich nicht, damit kommt sie nicht zurecht. Sie erzählt, das Haus sei von ›diesem Griechen‹ nach dem Krieg – ›dem neuen Krieg, verstehen Sie, nicht dem alten‹ – für vierhundert Pfund aufgekauft worden. Und jetzt sei es sechzigtausend wert. »Und er will mich hinausbefördern, damit er sein Blutgeld für die Wohnung kassieren kann. Aber ich bin auch nicht von gestern. Ich habe das Mietgeld immer hier bereitliegen. Und wenn er einmal nicht kommt, gehe ich zur Telefonzelle und rufe ihn an und frage: Warum haben Sie Ihre Miete nicht abgeholt?«

Ich wußte noch so wenig, daß ich sagte: »Aber Mrs. Fowler, zweiundzwanzig Shilling sind doch kaum der Mühe wert, zum Kassieren zu kommen«, und da blitzten ihre Augen, und ihr Gesicht wurde weiß und böse, und sie fauchte: »So sehen Sie das also? Dann hat er Sie hergeschickt? Das ist die Miete, so sagt das Gesetz, und die zahle ich. Nicht der Mühe wert, von wegen! Das Dach über meinem Kopf ist es wert.«

Auf den drei Stockwerken darüber wohnen irische Familien mit Kindern, und es ist ein ständiges Kommen und Gehen, und dauernd trampeln Füße. Mrs. Fowler sagt, eine ›sie‹ klappere mit der Kühlschranktür, um sie am Schlafen zu hindern und selbst diese Wohnung zu bekommen. Mrs. Fowler lebt in einem Alptraum eingebildeter Nachstellungen. Sie erzählte mir von einem zehnjährigen Kriegszustand nach dem ersten Krieg, nicht dem neuen, als ›dieses Weibsstück aus Nottingham‹ es auf ihre Wohnung abgesehen hatte, und ›sie‹ habe . . . ›Sie‹ hat anscheinend so ungefähr alles getan, es bleibt nichts der Fantasie überlassen, und es klingt auch alles einigermaßen überzeugend. Aber über ihr wohnt jetzt ein irisches Ehepaar mit vier Kindern, und ich habe die Frau im Treppenhaus getroffen. »Wie geht es der alten Dame?« fragte sie, und ihre veilchenblauen irischen Augen blickten müde und einsam drein, denn ihr Mann wollte sie verlassen, anscheinend wegen einer anderen Frau. »Ich wollte immer einmal nach ihr schauen, aber sie scheint das gar nicht gern zu haben, und so lasse ich es eben.«

Ich habe Mrs. Fowler die Ausgabe von *Lilith* mit den ›Frauenbildern‹ gezeigt. Sie hat sie höflich angenommen und auf den Schoß gelegt. Erst später bei der Drucklegung kam ich darauf, daß kein Bild einer alten Frau dabei war. Ich sagte das Joyce und beobachtete an ihr eine Folge von Reaktionen: zuerst Überraschung, dann Schock, dann verrieten kleine Bewegungen des Kopfes und der Augen, daß sie sich auf einen Kampf gefaßt machte. Dann knipste sie sozusagen ihr Ich ab, drehte die Augen von mir fort und meinte obenhin und mit einem Seufzer: »Aber wozu denn bloß? Das ist doch nicht unsere Zielgruppe.« Ich erkannte mich selbst in ihr wieder, und ich sagte: »Aber alle haben sie Mütter und Großmütter.« Wie wir uns vor dem Alter fürchten, wie wir unser Haupt abwenden! Joyce entschied ›Nein‹, immer noch etwas obenhin, in unbeteiltem Ton, als spräche sie Recht in einem ungeheuer verzwickten Fall, dem sie eine Ewigkeit des Nachdenkens gewidmet hatte. »Nein, im großen und ganzen nein, aber vielleicht machen wir später mal ein Feature über ›ältere Verwandte‹. Ich mache mir eine Notiz.« Dann schenkte sie mir ein Lächeln, ein höchst sonderbares Lächeln, zusammengesetzt aus Schuldbewußtsein, Erleich-

terung und – immer noch irgendwo im Hintergrund – Überraschung. Irgendwo in sich drin fragte sie sich, was ist bloß
in Janna gefahren? Und in diesem Gedanken war ein Flehen:
Bitte, bitte bedrohe mich nicht! Und dann sagte sie, obwohl
sie ursprünglich vorgehabt hatte, mit mir bei einer Tasse Tee
die übernächste Ausgabe zu besprechen: »Ich muß weg.«
Und weg war sie.

Mir ist gerade etwas Merkwürdiges aufgefallen.

An sich ist Joyce die Neuerungsfreudige, die Bilderstür-
merin, die imstande ist, eine gerade fertige Ausgabe in den
Papierkorb zu pfeffern, ganz von vorn anzufangen und die
Nacht durchzuarbeiten, um sie so und nicht anders hinzu-
biegen. Das ist Joyces Image, *und so ist sie*, die impulsive
Draufgängerin, die vor nichts zurückschreckt.

Ich, Janna, bin eher klassisch-zurückhaltend, konservativ
und vorsichtig – das ist mein Image, und so sehe ich mich
selber.

Aber so oft kommen zwischen uns diese Momente vor,
eigentlich schon immer. Da sagt Joyce: »Das können wir
nicht machen, das akzeptieren unsere Leserinnen nicht.«

Ich dagegen war immer der Ansicht, daß Leser – nicht nur
unsere – weit mehr akzeptieren würden, als man ihnen zutraut.

Und ich sage: »Joyce, können wir es nicht versuchen?«

Aber normalerweise landet das Thema dann in meiner ›Zu
brisant‹-Akte, die ich auf dem Schreibtisch liegen lasse, damit Joyce sie sieht und – wie ich hoffe, aber meistens ver-
geblich – es sich noch einmal überlegt.

Die Frauenbilder. a) Ein Mädchen von zwölf, dreizehn
Jahren, und damit hatten wir die meisten Schwierigkeiten.
Hundert Fotos haben wir verworfen, und schließlich ließen
wir Michael Joyces Nichte aufnehmen, die zwar schon fünfzehn ist, aber ein Spätentwickler. Wir bekamen offene, gesunde Sinnlichkeit, ganz und gar nicht lolitahaft, das hatten
wir auch um jeden Preis vermeiden wollen. Miß Zukunft. b)
Ein Mädchen um siebzehn, Betonung auf Unabhängigkeit
und Selbstvertrauen. Noch wohnt sie zu Hause, aber sie ist
flügge. c) Selbständige junge Frau Mitte Zwanzig. Unsere

Erfahrung nach fühlen sich Frauen, die ihr eigenes Leben leben, eine Wohnung mit einer Freundin teilen, einen Job ausfüllen, meistens wie Gratwandlerinnen, darum wählten wir einen zart-hübschen, verletzlichen Typ. Sie sehnt sich nach dem Richtigen, aber kann auch ohne ihn leben. d) Junge Ehefrau mit Kind. Betonung auf dem Kind. e) Teilzeitberufstätige Hausfrau, die zwei Kinder, Haushalt und Mann managt.

Und das war alles.

Bis vor ein paar Wochen hatte ich alte Leute überhaupt nicht wahrgenommen. Meine Augen waren auf junge, attraktive, gutgekleidete Menschen eingestellt, und nur sie bemerkte ich. Und jetzt ist es, als hätte man über dieses Bild eine Transparentfolie gelegt, und plötzlich sind die Alten und Behinderten mit darauf.

Beinahe hätte ich zu Joyce gesagt: ›Wir werden ja auch einmal alt‹, aber das ist nun so ein abgegriffenes Klischee. Ich höre sie schon sagen: ›O Janna, müssen wir denn so abgegriffen und langweilig sein? Dafür kauft man uns doch nicht.‹ Sie sagt immer, ›man kauft *uns*‹, ›wir müssen sie motivieren, *uns* zu kaufen‹. Neulich fuhr ich, müde nach einer langen Fahrt, an die Tankstelle und verlangte: »Bitte, tanken Sie mich auf«, und der Tankwart sagte: »Ihr Auto tanke ich mit dem größten Vergnügen auf, Madam.«

Als Mrs. Fowler in die Küche ging, um Zwieback zu holen, kam ich mit und sah, wie sie einen Schemel heranzog und daraufstieg, um die Deckenlampe anzuknipsen. Ich sah mir die durchgewetzten Kabel und die feuchten Wände genauer an.

Später kündigte ich an: »Ich werde meinen Elektriker hierher bestellen, sonst bringen Sie sich noch um.«

Ein paar Minuten lang saß sie ganz still da, dann hob sie die Augen, sah mich an und seufzte. Ich wußte, das war ein bedeutsamer Augenblick. Sie hatte sich danach gesehnt, daß jemand sagen würde, was ich gerade gesagt hatte; aber jetzt empfand sie die Last der Verpflichtung, und sie wünschte, es wäre nichts gesagt worden.

»Ich bin bisher auch so zurechtgekommen.« Scheu, bittend und mürrisch.

Ich sagte: »Die Zustände hier sind einfach schandbar. Ihre Stromkabel sind lebensgefährlich.«

Das brachte sie zum Prusten. »Lebensgefährlich?!« Und wir lachten. Aber ich war verschreckt, etwas in mir sehnte sich nach Flucht, wollte dieser Situation entkommen.

Ich hatte das Gefühl, in der Falle zu sitzen. Und so war es auch. Weil ich ihr ein Versprechen gegeben hatte. Ohne Worte. Aber doch ein Versprechen.

Ich ging nach Hause. Als ich die Tür aufschloß, öffnete sich ganz leise die Tür gegenüber. Mrs. Penny hatte mir aufgelauert. »Entschuldigen Sie«, bat sie, »aber ich habe darauf gewartet, daß Sie nach Hause kommen. Ich muß Sie unbedingt um einen Gefallen bitten.«

Unwirsch fragte ich: »Was für einen Gefallen?«

»Ich habe beim Einkaufen vergessen, Butter mitzubringen, und . . .«

»Ich hole Ihnen welche«, sagte ich, stürmte in einem Anfall von Energie in meine Küche, kramte ein halbes Pfund Butter hervor, drückte es ihr in die Hand, sagte: »Nichts zu danken«, und knallte die Tür hinter mir zu. Mit Absicht. Ich wußte, daß sie genug Butter hatte. Sie hat einen Sohn und eine Tochter, und wenn sie sich nicht um sie kümmern, dann tut es mir leid, meine Angelegenheit ist es nicht.

Ich war wütend und erregt und fühlte das Bedürfnis, mich von etwas zu befreien – von Mrs. Fowler. Da ließ ich mir ein Bad ein. Jeden Faden, den ich den Tag über am Leib getragen hatte, tat ich in den Wäschesack. Ich spürte den üblen Geruch von Mrs. Fowlers Wohnung auf meiner Haut und in meinem Haar.

An dem Abend wurde mir klar, daß mein Badezimmer meine Wohnung ausmacht. Man könnte sogar sagen, mein Heim. Als ich hierher zog, ließ ich das Badezimmer bis ins letzte Detail so nachbauen, wie ich es mir in der alten Wohnung eingerichtet hatte. Mit dem Wohn-, Schlaf- und Arbeitszimmer stellte ich nichts Besonderes an. Freddie pflegte im Scherz zu sagen, mein Bad sei sein Nebenbuhler.

Die Farbe, Elfenbein mit einem Hauch Rosa, ließ ich speziell mischen. Ich hatte hauchzarte spanische Fliesen in Korall, Türkis und Ocker, und die Rollos ließ ich dazu passend bemalen. Die Wanne ist graublau. Manchmal ist ein Raum perfekt – nichts darf man mehr hinzufügen, nichts verändern. Als Joyce das Bad sah, wollte sie es für das Blatt aufnehmen. Ich lehnte ab. Es wäre, als ließe ich mich nackt fotografieren. Ich bade jeden Morgen und jeden Abend. Stundenlang liege ich in der Wanne und aale mich. Ich lese in der Wanne, dabei habe ich unter dem Kopf ein wasserdichtes Kissen und eins in den Kniekehlen. An der Wand hängen zwei Borde mit Badesalz und Essenzen. An jenem Abend lag ich in der Wanne, ließ heißes Wasser zulaufen, wenn es abkühlte, und betrachtete meinen Körper. Einen strammen weißen Körper. Kein Fett dran, Gott bewahre! Aber stramm. Noch hängt nichts durch oder schwabbelt. Na ja, keine Kinder. Nie war Zeit für Kinder, und als ich schließlich zu Freddie sagte: Gut, jetzt werde ich eins einschieben, da wurde ich nicht schwanger. Er benahm sich freundlich und ließ mich nicht merken, wie er darunter litt. Ich wußte, daß er sich Kinder wünschte, aber nicht, wie sehr. Ich nehme an, ich wollte es gar nicht so genau wissen.

Ich stieg aus der Wanne aus und stand in mein Badetuch gewickelt in der Tür, schaute ins Badezimmer zurück und dachte an Mrs. Fowler. Sie hat nie heißes Wasser gehabt. In diesem Dreckloch und mit kaltem Wasser haust sie seit vor dem Ersten Weltkrieg.

Ich wünschte, ich hätte mich nicht mit ihr eingelassen, und den ganzen Abend brütete ich, wie ich entrinnen könnte.

Am Morgen wachte ich auf, und es war mir, als erwarte mich ein schreckliches Schicksal. Denn ich wußte, daß ich mich weiter um Mrs. Fowler kümmern würde. Jedenfalls bis zu einem gewissen Ausmaß.

Ich rief den Elektriker an und erklärte ihm, was er tun solle. Dann ging ich ins Büro, deprimiert, ja verängstigt.

Am Abend rief der Elektriker bei mir an: Mrs. Fowler habe ihn angekeift, was er von ihr wolle. Da sei er wieder gegangen.

Ich verabredete mit ihm einen Termin für den nächsten Abend.

Um sechs war er da, und ich beobachtete sein Gesicht, als sie die Tür aufmachte und der Gestank und Schmutz ihm entgegenschlugen. Dann sagte er auf seine nette kecke Art zu ihr: »Na, gestern abend haben Sie es mir ja tüchtig gegeben!«

Sie musterte ihn langsam von oben bis unten, dann mich, als sei ich eine Fremde, dann gab sie die Tür frei und ging in ihr ›Wohnzimmer‹, während ich ihm zeigte, was zu tun war. Ich hätte dabeibleiben sollen, aber ich hatte daheim noch zu arbeiten. Das sagte ich ihr.

»Ich habe Sie nicht um Gefälligkeiten gebeten«, stellte sie fest.

Mit Überwindung legte ich den Arm um sie und drückte sie. »Nun seien Sie doch nicht so kratzbürstig«, bat ich und ging dann. Sie hatte Tränen in den Augen. Ich meinerseits kämpfte gegen den Ekel an, den ihr muffiger Geruch in mir hervorrief. Und der andere, der scharfe süßliche Gestank, dessen Ursprung ich nicht kannte.

Gestern rief Jim mich an und erzählte, er habe getan, was er konnte: neue Kabel, Schalter in einer für sie erreichbaren Höhe und eine Nachttischlampe.

Er nannte mir die Rechnungssumme – horrend, genau wie ich erwartet hatte. Ich sagte, ich würde ihm einen Scheck schicken. Schweigen. Er wollte Bargeld. Da ich dachte, eventuell könnte ich ihn noch einmal für Mrs. Fowler benötigen – und das war ein schrecklicher Gedanke, so als nähme ich für alle Zeit eine erdrückende Last auf mich –, stimmte ich zu: »Wenn Sie noch vorbeikommen können, bezahle ich Sie bar.« - »Gemacht«, sagte er und war eine Stunde später da. Er steckte das Geld ein, blieb wie wartend stehen und fragte: »Warum ist die bloß nicht in einem Heim? So sollte keiner leben.« Ich entgegnete: »Sie will eben nicht ins Heim. Ihr gefällt es da, wo sie ist.«

Jim ist ein netter junger Mann und nicht dumm. Er schämte sich seiner Gedanken, genau wie ich es tue. Er zögerte und fuhr dann fort: »Ich wußte nicht, daß es noch Leute gibt, die in solchen Verhältnissen wohnen.«

Ich als die Ältere antwortete aus der Fülle meiner Erfahrung. »Dann wissen Sie eben nicht viel.«

Immer noch hing er herum, bestürzt, beschämt, aber hartnäckig. »Wozu sind so alte Leute noch gut?« fragte er. Und
fügte dann rasch hinzu, als wolle er das Gesagte und das,
was er dachte, zurücknehmen: »Aber wir werden ja wohl
auch mal alt. Bis dann, tschüs!«

Und weg war er. Wie taktvoll von ihm, zu sagen ›wir werden auch mal alt‹ anstatt ›ich werde auch mal alt‹, denn für
ihn bin ich ja schon alt.

Und dann setzte ich mich hin und dachte nach. Er hatte
gesagt, was man so sagt: Warum sind die nicht im Heim?
Schafft sie aus dem Weg, außer Sicht, irgendwohin, wo
junge gesunde Menschen sie nicht vor Augen zu haben,
nicht mit ihnen zu leben brauchen! Man denkt – ich dachte –
ich denke, wozu sind sie überhaupt noch da?

Und dann dachte ich, wonach bewerten wir denn unsere
Daseinsberechtigung? Nach welchen Maßstäben? Unserer
Arbeit? Dann ist Jim der Elektriker fein raus, Elektriker gehören zweifellos zur obersten Kategorie – sofern man sie
zum Kommen bewegen kann. Wie steht es um stellvertretende Herausgeberinnen von Frauenzeitschriften? Kinderlose stellvertretende Herausgeberinnen? Wie steht es um
Joyce, die Herausgeberin, mit einer Tochter, für die sie Luft
ist; aus irgendeinem Grund, der mir entfallen ist, behauptet
sie, mit Joyce könne man nicht verkehren. Ein Sohn, auch
schwierig. Diese verzogenen Primadonnen von Teenagern
öden mich langsam an.

Wie steht es um meine Schwester Georgie? Sie ist fein
raus, Kinder, Ehemann, Wohltätigkeit. Aber wie wird es mit
Georgie in fünfzehn Jahren aussehen? Nach der statisti-
schen Wahrscheinlichkeit ist dann ihr Mann tot, die Kinder
aus dem Haus, sie wird in einer Mietwohnung leben und für
niemanden von Nutzen sein. Wie hat man sie dann zu bewerten?

Wie stände es um meinen Freddie, wenn er am Leben geblieben wäre? Ein Musterknabe, der seine verwöhnte Kind-
Frau erträgt. Aber in fünfzehn Jahren? Ich sehe die alten
Männer, mager, schattenhaft und staubig oder auch fett,
schwabbelig und grau, wie sie ihre Einkaufstüten durch die

Straßen tragen oder sinn- und ziellos an den Ecken herumstehen.

Sollen wir die Menschen nach der Schönheit ihrer Gedanken beurteilen?

Wenn mein Denken schon jetzt nicht schön ist, wie wird es in fünfzehn, zwanzig Jahren aussehen?

Wozu ist Mrs. Fowler nutze? Nach jeder Richtschnur, die ich kenne, zu nichts.

Wie steht es um Mrs. Penny, die ihren Kindern auf die Nerven fällt, ebenso jedem Hausbewohner und ganz besonders mir – mehr als ich vertragen kann? Diese alberne Frau mit ihrer affektierten Indien-Veteranen-Aussprache, ihrem heimlichen Trinken, ihrem gezierten Getue, ihrer Heuchelei.

Ja, wie steht es um Mrs. Penny? Wenn sie stirbt, wird keine Seele ihr eine Träne nachweinen.

Nachdem ich Jim ausgezahlt hatte, nahm ich wieder so ein ausgedehntes Bad. In einem solchen Bad scheint mein altes Ich wegzuschwimmen, sich aufzulösen, und ein neues ersteht aus Fichtennadelschaum, aus Mandelmilchgel, aus Meeresbrisekristallen.

Als ich an diesem Abend zu Bett ging, sagte ich mir, daß ich für Mrs. Fowler mehr getan hatte, als sie von irgend jemandem erwarten konnte. Und daß es jetzt reichte. Ich würde ihr in Zukunft einfach aus dem Wege gehen.

Beim Aufwachen hatte ich wieder dieses schlimme Gefühl, in der Falle zu sitzen, und ich dachte daran, wie ich erzogen worden war. Ganz interessant: Man würde sagen, es war ein moralisches Elternhaus. Gemäßigt religiös. Es herrschte jedenfalls eine gewisse Selbstzufriedenheit: Was *wir* taten, war richtig, *wir* waren anständige Leute. Aber worauf lief das in der Praxis hinaus? In meiner Erziehung kam nichts von Selbstdisziplin oder Selbstkontrolle vor. Außer durch den Krieg, aber das war ein äußerer Einfluß. Niemand hat mir beigebracht, mit Disziplin zu essen, das mußte ich selbst tun. Oder früh aufzustehen, und das war das Schwerste von allem, als ich zu arbeiten anfing. Ich habe nie gelernt, zu mir selbst nein zu sagen, wenn ich etwas wollte.

Uns wurde nichts versagt, sofern es irgend zu haben war. Der Krieg! Lag es daran – wurde Kindern deshalb nichts abgeschlagen, weil so wenig zu haben war? Für eines jedoch habe ich Mutter zu danken, nur für eines; und als ich an jenem Morgen im Bett lag, sagte ich zu ihr: »Dafür danke ich dir. Wenigstens hast du mich gelehrt, daß man ein einmal gegebenes Versprechen auch halten muß. Das ist nicht viel, aber es ist eine Grundlage.«

Danke.

Und nach der Arbeit ging ich wieder zu Mrs. Fowler.

Den ganzen Tag hatte ich über mein wunderbares Badezimmer nachgedacht und wie abhängig ich von meinen Bädern war. Ich dachte, mit dem Geld, das ich in einem Monat für heißes Wasser ausgab, könnte man ihr Leben umkrempeln.

Als ich mit sechs Flaschen Malzbier und ein paar neuen Gläsern ankam und von der Tür her rief: »Hallo, da bin ich, lassen Sie mich rein, sehen Sie mal, was ich für Sie habe!« und den gräßlichen Korridor entlang zu ihr hineinstürmte, da war ihr Gesicht sauer wie eine Zitrone. Sie wollte mich für ihre neuen Kabel und Schalter bestrafen, aber ich ließ sie nicht. Ich fuhrwerkte herum und knallte mit Schranktüren, schenkte Malzbier ein und stellte die neuen Gläser ins Licht, und als ich mich schließlich hinsetzte, tat sie es auch und war wieder vergnügt.

»Haben Sie schon meine neuen Stiefel gesehen?« fragte ich und streckte sie ihr hin. Sie beugte sich vor, um sie genau zu sehen, und ihr Mund verzog sich in übermütigem Lachen.

»Ach«, hauchte sie, »was Sie immer für entzückende Sachen anhaben. Ich liebe schöne Kleider.«

Also verbrachten wir den Abend damit, daß ich ihr jeden Faden vorführte, den ich am Leibe trug. Ich zog meinen Pullover aus und stand still, damit sie um mich herumgehen konnte, und sie lachte. Darunter trug ich mein neues Unterkleid aus Crêpe de Chine. Ich hob den Rocksaum, daß sie die Spitze daran sehen konnte. Die Stiefel zog ich aus und ließ sie sie in die Hand nehmen.

Sie lachte und hatte ihre Freude.

Dann erzählte sie mir von Kleidern, die sie in ihrer Jugendzeit getragen hatte.

Ein Lieblingskleid von ihr war aus grauem Popelin mit rosa Blumen. Sie hatte es getragen, wenn sie ihre Tante besuchte. Es hatte dem Flittchen ihres Vaters gehört und war zu groß für sie, aber sie hatte es enger gemacht.

»Ehe meine arme Mutter starb, war nichts zu gut für mich, nur nachher bekam ich die abgelegten Sachen. Aber dieses Kleid war so schön, so schön, und es stand mir so gut.«

Wir unterhielten uns über Kleider, Unterhosen, Petticoats, Unterkleider, Pantoffeln, Boas und Korsetts, die man vor fünfzig, sechzig, siebzig Jahren getragen hatte. Mrs. Fowler ist über neunzig.

Und am meisten redete sie über die Freundin ihres Vaters, der eine Kneipe gehört hatte. Als Mrs. Fowlers Mutter starb . . . »Sie wurde vergiftet, meine Liebe! *Sie* hat sie vergiftet – ja, ich weiß schon, was Sie denken, ich sehe Ihr Gesicht, aber ich sage Ihnen, *sie* hat meine Mutter vergiftet und hat es auch bei mir versucht. Sie hat bei uns gewohnt. Das war in St. John's Wood. Ich mußte für das ganze Haus das Dienstmädchen machen, Tag und Nacht mußte ich schuften, und wenn die beiden zu Bett gingen, mußte ich ihnen dünnen Porridge mit Whisky und Sahne hinaufbringen. Dann stand sie in ihrem frivolen roten Bettjäckchen mit Federbesatz auf der einen Seite des Feuers und mein Vater im seidenen Schlafrock auf der anderen. Sie sagte zu mir: Maudie, fühlst du dich heute stark? Und dann warf sie den ganzen Federkram ab und stand im Korsett da. Solche Korsetts werden heute gar nicht mehr hergestellt. Sie war eine große, dralle, hübsche Frau, und mein Vater saß daneben in seinem Armsessel, lächelte und strich sich den Schnurrbart. Ich mußte die Korsettschnüre lösen. Was für eine Arbeit! Aber immer noch besser, als sie in das Korsett zu quetschen und zu schnüren, wenn sie sich zum Ausgehen anzog. Und nie fragten sie mich: Maudie, möchtest du auch einen Löffel Porridge? Nein, sie aßen und tranken wie die Fürsten, ihnen fehlte es an nichts. Wenn sie Appetit 'auf Krebs oder Seezunge oder Hummer hatte, ließ er es holen. Aber nie hieß es: Maudie, magst du etwas davon? Aber dann wurde sie dicker und dicker, und dann hieß es: Willst du mein altes Blauseidenes haben, Maudie. Ob ich wollte! Aus einem von ihren Kleidern konnten ich mir ein Kleid und eine Bluse machen und manchmal noch eine Schärpe dazu. Aber trotzdem hatte ich nie so richtiges Vergnügen daran, ihre Sachen zu tragen. Ich hatte immer das Gefühl dabei, daß sie sie meiner armen Mutter gestohlen hatte.«

Es wurde spät, ehe ich heimkam, und in der Wanne überlegte ich, ob wir wohl einen Artikel über diese alten Kleider bringen könnten. Ich trug die Idee Joyce vor, und sie schien durchaus interessiert.

Sie sah mich forschend an. Fragen wollte sie nicht stellen, weil irgend etwas an mir sie zur gleichen Zeit davor warnte, aber dann fragte sie doch: »Woher hast du denn all das über diese Kleider?«, als ich ihr das rosaseidene Nachmittagskleid beschrieb, das einer Kneipenwirtin vor dem Ersten Weltkrieg gehört hatte – einer, die laut Mrs. Fowler die Frau ihres Liebhabers vergiftet und bei der Tochter ihres Liebhabers dasselbe versucht hatte. Und den Morgenmantel aus pflaumenblauem Satin mit schwarzen Straußenfedern.

Ich warf hin: »Oh, ich führe ein Doppelleben«, und sie murmelte in dem unbeteiligten Ton, den ich jetzt schon kenne: »Sieht so aus.«

Gestern abend war ich wieder bei Maudie. Ich fragte sie, ob ich sie Maudie nennen dürfte. Aber das mochte sie nicht. Sie hat etwas gegen plumpe Vertraulichkeit. Also erwähnte ich es nicht mehr. Beim Weggehen sagte ich: »Dann nennen Sie mich doch wenigstens Janna, bitte.« Nun wird sie mich also Janna nennen, aber ich muß respektvoll Mrs. Fowler sagen.

Ich habe sie gebeten, für die Zeitschrift die alten Kleider zu beschreiben: Ich bot ihr an, sie würde für ihre fachkundige Hilfe bezahlt werden. Aber das war ein Fehler, sie rief ganz schockiert und verletzt: »Aber nein, wie können Sie nur – wo ich doch so gern an diese alten Zeiten zurückdenke.«

Also war es damit auch nichts. Wie viele Fehler ich doch mache, wenn ich etwas besonders gut zu machen versuche.

Mein erster Impuls ist fast immer ziemlich stark, etwa daß ich mich wegen meines Badezimmers oder wegen der Zeitschrift genierte.

Gestern abend verbrachte ich eine geschlagene Stunde damit, ihr mein Badezimmer bis ins kleinste Detail zu beschreiben, und sie hörte lächelnd und entzückt zu und stellte Fragen. Nein, neidisch ist sie nicht. Aber manchmal verschießt sie einen finsteren, zornigen Blick, und dann weiß ich, daß ich davon noch irgendwann auf Umwegen etwas hören werde.

Sie hat noch mehr über das Haus in St. John's Wood erzählt. Ich sehe es förmlich vor mir! Das schwere dunkle Mobiliar, der Komfort, das gute Essen und Trinken. Ihr Vater hatte ein kleines Haus besessen, genau dort, wo ›sie‹ die Bahn nach Paddington legen wollten oder so etwas Ähnliches. Und er bekam ein Vermögen dafür. Er hatte ein Eisenwarengeschäft an einer Ecke der Bell Street betrieben und Kohle und Brot an arme Leute umsonst ausgegeben, und an kalten Tagen gab es einen Kessel mit Suppe für die Armen. »Wie gern habe ich dabeigestanden und war so stolz auf ihn, daß er diesen armen Leuten half . . .« Und dann kam der Geldsegen, und ganz plötzlich war das große Haus da und Wärme, und ihr Vater ging fast jeden Abend aus, denn er verkehrte so gerne mit feinen Leuten, er ging zu Diners und ins Theater und ins Tanzcafé, und dort lernte er dann *sie* kennen, die Maudies Mutter das Herz brach und sie vergiftete.

Maudie sagt, sie habe eine wunderschöne Kindheit verbracht, eine schönere könne sie nicht einmal der Königin wünschen. Sie erzählt viel von einer Schaukel unter Apfelbäumen in einem Garten mit hohem, ungemähtem Gras. »Da schaukelte ich stundenlang, schaukelte immer hin und her und sang alle Lieder, die ich kannte, und dann kam meine arme Mutter heraus und rief nach mir, und ich lief hinein zu ihr, und sie gab mir Obstkuchen und Milch und küßte mich, und dann lief ich wieder zurück zur Schaukel.

Oder sie zog mich und meine Schwester Polly fein an, und wir gingen auf die Straße flanieren. Wir bekamen einen Penny und kauften uns jede einen Riegel Schokolade. Meine habe ich Krümel für Krümel aufgeschleckt und gehofft, daß ich niemanden treffen würde, mit dem ich sie teilen müßte. Aber meine Schwester aß ihre immer auf einmal auf und bettelte dann mich an, ich solle ihr von meiner abgeben.«

»Wie alt waren Sie auf der Schaukel, Mrs. Fowler?«

»Ach, da muß ich so fünf, sechs gewesen sein . . .«

Es kommt alles nicht richtig in die Reihe. Hinter dem Eisenwarengeschäft in der Bell Street kann es doch schwerlich einen großen Garten mit ungemähtem Gras gegeben haben? Und in St. John's Wood war sie sicher schon zu groß, um zu schaukeln und für sich allein im Gras zu spielen, während die Vögel sangen? Und als ihr Vater so oft ausging, zu den feinen Diners und ins Theater, wann war das? Ich frage und frage, aber sie will die Dinge gar nicht in die Reihe bringen, sie hat sich im Geist bunte Bilder gemalt, die sie seit all diesen Jahrzehnten mit sich herumträgt und sich daran erfreut.

Ich welchem Haus war es, als ihr Vater ins Zimmer kam und zu ihrer Mutter sagte: »Du teiggesichtigte Schlampe, kannst du denn nichts als plärren?« Und dann schlug er sie. Aber nur einmal, denn Maudie ging auf ihn los und drosch auf seine Beine ein, bis er lachen mußte und Maudie hochhob und zu seiner Frau sagte: »Wenn du nur etwas von ihrem Temperament hättest, wäre aus dir noch etwas zu machen«, und dann ging er zu seinem Flittchen. Und später pflegte Maudies Mutter die Kleine mit einem Krug in die Kneipe zu schicken, wo sie mitten unter der Kundschaft stehen und sich Guinness zapfen lassen mußte. »Ja, ich mußte dort stehen, wo alle mich sehen konnten, um *sie* zu beschämen. Aber sie hat sich nicht geschämt, die nicht, sie hat mich über die Theke gehoben und in ihr Hinterzimmerchen mitgenommen, wo es so heiß war, daß uns das Gesicht glühte. Das war, bevor sie meine Mutter vergiftete und wegen ihres schlechten Gewissens mich zu hassen anfing.«

Bis hierher habe ich rekapituliert, zusammengefaßt. Jetzt will ich, wenn ich kann, Tag für Tag eintragen. Heute war Samstag. Ich erledigte meine Einkäufe, arbeitete ein paar Stunden zu Hause und besuchte dann Mrs. F. Auf mein Klopfen antwortete niemand, und ich stieg die bröckligen Stufen wieder hinauf und sah sie auf der Straße, wie sie sich mit ihrem Einkaufskorb Schritt für Schritt voranquälte. Ich sah sie wieder wie am ersten Tag: eine gebeugte alte Hexe. Eigentlich furchterregend mit der Nase beinahe bis ans Kinn, den buschigen grauen Augenbrauen, den wirren weißen Haarsträhnen unter dem schwarzen Etwas von einem Hut. Sie atmete schwer, als sie sich mir näherte. Meine Begrüßung erwiderte sie mit ihrem ungeduldigen Kopfschütteln und stieg die Treppe hinunter, ohne ein Wort mit mir zu reden. Immer noch wortlos schloß sie die Tür auf und trat ein. Beinahe wäre ich wieder gegangen. Dann folgte ich ihr aber doch und ließ mich uneingeladen in dem Ofenzimmer nieder. Sie kam erst nach einer halben Stunde herein, währenddessen hörte ich sie herumhantieren. Ihre alte gelbe Katze kam an und setzte sich nahe meinen Füßen nieder. Dann brachte sie ein Tablett mit ihrer alten braunen Teekanne und Zwieback herein und war wieder ganz freundlich und gutgelaunt. Sie zog die schmutzigen Vorhänge zu, schaltete das Licht an und warf Kohlen aufs Feuer. Die letzten Kohlen im Eimer. Ich nahm den Eimer von ihr entgegen und tastete mich den Flur entlang zum Kohlenkeller. Dunkel, ohne ein Licht, und nach Katze riechend. Ich schaufelte mit den Händen Kohlen in den Eimer und trug ihn zurück zu ihr, und sie streckte ohne ein Wort des Dankes die Hand aus und nahm ihn von mir entgegen.

Bei einer nachträglichen Zusammenfassung läßt man die Einzelheiten einer Begegnung aus, das ist der Nachteil. Ich hätte schreiben können: Zu Anfang war sie mürrisch, wurde dann wieder ganz nett, wir tranken gemütlich Tee zusammen, und sie erzählte mir ... Aber was ist mit all dem Wechselspiel von Zuneigung, Ärger, Reizbarkeit – so viel Ärger auf beiden Seiten?

Ich ärgerte mich, als ich da auf der Treppe stand und sie

ohne ein Wort an mir vorbei hinunterstieg, und wahrscheinlich ärgerte sie sich auch und dachte, das geht zu weit! Und als ich mit der Katze im Wohnzimmer saß, war ich fuchsteufelswild und dachte, na, wenn das der Dank ist! Und dann zerrann aller Ärger in Behaglichkeit, als das Feuer glühte und draußen der Regen prasselte. Und immer wieder erlebe ich diese schlimmen Momente, wenn ich die schmierige Teetasse an die Lippen führen muß; wenn ich diesen scharfen süßlichen Gestank einatme, den sie verströmt; wenn ich sehe, wie sie mich manchmal anschaut und irgendein alter Zorn in ihr hochkommt . . . Jede unserer Begegnungen ist so ein Auf und Ab von Emotionen.

Sie erzählte mir von einem Sommerurlaub.

»Natürlich konnten wir damals nicht im Sommer einfach Urlaub machen, so wie ihr Mädchen alle heutzutage. Euch kommt das wohl selbstverständlich vor! Nein, ich war von der Putzmacherwerkstatt freigestellt worden. Sie konnten mir nicht sagen, wann sie mich wieder brauchen würden. Ich war müde und schwach, denn ich konnte mich nicht richtig ernähren, die Bezahlung war so schlecht. Ich bewarb mich auf einer Annonce für ein Zimmermädchen in einem Strandhotel in Brighton. Exklusiv, hieß es, und nur mit Empfehlungsschreiben. Ich hatte keine Empfehlungsschreiben. Ich war noch nie in Stellung gewesen, das hätte meiner armen Mutter das Herz gebrochen. Ich schrieb hin und bekam eine Antwort, ich solle kommen, meine Auslagen würden erstattet. So packte ich meine Siebensachen und fuhr. Etwas an ihrem Brief gab mir das sichere Gefühl, daß alles gutgehen würde. Es war ein großes Haus etwas abseits von der Straße. Ich ging die vordere Auffahrt hinauf und dachte mir, noch bin ich hier nicht im Dienst! Und die Hausdame, eine richtig nette Frau, ließ mich ein und sagte, Mrs. Privett werde mich sogleich empfangen. Und das muß ich Ihnen sagen, sie war einer der besten, der gütigsten Menschen, die ich jemals gekannt habe. Ich muß oft an sie denken. Immer wenn man glaubt, man ist am Ende, es geht nicht mehr weiter, dann taucht so ein Mensch auf, so ein einzigartiger Mensch . . . Sie beguckte mich und sagte: Maudie, Sie haben geschrieben, daß Sie keine Erfahrung haben, und ich weiß Ihre Ehrlichkeit zu schätzen. Aber ich brauche die beste Art von Mädchen, weil wir auch die beste Art von Gästen haben. Wann können Sie anfangen? Sofort, sagte ich, und wir lachten beide, und später sagte sie, sie hätte bei mir auch gleich das Gefühl gehabt, daß alles gutgehen würde. Die Hausdame führte mich ins Dachgeschoß. Dort wohnten ein Koch, ein Küchenmädchen, ein Bursche, die Hausdame, zwei Serviermädchen und vier Zimmermädchen. Ich war eins der Zimmermädchen. Wir wohnten in einer der Dachkammern mit zwei großen Betten, je zwei schliefen in einem Bett. Ich sollte erst am nächsten Morgen anfangen, darum lief ich erst einmal hinunter zum Strand und zog meine Schuhe aus. Da war das wundervolle Meer. Ich hatte seit dem Tod meiner Mutter das Meer nicht mehr gesehen, und nun hockte ich am Strand und beobachtete, wie die schwarzen Wellen auf und ab gingen, und war so glücklich, so glücklich . . . und dann rannte ich im Dunkeln zurück und fürchtete mich entsetzlich vor dem Würger . . .«

»Vor wem?«

Und da erzählte sie mir eine lange Geschichte über eine Zeitungssensation von damals, über einen Mann, der Mädchen erwürgte, wenn er sie allein antraf . . . Das paßte so ganz und gar nicht zum Rest ihrer Erzählung, und doch war – ist – auch das ein Teil von Maudie, dieses genüßlich-masochistische Gruseln, das ab und an auftaucht und wieder verschwindet. Jedenfalls rannte sie zitternd, den heißen Atem des Würgers im Nacken, durch die Dunkelheit und den finsteren Garten, und die Hausdame hielt die Tür auf und sagte: Da sind Sie ja, Maudie, ich habe mir schon Sorgen um Sie gemacht, aber die Chefin meinte, keine Angst, sie könnte sich schon denken, wo Sie wären . . . »Wissen Sie, ich habe so oft darüber nachgegrübelt, warum die Menschen nur häßlich zueinander sind, wenn doch Nettsein so viel leichter ist? In diesem großen Haus waren alle nett, die Angestellten und sogar die Gäste, niemand war gemein oder schnippisch oder zänkisch. Das ging alles von ihr aus, von Mrs. Privett. Warum also sind Menschen unfreundlich zueinander?

Sie hatte mein Abendessen für mich aufgehoben, und es war ein wunderbares Abendessen, und beim Essen leistete sie mir Gesellschaft. Und dann ging ich zu Bett. Das ganze Haus war dunkel, nur auf den Treppenabsätzen brannten Gaslichter, aber ganz oben war der Himmel noch hell, und die drei anderen Mädchen waren da, und wir hatten so viel Spaß miteinander. Die halbe Nacht lagen wir wach und erzählten uns Geschichten, Gespenstergeschichten und so, und jagten einander Angst vor dem Würger ein, und wir aßen Süßigkeiten und lachten . . .

Und am nächsten Morgen mußten wir um sechs aufstehen. Bis zur Frühstückszeit hatte ich einen Bärenhunger, aber sie, Mrs. Privett, gab uns zum Frühstück dasselbe, was die Hotelgäste bekamen, und sogar noch Besseres, und während wir aßen, kam sie in die Küche, um sich zu vergewissern, daß wir auch alles bekamen. Wir aßen große Teller Porridge mit frischer Kuhmilch, und wer mochte, Räucherfisch oder Eier in jeder Zubereitungsart, und danach so viel Toast und Marmelade und Butter, wie wir nur schafften, und manchmal saß sie dabei und sagte: Ich sehe gerne zu, wenn junge Leute essen. Eßt nur tüchtig, sonst könnt ihr eure Arbeit nicht gut tun! Und so war es bei jeder Mahlzeit dort. Nie vorher und nie nachher habe ich so gut gegessen. Und dann . . .«

»Und die Arbeit? War sie schwer? Was hatten Sie zu tun?«

»Schwer? Ja, ich glaube schon. Aber wir waren damals Arbeit gewohnt. Um sechs standen wir auf und säuberten die Kaminroste im ganzen Haus und zündeten frische Feuer an, und den großen Speisesaal hatten wir blitzblank geputzt, noch ehe wir den Gästen die Tabletts mit Tee und Gebäck aufs Zimmer brachten. Dann machten wir die Gemeinschaftsräume bis aufs letzte Stäubchen sauber, und danach konnten wir frühstücken. Und dann ging es an die Schlafzimmer, und da war Mrs. Privett sehr penibel, die wurden ganz gründlich saubergemacht. Die Blumen besorgten wir zusammen mit ihr, auch das Silber und das Fensterputzen. Und dann bekamen wir unser herrliches Mittagessen, dasselbe wie die Gäste. Hinterher nahmen wir Flickarbeiten mit zu uns auf die Dachkammer und alberten herum, während wir sie erledigten. Sie hatte nichts dagegen. Sie sagte, sie hörte uns gerne lachen, vorausgesetzt, die Arbeit würde getan. Und dann kamen wir vier hinunter, um den Tee zu servieren, denn die Serviermädchen hatten den Nachmittag frei, und wir brachten den Gästen Tabletts mit Butterbroten und Kuchen und so. Danach hatten wir eine Stunde frei und gingen an den Strand. Abends paßten wir vier Mädchen dann auf die kleinen Kinder auf, während die Eltern ins Theater oder sonstwohin gingen. Das war schön, ich hatte kleine Kinder so gern. Wir fanden das alle schön. So gegen zehn Uhr abends gab es dann ein großes Abendessen mit Kuchen und Schinken und allem möglichen. Ach, es war wunderbar. Ich blieb drei Monate dort und war so glücklich und vollgefuttert, daß ich nicht mehr in meine Kleider paßte.«

»Und dann?«

»Und dann kam der Herbst, und das Hotel machte zu. Mrs. Privett kam zu mir und sagte: Maudie, ich würde Sie gerne bei mir behalten. Im Winter führe ich ein Haus am Mittelmeer. In Nizza war das. In Frankreich. Ich sollte mit ihr kommen. Aber ich sagte nein. Ich bin schließlich Putzmacherin von Beruf. Aber es brach mir fast das Herz, nicht mit ihr zu gehen.«

»Was war denn der wirkliche Grund?« fragte ich.

»Sie merken aber auch alles«, rief sie. »Sie haben recht. Es war Laurie. Ich war von London nach Brighton gezogen, ohne ihm etwas zu sagen, damit er merken sollte, was er an mir hat. Das tat er auch. Als ich aus dem Zug stieg, war er da, und ich habe nie herausgefunden, woher er das wußte. Und er sagte: Da bist du also wieder? Das siehst du ja, sagte ich. Dann gehst du morgen mit mir spazieren, sagte er. Meinst du? sagte ich.

Und schließlich heiratete ich ihn. Ihn und nicht den Deutschen. Ich habe den falschen Mann geheiratet.«

Dabei verzog ich das Gesicht, und sie fragte: »Haben Sie auch den Falschen geheiratet?«

»Nein«, sagte ich, »er hat die falsche Frau geheiratet.«

Das fand sie so komisch, daß sie sich in ihrem Sessel zurücklehnte, die runzligen braunen Hände über den Knien, und sich vor Lachen nicht zu lassen wußte. Sie hat ein junges frisches Lachen, gar nicht wie eine alte Frau.

»Oh, oh, oh«, rief sie aus, »das ist mir noch nie in den Sinn gekommen. Laurie dachte ja auch, er hätte die falsche Frau geheiratet, aber mit welcher wäre er wohl besser gefahren? Schließlich ist er bei keiner geblieben.«

Das war heute nachmittag. Erst kurz nach sechs ging ich. Da begleitete sie mich an die Haustür und sagte: »Danke schön auch, daß Sie mir die Kohlen geholt haben. Geben Sie nichts auf meine Launen, liebes Kind, geben Sie nichts darauf, wie ich mich manchmal benehme.

Sonntag

Habe mir den Film ›Der weiße Rabe‹ angeschaut. Ich bin also wie Maudie und ihre Stubenmädchen: Ich grusel mich gerne. Nach dem Kino kam ich heim, um zu tun, was ich immer Sonntag abends tue, nämlich die Kleidung für die ganze Woche zurechtzulegen und nachzusehen und meinen Körper zu pflegen. Dabei wurde mir bewußt, daß ich den ganzen Tag allein verbracht hatte und daß das ganz typisch für meine Wochenenden ist, daß ich sie allein verbringe. Ich wußte nicht, wie es ist, allein zu sein, bis Freddie starb. Er legte Wert darauf, daß wir etwa einmal die Woche regelrechte Dinnerpartys gaben; er lud seine Kollegen mit ihren Frauen ein und ich meine Kolleginnen, meistens Joyce mit ihrem Mann. Ich sorgte für erlesenes Essen und Freddie für den Wein. Darauf waren wir stolz. Und jetzt ist davon keine Spur mehr geblieben. Nach der Beerdigung sah ich keinen seiner Teilhaber je wieder. Ich hatte überlegt, ob ich weiterhin diese gepflegten kleinen Dinnerpartys geben sollte, aber es wäre zu lästig geworden. An meinem Arbeitsplatz gelte ich als die typische selbständige Frau, die ihr Leben in die eigene Hand nimmt. Ein ausgefülltes Leben. Freunde, Wochenenden, Einladungen. Jede Woche habe ich drei, vier

Einladungen zum Lunch, zu Cocktailpartys, zu Empfängen in Angelegenheiten des Blattes. Das ist aber kein Vergnügen und auch keine Last, es gehört eben zu meiner Arbeit. Da kenne ich praktisch jeden, überhaupt kennt jeder jeden. Nach der Arbeit komme ich dann nach Hause, wenn ich nicht gerade mit Joyce zu Abend esse und irgend etwas bespreche, hole mir aus einem Restaurant ein Essen zum Mitnehmen, und dann – beginnt mein Feierabend. Ich begebe mich ins Bad und bleibe da zwei bis drei Stunden. Dann sehe ich noch ein bißchen fern. Am Wochenende laufe ich alleine herum. Wie nennt man so einen Menschen? Und trotzdem fühle ich mich nicht einsam. Wenn mir vor Freddies Tod jemand prophezeit hätte, ich würde einmal so leben und nichts weiter ersehnen . . . Ich werde ein Wochenende bei Georgie verbringen. *Ich werde es noch einmal versuchen.* Heute war ich nicht bei Maudie, das wurde mir einfach zuviel. Jetzt sitze ich im Bett und schreibe dies und frage mich, ob sie mit mir gerechnet hatte. Ob sie enttäuscht war.

Montag

Habe nach der Arbeit vorbeigeschaut und Pralinen mitgebracht. Sie verhielt sich etwas von oben herab. War sie böse, weil ich gestern nicht da war? Sie sagte, sie sei nicht draußen gewesen, weil es so kalt war und sie sich nicht wohl fühlte. Zu Hause fragte ich mich, ob sie wohl von mir erwartete, daß ich für sie einkaufen würde. Aber schließlich ist sie ja auch zurechtgekommen, bevor ich in ihr Leben geschneit oder vielmehr gepoltert bin.

Dienstag

Joyce sagte, sie möchte nicht zur Modewoche nach München fahren, sie hätte Schwierigkeiten mit ihrem Mann und den Kindern, und ob ich wohl würde? Erst wollte ich nicht richtig, obwohl ich Spaß an solchen Reisen habe: Mir wurde klar, daß es wegen Maudie Fowler war. Das kam mir dann doch zu hirnrissig vor, und ich sagte zu.

Nach der Arbeit zu Maudie. Die Flammen züngelten durch das Ofengitter, und sie war erhitzt und schlecht gelaunt. Nein, es gehe ihr nicht gut, und nein, ich solle mir keine Mühe machen. Sie war sehr barsch, aber ich ging in die Küche, wo es nach abgestandenem Essen und vergammeltem Katzenfutter stank, und sah, daß sie kaum noch etwas dahatte. Ich erbot mich, für sie einzukaufen. Jetzt kenne ich schon diese Momente, wo sie sich freut, daß ich dieses oder jenes für sie tun will, sich aber doch in ihrem Stolz verletzt fühlt. Dann schiebt sie ihr spitzes kleines Kinn vor, ihre Lippen zittern ein wenig, und sie starrt schweigend ins Feuer.

Ich fragte nicht, was ich holen sollte, aber beim Weggehen rief sie mir etwas von Fisch für die Katze hinterher. Ich brachte alles mögliche mit, stellte die Sachen mit dem Küchentisch ab, machte etwas Milch heiß und brachte sie ihr.

»Sie gehören ins Bett«, sagte ich.

Sie wehrte ab. »Dann kommen Sie noch auf die Idee und holen den Arzt.«

»Und was wäre daran so schrecklich?«

»Er würde mich wegschicken.«

»Wohin?«

»Na, ins Krankenhaus, wohin sonst?«

Ich sagte: »Sie reden, als sei das Krankenhaus eine Art Gefängnis.«

Sie gab zurück: »Ich behalte meine Gedanken für mich und Sie die Ihren.«

Man merkte aber, daß sie richtig krank war. Ich wollte ihr ins Bett helfen, das kostete einen regelrechten Kampf. Ich suchte ein Nachthemd, dann wurde mir klar, daß sie so etwas nicht hat. Im Bett trägt sie Hemd und Hose und darüber eine alte Wolljacke, am Hals zusammengehalten von einer hübschen Granatbrosche.

Sie litt Qualen, weil ich sah, daß ihr Bett unsauber und ihre Unterwäsche beschmutzt war. Der süßliche Gestank war sehr intensiv: Jetzt weiß ich, daß es Urin ist.

Ich steckte sie ins Bett und machte ihr Tee, aber sie lehnte ab: »Nein, nein, sonst muß ich nur wieder aufs Klo.«

Ich schaute mich um, fand in einer Zimmerecke einen Nachtstuhl und stellte ihn ihr ans Bett.

»Und wer soll das ausleeren?« fragte sie böse.

Ich ging mir den Abtritt angucken: ein kleiner zementierter Kasten mit einem uralten Sitz ohne Deckel und einer Kette, die abgerissen und mit einem Stück Schnur verlängert worden war. Sauber war es. Aber eiskalt. Kein Wunder, daß sie hustet. Es ist Februar und sehr kalt draußen – wie kalt, das wird mir erst bewußt, wenn ich an Maudie denke, denn sonst ist es überall, wo ich hinkomme, so gut geheizt und isoliert. Wenn sie vom heißen Ofen weg zu diesem Abtritt hinaus muß . . .

Ich versprach: »Ich komme auf dem Weg zur Arbeit vorbei.«

Jetzt sitze ich hier im Bett, nachdem ich gebadet, mich gründlich abgeschrubbt und mein Haar gewaschen habe – sitze hier und schreibe und frage mich, wie ich bloß in diese Beziehung zu Maudie geraten bin.

Mittwoch

Habe für München gebucht. Nach der Arbeit zu Maudie. Der Arzt war bei ihr. Doktor Thring. Ein alter Mann, zappelig und ungeduldig. Er stand in der Tür – um möglichst weit weg von der Hitze und dem Gestank zu sein, da war ich sicher –, und mitten im Zimmer hatte sich diese zornige, eigensinnige, zierliche alte Frau aufgebaut, als stünde sie vor einem Erschießungspeloton, und beharrte: »Ich gehe nicht ins Krankenhaus, ich gehe einfach nicht, Sie können mich nicht dazu zwingen.« Und er brüllte zurück:

»Dann komme ich eben nicht mehr zu Ihnen, dazu können Sie mich nicht zwingen.« Als er mich sah, sagte er in ganz anderem Ton, erleichtert und ratlos: »Sagen Sie es ihr. Wenn Sie eine Freundin sind, machen Sie ihr klar, daß sie in die Klinik muß.«

Sie sah mich ganz verschreckt an.

»Mrs. Fowler«, plädierte ich, »warum wollen Sie denn nicht in die Klinik?«

Sie drehte uns beiden den Rücken zu, griff sich das Schüreisen und stocherte damit in den Flammen herum.

Der Arzt, das Gesicht von Ärger und Hitze gerötet, warf mir einen Blick zu und zuckte die Achseln. »Sie gehören in ein Heim«, sagte er. »Das habe ich Ihnen schon tausendmal gesagt.«

»Sie können mich nicht mit Gewalt dahin schleppen.«

Er fluchte, trat in den Flur und winkte mir, ihm zu folgen. »Bringen Sie sie zur Vernunft«, verlangte er.

»Daß sie ins Krankenhaus muß, glaube ich auch«, meinte ich, »aber warum denn in ein Heim?«

Der Arzt war ausgelaugt vor Erbitterung und – wie ich bemerkte – vor Übermüdung. »Sehen Sie doch selber«, sagte er. »Sehen Sie sich doch das alles an. Na ja, ich gehe jetzt meine Dienststelle anrufen.« Und ging.

Als ich zurückkam, behauptete sie: »Vermutlich haben Sie jetzt alles mit ihm abgesprochen.«

Ich wiederholte ihr Wort für Wort, was ich gesagt hatte, und währenddessen hustete sie mit geschlossenem Mund, ihre Brust flog, die Augen tränten, und sie hämmerte sich mit der Faust auf die Brust. Ganz offensichtlich wollte sie mir nicht zuhören.

Donnerstag

Schaute auf dem Weg zur Arbeit vorbei. Sie war auf und saß angezogen, mit fieberglänzenden Augen, vor dem Feuer. Ihre Katze maunzte, sie war nicht gefüttert worden.

Ich leerte ihren Nachtstuhl aus, der voll von dickem stinkendem Urin war. Der Katze gab ich auf einem sauberen Tellerchen zu fressen. Ich machte ihr Tee und etwas Toast zurecht. Sie saß mit abgewandtem Gesicht da, beschämt und krank.

»Sie sollten Telefon haben«, sagte ich. »Jeder vernünftige

Mensch hat Telefon. Dann könnte ich Sie vom Büro aus anrufen.«

Sie antwortete nicht.

Da ging ich zur Arbeit. Heute hatte ich keine Termine, kein Geschäftsessen oder Derartiges, und die Sitzung mit den Fotografen war abgesagt worden – die Bahn wird bestreikt. Da sagte ich Joyce, ich würde zu Hause arbeiten, und sie stimmte zu, es sei okay, sie werde im Büro bleiben. Sie hat durchblicken lassen, daß es bei ihr zu Hause im Moment unerfreulich ist: Ihr Mann will sich scheiden lassen, sie weiß nicht, was sie machen soll, und läuft von Anwalt zu Anwalt. Aber im Büro fühlt sie sich wohl, selbst wenn sie in besseren Zeiten auch viel zu Hause gearbeitet hat.

Auf dem Heimweg ging ich bei Maudie vorbei, und dort traf ich Hermine Whitfield von einer Behörde, die sie ›die Geriatrische‹ nennt.

Wir verstanden uns auf Anhieb: Wir sind einander gleich, derselbe Stil, dieselbe Art der Kleidung, dasselbe *Image*. Sie saß gegenüber Maudie, diesem Bündel in Schwarz, sie lehnte sich vor und versprühte Lächeln, Charme und Humor.

»Aber Mrs. Fowler, wir könnten so viel für Sie tun, wenn Sie nur ko . . .« Aber dann entschied sie sich gegen ›kooperieren‹ und verbesserte sich: »Wenn Sie uns nur lassen würden.«

Mich fragte sie: »Und wer sind Sie?« in demselben charmanten, fast spielerischen Ton, hörte das dann aber selber und schaltete um auf das in unseren Kreisen übliche Kumpelhaft-Demokratische (nicht daß ich mir bis zum heutigen Tag über diese Unterscheidung je Gedanken gemacht hätte): »Sind Sie von der Nachbarschaftshilfe? Davon hat mir keiner ein Wort gesagt.«

»Nein«, sagte ich, »ich bin Mrs. Fowlers Freundin.«

Das konnte man von zirka zehn verschiedenen Gesichtspunkten aus nur als eine unerhörte Behauptung bezeichnen, und am unerhörtesten war, daß ich das Wort nicht zwischen Anführungszeichen gesetzt hatte. Da erst fiel mir ein, daß man keine Freunde aus der Arbeiterschicht zu haben hat.

Mein Verhältnis zu Mrs. Fowler konnte alles mögliche sein, einschließlich das einer guten Nachbarin, aber nicht das einer Freundin.

Hermione saß da und blinzelte mich an, während der Feuerschein auf ihrem Haar spielte. Eine weiche goldene Haarmähne, lauter Wellen und Löckchen. Ich weiß, was diese sorgsam arrangierte Unordnung kostet. Ihr zartes, rosiges Gesicht mit großen blauen Augen, grau und blau umrandet. Ihr weißer Angorapullover, graue Wildlederhosen, dunkelblaue Wildlederstiefel . . . ich dachte, entweder ist die Bezahlung bei der ›Wohlfahrt‹ besser, als ich geglaubt hatte, oder sie hat private Einkünfte. Als ich in diesem langen Moment reiner Disharmonie – denn ich hatte gesagt, was nicht sein konnte, nicht sein durfte – vor ihr stand, wurde mir klar, daß ich sie mit den Augen einer Modejournalistin betrachtete, und dabei war sie vielleicht ganz anders als ihr ›Image‹.

Inzwischen hatte sie sich gefangen. »Nun gut, Mrs. Fowler«, sagte sie und erhob sich mit einem lieben Lächeln, Hilfsbereitschaft und Wärme versprühend, »nun gut, Sie wollen also partout nicht ins Krankenhaus. Ich mag Krankenhäuser selber auch nicht besonders. Aber ich kann dafür sorgen, daß jeden Morgen eine Pflegerin zu Ihnen kommt, und ich kann Ihnen eine Haushaltshilfe schicken und . . .«

»Ich will niemanden hier haben«, unterbrach Maudie mit abgewandtem Gesicht und stocherte wütend in den Flammen.

»Denken Sie jedenfalls daran, was Sie alles haben *könnten*«, schloß Hermione und warf mir einen Blick zu, der mich zum Mitkommen aufforderte.

Nun stand ich vor der Entscheidung, entweder hinter Maudies Rücken über sie zu verhandeln oder zu Hermione zu sagen: »Nein, wir reden hier.« Ich ging den Weg des geringsten Widerstandes und folgte Hermione.

»Mein Name ist . . .« und so weiter, sie nannte mir ihre Legitimation und wartete darauf, daß ich dasselbe tat.

»Mein Name ist Janna Somers«, sagte ich.

»Dann sind Sie vielleicht eine Nachbarin«, bohrte sie irritiert.

»Ich mag Mrs. Fowler einfach gern«, erklärte ich, und jetzt hatte ich das Richtige gesagt, sie gab unwillkürlich einen Seufzer der Erleichterung von sich, denn die Welt war wieder in Ordnung.

»Ach ja«, rief sie, »das kann ich gut verstehen, manche von diesen alten Leutchen sind so lieb, so reizend . . .« Aber ihr Gesicht drückte aus, Mrs. Fowler sei alles andere als lieb und reizend, eher ein schrulliger alter Drachen.

Wir standen in dem gräßlichen Flur zwischen den schmierigen gelblichen Wänden mit Schichten von Kohlenstaub darauf, mit dem Katzengeruch aus dem Kohlenkeller, mit der zersplitterten, schiefhängenden Tür zur Außenwelt. Schon hatte sie die Hand an der Klinke.

Ich sagte: »Ich schaue manchmal zu Mrs. Fowler herein und tue für sie, was ich kann.« Das betonte ich, um ihr klarzumachen, sie solle nicht erwarten, daß ich ihre Arbeit tue.

Sie seufzte noch einmal. »Jetzt muß sie ja zum Glück bald woanders untergebracht werden.«

»Was! Davon weiß sie aber nichts!« Ich merkte, daß meine Stimme so entsetzt klang wie Maudies, wenn sie das gehört hätte.

»Natürlich weiß sie es. Das Haus steht seit Jahren auf der Liste.«

»Es gehört doch irgend so einem Griechen.«

»O nein, das stimmt nicht!« setzte sie mit fester Stimme an und kam dann ins Schleudern. Unter dem Arm trug sie eine pralle Akte. Sie hängte ihre Handtasche an die Klinke, öffnete die Akte und fing an, darin zu blättern. Eine Liste von Häusern, die für Abriß oder Sanierung vorgesehen waren.

Mir war schon klar, daß ihr ein Fehler unterlaufen war, ich war gespannt, ob sie ihn zugeben oder vertuschen würde. Ihn zuzugeben, würde ihr in meinen Augen Pluspunkte eintragen – denn dies war ein Wettstreit zwischen zwei Profis. Wir wetteiferten nicht um Mrs. Fowler – die arme Maudie –, sondern um die Verantwortung. Obwohl ich ja ausdrücklich die Verantwortung zurückgewiesen hatte.

Sie stand auf einem Bein, hielt einen Kugelschreiber zwischen ihren hübschen Lippen, hatte die Papiere auf ein Knie gelegt und runzelte die Stirn.

»Das muß ich noch einmal nachprüfen«, sagte sie, und da wußte ich, daß der Fall in der Versenkung verschwinden würde. Wie gut kenne ich diesen Blick, der besagt, daß jemand bei sich beschlossen hat, gar nichts zu tun, aber nach außen hin Kompetenz und Zuversicht vorschiebt!

Damit wollte sie gehen.

Ich fragte noch: »Welche Hilfsdienste kann sie denn beanspruchen, falls ich sie dazu überreden kann?«

»Eine Haushaltshilfe natürlich. Aber damit haben wir es schon probiert, das hat nicht geklappt. Eine ›gute Nachbarin‹ von der Nachbarschaftshilfe, aber sie will keine . . .« Sie warf mir einen raschen, zweifelnden Blick zu und fuhr fort: »Essen auf Rädern kann sie nicht beanspruchen, denn sie kann sich noch selber Essen machen, und wir sind überlastet . . .«

»Sie ist über neunzig«, gab ich zu bedenken.

»Viele andere auch.«

»Aber für die Pflegerin sorgen Sie?«

»Sie sagte doch, daß sie keine will. Wir können den alten Leuten nichts aufzwingen. Sie müssen schon kooperieren!« Das kam triumphierend, so als hätte sie mir eins ausgewischt.

Sie sprang die Stufen hinauf, stieg in einen roten Escort und winkte mir zu, während sie Gas gab. Froh, mich los zu sein. Ein strahlendes Lächeln, und dabei sagte ihr Körper: Diese Amateure, überall müssen sie sich einmischen!

Ich ging zurück zu Maudie, schuldbewußt, weil wir hinter ihrem Rücken über sie verhandelt hatten. Sie saß mit abgewandtem Gesicht da und schwieg.

Endlich: »Na, wie haben Sie entschieden?«

»Mrs. Fowler, ich finde, Sie sollten einige von den Hilfsdiensten in Anspruch nehmen. Warum denn nicht?«

Ihr Kopf zitterte, und mit ihrem Gesichtsausdruck wäre sie die ideale Besetzung für die böse Hexe gewesen.

»Was ich gerne hätte, ist Essen auf Rädern, aber das bewilligen sie mir nicht.«

»Keine Haushaltshilfe?«

»Nein. Einmal schickten sie eine. Sie fragte, wo ich meinen Staubsauger hätte. Für den Teppichkehrer war sie sich zu fein. Saß da, trank meinen Tee und aß meinen Zwieback. Und als ich sie einkaufen schickte, war es ihr zuviel Mühe, einen Schritt weiter zu gehen, um einen Penny zu sparen. Sie zahlte einfach, was verlangt wurde. Ich konnte billiger einkaufen als sie, darum sagte ich ihr, sie solle nicht wiederkommen.«

»Na ja, aber trotzdem . . .« Und ich hörte den veränderten Ton aus meiner Stimme heraus. Denn in Hermione hatte ich beschämt mich selbst wiedererkannt; all dieser bestrickende, einschmeichelnde Charme, so als bewunderte sie – bewunderte ich – mit einem Auge den eigenen Auftritt: Wie gut ich das mache, wie hübsch und liebenswürdig ich bin! Jetzt rang ich darum, diesen Ton nicht anzuschlagen, geradeheraus und schlicht zu sprechen. »Trotzdem finde ich, was Sie haben können, sollten Sie auch annehmen. Zum Beispiel die Pflegerin jeden Morgen, so lange Sie sich nicht wohl fühlen.«

»Warum sollte ich wohl eine Pflegerin brauchen?« fragte sie mit abgewandtem Gesicht.

Das bedeutete: Warum, wenn du doch zweimal täglich kommst? und auch: Aber warum solltest du kommen, das ist nicht dein Job. Und am lautesten: *Bitte, bitte.*

Gegenüber jemandem wie Hermione, meinem Mann, Joyce oder Georgie hätte ich gesagt: »Das geht zu weit, ich lasse mich doch nicht erpressen.« Was für einen feinen Riecher unsereins für einen Vorteil hat, den jemand sucht oder preisgibt.

Als ich ging, hatte ich ihr das Versprechen gegeben, weiterhin morgens und abends hereinzuschauen. Und ›sie‹ anzurufen und Bescheid zu sagen, daß sie keine Pflegerin wollte. Beim Abschied war sie schroff und abweisend, gequält von ihrer Hilflosigkeit, von dem Gedanken, daß sie nicht so viel von mir erwarten dürfte, von . . .

Und jetzt sitze ich hier und fühle mich selber gequält und wie ein Tier in der Falle. Den ganzen Abend war ich im Bad und habe nachgedacht.

Über das, woran mir wirklich liegt. Mein Leben, mein richtiges Leben, gehört meiner Arbeit, es findet im Büro statt. Weil ich seit meinem neunzehnten Lebensjahr stets bei derselben Zeitschrift gearbeitet habe, erschien mir dieses Leben so selbstverständlich, daß ich nicht gemerkt habe, daß es mein Leben *ist*. Ich war schon dabei, als die Zeitschrift noch das alte Format hatte, drei Neuorientierungen habe ich mitgemacht, und die zweite davon kann ich zum Teil mir zuschreiben. Joyce und ich haben alles in Gang gesetzt. Ich bin noch länger dabei als sie; sie trat Mitte der sechziger Jahre als Production Manager ein, da war ich schon fünfzehn oder zwanzig Jahre dabei und hatte mich durch alle Abteilungen hochgearbeitet. Wenn man von einem Menschen bei uns sagen kann, daß er ›Lilith‹ *ist*, dann bin ich das.

Und all das war mir selbstverständlich erschienen. Und ich werde nicht für Maudie Fowler das aufs Spiel setzen, woran mir am meisten liegt. Ich fliege nach München, nicht für zwei Tage, wie ich heute sagte, sondern für die üblichen vier, und ich werde ihr beibringen, daß sie die Pflegerin akzeptieren muß.

Freitag, in München

Bin heute morgen noch zu Maudie. Sie saß in einen Kokon aus schwarzen Lumpen gehüllt auf ihrem Sessel und starrte den kalten Ofen an. Ich holte ihr Kohlen, machte Tee, fütterte die Katze. Sie schien zu frieren und gleichzeitig vor Fieber zu glühen, und sie hustete die ganze Zeit.

Ich sagte zu ihr: »Mrs. Fowler, ich fliege nach München und werde vier Tage fort sein.« Keine Reaktion. Ich versuchte es weiter: »Mrs. Fowler, ich muß jetzt weg. Aber ich werde Hermione Whitfield anrufen und ihr sagen, daß Sie eine Pflegerin benötigen. Nur bis ich wieder da bin.« Sie starrte nur weiter den kalten Ofen an. Also versuchte ich, das Feuer anzuzünden, aber wußte nicht, wie man das macht, und so bemühte sie sich aus ihrem warmen Nest und baute ganz, ganz langsam das Feuer auf: Papierfetzen,

Holzsplitter, ein Anzünder. Ich schaute mich um – die Zeitungen waren alle, auch kein Anzünder mehr da, nichts.

Ich ging erst einmal zum Krämer und sah auf dem Rückweg in der Nähe ihrer Tür einen Schuttcontainer mit reichlich Holzsplittern, alten Latten aus abgerissenen Wänden – so etwas hatte sie zum Feueranmachen gesammelt. Mir meiner eleganten Kleidung unbehaglich bewußt, füllte ich eine Einkaufstüte mit den Holzabfällen. Dabei blickte ich zufällig nach oben und sah, daß mich aus mehreren Fenstern Gesichter beobachteten. Alte Gesichter, alte Frauen. Aber ich hatte keine Zeit, mich weiter darum zu kümmern, sondern eilte mit dem Holz und den Einkäufen nach unten. Da saß sie wieder apathisch vor dem jetzt knisternden Ofen.

Ich wußte nicht, ob Feueranzünden zu den Aufgaben einer Pflegerin gehört. Also fragte ich: »Wird die Pflegerin Ihnen wohl Ihr Feuer anmachen.

Sie gab keine Antwort. Langsam wurde ich böse und war doch geradeso unglücklich wie sie. Die ganze Situation war absurd. Aber es konnte nicht anders sein.

Als ich aufstand, um mich zu verabschieden, sagte ich noch einmal: »Ich rufe jetzt an und bestelle die Pflegerin, und bitte schicken Sie sie nicht fort.«

»Ich will keine Pflegerin.«

Da stand ich nun, in Sorge, weil ich spät dran war, und es war Konferenztag, und ich war noch nie zu spät gekommen. Und in Sorge um sie. Und wütend auf sie. Und trotzdem zog es mich zu ihr, ich hätte dieses schmutzige alte Bündel gern in den Arm genommen und gedrückt. Ich hätte sie gern geohrfeigt und geschüttelt.

»Was soll eigentlich dieses Theater um das Krankenhaus«, fragte ich. »Man könnte denken, man wollte Ihnen sonstwas antun. Was ist so schrecklich daran? Waren Sie schon einmal dort?«

»Ja, im vorletzten Winter. Zu Weihnachten.«

»Und?«

Jetzt saß sie kerzengerade, das spitze Kinn kämpferisch hochgereckt, die Augen ängstlich und zornig.

»Freundlich waren sie schon. Aber ich mag das nicht haben. Sie stopfen einen mit Pillen und nochmals Pillen voll, bis man das Gefühl hat, das Hirn läuft einem aus, und sie behandeln einen wie ein Kind. Ich will das nicht . . .« Als ob sie versuchte, fair zu sein, sprach sie weiter, geriet dabei in ein anderes Fahrwasser und sagte mehr, als sie beabsichtigt hatte: »Eine kleine Schwester hatten sie da. Die rieb mir den Rücken ein, wenn ich Husten hatte . . .« Und sie warf mir einen verstohlenen Blick zu und schaute gleich wieder weg: Da wußte ich, daß sie gewünscht hatte, ich solle ihr den Rücken einreiben. Auf die Idee war ich nicht gekommen! Ich verstehe doch nichts davon!

»Nun gut«, gab ich nach, »niemand zwingt Sie, ins Krankenhaus zu gehen.«

Sie sagte. »Wenn die mich nach dem letzten Mal überhaupt noch aufnehmen würden.« Und plötzlich war sie lustig und hellwach und wieder ganz sie selbst.

»Was haben Sie denn angestellt?« fragte ich, froh, mit ihr lachen zu können.

»Ausgebüchst bin ich!« kicherte sie. »Ich hatte die Nase voll. Ich hatte Verstopfung von dem vielen guten Essen, denn hungern lassen sie einen nicht, das kann niemand behaupten, und die Pillen machten mich benommen, als sei ich nicht ganz bei mir. Da sagte ich: Wo sind meine Sachen? Sie sagten mir: Sie können in diesem Wetter nicht nach Hause, Mrs. Fowler, Sie holen sich den Tod. Denn es schneite. Ich sagte: Entweder Sie bringen mir meine Sachen, oder ich gehe in Ihrem Krankenhausnachthemd. Da brachten sie sie. Und sie sahen mich nicht an und sprachen nicht mehr mit mir, so böse waren sie. Ich ging hinunter in die Halle und sagte zum Pförtner: Rufen Sie mir ein Taxi. Mein bißchen Geld hatten sie mir auf der Station gestohlen. Aber ich hatte vor, das dem Fahrer zu erklären und ihn zu bitten, mich um Gotteslohn heimzubringen. Wenn heutzutage noch jemand etwas von Gott weiß. Aber am Empfang saß eine Frau, die sagte: Ich fahre Sie hin. Und sie brachte mich nach Hause. Ich denke oft an sie. An die, die mir Gutes tun, denke ich auch.« Und sie schenkte mir ihr süßeste, fröhlichstes Jungmädchenlächeln.

»Alles schön und gut, aber nach München muß ich trotzdem. Ich bin vier Tage weg, und· Sie wissen genau, daß Sie
alleine nicht klarkommen. Sagen Sie mir ausdrücklich, daß
Sie keine Pflegerin wollen! Ich behandle Sie schließlich
nicht wie ein Kind, ich nehme Sie ernst! Wenn Sie eine Pflegerin ablehnen, dann reden wir nicht mehr darüber. Aber
ich finde, Sie sollten mich eine bestellen lassen. Eine Pflegerin bedeutet doch nicht das Ende der Welt.«

»Und was ist mit den ganzen Pillen?«

»Wie Sie wollen. Aber sagen Sie mir ausdrücklich, daß ich
nicht nach einer Pflegerin telefonieren soll.« Und verzwei-
felnd fügte ich hinzu: »Um Himmels willen, Maudie, nun
nimm doch mal Vernunft an.« Ich merkte, daß ich sie geduzt
hatte, aber sie schien es nicht übelzunehmen.

Sie zuckte die Schultern. »Dann bleibt mir wohl nichts anderes übrig.«

Ich ging auf sie zu und beugte mich, um sie zu küssen. Sie
hielt mir die Wange hin, und ich küßte sie darauf.

Dann ging ich und winkte von der Tür zurück – hoffentlich nicht ›charmant‹.

Zur Konferenz kam ich zu spät

Zum erstenmal. Diese Konferenz ist in meinen Augen der
Herzschlag des Blattes. Sie ist mein geistiges Kind. Später
einmal werde ich eine Analyse niederschreiben, das wird
mir helfen, meine Gedanken um das Büro, die Arbeit und
alles zu ordnen, denn das haben sie nötig. Heute nachmittag
war ich allein, Joyce ist zu Hause, weil sie ja die ganze Zeit
im Büro sein muß, während ich in Deutschland bin. Ich habe
Informationen über die Hilfsdienste der Behörden zu sammeln versucht. Die ganzen Broschüren für die Verbraucher,
›Was Sie über Ihre Rente wissen müssen‹ und diesen Kram
habe ich. Nein, ich möchte herausbekommen, wie das dort
wirklich läuft. Nach einer Weile wußte ich, was ich tun muß.
Ich muß den gewissen ›einen Menschen‹ finden. Wenn dieses Gesetz für unsere Arbeit gilt, dann wahrscheinlich über-

all. (Maudie redet davon, daß es immer *den einen Menschen* gibt, aber sie meint etwas anderes.) Joyce und ich arbeiten ständig nach diesem Prinzip. Vor langer Zeit schon haben wir das herausgefunden: Wenn man etwas in Bewegung setzen will, dann muß man ›den einen Menschen‹ in einer Abteilung oder einem Büro aufstöbern, der etwas zu sagen hat oder Bescheid weiß oder, in einem gewissen Sinn, real ist. Hermione ist das jedenfalls nicht. Nein. Leute wie Hermione braucht man schon deshalb, weil es von den anderen nicht genug gibt; es ist nicht etwa so, daß sie nichts täten oder nichts zustande brächten, aber sie sind Randfiguren. Um herauszufinden, wie ich Maudie beschaffen kann, was sie wirklich braucht und was ihr helfen würde, nützt mir Hermione nichts. Trotzdem habe ich heute nachmittag bei ihr angerufen, sie war nicht da, und habe hinterlassen, daß Mrs. Fowler für fünf Tage eine Pflegerin braucht. Und dann hatte ich ein warnendes Gefühl und trug meiner Sekretärin auf, Hermione wieder anzurufen, und dann auch noch Joyces Sekretärin. Man kann sie ja nicht vier Tage sich selbst überlassen.

Mittwoch

Zuerst etwas über meinen seelischen Zustand, bevor ich zu Maudie ging. Ich flog mittags von München zurück und ging direkt ins Büro, erholt und tatendurstig. Ich liebe diese Reisen. Was ich daran liebe, ist das Gefühl meiner Effizienz. Mir macht es Spaß, alles im Griff zu haben – ich tauchte auf, und sofort klappt alles. Ich mag es, wenn man mich kennt, mir *mein* Zimmer gibt, sich an meinen Geschmack erinnert. Am Wochenende habe ich Freunde besucht, eigentlich eher Geschäftsfreunde, dann Montag und Dienstag die Messe. Ich genieße es, Herrin der Lage zu sein. Ich berste vor Vitalität, ich esse genau das Richtige, trinke keinen Tropfen zuviel, schlafe kaum, bin ich von früh bis spät auf Achse. Ich weiß ganz genau, wie ich mich in Szene zu setzen und aus meinem Auftritt das Beste zu machen habe. Ich sah mich selber, wie ich Montag früh zur Modenschau kam und Platz nahm und die Leute mir zulächelten und mich grüßten; und gleichzeitig war ich fünfzehn Jahre jünger und sah mich durch die Augen der anderen genau so, wie ich mit dreißig die arrivierten Frauen mit ihrer langen Erfahrung gesehen hatte. Ich bewunderte sie und hätte gern zu ihnen gehört, und ich nahm sie unter die Lupe und studierte sie bis ins kleinste Detail, und dabei suchte ich nach etwas, was sie übersehen hatten, nach Anzeichen dafür, daß sie durch andere, darunter mich, verdrängt werden würden. Von diesen Frauen, die ich damals studiert habe, ist nur noch eine da; einige sind allerdings auch noch anderweitig in der Branche tätig. Vier Tage hindurch habe ich gegrübelt, was bei mir wohl einmal dazu führen könnte, daß ich gefeuert werde oder im Büro eine weniger aufreibende Arbeit übernehme, während jemand anders – wer wohl? – auf diese Reisen geht. Ich kann es mir nicht vorstellen. Einfach das Alter? Das hat doch nichts damit zu tun! Daß mir das alles einmal langweilig wird? Daran kann ich nicht glauben, noch nicht.

Als ich ins Büro kam, wartete Joyce schon auf mich, damit sie nach Hause könnte: Das haben wir nie ausdrücklich vereinbart, aber wir richten es so ein, daß zu jeder Zeit eine von uns da ist. Sie sah erschöpft aus. Sie sagte, sie hätte mit ihrem Mann Furchtbares durchgemacht, während ich weg war, und sie würde mir später alles erzählen, aber nicht jetzt, und damit ging sie. Dann war eine Notiz von Hermione Whitfield da, sie hätte meine Nachricht wegen der Pflegerin erst Montag bekommen, und dann hätte Mrs. Fowler sich geweigert, die Pflegerin einzulassen. Das brachte mich unsanft in meinen Londoner Alltag zurück. Den ganzen Nachmittag arbeitete ich, größtenteils am Telefon und dann mit den Fotografen für morgen. Aber gleichzeitig dachte ich an Joyce. Ich habe begriffen, daß diese Geschichte mit ihrem Mann das Ende oder wenigstens einen Wandel in unserer Zusammenarbeit bedeutet. Das ist gewiß. Darum fühlte ich mich deprimiert und sorgenvoll, noch ehe ich das Büro verließ. Noch etwas habe ich begriffen wie nie zuvor: Joyce ist meine einzige wirkliche Freundin. Zu ihr habe ich eine Beziehung wie zu niemandem sonst, jetzt nicht und nie vorher. Zu Freddie am allerwenigsten.

Ich nahm ein Taxi und wollte auf kürzestem Wege nach Hause, denn auf einmal war ich müde. Aber dann ließ ich mich doch bei Maudie Fowler absetzen. Ich klopfte und hämmerte auf die Tür ein, stand dann stockstill und lauschte. Kein Ton. Ich bekam es mit der Angst – war sie etwa tot? – und bemerkte nicht ohne Interesse, daß eine meiner Empfindungen bei diesem Gedanken Erleichterung war. Zu guter Letzt rührte sich etwas an den Vorhängen ihres ›Vorderzimmers‹, das sie nie zu benutzen scheint. Ich wartete. Nichts geschah. Ich hämmerte wieder drauflos, jetzt fuchsteufelswild. Ich hätte sie mit Wonne erwürgen mögen. Dann schließlich ging die Tür nach innen auf, klemmend und über den Boden scharrend, und da stand sie, ein winziges schwarzes Bündel mit einem weißen Gesicht. Und der Geruch. Es hat keinen Zweck, mir einzureden, daß ich solche Kleinigkeiten nicht so wichtig nehmen sollte. Ich nehme sie furchtbar wichtig. Dieser Gestank – entsetzlich, ein säuerlicher, süß-scharfer Dunst. Aber ich sah, daß sie sich kaum auf den Füßen halten konnte.

Ich fühlte mich überhaupt nicht mehr ›charmant‹, nur noch wütend.

»Warum lassen Sie mich in der Kälte stehen?« fragte ich und trat einfach ein, an ihr vorbei, so daß sie ausweichen mußte. Dann ging sie mir voran den Korridor entlang und stützte sich dabei mit einer Hand an der Wand ab.

In dem Ofen im Hinterzimmer war nichts als kalte Asche. Immerhin hatte sie ein elektrisches Heizöfchen mit einem Glühstab, das gab Geräusche von sich, war also defekt und gefährlich. Alles war kalt, dreckig, stinkig, und die Katze kam an und strich mir maunzend um die Beine. Maudie ließ sich in ihren Sessel gleiten, blieb dort sitzen und starrte den Ofen an.

»Warum zum Teufel haben Sie die Pflegerin nicht reingelassen«, schrie ich sie an.

»Die Pflegerin«, sagte sie bitter. »Was für eine Pflegerin?«
»Ich weiß, daß eine hier war.«
»Erst Montag. Das ganze Wochenende war ich hier ganz allein.«

Ich wollte schreien: ›Und warum haben Sie sie dann am Montag nicht reingelassen?‹, sah aber ein, daß es sinnlos war.

Jetzt steckte ich wieder voller Energie – voller Wut.

»Maudie«, stellte ich fest, »Sie sind das Allerletzte, Sie sind unmöglich, Sie machen sich selbst das Leben schwer. Ich setze jetzt den Kessel auf.«

Das tat ich. Dann holte ich Kohlen. Den Nachtstuhl fand ich voll mit Urin, aber Gott sei Dank nichts Schlimmerem. Gott sei Dank dachte ich da jedenfalls, aber ich merke schon, daß man sich an alles gewöhnt. Dann nahm ich eine Plastiktüte und ging hinaus auf die Straße, in den grauen Schneeregen. Da stand ich in meinem schicken Aufzug frisch aus München und grabbelte in dem Container nach Holzabfällen. Und wieder waren Gesichter an den Fenstern, die mich beobachteten.

Drinnen machte ich den Ofenrost sauber, daß der Kohlenstaub in Wolken aufflog, und baute das Feuer. Mit Feueranzünder, Holz und Kohlen. Bald brannte es.

Ich machte Tee für uns beide, nachdem ich die schmutzstarrenden Tassen mit kochendheißem Wasser gespült hatte. Ich muß aufhören, das so eng zu sehen. Machen schmutzige Tassen denn etwas aus? Ja! Ja und nochmals ja.

Sie hatte sich nicht gerührt, sondern saß da und schaute ins Feuer.

»Die Katze«, sagte sie.
»Ich habe ihr zu fressen gegeben.«
»Dann lassen Sie sie ein bißchen raus.«
»Es regnet und schneit.«
»Das macht ihr nichts aus.«

Ich öffnete die Hintertür. Sofort schlug mir der eiskalte Regen ins Gesicht, und die dicke gelbe Katze, die schon ungeduldig vor der Tür gestanden hatte, miaute und lief zurück, in den Kohlenkeller.

»Jetzt ist sie in den Kohlenkeller gerannt«, rief ich.

»Dann werde ich mich wohl selbst darum kümmern müssen«, sagte sie.

Das brachte das Faß zum Überlaufen. Die Emotionen kochten in mir hoch. Wie üblich hätte ich sie am liebsten verprügelt oder geschüttelt, und wie üblich hätte ich sie gern in den Arm genommen.

Aber zum Glück gewann mein Verstand die Oberhand, und ich tat das Notwendige, ohne mich – Gott sei Dank! – dabei ›humorvoll‹ oder charmant oder mildtätig anzustellen.

»Haben Sie überhaupt etwas gegessen?«

Keine Antwort.

Ich ging noch einmal los, um einzukaufen. In dem Krämerladen an der Ecke war keine Menschenseele. Der Inder an seiner Kasse sah grau und verfroren drein, und das mit Recht, der arme Kerl.

Ich sagte ihm, daß ich für Mrs. Fowler einkaufte, denn ich hätte gerne gewußt, ob sie dort gewesen war.

Er sagte: »Ach ja, die alte Dame, sie ist doch hoffentlich nicht krank?«

»Doch, sie ist krank.«

»Warum geht sie nur nicht in ein Heim?«

»Sie will eben nicht.«

»Hat sie keine Verwandten?«

»Ich glaube schon, aber die kümmern sich nicht um sie.«

»Das ist schlimm.« Er wollte mir zu verstehen geben, daß seine Leute eine alte Frau niemals so verkommen ließen.

»Sie haben recht, es ist schlimm«, bestätigte ich.

Als ich zurückkam, dachte ich schon wieder, sie sei tot. Sie saß mit geschlossenen Augen so still da, daß ich glaubte, sie atmete nicht mehr.

Aber dann öffnete sie ihre blauen Augen und sah ins Feuer.

»Trinken Sie Ihren Tee«, befahl ich. »Und dann grille ich Ihnen ein Stück Fisch. Werden Sie den essen können?«

»Ja, kann ich.«

In der Küche suchte ich nach irgend etwas, was nicht schmierig war, gab dann aber auf. Ich tat den Fisch auf den

Grill und öffnete kurz die Tür, um etwas Frischluft herein-
zulassen, Schneeregen hin, Schneeregen her.

Ich brachte ihr den Fisch, und sie setzte sich aufrecht hin
und aß ganz langsam und mit zitternden Händen, aber sie
aß alles auf, und ich sah, daß sie Hunger gehabt hatte.

Ich sagte: »Ich komme gerade aus München. Da habe
ich mir die neuen Herbstmoden angesehen.«

»Ich bin noch nie aus England rausgewesen.«

»Wenn es Ihnen etwas besser geht, erzähle ich Ihnen
alles.«

Darauf gab sie keine Antwort. Aber zum Schluß, als ich
gerade gehen wollte, bemerkte sie: »Ich könnte ein paar
saubere Sachen brauchen.«

Ich wußte nicht, wie ich das verstehen sollte. Immerhin
bin ich jetzt feinfühlig genug, um zu erfassen, daß das
alles andere als eine einfache Bitte war.

Wollte sie etwa, daß ich ihr Kleidungsstücke kaufte?

Ich sah sie an. Sie zwang sich, meinen Blick zu erwidern,
und sagte: »Nebenan finden Sie Sachen.«

»Was für Sachen?«

Eine Art zittriges, mutloses Schulterzucken.

»Hemd. Hose. Unterrock. Wieso fragen Sie, tragen Sie
denn keine Unterwäsche?«

Wieder dieser automatisch, wie auf Knopfdruck einset-
zende Ärger. Ich ging nach nebenan, in das Zimmer, das
sie mich nicht hatte sehen lassen wollen.

Das Bett mit der guten Daunendecke, der Kleiderschrank, der Frisiertisch mit Nippsachen und Döschen aus
Porzellan, die guten Bücherregale. Aber überall Haufen
von – Gerümpel. Einfach unglaublich. Zerfallende, fünfzig
Jahre alte Zeitungen; widerliche gelbfleckige Stoffetzen,
Enden Spitze, schmutzige Taschentücher, abgerissene Bän-
der – so etwas habe ich noch nie gesehen. Sie schein nie
etwas fortgeworfen zu haben. In den Schubladen ein wü-
stes Durcheinander von – aber darüber könnte man seiten-
lang schreiben. Reflexartig kam mir der Gedanke, schade,
daß ich keinen Fotografen hier habe. Unterröcke, Hemden,
Hosen, Korsetts, alte Kleider oder Stücke davon, Blu-

sen . . . und nichts davon jünger als zwanzig Jahre, manches noch aus dem Ersten Weltkrieg. Der Unterschied zwischen den Sachen von damals und heute: Das waren alles Naturstoffe, Baumwolle und Seide und Wolle. Keine Kunstfaser dabei. Aber alles zerrissen oder fleckig oder schmuddelig. Bündelweise zog ich Sachen heraus und prüfte jedes Stück, erst aus Interesse und dann um zu sehen, ob etwas Saubereres oder Tragbares darunter sei. Schließlich fand ich ein wollenes Unterhemd, lange Wollunterhosen, einen recht hübschen Unterrock aus rosa Seide, ein blaues Wollkleid und eine Jacke. Diese Sachen waren sauber, jedenfalls beinahe. Da arbeitete ich nun, schlotternd vor Kälte, und dachte daran, wie stolz ich in diesen letzten Tagen auf mich gewesen war, wie stolz ich noch auf mich als die große Macherin bin; und ich dachte, die Hilflosigkeit der armen Maudie kann man höchstens nachempfinden, wenn man sich erinnert, wie man als kleines Kind gehofft hatte, die Toilette zu erreichen, bevor alles in die Hosen ging.

Ich brachte die Sachen in das andere Zimmer, wo es jetzt durch das prasselnde Feuer höllisch heiß war. Ich fragte: »Soll ich Ihnen beim Umziehen helfen?« Ein ungeduldiger Seitwärtsruck des Kopfes, den ich jetzt schon kenne; das bedeutete, ich hatte etwas Dummes gesagt.

Aber ich wußte nicht, wieso.

Also setzte ich mich erst einmal ihr gegenüber hin und sagte: »Ich will meinen Tee austrinken, ehe er ganz kalt wird.« Mir fiel auf, daß ich ohne Ekelgefühl trank: Ich habe mich an schmuddelige Tassen gewöhnt, ein interessantes Phänomen. Einst war Maudie wie ich und wusch sich ständig, spülte Tassen und Teller, wischte Staub, wusch ihr Haar.

Sie erzählte – aufs Geratewohl, wie ich zuerst glaubte – von ihrem Aufenthalt im Krankenhaus. Ich hörte nur mit einem Ohr zu und überlegte, Ärzte und Krankenschwestern sollten sich einmal anhören, wie ein Mensch wie Maudie ihre Kliniken erlebt. Gefängnisse. Besserungsanstalten. Dann aber horchte ich auf, als sie erzählte, wie zwei Schwestern sie im Bett gewaschen hatten, weil sie zu krank fürs Badezimmer war, und da verstand ich.

»Ich werde ein paar Kessel Wasser aufsetzen«, sagte ich. »Und dann müssen Sie mir sagen, wie ich es anfangen soll.«

Ich setzte zwei Kessel auf, fand eine emaillierte Waschschüssel – die ich voller Interesse begutachtete, da ich schon lange nur noch Plastikschüsseln kenne – und suchte nach Seife und Waschlappen. Beides war in einem Mauerloch über dem Ausguß: einfach ein Stein herausgenommen und der Hohlraum angestrichen.

Schüssel, die beiden Kessel, Seife, Waschlappen und einen Krug mit kaltem Wasser trug ich nach nebenan. Maudie schälte sich gerade aus ihrer obersten Schicht von Kleidern. Ich half ihr und merkte, daß ich die Sache noch nicht richtig durchdacht hatte. Ich fuhrwerkte herum, fand Zeitungen, räumte den Tisch frei, breitete eine dicke Schicht Zeitungen darüber, baute Schüssel, Kessel, Krug, Waschzeug auf. Kein Handtuch. Ich raste in die Küche, fand nur ein feuchtes schmutziges Handtuch, raste ins Vorderzimmer, kramte dort herum, und es kam mir vor, als dauerte das alles den ganzen Tag. Mich beunruhigte es, daß Maudie krank und hustend dort halbnackt herumstand. Endlich fand ich ein halbwegs sauberes Handtuch. Sie stand mit bloßem Oberkörper vor der Waschschüssel. An ihr ist überhaupt nichts dran. Ein magerer Brustkorb mit gelber runzliger Haut darüber, Schulterblätter wie bei einem Skelett, Arme wie Stöcke, aber mit kräftigen Arbeitshänden daran. Lange schlaffe Hängebrüste.

Sie war dabei, ungeschickt den Waschlappen einzuseifen. Der war – überflüssig zu sagen – speckig. Ich hätte ihn vorher auswaschen sollen. So lief ich wieder nach nebenan, riß von einem alten sauberen Handtuch ein Stück ab und brachte ihr das. Ich wußte, daß sie mich für das Zerreißen des Handtuchs gern tüchtig ausgeschimpft hätte, aber sich ihre Puste aufsparte.

Sorgsam wusch ich ihr den Oberkörper mit reichlich Seife und heißem Wasser, aber das Schwarze an ihrem Hals saß fest, nur mit Schrubben hätte man es abbekommen, und das war zu viel. Sie zitterte vor Schwäche. Ich verglich diesen gebrechlichen Greisinnenkörper mit dem meiner Mutter;

aber ihren kranken Körper hatte ich nur flüchtig gesehen. Sie hatte sich selbst gewaschen, bis sie in die Klinik kam, und erst jetzt frage ich mich, was es sie gekostet haben mag. Und Georgie hatte sie gewaschen, wenn sie kam. Aber nicht ihre Kind-Tochter, nicht ich. Jetzt wusch ich Maudie Fowler und dachte an Freddie und daran, wie seine Knochen unter dem Fleisch irgendwie flach und dünn zu werden schienen. Maudie mochte nur aus Haut und Knochen bestehen, aber ihr Körper macht nicht diesen besiegten Eindruck, als wolle das Fleisch in den Knochen verschwinden. Sie fröstelte, sie war krank und schwach – aber ich fühlte, wie die Vitalität, das Leben in ihr pulsierte. Wie mächtig doch das Leben ist. Nie war mir das aufgefallen, nie hatte ich Leben in der Art gespürt wie jetzt, als ich Maudie Fowler wusch, eine wilde zornige Greisin. Und wie zornig: Mir kam der Gedanke, daß ihr Zorn ihre ganze Vitalität ausmacht, und ich darf ihn auf keinen Fall übelnehmen oder ihr auszutreiben versuchen.

Jetzt stellte sich das Problem ihres Unterkörpers, und ich wartete auf Anweisungen.

Ich zog ihr das ›saubere‹ Hemd über den Kopf und wikkelte sie in die ›saubere‹ Wolljacke, und dann sah ich, wie sie ihre faltenreichen Röcke herunterließ. Und da schlug mir der Gestank ins Gesicht. Ach, es hat keinen Zweck, ich bringe es nicht fertig, mich nicht aufzuregen. Sie war zu schwach oder zu müde zum Hinausgehen gewesen, und so hatte sie sich in die Hosen gemacht, hatte alles vollgeschissen.

Die Unterhosen, diese Schweinerei ... Nein, ich will nicht mehr darüber schreiben, nicht einmal, um Dampf abzulassen, sonst wird mir übel. Aber ich sah das Hemd und die Unterröcke, die sie ausgezogen hatte, und alles war braun und gelb vor Scheiße. Aber weiter. Da stand sie mit entblößtem Unterleib. Ich schob ihr Zeitungen unter, bis sie auf einer dicken Papierschicht stand. Dann wusch und wusch ich sie, ihren ganzen Unterleib. Mit den großen Händen stützte sie sich auf den Tisch. Als ich an ihren Hintern kam, streckte sie ihn vor wie ein Kind, und ich wusch alles, auch in den Falten. Dann schüttete ich das Wasser weg, füllte die Schüssel mit frischem und setzte schnell die Kessel noch einmal auf. Ich wusch ihre Schamteile und dachte zum erstenmal über diese Bezeichnung nach: Sie litt schrecklich vor Scham, daß eine Fremde sich dort zu schaffen machte. Und dann wusch ich ihre Beine von neuem, weil der Dreck da hinuntergelaufen war. Und ich ließ sie sich in die Schüssel stellen und wusch ihre Füße, gelbe, hornige alte Füße. Das Wasser auf den Gasflammen war wieder heiß, und ich half ihr, die ›sauberen‹ Unterhosen anzuziehen. Nach allem, was ich gesehen hatte, kamen sie mir wirklich sauber vor, höchstens ein bißchen angestaubt. Und dann den hübschen rosa Unterrock.

»Ihr Gesicht«, sagte ich. Denn daran hatten wir noch nichts getan. »Was ist mit Ihrem Haar?« Weiße Strähnen über gelber schmutziger Kopfhaut.

»Das kann warten«, sagte sie.

Also wusch ich ihr vorsichtig mit einem frischen Fetzen von dem alten Handtuch das Gesicht.

Dann ließ ich sie sich hinsetzen, fand eine Schere, schnitt ihr die hornigen Zehennägel, zog ihr saubere Strümpfe über, das Kleid, die Jacke. Und als sie dann wieder die schwarzen Sachen über alles ziehen wollte, sagte ich unwillkürlich »Nicht doch«, und gleich tat es mir leid, denn sie war verletzt, sie zitterte noch mehr und saß still da wie ein schmollendes Kind. Sie war völlig erschöpft.

Ich schüttete das Schmutzwasser fort, wusch die Schüssel mit brühheißem Wasser und füllte einen Kessel, um frischen Tee zu machen. Ich warf einen Blick zum Küchenfenster hinaus: strömender Regen vermischt mit schwärzlichen Graupeln, ein stürmischer Wind; unter der Küchentür kam Wasser durch; und wenn ich daran dachte, daß sie in dieses Wetter hinaus mußte, um in die Eistruhe von Abtritt zu gelangen – und doch war sie draußen gewesen und würde ja wohl wieder gehen.

Ich sagte mir ständig: Sie ist über neunzig und lebt schon seit Jahren so und hat das auch überstanden!

Ich brachte ihr Tee und Zwieback und ließ sie damit an ihrem heißen Ofen allein.

All die verdreckten Kleidungsstücke wickelte ich in Zeitungspapier und stopfte sie in die Mülltonne, ohne sie zu fragen. Dann wählte ich unter den Sachen in den Schubladen einiges aus und zog die dreckigen Bettlaken und Kissenbezüge ab und trug alles durch den Regen in die Wäscherei.

Die Wohnung machte ich sauber, so gut es ging, und der Katze, die sich an Maudies Beinen rieb und gestreichelt werden wollte, stellte ich Futter hin. Ich räumte richtig auf. Währenddessen saß Maudie da und starrte in die Flammen; wenn ich sie ansah, schaute sie nicht zurück, aber sie verfolgte meine Bewegungen mit den Augen, wenn sie dachte, ich merkte es nicht.

»Glauben Sie nicht, ich wüßte das nicht zu schätzen«, sagte sie schließlich, während ich immer noch weiterschuftete. Da kehrte ich gerade den Fußboden mit Handfeger und Schaufel. Etwas anderes hatte ich nicht gefunden. Die Art, wie sie das sagte, konnte ich mir nicht deuten. So tonlos. Sogar hoffnungslos, fand ich: Vielleicht fühlte sie sich in einer neuen Weise hilflos, so wie ich es erahnt hatte, als ich mich an meine Kinderzeit erinnerte. Denn ganz offensichtlich hatte nie zuvor jemand so etwas für sie getan.

Ich ging wieder in die Wäscherei. Die Irin dort, eine große, tüchtige junge Frau, mit der ich beim Abgeben der Sachen unbefangen, von gleich zu gleich geredet hatte, gab mir die große Tüte mit sauberer Wäsche, starrte mir ins Gesicht und sagte: »Ekelhaft. So etwas habe ich noch nie gesehen. Einfach ekelhaft.« Sie verabscheute mich.

Ich dankte und ging, ohne mich um eine Erklärung zu bemühen. Aber ich glühte vor Verlegenheit! Wie angewiesen bin ich doch auf Bewunderung, Zuneigung, Wertschätzung.

Durch den Schneeregen trug ich die Sachen zurück. Inzwischen war ich müde und durchgefroren und wollte nur noch nach Hause ...

Aber ich räumte noch die Schubladen einer großen Kommode aus, legte die sauberen Sachen hinein und erklärte Maudie, wo ich sie hingetan hatte.

Dann sagte ich: »Ich komme morgen abend wieder vorbei.«

Ich war gespannt, was sie antworten würde.

Aber sie sagte nur: »Also bis dann.«

Und jetzt bin ich allein und habe gebadet, aber es war nur ein fixes Zweckbad, kein stundenlanges Aalen. Ich hätte noch aufräumen sollen, aber tat es nicht. Ich bin einfach hundemüde. Kaum zu glauben, daß ich gestern um die Zeit als Gast im Hotel verwöhnt wurde und mit meinem geschätzten Kollegen Karl zu Abend aß. Blumen, Wildbret, Wein, Sahne – alles, was man will.

Es kommt mir unmöglich vor, daß es dort *das* gibt und andererseits Maudie Fowler *hier*. Oder bin ich es, die unmöglich ist? Verwirrt bin ich jedenfalls.

Ich muß über all das nachdenken. Was soll ich tun? Mit wem kann ich darüber sprechen? Joyce ist meine Freundin, sie ist meine Freundin. Sie *ist* meine Freundin?

Donnerstag

Joyce kam ins Büro, um sich Arbeit nach Hause mitzunehmen. Sie sieht furchtbar aus. Ich fragte: »Wie läuft es?« Sie sagte: »Er will, daß ich mit ihm nach Amerika gehe.« Ich fragte: »Für immer?« Sie antwortete: »Für immer.« Sie sah mich an, ich sah sie an. So verständigen wir uns, im Telegrammstil. Sie sagte: »Ich muß gehen. Sag John, daß ich das Cover fertig habe. Die Spalte habe ich auch gemacht. Morgen bin ich den ganzen Tag da, Janna.« Damit ging sie. Das bedeutet: Ihrem Mann ist ein Lehrstuhl angeboten worden, er möchte ihn annehmen, er will, daß sie ihre Arbeit hier aufgibt und mit ihm zieht, sie will nicht weg, sie haben sich bis an die Grenze der Scheidung zerstritten, die Kinder wollen nicht nach Amerika – und heute nachmittag hatte ich das Gefühl, Joyce würde wahrscheinlich gehen. Und das war's dann.

Auf dem Heimweg ging ich bei Maudie vorbei: Ihre Tür war nicht abgeschlossen. Das Feuer brannte lustig. Die Katze schlief auf dem Bett. Maudie schlief auch. Eine leere Teetasse auf der Sessellehne. Ich brachte die Tasse in Sicherheit, legte einen Zettel ›Bis morgen‹ hin und flüchtete in der Hoffnung, sie würde nicht aufwachen, bis ich weg sei.

Ich sitze hier im Bademantel vor dem elektrischen Kamin. Ich müßte die Wohnung saubermachen. Ich müßte unbedingt mein Haar waschen.

Ich denke daran, wie es Maudie Fowler eines Tages einfach zuviel wurde, ihr Vorderzimmer sauberzumachen, weil darin so viel Zeug herumlag, und dann schob sie es wieder und wieder hinaus: Manchmal schaute sie hinein und dachte, so schlimm ist es ja nicht. Inzwischen hielt sie das Hinterzimmer und die Küche makellos sauber. Selbst jetzt fegt sie einmal wöchentlich ihren Schornstein, putzt den Ofenrost, kehrt Staub und Asche aus – wiewohl von Mal zu Mal weniger gründlich. Einmal, zweimal fühlte sie sich nicht wohl und ließ fünf gerade sein – und dann war ihr Zimmer nicht mehr richtig sauber, manchmal nur der Fußboden in der Mitte, und sie lernte, nicht in die Ecken oder unters Bett zu schauen. Ihre Küche kam zuletzt. Sie scheuerte und wusch Regale ab, aber dann wurde sie auch darin nachlässiger. Sich selbst wusch sie die ganze Zeit, am Küchentisch mit heißem Wasser aus den Kesseln. Und sie hielt ihr Haar sauber. Manchmal ging sie in die Badeanstalt; sie hatte mir erzählt, daß sie dort gerne hinging. Dann wartete sie immer länger bis zur nächsten Haarwäsche . . . und dann wusch sie ihre Kleidung nicht mehr, sondern nahm nur die saubersten Sachen heraus, die da waren, und legte sie benutzt zurück, bis sie wieder die saubersten waren; und so ging es weiter. Und zum Schluß war sie eingehüllt in ihren dicken schwarzen Panzer, mit nicht ganz sauberen Unterhosen, aber so schlimm war es nicht, mit schmutzigem Hals, aber daran dachte sie nicht, mit ungewaschenem Kopf. Als sie ins Krankenhaus kam, wurde sie gründlich gewaschen, auch die Haare. Manchmal dachte sie vergnügt, wenn sie mich ins Krankenhaus schleppen, werde ich wenigstens mal wieder richtig gewaschen! Aber sie, Maudie Fowler, war immer noch da, quicklebendig und wachsam in der Haut dieser alten Hexe. *Sie* ist immer noch da, und alles andere um sie herum zerbröckelt, es ist einfach zuviel, zu schwierig.

Und ich, Janna, sitze hier, eben dem Bad entstiegen, in meinem sauberen, duftenden Morgenrock. Trotzdem müßte ich mir die Nägel machen. Ich müßte die Wohnung putzen oder jemanden zum Putzen bestellen. Im Bad war ich heute nur ein paar Minuten.

Nächstes Jahr um diese Zeit wird sich mein Leben total verändert haben. Soviel weiß ich, nur *wie* weiß ich noch nicht.

Nächstes Wochenende werde ich zu Georgie fahren. Wenn ich es wage, Maudie allein zu lassen. Es ist lächerlich. Wo ist dieser eine Mensch?

Freitag

Ging auf dem Weg ins Büro zu ihr. Es ging ihr besser. Sie war zum Einkaufen draußen gewesen. Sie sah ganz nett und frisch aus – so wirkt sie jetzt auf mich, die alte Hexe sehe ich nicht mehr. Ich erzählte ihr, daß ich zu meiner Schwester Georgie auf Besuch fahre. Sie lachte über den Namen und meinte: »Vielleicht besuche ich auch demnächst meine Schwester.« Ich wußte schon, was das zu bedeuten hatte, und versprach: »Ich fahre dich hin, Maudie.« – »Janna und Georgie«, sagte sie. »Meine Schwester und ich, wir waren Maudie und Polly, und wir waren ein süßes Pärchen, wenn wir mit unseren weißen Mäntelchen und Hütchen herausgeputzt waren.« Ich sagte: »Georgie und ich müssen auch ein süßes Pärchen gewesen sein. Ich erinnere mich an rosa Kleidchen und Baskenmützen. Sonntag abend, wenn ich wiederkomme, schaue ich noch herein.« – »Wenn du die Zeit erübrigen kannst«, sagte sie. Ich fand, daß sie dafür einen kräftigen Klaps verdient hatte, aber ich lachte und sagte: »Bis dann also.«

Sonntag nacht

Bin sehr spät mit dem Zug angekommen. Nicht mehr zu Maudie gegangen. Jetzt ist es Mitternacht. Habe meine üblichen Sonntagabend-Arbeiten erledigt, Kleidung für die Woche durchgesehen, Haar, Make-up, Nägel.

Es war ein peinliches Wochenende. Traf Georgie allein an, Tom und die Kinder waren irgendwo zu Besuch. War sehr froh, kann ihre Bälger nicht ausstehen. Tom ist in Ordnung, aber ein Ehepaar ist ein Ehepaar. Ich wollte mit Georgie reden. Worauf ich im besonderen hinauswollte: Würde sie mich jetzt, da ich erwachsen geworden war, vielleicht ernst nehmen? Jahrelang habe ich mich bei meinen Besuchen – wenn ich schon mal zu Besuch kam – wie eine Prinzessin aufgeführt. Gute alte Georgie und guter alter Tom. Sie hat sich nie viel Mühe mit ihrer Kleidung und Erscheinung gemacht. Ich hatte immer meine ausgefallensten Sachen an und brachte ein paar Exemplare meiner Zeitschrift mit und erzählte mit Gusto aus meinem Leben. Sie hörte auf ihre Weise kommentarlos zu. Cleveres Schwesterchen Janna. Korrektur. Jane. Sie wollte mich partout nicht Janna nennen, für sie war und blieb ich Jane. Wie oft habe ich zu ihr gesagt, Janna. Daran kann ich mich nicht gewöhnen, sagt sie entschieden, und dabei bleibt es. Sie findet, Janna ist ein windiger Modename, der zu meinem windigen Modejob gehört. Diese Wochenenden – wenn ich schon mal da war – ließ ich über mich ergehen und wunderte mich, wie sie das aushält, aber natürlich denkt sie genauso über mich. Ich glaube nicht, daß sie mich geradezu verachtet, obwohl sie meine Arbeit auf jeden Fall für ziemlich unnütz hält; sie kann sich nur einfach nicht vorstellen, daß ein ernst zu nehmender Mensch sich mit so etwas beschäftigt.

Als ich in das Haus kam, fühlte ich mich, wie zur Zeit überhaupt, sehr aufgeschlossen für meine Umgebung – für die Kontraste. Wegen Maudie Fowler. Georgie hat genau die Art Haus, wie es meine Eltern ihr Leben lang bewohnten. Ländlich-kleinstädtisch nenne ich den Stil, komfortabel, konventionell, konservativ, von den Landschaftsbildern an den Wänden bis zu den Büchern auf dem Nachttisch alles aus einem Guß. Meine Wohnung und früher die von Freddie und mir sind bzw. waren beide international-zeitgemäß. Wenn Georgie, selten genug, einmal bei mir über Nacht blieb, hat sie mir immer betont erklärt, wieviel *Spaß* sie an meinen Sachen habe. Die sind so drollig, sagt sie.

Georgie machte uns ein kaltes Abendbrot zurecht und schien danach nicht recht zu wissen, was sie mit mir anfangen sollte. Wir saßen in ihrem Wohnzimmer hinter zugezogenen Vorhängen; draußen schneite es ein bißchen, nicht genug für meinen Geschmack, aber mehr, als Georgie lieb ist. Schnee macht Arbeit, sagt sie. Georgie hat wirklich viel um die Ohren, das Haus, die Kocherei, Sorge für Mann und vier Kinder, Vorsitzende von diesem und Förderin von jenem, Schriftführerin des hiesigen Literaturzirkels, die Wohltätigkeit. Ich saß auf der einen Seite des Kamins, sie auf der anderen. Ich versuchte, über Mutter zu reden. Über sie muß ich mehr erfahren. Ich habe nie mit ihr gesprochen, mit Vater schon etwas mehr. Aber Georgie hat mich in die Schublade gesteckt: ›verantwortungslose Person ohne Familiensinn‹, und dabei bleibt es. Ich gab ihr dauernd Stichworte, einmal fragte ich sogar, wie Mutter wohl darüber gedacht hätte.

Schließlich erzählte ich von der Reise nach München. Das kam bei ihr an. Du und der Duft der großen weiten Welt, sagt sie dazu. Sie will wissen, wie das Hotel war, was meine Freunde machen, wie die Modenschauen organisiert sind, wie dies gemacht wird und wie jenes läuft. Darin erkenne ich mich selbst wieder. Kein Wort darüber, wie die Moden aussehen, sondern nur, wie alles funktioniert. Wir sind uns also doch ähnlich.

Als ich im Bett lag, schoß mir plötzlich ein Gedanke durch den Kopf, der mich auffahren und das Licht einschalten ließ. Das war so. Meine Großmutter war, bevor sie starb, zwei Jahre lang krank oder auch drei, ich weiß nicht mehr genau (schon das ist symptomatisch), und sie lebte bei Mutter und wurde von ihr gepflegt. Ich arbeitete damals wie besessen, es war die Zeit der ersten Neuorientierung bei der Zeitschrift, und ich verhielt mich einfach so, als hätte Omas Krankheit nichts mit mir zu tun. Nicht mein Bier! Ich weiß noch, wie ich abschaltete, als ich davon hörte. Aber Mutter hatte sie im Haus, und Vater ging es selber nicht allzu gut. Oma hatte Diabetes, Herzanfälle, Staroperationen, ein Nierenleiden. Mutter berichtete mir davon in sachlichen Briefen: Die Briefe habe ich nicht aufgehoben, und ich erinnere mich, daß ich sie nur ungern las. Jetzt weiß ich, was es kostet, für Alte und Hilflose zu sorgen. Nach ein, zwei Stunden bin ich ausgepumpt und will nur noch weglaufen. Aber wo ist Mutter hingelaufen? Wer hat ihr geholfen? Ich nicht! Nicht ein einziges Mal. Ich bin gar nicht in ihre Nähe gekommen.

Sonntag frühstückten Georgie und ich gemeinsam. Draußen lag etwas Schnee. Hübsch. Schneebedeckte Bäume und Büsche, und Vögel picken am Futter herum, das Georgie in die Zweige hängt. Sie sagte, Tom und die Kinder würden zurückkommen, denn dort, wo sie wären, herrschte scheußliches Wetter. Da fragte ich ganz verzweifelt, denn ich wußte, wenn sie erst da wären, würde nichts mehr laufen: »Georgie, hast du viel davon miterlebt, wie es war, als Oma starb?«

Sie sah mich überrascht an und antwortete: »Nein, ich kam nicht oft nach Hause. In der Zeit war ich ja zweimal schwanger, und Kate war noch ganz klein.« In ihrem Blick lag jetzt so etwas wie Ungeduld.

»Ich möchte etwas darüber wissen«, beharrte ich. »Ich habe daran denken müssen, daß ich damals nicht geholfen habe.«

»Nein, das hast du nicht«, bestätigte sie in endgültigem Ton, als sei jedes weitere Wort zuviel. Ich begriff, daß sie und Tom über mich und mein Verhalten festgefügte Meinungen hegten, so und so *ist* Jane; und wahrscheinlich haben Mutter und Vater diese Meinungen geteilt.

Ich sagte: »Mir ist erst neulich zu Bewußtsein gekommen, daß ich, als Oma krank war, die ganze Zeit keinen Finger gerührt habe.«

»Nein, das hast du nicht«, sagte sie wieder in diesem Aus-und-Schluß-Tonfall.

Ich fuhr fort: »Und in letzter Zeit hatte ich ein bißchen mit einem alten Menschen zu tun, und jetzt weiß ich, was Mutter durchstehen mußte.«

»Besser spät als nie, nehme ich an«, sagte Georgie.

Das war viel schlimmer, als ich erwartet hatte. Ich meine, sie dachte so viel schlechter von mir, daß ich glühte vor – nein, leider nicht vor Scham, aber vor Verlegenheit. Vor Unwillen, daß jemand so schlecht von mir dachte. Ich fragte weiter: »Kannst du mir nicht etwas darüber erzählen?«

»Also, was in aller Welt willst du denn hören?« Sie war entrüstet. Gerade als ob sie sich mit dem Hammer auf den Daumen gehauen hätte, und ein kleines Kind hätte gefragt: ›Tut es weh?‹

»Sieh mal, Georgie«, sagte ich, »es stimmt ja, ich habe in letzter Zeit eingesehen, daß . . . ich mehr hätte tun können. Genügt dir das nicht? Willst du mich auf den Knien rutschen sehen? Spät *ist* besser als nie. Ich möchte mehr über Mutter erfahren.«

»Sie hat doch zwei Jahre bei dir gelebt, ehe sie starb«, sagte Georgie und mimte großes Erstaunen, Ungläubigkeit, Verblüffung.

»Ja, ich weiß. Aber erst nach der Zeit habe ich . . .«

Georgie unterbrach: »Hör mal, Jane, tut mir leid, aber . . . du tauchst nach all dem hier einfach so auf und sagst, du möchtest einen gemütlichen Schwatz über Mutter halten. Jane, so geht das einfach nicht.« Sie war regelrecht sprachlos vor Wut. Und ich vor Überraschung. Mir wurde klar, daß dahinter Jahre voller Erbitterung steckten, Erbitterung und Vorwürfe gegen Schwesterchen Jane.

Ich machte noch einen letzten Versuch. »Es tut mir ja leid, Georgie. Es tut mir leid, daß ich Mutter mit Oma nicht geholfen habe, und mir liegt viel daran, das alles durchzusprechen.«

»Dann nehme ich an, daß du demnächst mal durchklingelst, wenn du am Wochenende nichts Besseres vorhast, und geschniegelt und gebügelt hier aufkreuzt und sagt: Ach, Georgie, ich frage mich in letzter Zeit, wie es wohl war, zehn Jahre lang Mutter hier zu haben, während sie immer kränker wurde, mit vier Kindern, ohne Hilfe . . .«

Genau da klingelte draußen das Telefon, und Georgie ging hin. Ich saß da wie vom Schlag getroffen. Sicher hatte ich ein schlechtes Gewissen gehabt, daß Mutter die ganze Zeit bei Georgie gewohnt hatte, aber schließlich war ich berufstätig, und Freddie und ich hatten nur eine kleine Wohnung und . . . und . . . und. Aber nie hätte ich damit gerechnet, daß Georgie dieses Wochenende nicht mit mir reden wollte. Oder überhaupt nicht. Sie war zu zornig. So zornig und erbittert auf mich war sie und ist es noch.

Als sie zurückkam, kündigte sie an: »Ich fahre jetzt zum Bahnhof und hole Tom und die Kinder ab.« Dann sagte sie noch: »Entschuldige, Jane, aber wenn du wirklich auf deine alten Tage noch Verantwortungsgefühl entwickelst, dann kannst du dir vielleicht vorstellen, daß es nicht leicht für mich ist, wenn du hier hereinschneist und so einfach fragst: Wie war das, als Oma starb, war es schlimm? Es war fürchterlich, Jane. Verstehst du? Grauenhaft. Ich bin hingefahren, wann immer ich konnte, hochschwanger oder mit dem Kind, und sah, was Mutter durchmachte. Gegen Ende war Oma bettlägerig. Monatelang. Kannst du dir das vorstellen? Nein, bestimmt nicht. Ärzte rein, Ärzte raus. In die Klinik und wieder nach Hause. Mutter wurde mit allem fertig. Vater konnte nicht viel helfen, er war ja selber Invalide . . . Wie auch immer, ich muß jetzt zum Bahnhof.«

Damit ging sie.

Beinahe wäre ich ihr nachgelaufen und hätte sie gebeten, mich in einen Zug nach Hause zu setzen, aber dann riß ich mich zusammen und blieb. Tom und die Kinder erfüllten das Haus mit Geschepper und Geklirr, Plattenspieler und Radio wurden wie selbstverständlich sofort voll aufgedreht, das ganze Haus vibrierte vor Lärm. Tom kam, sagte mir guten Tag und ging wieder. Die Kinder Jilly, Bob, Jasper und Kate kamen zu mir in die Küche gepoltert. Hallo, hallo reihum. Alle hier kennen meinen Standpunkt, daß Georgies Kinder unausstehliche, verzogene Gören sind, aus denen vielleicht noch einmal Menschen werden, wenn sie größer sind. Ich bin die mondäne Tante aus der großen Stadt. Zu Weihnachten schenke ich ihnen Geld. Wenn wir uns sehen, erzähle ich ihnen, daß ich sie unausstehlich und nichtsnutzig finde, und sie geben zurück, ich sei eben unfähig sie zu verstehen. So frotzeln wir uns gegenseitig. Aber ich finde sie wirklich unausstehlich. Ich *kann* nicht verstehen, wieso sie dürfen, was sie wollen, bekommen, was sie wollen, hingehen können, wohin sie wollen. Nie habe ich Georgie oder Tom sagen hören: Nein, das kommt nicht in Frage. Nicht ein einziges Mal. Das ganze Haus ist vollgestopft mit ihren Besitztümern, Kleidern, Spielsachen, Sportartikeln, das meiste davon gar nicht oder nur ein-, zweimal benutzt. Ich denke immer daran, wie wir während des Krieges aufwuchsen und nichts hatten. Und in letzter Zeit auch an die dritte Welt, wo sie auch nichts haben. Natürlich würde Georgie sagen, solche Überlegungen sind eben *in*, aber, wie sie auch sagen würde, besser spät als nie.

Jedenfalls saß ich in der Küche und hörte mir den Höllenlärm an, den diese Kinder im ganzen Haus veranstalteten, und Georgie kam zurück und machte auf mich den Eindruck, als sei sie jetzt bereit zu reden, wenn ich wollte, aber auf einmal hörte ich mich sagen: »Mit deiner Kritik an mir bist du schnell bei der Hand, Georgie, aber sieh dir einmal deine Kinder an.«

»Ja, ich weiß schon, was du meinst«, sagte sie, den Rücken zu mir gedreht. Da wußte ich, daß ich den Finger auf eine wunde Stelle gelegt hatte.

Ich forderte: »Sag, wann haben sie je etwas anderes getan, als was ihnen Spaß machte? Haben du oder Tom ihnen je klarzumachen versucht, daß die Welt keine himmlische Eisdiele ist, die auf Knopfdruck automatisch Eisbecher mit Sahne ausspuckt?«

»Wahrscheinlich hast du recht. Ich widerspreche dir ja gar nicht«, versuchte sie es leichthin zu überspielen, »und jetzt muß ich das Mittagessen machen. Wenn du helfen willst, bleib hier, sonst geh und unterhalte dich mit Tom.«

Ich nahm sie beim Wort und ging Tom suchen, aber er war mit irgend etwas beschäftigt und wollte sich nicht mit mir unterhalten. Da ich den Geräuschpegel im Hause unerträglich fand, zog ich die dicken Stiefel an, machte einen Schneespaziergang und kam erst zum Mittagessen zurück. Wie üblich beherrschten die vier Kinder die Szene, ließen Georgie und Tom keinen Satz zu Ende sprechen – wenn diese schon mal so kühn waren, einen anzufangen –, unterhielten sich über ihre Köpfe hinweg miteinander und benahmen sich insgesamt, als seien die Eltern ihre Dienstboten, mit denen sie umspringen konnten, wie es ihnen paßte.

Wie kommt es nur, daß es in Familien heutzutage so zugeht? Dies war das Bild am Nachmittag im Wohnzimmer: Jilly, siebzehn, war vergrätzt, weil sie eine Freundin hatte besuchen wollen und aus irgendeinem Grund nicht konnte, also maulte sie herum und ließ es an der ganzen Familie aus. Bob, sechzehn, ein übergewichtiger hübscher Junge, übte Gitarre, als existiere sonst niemand auf der Welt. Jasper, fünfzehn, quengelte auf seinen Vater ein, er solle mit ihm zu einem Fußballspiel in der Gegend gehen. Kate, dreizehn, mit glühenden Wangen und zerzaustem Haar, stolzierte in einem Kleid ihrer Mutter hüftenwakkelnd durchs Zimmer, in so einer Art aufgestauter Hysterie, wie sie bei Teenagern vorkommt. Das galt mir, sie will nämlich nach London und ›Fotomodell‹ werden. Armes Mädchen! Tom saß in einer Ecke, versuchte zu lesen und antwortete auf Fragen seiner Sprößlinge geistesabwesend und gereizt. Georgie, vollkommen gutgelaunt und gelassen, bediente alle und brüllte manchmal, um mit der Stimme durchzudringen: Ja, ist gut, Kate. Ja, Jilly, mache ich morgen. Ja, Jasper, es ist unter dem Bett im Gästezimmer. Und so weiter.

Schließlich verkündete ich: »Diese böse Tante verläßt euch jetzt. Nein, keine Umstände, ich finde allein zum Bahnhof.«

Mit welcher Erleichterung ich dieser Szene modernen Familienglücks den Rücken kehrte und mich zur Haustür begab! Georgie kam mit.

»Schon gut«, sagte ich, »du brauchst gar nichts zu sagen,

ich verstehe nichts von Kindern, und ich mit meiner kindischen Selbstsucht habe es gerade nötig, aber ich kann nur sagen . . .«

»Und du hast wahrscheinlich recht«, entgegnete sie in genau demselben Ton komischer Selbstverleugnung, wie sie ihn gegenüber den Kindern anschlägt.

Durch den jetzt schon matschigen Schnee ging ich zum Bahnhof, wo ich ein Weilchen warten mußte. Ich mag Bahnhöfe, die Anonymität, dieses Freiheitsgefühl, allein in einer Menge zu sein. Ich mag es, allein zu sein. Punkt.

Und hier bin ich jetzt, allein. Ich sollte zu Maudie gehen. Ich sollte baldmöglichst über all dies nachdenken.

Aber eins weiß ich schon jetzt. Worum wir trauern, wenn uns Angehörige sterben, das sind die ungeführten Gespräche. Mit Oma habe ich nicht gesprochen, ich weiß gar nicht, was für ein Mensch sie war. An Opa kann ich mich kaum erinnern. Dito Mutter. Ich kenne ihre Meinung über nichts, abgesehen davon, daß sie mich für selbstsüchtig und oberflächlich hielt. (Genau meine Meinung über Georgies Bälger.) Wie dachte sie über Tom? Georgina? Ihre Enkel? Was bedeutete es für sie, Oma und ihren eigenen Mann jahrelang – ich glaube fast, es waren vier Jahre – pflegen zu müssen? Wie war sie, als sie noch jung war? Ich weiß es nicht. Ich werde es jetzt nie erfahren. Und da ist natürlich auch Freddie: Manchmal liege ich wach und sehne mich nicht nach seinem Körper, obwohl ich den schrecklich vermisse, sondern nach einem Gespräch mit ihm. Warum habe ich nicht mit ihm gesprochen, als er noch da war?

Ich wollte nicht, so lautet die Antwort. *Ich wollte es nicht wissen.*

Montag abend

Bin heute morgen voll Entsetzen hochgefahren, mit hämmerndem Herzen, brennenden Augen, trockenem Mund. Ich sagte mir, das war nur ein Alptraum, aber es ging nicht vorbei. Auf dem Weg zur Arbeit wurde mir klar, es liegt daran, daß Joyce wahrscheinlich nach Amerika geht. Nicht nur, daß ich sie vermissen werde, auch im Büro wird alles anders werden. Mir wird man den Herausgeber-Sessel anbieten, aber darauf kommt es nicht an.

Als ich durchs Vorzimmer kam, warf Phyllis mir einen scharfen Blick zu, kam mir dann nach und fragte, ob ich in Ordnung sei. Sie beobachtet gut. Natürlich wußte ich, daß sie wußte, daß ich mir wegen Joyce Sorgen mache. Aber als ich an meinem Schreibtisch hockte und Phyllis mir schwarzen Kaffee brachte und anbot, die Sitzung mit den Fotografen zu übernehmen, da merkte ich, daß sie schon alles durchdacht hatte. Sie nahm einen Stapel Akten von meinem Schreibtisch, und ich bemerkte, wie sie Joyces Platz mit einem langen, kühlen Blick musterte, und dabei dachte sie, dort werde sie einmal sitzen.

Und warum auch nicht?

Weil sie nicht Joyce ist. Genau gesagt meine ich, sie ist dreißig Jahre alt, eine harte, kluge, aufmerksame junge Frau, aber sie hat nicht die Reife. Mir ist vollkommen klar, daß ich etwas gegen sie habe, weil sie mich daran erinnert, wie ich einmal war. Aber da ist noch mehr. Ich versuche fair zu sein und frage mich: Ganz abgesehen von meinen Bedürfnissen, hat sie das, was *Lilith* braucht?

Ich saß in unserem Büro – dem Büro von Joyce und mir – und beschloß, über Phyllis nicht nachzudenken. Das schaffe ich im Moment noch nicht. Ich dachte erst einmal über Joyce nach: Was an ihr hatte mich bis vor einem Monat so sicher gemacht, daß sie nicht nach Amerika gehen würde? Ich habe von meiner Ehe auf die ihre geschlossen. Klar, sie hat Kinder; aber nein, daran liegt es nicht. Er ist ein recht netter Mann. Ich kenne ihn nicht weiter. Wirklich geredet habe ich nie mit ihm, wir stehen auf Grußfuß.

Ich wünschte, Joyce würde früh kommen, aber es wurde beinahe Mittag. Sie sah schrecklich aus, leidend und ungepflegt. Sie setzte sich hin, sprang wieder auf, holte sich Kaffee, kam damit zurück, ließ sich auf den Stuhl fallen, steckte sich Zigaretten an und ließ sie ausgehen, fummelte mit ihrer

Arbeit herum, goß die Pflanzen auf der Fensterbank, tat alles mögliche, um mich nicht ansehen zu müssen.

Dann drückte sie auf den Summer, Phyllis kam herein, Joyce sagte: »Ich bin nicht ganz glücklich mit der Weinsache, ich habe ein paar Notizen gemacht, bitte, frag mal unseren Weinexperten, diesen Sowieso – ja, wie heißt er gleich, und wo liegt seine Adresse?«

»Keine Sorge«, sagte Phyllis, »ich weiß schon, wo sie ist.«

Sie nimmt Joyces Notizen an sich, lächelt freundlich und ist draußen.

Und jetzt gönnt mir Joyce ein kurzes Lächeln, eigentlich eher eine Grimasse, und sieht mich tatsächlich an. Wir lachen.

Beide schauen wir hinter Phyllis her durch die offene Tür in den Aktenraum. Wir begutachten ihre Kleidung, ihre Frisur, ihr Make-up, ihre Schuhe. Gewohnheit. Dann verliert Joyce das Interesse an ihr und versinkt wieder in Gedanken.

Phyllis hat noch keinen eigenen Stil. Nicht so wie Joyce und ich. Ich überlegte, ob ich nicht Phyllis zu einem eigenen Stil verhelfen könnte, so wie Joyce es mit mir gemacht hat. Erst jetzt, da ich das niederschreibe, kommt es mir merkwürdig vor, daß ich Phyllis und ihre Möglichkeiten analysieren konnte, während mir doch wegen Joyce hundeelend war und es mich drängte, sie aufzufordern: Nun red schon, um Himmels willen. Ich wußte, daß sie sich zum Wegziehen entschlossen hatte und sich mir gegenüber schuldig fühlte. Wir mußten unbedingt miteinander reden.

Joyce ist der einzige Mensch, mit dem ich je geredet habe. Dabei reden wir meistens in Gesten, ein Lächeln, ein Schweigen, eine Handbewegung, Musik ohne Worte, alles klar.

Endlich hielt ich es nicht mehr aus und sagte: »Joyce, ich will wissen warum, das mußt du doch verstehen.«

Sie wendete sich halb von mir ab, ihre Hand lag an der Wange. Ihre Geste drückte Irritation aus: Laß mich in Ruhe.

Hier sitze ich um ein Uhr nachts und schreibe dies nieder. Mein Geist ist ganz klar und scharf, die Gedanken jagen sich. Gerade geht mir etwas Neues durch den Kopf. Schreiben ist mein Beruf, ich schreibe die ganze Zeit, Notizen für mich selber, Memos, Artikel, und mit allem will ich Ideen und so etwas präsentieren, entweder mir selbst oder anderen. Gedanken lasse ich nicht entwischen, ich schreibe sie nieder, präsentiere sie, ich setze voraus, daß jemand sie liest. Und genau das tue ich auch jetzt. Ich merke, daß ich beim Tagebuchschreiben den hypothetischen Leser im Auge habe. Bedeutet das, daß ich vorhabe, dies zu veröffentlichen? Zu Anfang habe ich daran gewiß nicht gedacht. Ein merkwürdiger Drang ist das, Dinge niederzuschreiben, als ob sie erst schwarz auf weiß wirklich existierten. Wenn sie präsentiert werden. Dieses Gefühl habe ich, wenn ich Maudie zuhöre: Schnell, schnell, laß das alles nicht davonfliegen, halte es schwarz auf weiß fest. Als hätte es erst gedruckt Gültigkeit.

Oh, meine Gedanken wirbeln durcheinander, fang sie . . .

Da saß ich nun mit Joyce, und uns beiden war kalt, krank und elend zumute, und gewohnheitsmäßig musterte ich uns beide ebenso, wie ich Phyllis gemustert hatte. Zwei Herausgeberinnen einer erstklassigen Frauenzeitschrift, von vielen Männern gelesen, Ende der siebziger bis Anfang der achtziger Jahre.

Wenn ich Tagebücher von früher lese, faszinieren mich immer die Einzelheiten; was man damals anzog, was man aß. Man kann sich unschwer ausrechnen, wie die Leute wohl früher gedacht haben – wahrscheinlich nicht so viel anders als wir heute –, aber wie hat eine Frau im Jahre 1780 in einem Mittelschicht-Haushalt einer englischen Kleinstadt ihr Bett gemacht, ihren Tisch gedeckt, ihre Unterwäsche gewaschen; was gab es zum Frühstück? Wie verlief ein Tag im Leben einer nordenglischen Bauersfrau zur Zeit der Schlacht von Waterloo?

Als Joyce hier anfing, brachte sie uns allen zu Bewußtsein, daß wir wie die Vogelscheuchen herumliefen! Mitte der sechziger Jahre – Mode für Vogelscheuchen! Dabei war ihr eigener Stil ›Edelzigeunerin‹, wie sie es nannte, und das schlägt leicht ins Schlampige um. Sie ist groß und hager und hat dichtes schwarzes Haar, lauter Locken und Wellen in sorgsam arrangierter Unordnung, und ihr Gesicht ist schmal und blaß. So wirkt es jedenfalls inmitten dieser Haarmähne. Schwarze Augen, in Wirklichkeit klein, aber auf groß und dramatisch geschminkt. Sündteure Kleidung. Heute trug sie Rock und Weste, schwarz und rostrot gestreift, einen schwarzen Seidenpulli und ihre schwere Silberkette mit Bernsteinperlen. Sie hat erstklassigen Schmuck, nichts von dem pseudoorientalischen Talmi, wie ich zu *meinem* Stil ihn tragen kann. Sie ist schön, aber es ist der Stil einer jungen Frau. Ihr Haar tönt sie immer noch schwarz. Bald wird sie ihren Stil etwas ändern müssen, ihn ihrem Alter anpassen.

Als Joyce mich in die Hand nahm, lief ich noch in Miniröcken herum, mit lauter Fransen und Flitter und Klunkern. Seit der Zeit ist mein Stil klassisch-hochkarätig. Ich trage Blusen und Strümpfe aus Seide, nicht aus Nylon, und Kleider, denen man im ersten Moment keine besondere Absicht ansieht. Ich habe eine richtig gute Schneiderin aufgetrieben, die jeden Stich mit Liebe tut, und ich stöbere auf Märkten nach ausgefallenen Knöpfen und handgeklöppelter Spitze, und Pullover und Jacken lasse ich mir stricken. An meinem Stil fällt den Leuten beim ersten Blick nichts weiter auf, und dann werden ihre Augen ein zweites Mal angezogen und verweilen auf einer Einzelheit nach der anderen, eine Stickerei am Kragen, eine Leiste Perlmuttknöpfe. Ich bin schlank, aber handfest. Mein Haar ist silbriggolden, glatt und immer tadellos frisiert. Graue Augen, von Natur aus groß und noch optisch vergrößert.

Verschiedener könnten Joyce und ich gar nicht sein, außer in der Mühe, die wir auf uns verwenden. Aber Joyce treibt weniger Aufwand als ich wegen ihrer Familie.

Phyllis ist ein zierliches, aber kräftiges Mädchen, attraktiv, hellhaarig. Sie trägt immer die neueste Mode, daher gibt es an ihr nichts weiter zu bemerken. Ich habe gesehen, wie sie Joyce beobachtete und deren Stil für sich zu Recht verwarf. Ich habe auch gesehen, wie sie mich ins Auge faßte: Wie macht sie das? Wenn sie fragt, werde ich es ihr zeigen, werde sie zu der Schneiderin und der Strickerin mitnehmen, einen Friseur für sie auswählen ... an solche Dinge dachte ich, als ich da kreuzunglücklich mit Joyce zusammensaß: Im Geiste dankte ich ab und drückte es durch Kleidung aus, durch einen Stil!

Aber ich habe nicht die Absicht, aufzugeben, jedenfalls nicht bewußt.

In der Mittagspause tranken wir Kaffee und rauchten. Dann sagte sie: »Ich muß nach Hause«, und ich rief: »Joyce!« Sie sagte: »Siehst du das nicht ein, ich kann es nicht tun, ich kann nicht!« Und ich flehte: »Joyce, du kannst doch nicht einfach so nach Hause gehen, ich muß Bescheid wissen.«

Sie seufzte, setzte sich, nahm ihre Kraft zusammen und sah mich an.

»Bescheid wissen?«

»Verstehen. Ich verstehe nicht, wie du all dies aufgeben kannst – wofür?«

Sie sagte: »Ist dir das schon einmal passiert: plötzlich findest du heraus, daß du dich selbst überhaupt nicht kennst?«

»Na und ob!«

»Ich glaubte, ich könnte mich mit einer Scheidung leicht abfinden.«

»Hat er eine andere Frau?«

»Ja, immer noch dieselbe. Er würde sie statt meiner mitnehmen.«

»Also war er die ganze Zeit eigentlich mit euch beiden verheiratet?«

»Darauf läuft es hinaus. Einmal hat er zu mir gesagt: Du hast deine Arbeit, ich habe Felicity.«

Ich saß da und hielt an mich, um nichts Falsches zu sagen, denn sonst hätte sie nach Hause davonlaufen können, und das wollte ich vermeiden.

Mir gingen feministische Gedanken durch den Kopf, wie ich das nenne. Für ihn ist seine Arbeit das Selbstverständlichste von der Welt, aber wenn sie arbeitet, braucht er zum Ausgleich ein Mädchen. Aber diese Gedanken langweilen mich, sie führen zu nichts. Sie haben noch nie zu etwas geführt, weder für mich noch für Joyce. Phyllis ist eine engagierte Feministin und sagt Joyce und mir auf den Kopf zu, wir wären nicht emanzipiert. Joyce und ich haben darüber diskutiert, aber nicht häufig – denn es führt zu nichts! Einmal sagte Joyce zu Phyllis, eher neugierig als streitlustig: Phyllis, ich habe einen erstklassigen, hochdotierten Job. Ich habe einen Mann und zwei Kinder und versorge Heim und Familie. Würdest du mich nicht als emanzipierte Frau bezeichnen? Ist das nicht genug? Und Phyllis lächelte wie einer, der es besser weiß, und gab zu: ein Schritt in die richtige Richtung. Hinterher lachten wir, Joyce und ich. Uns überkam einer dieser plötzlichen Lachanfälle, Musik ohne Worte, die zum Schönsten an unserer Freundschaft gehören.

»Wenn du nicht mit nach Amerika ziehst, will er Felicity mitnehmen?«

»Er will sie heiraten.«

»Und das würde dir so viel ausmachen?«

Sie schüttelte den Kopf. Wieder sah sie mich nicht an. Ich war verwirrt, wußte nicht, was sie an meinem Gesicht fürchtete. Schließlich sagte sie: »Du bist so selbstgenügsam.«

Das war das letzte, was ich erwartet hatte – ich, die Kind-Frau, Kind-Tochter –, und ich fragte zurück: »Ich und selbstgenügsam?«

Und sie schüttelte bloß den Kopf – ach, das ist alles zu viel für mich – und hielt sich, den Oberkörper vorgeneigt, mit beiden Händen am Schreibtisch fest, den Blick starr geradeaus, die Zigarette zwischen den Lippen. Ich sah sie als Greisin vor mir, Mrs. Fowler: feingemeißeltes, scharfes Gesichtchen, Nase fast bis ans Kinn. Sie wirkte uralt. Dann seufzte sie noch einmal, richtete sich auf und sah mich an.

»Ich kann den Gedanken nicht ertragen, allein zu sein«, sagte sie tonlos. »So ist das nun einmal.«

In mir ging alles drunter und drüber.

Ich wollte sagen: Aber Joyce – mein Mann ist gestorben, über Nacht, wie es mir jetzt vorkommt – willst du alles auf eine Karte setzen? Ich hätte sagen können: Joyce, wenn du deinen Beruf hinwirfst, um mit ihm zu gehen, stehst du am Ende womöglich mit leeren Händen da. Ich hätte sagen können ... und sagte gar nichts, sondern weinte in einer Art verblüffter Wut über die Absurdität des Ganzen, und schlimmer noch, mir kam der Gedanke, daß ich Joyce überhaupt nicht gekannt hatte! Ich hätte nicht geglaubt, daß sie so etwas aussprechen, denken könnte. Mehr noch, ich wußte, daß ich zu Joyce nicht sagen konnte: Deine Einstellung gegenüber dem Tod ist dumm, falsch, du bist wie ein Kind! Das ist halb so wild, wovor hast du eigentlich Angst? Allein sein – was ist das schon?

Denn ich hatte entdeckt, daß ich mich von Joyce weit entfernt hatte, und das in kurzer Zeit. Mein Mann war gestorben, meine Mutter war gestorben; ich hatte mir eingebildet, daß mich diese Ereignisse kaum berührt hatten, daß ich gefeit war. Und doch hatte sich etwas in mir tiefgehend gewandelt. Und schließlich war da noch Maudie Fowler.

Als ich dasaß, heulte und die Tränen zu unterdrücken versuchte und mein Taschentuch zerbiß (Linnen feinster Qualität mit Monogramm), erschien mir Joyce wie ein Kind. Ja, sie war trotz allem ein Kind, und ich konnte ihr nichts von all dem mitteilen, was ich gelernt hatte und was ich jetzt war. Darum weinte ich.

»Nicht doch«, bat Joyce. »Ich wollte keine – alten Wunden aufreißen.«

»Das hast du nicht. Es ist etwas anderes.« Aber weiter kam ich nicht – ich meine, mit dem, was ich auf dem Herzen hatte. Denn reden taten wir dann schon, wir redeten vernünftig und nüchtern über alles mögliche, und das war nicht das Falscheste. Wir hatten schon lange nicht mehr so miteinander geredet. Die Verständigung zwischen Frauen – eine Geste, ein Nicken, eine Andeutung, ein Lächeln –, das ist etwas sehr Schönes, warm und angenehm und überhaupt eins der besten Dinge, die ich erfahren habe. Und doch konnte ich nach allem Joyce nicht erklären, warum ich weinen mußte.

Sie sagte: »Du bist da ganz anders als ich. Das sehe ich ja, ich habe dich beobachtet. Aber ich – wenn er nach Amerika geht, werde ich allein sein. Noch einmal heiraten werde ich nicht, das weiß ich. Wenn man einmal mit einem Mann verheiratet war, kann man ihn nicht einfach ablegen und einen neuen nehmen – *sie* können das . . .«

»Bilden sie sich ein.«

»Schön, sie bilden sich ein, es zu können, ohne Folgen, meine ich. Jedenfalls kann ich mir nicht vorstellen, jemand anderen zu heiraten. Die Kinder wollen nicht gern in die Staaten, aber wenn er geht und ich bleibe, wären sie mal hier, mal da, und aller Wahrscheinlichkeit nach bald mehr da als hier, mehr Chancen, bestimmt besser für die Jugend. Ich wäre allein. Ich kann nicht allein sein, Jan.«

Und ich konnte nicht sagen: Joyce, dein Mann ist fünf-undfünfzig und ein Arbeitstier ...

»Du würdest dich damit abfinden, ein Anhängsel zu sein?«

Sie zog eine Grimasse. »Einen Job wie diesen hier be-komme ich natürlich kein zweites Mal. Aber irgend etwas wird sich schon finden.«

Beim Gehen sagte sie: »Dabei habe ich mich noch gar nicht endgültig entschieden. Ich weiß, daß ich all dies hier furchtbar vermissen würde – dich auch, Jan. Aber ich habe keine Wahl.« Damit ging sie. Ohne mich anzusehen.

Und dieser Satz war alles, was mir blieb. – Ich habe keine Wahl. Denn ich weiß nicht, was an ihrer Ehe dran ist – ich hätte nie vermutet, daß etwas dran ist –, das sie zu der Be-hauptung treibt, sie hätte keine Wahl.

Joyce war die beste Herausgeberin, die die Zeitschrift je-mals hatte. Nie hat sie ihr Heim, ihre Familie an die erste Stelle gesetzt – und doch – jetzt dämmert es mir: Als sie kam, fing es an mit der Flexibilität, die wir alle so schätzen. Zu Hause telefonieren, spätabends oder frühmorgens arbei-ten, wie es gerade nötig ist. Wir sagten alle, das ist eben weibliche Arbeitsweise: keine starren Dienststunden, son-dern man richtet sich nach den Notwendigkeiten. Und jetzt kommt mir der Verdacht, daß die Notwendigkeiten für Joyce ihre Ehe und ihr Heim waren.

Es war ganz normal, daß sie nach Feierabend im Büro oder in einem Restaurant mit mir aß: Arbeitsessen eben. Aber es kam auch vor, daß sie nach Hause mußte. Das ging nur, weil ich da war. Ich sagte nie: Nein, ich kann heute nicht so lange bleiben, ich muß nach Hause. Oder höchstens, wenn Freddie und ich unsere Dinnerpartys gaben. Nicht ein einziges Mal habe ich gesagt: Heute muß ich früher Schluß machen, Freddie kommt früh nach Hause. Aber bei Joyce scheint es ständig so gelaufen zu sein: ihre Ehe, ihre Kinder, ihr Beruf. Mit wunderbarer Flexibilität hat sie das alles in Einklang gebracht. »Kannst du heute nachmittag die Stellung halten, Jan?« In einem gewissen Sinn war ich ein Bestandteil ihrer Ehe wie diese Felicity! Diese Einheiten, deren Bestandteile wir sind, die *wirklichen* Ereignisse, wirklichen Abläufe – das fasziniert mich immer wieder, das interessiert mich mehr als alles andere. Aber eben erst ist es mir aufgegangen, daß ich in einem gewissen Sinn ein Bestandteil von Joyces Ehe war.

Joyce wird nach Amerika gehen. Sie wird einen Traumjob aufgeben. Einen Job, wie die wenigsten Frauen ihn je bekommen. Familie, Freunde, Heim, alles wird sie aufgeben. Ihre Kinder sind fast erwachsen. Sie wird in einem Land leben, an das sie sich erst gewöhnen muß, allein mit einem Mann, der ebensogern eine andere, jüngere Frau mitgenommen hätte. Sie hat keine Wahl.

Wohlan, ihr Feministinnen, wohlan, Phyllis, was habt ihr dazu zu sagen?

Habt ihr in euren netten kleinen Manifesten, euren Männerschockaktionen, euren flammenden Reden je dazu etwas Relevantes gesagt? Nicht daß ich wüßte. Und ihr könnt mir glauben, Phyllis packt mir immer alle verfügbaren Schriften auf den Tisch.

Der Grund dafür, daß Frauen heute ständig rudelweise zusammenstecken und die Männer ausschließen, soweit es irgend geht, ist Angst. Angst vor dieser unbegreiflichen Macht der Männer, die Joyce zwingt zu sagen, sie habe keine Wahl.

Ich kann allein leben und tue es sogar gern. Aber ich war auch nie wirklich verheiratet.

Als ich zu Hause war, klingelte das Telefon: Joyce, ihre Stimme klang atemlos und schwach. Weil sie sich ausgeweint hatte, wußte ich. Sie sagte: »Jan, wir treffen unsere Entscheidungen lange, bevor wir es wissen! Ist es nicht zum Fürchten? Weißt du, was ich meine?«

»Ja«, antwortete ich. »Ich weiß, was du meinst.«

Ja, ich weiß es. Und es *ist* zum Fürchten. Welche Entscheidungen habe ich bereits getroffen, von denen ich noch nichts weiß?

Seit Freitag abend war ich nicht mehr bei Maudie Fowler.

Dienstag

Joyce war nicht im Büro. Phyllis und ich hielten die Stellung. Nach Feierabend zu Maudie. Sie kam erst gar nicht an die Tür, dann stand sie lange ohne ein Lächeln oder ein Zeichen der Freude vor mir; schließlich trat sie beiseite, ließ mich ein und ging wortlos vor mir den Flur entlang. Sie setzte sich auf ihre Seite des glühendheißen Ofens und wartete ab, was ich zu sagen hätte.

Ich ärgerte mich schon wieder: Was kann ich denn dafür, daß sie kein Telefon hat?

Ich sagte: »Sonntag abend bin ich erst sehr spät zurückgekommen, und gestern war ich zu müde.«

»So, müde warst du also?« Und dann: »Sonntag abend habe ich auf dich gewartet. Ich hatte eine Kleinigkeit zum Abendessen für uns beide zurechtgemacht.«

Ich vermerkte bei mir die übliche Abfolge von Emotionen: erst das Gefühl, in der Falle zu sitzen, dann der Fluchtimpuls, dann – natürlich – das Schuldgefühl. »Es tut mir leid, Maudie«, sagte ich.

Sie wandte den Kopf ab und starrte ins Feuer. Ihr Mund stand ein wenig offen, ihr Atem ging rasselnd.

»Geht es dir gut?«

»Es geht schon.«

Ich dachte, verflixt noch mal, ich habe dich von Kopf bis Fuß gewaschen, deine stinkende Scheiße habe ich dir abgewaschen, und das ist nun ... aber dann fiel mir auch ein, daß ich ein Versprechen gegeben und nicht gehalten hatte. Das darf ich nie wieder tun.

Es dauerte fast eine Stunde, bis sie weich wurde und aufstand, um uns Tee zu kochen. Danach mußte ich noch zwei

Stunden bleiben. Inzwischen erzählte sie wieder munter drauflos. Eine lange Geschichte über das Flittchen ihres Vaters, das, nachdem Maudies Mutter ›sicher unter der Erde‹ lag, Maudie nicht nur zur Dienstmagd gemacht habe – ›aber das habe ich dir ja alles schon erzählt‹ –, sondern auch versucht habe, sie zu vergiften.

»Meine Mutter hat sie vergiftet, das weiß ich, auch wenn niemand sonst es wußte, und meine Tante Mary glaubte mir. Sie sagte, zur Polizei gehen wäre zwecklos, die würden nie meiner Aussage gegen die meines Vaters glauben, denn er war lieb Kind bei der Polizei, er wußte sich immer bei Leuten, die ihm nützen konnten, lieb Kind zu machen, den Inspektor lud er Weihnachten zu Whisky und Kuchen ein, und auf die Wachstube schickten er und sein Flittchen einen Kasten Ale und Schinken und Pudding. Wenn ich, nichts als ein verängstigtes und krankes junges Ding, dahin käme und behauptete: Die Geliebte meines Vaters hat meine Mutter vergiftet, mit Arsen, und jetzt versucht sie es bei mir – würden die mich überhaupt anhören? Tante Mary sagte: Weißt du was, sobald du ohne großes Aufsehen kannst, läufst du von zu Hause weg und kommst zu mir. Ich kann meinem Bruder nicht offen die Stirn bieten, der hat noch immer seinen Willen durchgesetzt, aber wenn es soweit ist, steht für dich hier ein Bett und ein Teller bereit. Na ja, ich wurde immer kränker und schwächer. Das zog sich monatelang hin. Ich versuchte, zu Hause nichts zu essen, ich lief immer zu meiner Schwester, der, die gestorben ist – nein, sie habe ich noch nicht erwähnt, das macht mich zu traurig. Sie war immer schwächlich, das Sorgenkind. Sie hat mit fünfzehn geheiratet. Gegen den Willen meines Vaters, und er sagte: Du setzt keinen Fuß mehr über meine Schwelle. Ihr Kerl taugte nichts, er konnte sie nicht ernähren. Sie hatte drei kleine Kinder, und meine Mutter schickte mich manchmal mit einer Pastete oder einem Stück Brot hin, mit irgend etwas, was keiner vermissen würde, und dann war sie so bleich und abgezehrt, und die Kinder hatten Hunger. Sie nahm gerade einen Happen, um bei Kräften zu bleiben, den Rest gab sie den Kindern. Nachdem meine Mutter tot war, gab es dort gar nichts mehr zu essen. Ich ging zu meinem Vater und sagte: Meine Schwester stirbt vor Hunger und Kälte. Da sagte er: Ich habe sie vor dem Kerl gewarnt. Und weiter sagte er nichts. Sie starb, und er ging nicht einmal zur Beerdigung. Das eine Kind, das noch lebte, nahm ihr Mann mit, und ich habe nie wieder von ihm gehört. Bevor sie starb, saß ich immer bei ihr, mir war schwach vor Hunger, weil ich mich zu Hause nicht zu essen traute, und sie war am Verhungern, weil sie nichts hatte, und so leisteten wir uns beim Hungern Gesellschaft. Es war eine furchtbare Zeit, furchtbar – ich verstehe nicht, warum die Leute immer von der ›guten alten Zeit‹ reden, die alte Zeit war schlimm. Außer für Leute wie meinen Vater . . .« Und weiter und weiter erzählte Maudie von ihrem Vater.

Als ich fragte: »Was war denn mit deiner anderen Schwester?« erklärte sie: »Die hatte geheiratet und war weggezogen, wir haben von ihr nicht mehr viel gehört, sie ging Vater aus dem Weg, von ihrem Mann hielt er auch nichts. Einmal bin ich zu ihr gegangen und habe gesagt: Polly, unsere Schwester Muriel stirbt Hungers und ihre Kinder mit ihr; und alles, was sie sagte, war: Ich habe leider nichts für sie übrig. Dabei war ihre Speisekammer voller Braten und Pasteten und Cremespeisen.

Nachdem Muriel tot war, hatte ich nicht einmal mehr einen Platz, wo ich hingehen und in Ruhe sitzen konnte, und gegessen habe ich so wenig wie möglich, denn ich wußte, daß Gift drin war. *Sie* kam immer herauf in meine Kammer – sie hatten mich in die Bodenkammer gesteckt wie einen Dienstboten – und brachte Brühe und Milch und sagte: Trink das, trink das; und ich schüttete es in den Eimer und leerte ihn heimlich aus, daß sie nichts merken sollte. Ich konnte das Gift schmecken, ich wußte, daß Gift drin war. Manchmal sammelte ich Brotkrumen auf, die die Leute für die Vögel hingeworfen hatten, aber ich hatte Angst, dabei gesehen zu werden. Man kannte uns, wir waren eine angesehene Familie, Vater mit seinen Gesellschaftsbeziehungen und seiner Kutsche und seiner Freigebigkeit und sie mit ihrer Schenke. Ich war das Töchterchen des Hauses, die

Leute beneideten mich um mein feines Leben. Dabei schlief ich auf einer dünnen Matratze oben auf dem Dachboden, kein Hauch Wärme, nie ein neues Kleid oder irgend etwas, das mir gehörte, nur ihre abgelegten Sachen zum Engermachen, und die Angst vor dem Essen. Eines Abends also passierte es, ich lag im Bett, zu krank und schwach zum Aufstehen, und sie brachte ein Glas gezuckerte Milch und sagte: Jetzt bleibe ich hier, bis du das getrunken hast. Ich will nicht, sagte ich, ich will nicht. Aber sie sagte: Ich bleibe hier sitzen.

Sie hatte einen Morgenmantel aus rosa Seide an, mit Federn und mit Rüschen aus grauem Samt am Kragen, und an den Füßen rosa Pantoffeln mit hohen Absätzen. Sie war tüchtig in die Breite gegangen, wo sie so gerne aß und trank, und sie war rot im Gesicht und keuchte und sagte: O Gott, diese Treppen, und: O Gott, ist das kalt hier oben. Aber daß ich immer die Treppen rauf und runter mußte, und daß ich in dieser Kälte wohnen mußte, daran verschwendete sie keinen Gedanken. Dabei standen auf derselben Etage, wo sie schliefen, zwei Zimmer leer. Später erklärte mir meine Tante Mary: Natürlich wollten sie dich nicht auf derselben Etage haben, du solltest nicht hören, wie sie es treiben. Was meinst du mit treiben? fragte ich, denn von diesen Sachen verstand ich nichts, das war mir zuwider, da bin ich wie meine Mutter. Ich wollte nichts davon wissen. Und außerdem waren sie gar nicht verheiratet: Sie hatte noch einen Mann irgendwo im Hospital, darum konnte sie meinen Vater nicht heiraten. Wenn ich heute zurückdenke, verstehe ich das gar nicht: Die Leute waren damals so sittenstreng, aber soweit ich mich erinnere, hat sie nie jemand dafür büßen lassen, daß sie mit meinem Vater in wilder Ehe lebte. Aber mir wäre es auch nicht aufgefallen, ich hatte keinen anderen Gedanken, als in dem Haus nichts zu essen. An jenem Abend mußte ich die Milch schließlich doch trinken, obwohl sie ekelhaft schmeckte. Dann tat ich, als schliefe ich ein. Da endlich stapfte sie die Treppe wieder hinunter. Dann packte ich mein zweites Kleid in die kleine Tasche von Mutter und schlich mich aus dem Haus.

Ich hatte kein Geld, er gab mir nie welches, obwohl ich

ihm das Haus besorgte, saubermachte und alles. Ich ging zu Fuß bis in das Dorf, wo meine Tante wohnte. Heute ist das ein Teil von London, niemand könnte sich mehr vorstellen, daß da noch vor kurzem ein Dorf war, es liegt hinter Neasden. Ich langte dort an, als die Straßen sich wieder mit Wagen und Pferden und Lärm belebten. Ich schleppte mich so dahin, nahe am Umfallen. Ich kam bis zu ihrem Haus und läutete und läutete, und als sie an die Tür kam, fiel ich um, und sie fing mich auf. Sie sagte, ich könnte bei ihr wohnen und es ihr zurückzahlen, wenn ich gesund genug sei, um Geld zu verdienen. Meinem Vater schrieb sie, Maudie sei für eine Weile bei ihr auf Besuch, so drückte sie es aus. Und mein Vater antwortete überhaupt nicht, dabei wartete und wartete ich auf ein Zeichen. Auf Jahre hinaus hat er mich nicht mehr zur Kenntnis genommen. Und meine Tante päppelte mich auf und sorgte dafür, daß ich aß. Sie hatte selber nicht viel. Sie sagte, ich hätte eigentlich Wein und Sahne und so Zeug haben müssen, das konnte sie mir nicht geben, aber sie tat, was sie konnte. Ich war so abgemagert, daß ich kaum zwei Schritte laufen konnte, bevor mir die Knie einknickten, aber ich erholte mich, und dann besorgte Tante Mary mir eine Lehrstelle bei einer Putzmacherin im Westend. Das Geld bekam sie von meinem Vater. Ich weiß nicht, was sie zu ihm sagte, aber sie bekam es.«

Es wurde beinahe zehn, ehe ich nach Hause kam. Mir war selber ein bißchen flau im Magen von dem vielen starken schwarzen Tee, den ich bei Maudie getrunken hatte, und ich bekam nichts hinunter. Zweifellos aus Mitgefühl mit der armen Maudie und ihrer Magersucht, denn daran hatte sie ja wohl nach dem Tod ihrer Mutter gelitten. Ich habe ein kurzes Reinigungsbad genommen, habe dies niedergeschrieben, und nun muß ich zu Bett. Aber ich hätte gerne noch zu Papier gebracht, was mir zum Thema Büro durch den Kopf gegangen ist.

Maudie habe ich gesagt, daß ich morgen abend nicht komme, aber auf jeden Fall Donnerstag mit ihr Tee trinke.

Mittwoch

Joyce war nicht im Büro und hat auch keine Nachricht hinterlassen. Das war noch nie da. Nervöse Stimmung, viel verhaltenes Kichern wie in der Schule, wenn man nicht recht weiß, woran man ist. Phyllis und ich haben den ganzen Tag zusammen gearbeitet und stillschweigend Ruhe und Ordnung in den Laden gebracht. Wir wußten genau, was zu tun war, alles ging uns glatt von der Hand. Wir werden gut miteinander arbeiten können. Aber sie ist eben so jung, so jung, schwarzweiß, entweder-oder, friß oder stirb. Ihr harter, kühler kleiner Mund. Ihr hartes, kompetentes kleines Lächeln. Phyllis hat sich eine Eigentumswohnung gekauft, wir – die Firma – haben ihr dabei geholfen. Sie lebt für ihre Arbeit, wer könnte das besser verstehen als ich? Sie sieht sich schon als Herausgeberin. Warum auch nicht?

Das frage ich mich beim Schreiben.

Jetzt will ich von meiner Karriere berichten, denn nach den Schocks und Spannungen der letzten Tage mit Joyce und der Wachsamkeit und Konzentration bei der Arbeit mit Phyllis steht mir alles, was damit zusammenhängt, glasklar vor Augen.

Ich bin gleich von der Schulbank weg zu der Zeitschrift gekommen. Zum Studieren reichte das Geld nicht, und meine Noten waren auch gar nicht gut genug für die Universität. Die Alternative stellte sich überhaupt nicht.

Als ich zuerst bei ›Hausmütterchen‹ anfing – so nannten Joyce und ich in unserem Privatjargon das Blatt in jenem Stadium –, da war ich so stolz und froh, diesen tollen Job im Journalismus bekommen zu haben, daß ich mir überhaupt nichts Höheres vorzustellen vermochte. 1947 herrschte noch Kriegsatmosphäre. Das Blatt war ein unansehnliches Machwerk auf schlechtem Kriegspapier, lauter Rezepte für billige Fleischsorten und Eipulver. Wie man aus irgend etwas irgend etwas anderes macht, so beschrieb es Joyce. Wie allen anderen auch hing mir das kreuzweise zum Halse heraus. Wie sehnten wir uns damals, die Nachwirkungen des Krieges hinter uns zu lassen, die Rationierungen, die Trostlosigkeit. Auch da hatten wir eine Frau als Herausgeberin. Mir kam es damals nicht in den Sinn, meine Vorgesetzten zu kritisieren, mein Horizont ging nicht über die Sekretärin des Production Managers hinaus. Über Nancy Westringham dachte ich schon gar nicht nach. Die da oben waren für mich alles Götter und Göttinnen. Heute ist mir klar, daß sie in jenem Stadium der Zeitschrift genau die Richtige war. Alte Schule, wie meine Mutter und meine Schwester, tüchtig, pflichtbewußt, nett – ich meine das ganz ernst, nett und lieb, und ich vermute, sie hatte nie im Leben einen eigenen Einfall. Ich kann es nur vermuten, denn leider, leider war ich in jenem Stadium noch nicht wach genug, um zu wissen, was los war. Aber zu der Zeit hatte ich natürlich auch noch nicht gelernt, woran man *sieht*, was los ist: was innerhalb einer Struktur vor sich geht, worauf man achten muß, *wie Dinge funktionieren.*

Natürlich gab es Veränderungen, besseres Papier, lebendigere Texte, aber das war nicht genug. Das Blatt brauchte einen neuen Herausgeber, und das hätte mir eigentlich klar sein müssen, wenn ich aufgepaßt hätte. Aber nicht nur, daß ich noch nicht richtig beobachten gelernt hatte: Ich war auch zu berauscht von meiner eigenen Jugend, meinem Aussehen, meinen Erfolgen. In der Schule hatte niemand mir gegenüber je angedeutet, daß ich für etwas begabt sein könnte, und meine Eltern erst recht nicht. Aber im Büro gelang mir alles, was ich anpackte. Bald war ich diejenige, die für jeden, der krank wurde oder verhindert war, einspringen konnte. Ich habe nie ein Lustgefühl erlebt, das dem gleichkommt: diesem Auftrieb, diesem Hochgefühl, eine neue Aufgabe in Angriff zu nehmen und zu wissen, daß man es kann. Ich liebte meine Tüchtigkeit, liebte mich selber. Und dann mein Gespür für Kleider. Die fünfziger Jahre waren natürlich nicht gerade eine Glanzzeit der Mode, aber sogar damals schaffte ich es, daß man über meine Kleidung sprach. Mein Stil damals war sexy, aber unterkühlt sexy, gerade eine Idee parodistisch; darin nahm ich schon die sechziger Jahre vorweg und die Art, wie wir unseren eigenen Stil in der Kleidung ein bißchen auf die Schippe nahmen.

Heute würde ich einiges darum geben, zu wissen, *wie* genau Boris in den Herausgebersessel kam. Aber jetzt ist es zu spät. Wenn ich die Veteranen frage, die immer noch bei uns sind, dann verstehen sie nicht, was ich wissen will, weil sie nicht in solchen Begriffen denken.

1957 jedenfalls wurde Boris Herausgeber, und er sollte die ›neue Welle‹ repräsentieren. Aber dieser Aufgabe war er nicht gewachsen. Ich war damals, was Phyllis heute ist: die begabte junge Aufsteigerin, von der man noch Großes erwartet. Mit dem Unterschied, daß ich mir dessen nicht bewußt war. Mir machte es Spaß, bei jeder Art von Arbeit Erfolgserlebnisse zu ernten, und Überstunden machten mir nichts aus. Was ich auch zu tun hatte, ich tat es mit Begeisterung. Damals machte ich schon alles mögliche über meinen eigentlichen Wirkungskreis, für den ich bezahlt wurde, hinaus, und ich machte alles gut. Eigentlich war ich Produktionssekretärin. Da hatte es schon angefangen, daß ich beobachtete, was wirklich vorging. Und was einem sofort ins Auge sprang, das war, daß Boris nicht sonderlich viel leistete. Liebenswürdig, verbindlich, modisch – das war er alles. Er war vom Ausschuß nominiert worden, als Nancy ging – gegangen wurde. Er hatte das große Zimmer, wo heute die Fotografen arbeiten, einen Riesenschreibtisch, eine Sekretärin, die wiederum eine Sekretärin hatte, und eine PR-Assistentin. Er war ständig in einer Konferenz, führte Ferngespräche, nahm an Essen teil, gab Interviews über die Rolle und Funktion von Frauenzeitschriften. Von der Frauenbewegung war da noch keine Rede, aber das fällt mir erst jetzt beim Schreiben ein.

Was wirklich vorging, war das: Andere, mich eingeschlossen, taten Boris' Arbeit. *Die formale Struktur des Büros entsprach nicht im mindesten den wirklichen Abläufen.* Das Blatt hatte sich ein wenig herausgeputzt, aber nicht wirklich gemausert, und immer wurde mit einem Auge nach *dem* Mann geschielt. Wir dachten nicht sehr gründlich darüber nach, sondern machten mit besserem Papier und einigermaßen brauchbaren Fotos einfach weiter wie bisher.

Sobald Joyce kam, wurde uns allen schlagartig bewußt,

worin genau unsere Arbeit bestand und für wen wir sie taten. Marktanalysen, Sachverständigengutachten, das alles nahmen wir mit, aber wir hatten unsere eigenen Vorstellungen. Rückgrat und Fundament des Blattes und Kern unseres Interesses ist die *Information*. Geburtenkontrolle, Sex, Gesundheit, soziale Probleme allgemein. Kaum etwas von den Artikeln, die wir über diese Themen bringen, wäre im ›Hausmütterchen‹ denkbar gewesen, wo man alles nur durch die Blume sagen konnte. Diesen Teil des Blattes mache ich. In den Bereichen Mode, Küche, Wein, Inneneinrichtung hat sich vor allem das Niveau der Fotografie geändert. Nicht was gesagt wird – Mode ist Mode ist Mode, Küche ist Küche –, sondern wie es präsentiert wird. Als ich anfing, hatten wir haufenweise Titel wie ›Als Witwe zog ich zwei Töchter groß‹ oder ›Ich heiratete einen Querschnittsgelähmten‹ oder ›Alice ist blind und leitet eine Handelsschule‹. So etwas gibt es nicht mehr: zu sehr nach unten orientiert! Die Strategie von *Lilith* bestand ganz offen darin, einen Schritt nach oben tun zu wollen, und dafür haben Joyce und ich gesorgt.

Ich sagte bereits, als Joyce Mitte der Sechziger zu uns stieß, hat sie mich verändert: Alles andere veränderte sie auch. Jetzt finde ich es interessant, daß die Veränderung der nach außenhin bestehenden Struktur zuwiderlief. Wir arbeiteten in demselben Büro, wo wir heute noch sind. Wir beide machten das Blatt. Für uns war das offenkundig, aber Boris merkte es nie. Joyce pflegte zu erzählen, in ihrer letzten Stellung habe sie alle Arbeit für ihren Chef erledigen und ihn dann glauben machen müssen, er hätte sie getan. So hatte sich für sie nicht viel geändert! Wir hatten keineswegs etwas gegen dieses Arrangement, wir hofften nur, daß es niemandem auffallen würde. Aber natürlich wurden die Leute aufmerksam. Jetzt verstehen wir nicht mehr, wie wir etwas anderes erwarten konnten. Wir liebten unsere Arbeit so, wir liebten es, das Blatt in etwas Neues zu verwandeln. Alle vierzehn Tage gingen wir zu den Ausschußsitzungen, drückten uns mucksmäuschenstill an die Wand und sagten kaum ein Wort, während Boris an einem Ende des Tisches präsidierte und die Ausschußmitglieder am anderen Ende saßen. Ich pflegte Boris vor den Sitzungen einzupauken, was er zu sagen hatte.

Die tatsächliche Struktur sah zu der Zeit so aus, daß Joyce und ich alles leiteten und die Fotografen in den Vordergrund traten, denn gerade in den sechziger Jahren gewannen sie ja so enorm an Bedeutung. In unserem Büro fielen sämtliche Entscheidungen, es war ständig voller Leute. Ganz plötzlich, nachdem Joyce erst ein paar Jahre dabei war, wurde sie zur Herausgeberin befördert und erhielt völlig freie Hand. Alles von Grund auf neu, vom Format angefangen. Sie ging klug vor: Einige Zeitschriften, die zu sehr auf Swinging Sixties machten, sind seitdem eingegangen, aber das Format, das Joyce kreierte – das wir kreierten –, hat überlebt.

Praktisch schlagartig deckte sich die wirkliche Struktur mit der offiziellen. Boris' riesiges, scheußliches, *totes* Büro fiel bei seinem Weggang an die Fotografen und erwachte sofort zum Leben; und der Raum, in dem Joyce und ich arbeiteten, wurde das Herausgeberzimmer. Da ging mir erst auf, wieviel Mühe und nervöse Anspannung es gekostet hatte, daß die wirklichen Abläufe nicht mit der formalen Organisation übereinstimmten. Wenn ich mir heute andere Büros oder andere Firmen ansehe, fällt mir oft so ein Auseinanderklaffen auf.

Und was ist innerhalb *dieser* Struktur herangewachsen, was ist die Zukunft? Nicht Joyce und ich, das ist mir jetzt klar! Aber ich und Phyllis? Was übersehe ich da nur, weil ich zu sehr im Jetzt befangen bin? Mir kommt es so vor, als ob alles sich plötzlich, über Nacht, verändere oder zu verändern scheine; und doch muß der Wandel von innen her vor sich gegangen sein. Ich kann keinen Wandel von innen erkennen, dabei denke ich doch so viel darüber nach.

Eins kann ich erkennen: Das Geld wird überall knapp, und so wird unser spritziges, ja freches Hochglanzformat, unsere Formel, vielleicht etwas Ernsthafterem, Zweckgerichteterem weichen müssen.

Auf welchen Zweck gerichtet? Ja, wenn ich das voraussehen könnte! Viel Vergnügen oder Eifer empfinde ich bei dem Gedanken nicht, daß es womöglich wieder damit losgeht, wie man aus irgend etwas irgend etwas anderes macht. Zeitlose Kleidung – damit hat es schon angefangen –, Rindfleisch als Sonntagsessen, Schmuck als Geldanlage ... in der vorletzten Ausgabe brachten wir als Gag Kriegsrezepte, aber für die von uns, die während des Krieges und kurz danach jung waren, war es kein Gag. Die Mädchen im Schreibsaal, die hörte ich lachen, und Phyllis machte sich lustig darüber, wie man Fleisch mit Füllungen gestreckt hat. Ich könnte einen Artikel schreiben über die Art von Essen, an die Maudie sich erinnert. Die Tippmädchen würden sich totlachen, wenn sie Maudie aus ihrer Kindheit erzählen hörten, wie eine Mutter erst einen großen Pudding auf den Tisch brachte, zum Sättigen vor dem Fleischgang, damit die Familie mit einem kleinen Stückchen Fleisch zufrieden war, und dann nach dem Fleisch noch einmal Pudding mit Marmelade. Wenn ich an den Krieg denke, an dieses Organisieren und Knapsen und Ersatzfinden, all diese öde, graue Trostlosigkeit – das halte ich nicht noch einmal aus, das schaffe ich nicht, das schaffe ich nicht ... aber bisher hat das ja auch noch niemand verlangt.

1963 heiratete ich. Es war kurz bevor Joyce kam. Die ganze Geschichte habe ich niedergeschrieben, und erst jetzt fällt mir ein, daß ich auch noch geheiratet habe.

Eine Woche seit dem letztenmal – nein, zehn Tage.

Wie versprochen, bin ich zu Maudie gegangen, obwohl ich vor Arbeit nicht aus noch ein wußte. Nur auf einen Sprung. Dann ins Büro. Keine Joyce, und wieder keine Nachricht. Phyllis und ich wurden alleine fertig. Alle wurden alleine fertig. Elegische Stimmung um die schönen Stunden der Vergangenheit. Sie hat *Lilith* geschaffen, aber wenn sie ein paar Tage hintereinander nicht erscheint, schließen sich die Wasser über ihr. Kaum jemand erwähnt sie. Aber sicherlich denken viele an sie, ich auf jeden Fall. Und ob ich an sie

denke! Ich bin außer mir vor Kummer. Ich war schuldbewußt und beschämt bei dem Gedanken: Freddie stirbt,
meine Mutter stirbt, kaum eine Träne, nichts als eine gefro-
rene Leere, aber Joyce entgleitet aus meinem Leben, und ich
trauere. Zuerst dachte ich, welch ein perverses Weibsstück
ich doch bin, aber dann wußte ich, dadurch, daß ich die
Trauer um Joyce vor mir zugab, habe ich Trauer, Kummer
überhaupt an mich herangelassen. Manchmal wache ich
morgens tränenüberströmt auf. Tränen um Freddie, um
Mutter, um weiß Gott was noch alles.

Aber ich habe keine Zeit dafür. Ich schufte wie besessen.
Und dabei rase ich vor Kummer. Ich bin nicht so sicher, daß
das unbedingt ein Schritt vorwärts zu größerer Reife ist. Ein
gefrorenes Herz hat seine Vorteile.

Beim nächsten Besuch fand ich Maudie in kaltem Zorn. Auf
mich? Nein, es stellte sich heraus, ›dieses irische Luder‹ von
oben hatte wieder den Kühlschrank angestellt, um sie zu
›schikanieren‹. Ich kam gerade aus einer Umgebung, wo
man Probleme anpackt und nicht schmollt und stichelt, also
sagte ich: »Ich gehe hoch und rede mal mit ihr«, und das tat
ich, indes Maudie hinter mir herschimpfte: »Was hast du
dich da einzumischen?« Ich klopfte einen Stock höher, also
im Parterre. Ein schlaksiger, sommersprossiger Junge öffnete, und drinnen traf ich die große schöne Irin mit den mü-
den blauen Augen und noch drei hagere, goldblonde, som-
mersprossige Kinder beim Fernsehen an. Der Kühlschrank
ist ein Riesenapparat, wahrscheinlich aus dem Secondhand-
laden am Ende der Straße, und er sprang gerade an, als ich
da war, es war ein Kollern und Rasseln, das die ganze Wohnung erschütterte. Ich konnte nicht gut verlangen, sie sollte
den Kühlschrank verkaufen. Man sah, daß hier Armut
herrschte. Was man in den siebziger Jahren unter Armut
versteht: Durch Maudie habe ich jetzt andere Maßstäbe.
Alles vom Billigsten, aber die Kinder selbstverständlich gut
ernährt und sauber gekleidet.

Ich sagte, Mrs. Fowler scheine es nicht gutzugehen, ob sie
sie gesehen hätten?

Das Gesicht der jungen Frau nahm einen Ausdruck an, der mir heutzutage auf Schritt und Tritt zu begegnen scheint, angestrengte Gleichgültigkeit, Nichts-damit-zu-tun-haben-Wollen: »Ach, wissen Sie, sie bittet nie um etwas und gibt auch nichts, da habe ich es eben aufgegeben.«

Die ganze Zeit horchte sie nach etwas – und richtig kam der Mann herein, ein untersetzter, dunkler, jähzorniger Ire, stark angetrunken. Die Kinder tauschten großäugige Blicke aus und verdrückten sich ins Hinterzimmer. Sie hatten Angst, die Frau auch. Ich sah blaue Flecke an ihren Unterarmen.

Ich bedankte mich und ging, und noch bevor ich die Tür hinter mir geschlossen hatte, hörte ich streitende Stimmen. Unten setzte ich mich der bösen kleinen Greisin mit dem abgewandten weißen Gesichtchen gegenüber und sagte: »Ich habe mir den Kühlschrank angesehen. Hast du nie einen gehabt? Er ist uralt und macht nun mal Krach.«

»Aber warum muß sie ihn um ein Uhr nachts anstellen oder sogar um drei oder vier, wenn ich schlafen will?«

Da saß ich also und erklärte. Ganz vernünftig. Ich hatte über Maudie nachgedacht. Ich mag sie. Schätze sie hoch. Und darum will ich sie nicht beleidigen, indem ich sie wie ein Kind behandle ... das hatte ich mir jedenfalls vorgenommen. Aber an jenem Abend, als sie mir weiß und verhalten bebend gegenübersaß, da ertappte ich mich doch bei beschwichtigenden Phrasen.

»Alles gut und schön, wenn es so ist, wie du sagst, aber warum muß sie ihn genau über mein Bett stellen?«

»Vermutlich muß sie ihn dahin stellen, wo eine Steckdose ist.«

»Und meine Nachtruhe zählt wohl gar nicht, was?«

Genau da ging das Ding los, gerade über unseren Köpfen. Wände und Decke erbebten, aber es war eigentlich kein unerträglicher Krach. Ich wäre jedenfalls nicht davon aufgewacht.

Sie sah mich halb triumphierend an: Na also, jetzt hörst du es selber, ich übertreibe nicht! Und halb neugierig: Ich habe ihre Neugier erregt, sie wird nicht schlau aus mir.

Ich hatte mir vorgenommen, ihr über meinen Beruf reinen Wein einzuschenken, aber es ließ sich schwierig an.

»Du scheinst ja da ein ganz schön hohes Tier zu sein«, bemerkte sie.

Ich sagte: »Ich bin stellvertretende Herausgeberin.«

Es war nicht so, als hätte sie das nicht begriffen, aber sie mußte es von sich wegschieben – mich –, die ganze Situation. Sie saß da, das Gesicht abgewandt, und dann schirmte sie es mit der Hand gegen mich ab.

»Ja, wenn das so ist, dann willst du wohl nicht mehr zu mir kommen?« fragte sie schließlich.

»Nur diese Woche ist es ein bißchen schwierig. Aber morgen komme ich auf einen Sprung herein, wenn du möchtest.«

Sie zuckte die Achseln: eine abrupte, leidvolle Geste. Ehe ich ging, warf ich einen Blick in die Küche: kaum noch Vorräte da. Ich bot an: »Ich kann morgen mitbringen, was du brauchst.«

Nach einem Schweigen, so lang, als wolle sie es überhaupt nicht mehr brechen, sagte sie: »Das Wetter ist so schlecht, sonst würde ich selbst gehen. Das Übliche – Futter für die Katze, und ich hätte gern ein bißchen Fisch . . .« Sie ließ den Rest offen, und das bedeutete, daß sie mich doch irgendwie akzeptierte, mir vertraute. Aber beim Gehen sah ich, wie sie mich mit weit aufgerissenen, blicklosen Augen anstarrte, und in dem Starren lag etwas Wildes, so als hätte ich sie betrogen.

Am anderen Tag im Büro keine Spur von Joyce, und ich rief bei ihr zu Hause an. Ihr Sohn war am Apparat. Er wog seine Worte vorsichtig ab. Nein, sie ist in der Küche, ich glaube nicht, daß sie Zeit hat.

Joyce und ›keine Zeit‹, das hatte es noch nie gegeben. Ich war fuchsteufelswild. Ich dachte, zu Maudie Fowler kann ich einfach in die Wohnung kommen und ihr helfen, aber nicht zu Joyce, meiner Freundin. Indessen kümmerte Phyllis sich um die Briefe. Sie saß nicht an Joyces Schreibtisch, sondern am Sekretärinnentischchen. Taktvoll, das muß man ihr lassen. Ich sagte zu ihr: »Das gibt's doch nicht. Ich fahre jetzt zu Joyce. Halt du die Stellung.« Und weg war ich.

Ich war schon hundertmal in Joyces Wohnung gewesen, aber immer als geladener Gast. Philip, der Sohn, machte die Tür auf. Als er mich sah, begann er zu stottern: »Sie ist . . . sie ist . . . sie ist . . .« – »In der Küche«, vollendete ich für ihn. Er hatte sich sozusagen hinter seine Augen zurückgezogen, war aus dem Felde gegangen. Schon wieder dieser Blick! Aber habe ich ihn tatsächlich vorher nie bemerkt? Eine präparierte Oberfläche der einen oder anderen Art, wohlbemannte Verteidigungslinien.

Ich ging in die Küche. Der Sohn hinter mir drein, wie ein Gefängniswärter, hatte ich das Empfinden (zu Recht). Die Küche war eine richtige Wohnküche ganz in Kiefer und Keramik, und am Tisch saß die Tochter, trank Kaffee und machte Schulaufgaben. Joyce stand über die Spüle gebeugt. Sie sah gar nicht nach Edelzigeunerin aus, eher nach Schmuddelkind. Ihr Haar war ungebürstet, stumpf und zottelig, ihr Make-up nachlässig aufgetragen, die Nägel abgebrochen. Sie wandte mir leere Augen und ein totes Gesicht zu. Ich sagte: »Joyce, das reicht nicht«, und sie kam vor Verblüffung mit einem Ruck wieder zu sich selbst. Tränen schossen ihr in die Augen, sie stöhnte auf, wandte sich rasch ab und stand zitternd da, den Rücken mir zugekehrt, gerade wie Maudie. Ich setzte mich an den Tisch und sagte zu den beiden Kindern: »Ich will mit Joyce reden, also bitte.« Sie wechselten Blicke. Man hätte sie frech nennen können oder auch ängstlich. Ich merkte, daß ich nicht weit davon entfernt war, Mitleid für sie zu empfinden: Schließlich würden sie von ihrer Schule abgehen und sich in den Staaten, wo alles ganz anders war, neu eingewöhnen müssen. Aber erst einmal war ich zornig.

»Gib mir auch etwas Kaffee«, verlangte ich, und sie brachte eine Tasse und setzte sich mir gegenüber.

Wir sahen einander an, lange und gerade und ernst.

»Das halte ich nicht aus, daß nichts gesagt wird, einfach nichts gesagt wird.«

»Gesagt wird hier auch nichts.«

»Lauschen sie etwa an der Tür?«

»Merkst du nicht, man will Mutter wieder einfangen, das Büro kommt ihr hinterher.«

»Willst du damit sagen, sie hätten es übelgenommen, daß du so erfolgreich warst und all das?«

»Nein, sie sind stolz auf mich.«

»Aber?«

»Alles um sie herum ist in Trümmer gegangen, monatelang wußten sie nicht, ob sie Felicity als Mutter haben würden oder mich. Jetzt wissen sie, daß ich es bleibe, wenigstens eine Sicherheit, aber sie sind noch verschreckt. Das mußt du doch einsehen?« Das hörte sich genau an wie bei meiner lieben Schwester Georgie, wenn sie zur Angeklagten – zu mir – spricht, und das wollte ich mir nicht bieten lassen.

»Ja, schon«, sagte ich, »aber wir reden von einem jungen Mann und einer jungen Frau, nicht von kleinen Kindern.«

»Dorothy ist siebzehn, und Philip ist fünfzehn.«

Sie sah mich hart und grimmig an, ich sah sie zornig an.

Ich sagte: »Wie sind wir nur so geworden, so weich, so töricht, so kindisch? Wie nur?«

»O Gott«, seufzte sie. »O Gott, o Gott! O Gott – Janna!«

»O Gott, Joyce«, gab ich zurück. »Ich meine, was ich sage. Und komm mir nicht so von oben herab. Nimmt denn niemand ein Wort ernst, das ich sage?«

»Wovon zum Teufel sprichst du?«

Jetzt waren wir beide wütend und mochten uns darum um so lieber. Wir sprachen mit erhobener Stimme, wir stellten uns beide vor, wie ›die Kinder‹ hinter der Tür lauschten.

»Ich spreche von diesen widerlichen, verzogenen Schlappschwänzen von Bälgern, die wir in die Welt setzen.«

»Du hast ja keine in die Welt gesetzt.«

»O vielen Dank – und damit ist das Thema wohl erledigt, bin ich erledigt! Na, ein Glück, daß ich keine habe. Wenn ich sehe . . .«

»Hör mal zu, Janna . . .« Überdeutlich, wie für eine Idiotin. »Haben sie denn überhaupt keine Rechte? Ihr Vater hat jahrelang praktisch einen doppelten Haushalt geführt. In letzter Zeit mußten sie sich damit auseinandersetzen, daß ihre Eltern sich wahrscheinlich scheiden lassen würden. Und jetzt, wo die Familie zusammenbleibt . . .«

»Und was für Rechte haben wir – deine Arbeit – ich?«

Ihr Löffel klirrte im Kaffeebecher, so zitterte sie.

»Eine Familienkrise, eine Entscheidung, du mußt dich mit dem Gedanken befassen, daß du vielleicht eines Tages allein leben mußt wie Zigmillionen andere Frauen auch – und dein Beruf und alles, was du erreicht hast, zählt nicht mehr, du wirfst einfach alles über Bord.«

Jetzt bebten wir beide und schämten uns. Wir sahen uns selber, zwei Frauen, die sich in einem totenstillen Haus anschreien.

»Warte, Janna«, bat sie. »Warte noch.« Umständlich erhob sie sich, um den Kessel neu aufzusetzen, umständlich setzte sie sich wieder hin. Dann: »Glaubst du denn, ich hätte kein schlechtes Gewissen deinetwegen, unserer Freundschaft wegen? Ich leide Qualen.« Schon schrie sie wieder. »Verstehst du? Ich leide Qualen. So etwas habe ich noch nie im Leben empfunden. Ich fühle mich in zwei Hälften zerrissen. Ich möchte heulen und schreien und mich auf dem Boden wälzen . . . und darum koche ich Mahlzeiten für die Familie und mache Hausputz. Ganz schön seltsam.«

»Und ich, ganz schön seltsam, leide ebenfalls Qualen.«

Da plötzlich brachen wir in Lachen aus, wie in alten Zeiten; wir legten die Köpfe auf den Küchentisch und lachten. Die ›Kinder‹ hörten uns und kamen ängstlich lächelnd herein. Ich, Janna Somers, ›das Büro‹, hatte mich als gerade so bedrohlich erwiesen, wie sie befürchtet hatten. Ich sah die ängstlichen Gesichter und merkte, daß ich nahe daran war, nachzugeben, wenn ich nicht aufpaßte; aber mein Verstand wiederholte: Ich habe recht, ich habe recht, ich habe recht . . . Dabei habe ich vielleicht gar nicht recht.

Ich kündigte an: »Jetzt muß ich aber wieder zur Arbeit.«

Sie meinte: »Ich weiß, du und Phyllis, ihr kommt einigermaßen ohne mich zurecht.«

»Einigermaßen.«

»Dann also.«

Und so schnell ich konnte, fuhr ich zurück ins Büro. In

mein richtiges Zuhause. Joyce überließ ich ihrem richtigen Zuhause.

Später

Ich nahm die Sachen mit zu Maudie und setzte mich zu ihr. Ich war todmüde, das sah sie auch.

Mit schüchterner Greisinnenstimme sagte sie: »Du mußt nicht unbedingt zu mir hereinschauen, wenn du so müde bist.«

»Warum nicht?« fragte ich. »Du brauchst doch Hilfe, das weißt du.« Dann fügte ich hinzu: »Ich mag dich gern. Ich bin froh, daß ich dich kenne, Maudie.«

Das quittierte sie mit einem sparsamen Nicken und einem kleinen erfreuten Lächeln. »Ich behaupte auch nicht, daß ich nicht über die Hilfe froh wäre, da müßte ich lügen.«

Ich ging noch einmal hinaus zum Laden gegenüber, denn ich hatte vergessen, Tee mitzubringen.

Schneeregen fiel. Ich suchte Späne zum Feuermachen aus dem Container. Überall in der Gegend wird jetzt ›saniert‹. Allein in Maudies kurzem Sträßchen vier Häuser. Vier Container voller ›Schutt‹. Darunter auch noch absolut brauchbare Stühle, Matratzen, Tische und reichlich Holz in gutem Zustand. Das Holz holen sich heimlich die Anwohner. In den Häusern hier muß es noch jede Menge offene Feuerstellen geben. Aber nicht mehr lange, nicht mehr, wenn alles ›saniert‹ ist.

Ich kam aus dem Laden, und da standen auf der Straße zwei alte Frauen, eingemummelt wie Pakete. Eins der Gesichter kannte ich: aus dem Fenster gegenüber. Ich war halb erfroren. Und ich wollte nach Hause. Aber ich wußte bereits, daß bei solchen Begegnungen Eile sinnlos ist.

Die Unterhaltung:

»Entschuldigen Sie, ich wollte mich mal erkundigen, wie es Maudie Fowler geht?«

»Ihr geht es ganz gut, denke ich.«

»Sie sind wohl ihre Tochter, Kindchen? Sie kümmern sich wirklich gut um sie.«

»Nein, ich bin nicht ihre Tochter.«

»Sind Sie dann eine gute Nachbarin?«

»Nein, bin ich auch nicht.« Ich lachte, und sie gönnten mir ein kleines höfliches Lächeln.

Ich spreche von ›alten Frauen‹, und darin steckt schon etwas Abwertendes, eine Herabsetzung ihrer Individualität, einfach nur ›alte Frauen‹. Aber sie schienen sich auch so ähnlich zu sein, kleine, rundliche alte Frauen, die Gesichter kaum zu erkennen zwischen den dicken Schals, Mänteln, Hüten.

»Maudie Fowler lebt immer so zurückgezogen, da haben wir uns ein bißchen Sorgen gemacht.«

»Na ja«, sagte ich, »sie ist ja auch über neunzig, nicht wahr?«

Mißbilligende Pause. »Ich bin zweiundneunzig, Kindchen, und Mrs. Bates hier ist einundneunzig.«

»Na ja, aber ich meine, Maudie spürt ihre Jahre.«

Das war zu direkt, und ich merkte es auch, aber nun hatte ich in diesem Ton angefangen und konnte nicht mehr umschwenken. O ja, inzwischen weiß ich sehr wohl, daß man solchen Unterhaltungen ihren eigenen Lauf lassen sollte.

»Sie kennen doch sicher Mrs. Rogers, Kindchen?«

»Mrs. Rogers?«

»Sie ist von der Wohlfahrt.«

»Nein, ich kenne sie nicht.«

Und die ganze Zeit blies uns der Wind den Schneeregen in die blaugefrorenen Gesichter.

»Sie sagt, sie hätte Sie gern gesprochen.«

»Was will sie denn von mir?«

»Ja, weil, wenn Sie eine gute Nachbarin sind, da ist noch jemand, der eine braucht.«

»Ich bin aber keine«, sagte ich.

»Dann auf Wiedersehen, Kindchen. Wir wollen Sie nicht hier in der Kälte aufhalten.« Und gemeinsam, Arm in Arm, trippelten sie ganz, ganz langsam die Straße hinunter.

Am anderen Tag war Joyce wieder da, saß an ihrem Schreibtisch und vollführte die Pantomimen des Arbeitens. Eigentlich arbeitete sie auch, aber sie war nicht wirklich dabei. Sie weilt einfach nicht unter uns. Sie sah furchtbar aus, schlecht angezogen, sogar unsauber; ihr Haar zeigte ergrauende Ansätze, und ihr schwarzer Pullover war staubiggrau am Saum.

Ein Blick auf sie bewog mich, mir auf der Stelle einen Termin beim Friseur geben zu lassen. Und einen Abend eisern für die Körperpflege einzuplanen.

Dieser Abend ist heute. Ich habe richtig gebadet, stundenlang. Ich habe meine Fingernägel bearbeitet, die Zehennägel, Augenbrauen, Ohren, Bauchnabel, die Hornhaut an den Füßen.

Wenn ich all diese Jahre hindurch so eine vollkommen gepflegte Erscheinung war, eine, die jeder ansieht und denkt: Wie macht sie das bloß?, dann verdanke ich das meinen Sonntagabenden. Nie habe ich mir da etwas anderes vorgenommen. Freddie riß Witze darüber, aber ich sagte: Lach du nur, das ist mir egal, ich brauche das. Jahr um Jahr habe ich Sonntagabend nach dem Essen ausgewählt, was ich an jedem Tag der kommenden Woche anziehen wollte, habe mich überzeugt, daß nirgendwo Knitter oder Falten drin waren, habe Knöpfe und Säume überprüft, Schuhe geputzt, Handtaschen ausgeräumt und gewienert, Hüte gebürstet und alles, woran auch nur ein Stäubchen war, für die Reinigung und die Wäscherei herausgelegt. Stundenlang, jeden Sonntagabend, und wenn mich am Arbeitsplatz dann all diese kundigen und kritischen Augenpaare musterten, dann war ich immer buchstäblich wie aus dem Ei gepellt. Das ist Pflege. Wenn ich dieses Niveau nicht halten kann, lande ich mit meinem Stil in der Gosse, wo Joyces Stil jetzt schon ist. Wenn eine Edelzigeunerin sich vernachlässigt, wird sie bizarr; wenn ich mit meinem Stil mich gehenlasse, bleibt nichts als eine Schlampe.

Und jetzt an die Arbeit: Knöpfe, Schuhe, Kragen, bügeln und nochmals bügeln, und nicht ein loses Fädchen am Besatz eines Unterrocks.

Mehr als drei Monate sind vergangen

Ich mußte eine Wahl treffen zwischen richtigen Bädern und dem Tagebuch. An irgend etwas mußte ich mich festhalten.

Joyce kam wieder zur Arbeit, aber sie war ein Schatten ihrer selbst, ein Zombie. Felicity hatte verkündet, sie sei schwanger, Jack, der Göttergatte, bat Joyce, ›großmütig‹ zu sein, Joyce sagte, sie wünschte, er würde sich endlich entscheiden, er nannte sie gehässig, sie sagte, sie müsse verrückt sein, daß sie überhaupt noch etwas an ihm finde. Die armen Kinder drehen total durch und lassen es gleichzeitig Joyce büßen – sagt sie.

Ihre Arbeit tut sie schon genausogut wie immer, aber sie bringt sich selbst nicht ein. Was mir so viel Halt gab, die angenehme Atmosphäre, die Art, wie wir zusammenarbeiteten, als wären wir ein und dieselbe Person – aus und vorbei. Wir, Phyllis und ich, unterstützen sie die ganze Zeit, nichts als Takt und nochmals Takt, jeder hier im Herausgeberbüro ist ach so taktvoll, und ich bestaune fasziniert, *wie das funktioniert*. Die Frau, die das Blatt durch ihre Initiative geschaffen hat, löst sich allmählich in Luft auf. Ich sah einmal im Fernsehen, wie Elefanten einen sterbenden Kameraden mit ihren Rüsseln stützten, daran fühle ich mich jetzt erinnert. Denn von Joyce ist immer weniger da. Unausgesprochen hängt der Gedanke in der Luft, so kann es nicht weitergehen. Unausgesprochen bleibt auch, daß ich die neue Herausgeberin sein werde. Inzwischen behauptet Joyce, sie würde mit den Kindern in London bleiben und sich scheiden lassen. Erstmals fangen die Kinder an, hier anzurufen und Forderungen zu stellen. Albernheiten wie: Wo ist die Marmelade, wo hast du meinen Pullover hingetan. Joyce duldet und leidet. Um der Kinder willen. Schön und gut, aber man kann nur mit einer begrenzten Anzahl von Leuten mitleiden. Meine Grenzen habe ich kennengelernt, sie sind eng. Mit Maudie Fowler bin ich vollkommen ausgelastet.

Es war naßkalt und trübselig. Praktisch jeden Abend bin ich nach der Arbeit bei Maudie gewesen. Ich habe es aufgegeben, mich mit dem Gedanken auch nur zu beschäftigen, sie solle sich in eine bessere Wohnung ›umsetzen‹ lassen. Einmal, nur einmal erwähnte ich es, und daraufhin betrachtete sie mich drei Tage lang als Feindin, als eine von ›denen‹. Ich habe eine Wohnung, sagte sie und hustete sich die Seele aus dem Leib von dem Weg über den Hof auf den eiskalten Abtritt bei jedem Wetter, von der ungeheizten Küche, wo sie sich waschen muß. Aber was rede ich da? Neunzigjährige husten und sind gebrechlich, auch wenn sie im Luxus leben.

Jetzt ist das schon Routine. Nach Feierabend, so um sieben vor acht, komme ich zu ihr und bringe mit, was sie am Abend zuvor bestellt hat. Meistens hat sie irgend etwas vergessen, dann gehe ich noch einmal zum Inder. Er ist ein großer, blasser Mann, blaßgrau sozusagen, er leidet unter unserem Klima, und immer erkundigt er sich nach ihrem Befinden, schüttelt den Kopf und gibt mir eine Kleinigkeit für sie mit: etwas Süßes oder ein paar Kekse. Wenn ich Maudie die Sächelchen überreiche, schaut sie wild und böse drein: Sie hat ihren Stolz, aber gerührt ist sie doch.

Während ich einkaufe, kocht sie uns Tee. Ihr Abendessen hat sie um sechs eingenommen, Kuchen und Marmelade und Zwieback. Richtig zu kochen, ist ihr zu viel Aufwand, sagt sie. Sie will auch nicht, daß ich meine Zeit daran wende, für sie zu kochen, denn ›das würde uns von unserer Zeit abgehen‹. Als sie das so ausdrückte, wurde mir klar, daß sie unsere Plauderstunden genießt; irgendwie war ich vorher blind dafür, denn ich fühlte mich ihr gegenüber schuldig und in die Defensive getrieben, als wäre ich verantwortlich für all das Schreckliche, was sie durchgemacht hat. Da sitzen wir in diesem Muff und Gestank – aber jetzt gelingt es mir schon fast immer, beim Hereinkommen den Geruchssinn abzuschalten und den Gestank nicht zu registrieren, genau wie ich die schmutzigen Tassen nicht mehr zur Kenntnis nehme. Und sie – trägt vor. Das ist mir auch erst neulich klargeworden. Erst als sie sagte: »Du tust so viel für mich, und als Gegenleistung kann ich dir nur meine Geschichtchen erzählen, denn die hörst du doch gerne? Doch, das weiß ich ja.« Und ob ich sie gern höre. Ich erzähle ihr auch, was ich so mache, und dabei brauche ich gar nicht viel zu erklären. Wenn ich an einem Empfang für irgendeine VIP oder an einer Cocktailparty oder so etwas teilgenommen habe, sieht sie das gleich ganz lebhaft vor Augen. Sie hat Erfahrungen mit Luxus gemacht, und da war auch ihr Vater: »Wenn ich dir so zuhöre, erinnert es mich manchmal daran, wie er heimkam und uns erzählte, daß er bei Romano oder im Café Royal oder in der Music Hall gewesen ist, und er beschrieb uns haarklein, was die feinen Leute aßen und tranken.« Aber an ihren Vater erinnere ich sie nicht gerne, denn dann senkt sie das Gesicht und schlägt die Augen nieder und zupft unglücklich an ihrem Rock. Ich mag sie am liebsten, wenn ihre wilden, lebendigen blauen Augen funkeln und lachen; dann schaue ich sie gern an, denn dann vergesse ich die Greisin und sehe sie mühelos als junges Mädchen.

Jetzt trägt sie an unseren Abenden eine Kittelschürze, die in ihrer Jugend einmal ein Kleid war: kornblumenblaue Baumwolle mit großen weißen Tupfen. Ich sagte ihr, wie gut mir das Kleid gefiel, also trennte sie die Ärmel heraus und schnitt das Rückenteil tief herunter und hatte eine Kittelschürze. Die dicken schwarzen Sachen, die ich in den Mülleimer geworfen hatte, hat sie wieder herausgefischt. Ich habe sie in Zeitungspapier eingewickelt im Vorderzimmer gefunden. Sie stanken. Aber wenigstens hat sie sie nicht wieder angezogen. Sie hat eine Fotografie von sich als junger Frau vor ihrer Hochzeit: ein dreieckiges Gesichtchen, kampflustige Augen, eine dichte Mähne glänzenden Haars. Sie hat noch eine Locke von ihrem Haar, bevor es grau wurde. Ein üppiges, leuchtendes Blond.

Wir sitzen am Kanonenofen, die Flammen züngeln zu beiden Seiten heraus, obendrauf steht eine Teekanne mit einer schmutzigen grauen Mütze, einstmals ... aber was rede ich schon wieder von Schmutz? Unsere Teetassen stehen auf den Armlehnen unserer Sessel, auf dem Tisch zwischen uns ein Teller mit Zwieback. Irgendwo wäscht sich die Katze oder schläft auf ihrem Sofa. Und ob das gemütlich ist! Draußen der kalte Regen, oben zankt sich die irische Familie, die

Kinderschuhe trampeln auf dem teppichlosen Fußboden, der Kühlschrank rüttelt und schüttert.

Sie erzählt mir von allen Zeiten in ihrem Leben, wo sie glücklich gewesen ist. Sie sagt, jetzt ist sie auch glücklich, weil ich da bin (und das finde ich schwer zu verkraften, es erbost mich, daß so eine Kleinigkeit ein Leben so verändern kann), und darum denkt sie gerne an glückliche Zeiten zurück.

Ein Glücklichsein

»Mein deutscher Junge, der, den ich hätte heiraten sollen, wenn ich nicht zu dumm dafür gewesen wäre, mit dem zusammen habe ich die Sonntage verbracht. Wir fuhren für einen Penny mit dem Bus bis dahin, wo wir jetzt sitzen, oder vielleicht eine Station weiter. Grüne Wiesen und Bäche und Bäume. Da saßen wir dann auf dem Geländer eines Brückchens und schauten dem Wasser nach, oder wir suchten uns eine Wiese ohne Kühe und picknickten. Was hatten wir zu essen? Ich schnitt mir Scheiben vom kalten Braten ab, soviel ich nur wollte, denn damals war Mutter noch nicht tot, und legte sie zwischen Brotschnitten. Aber was er mitbrachte, mochte ich am liebsten, denn seine Eltern waren Bäcker. Wußtest du, daß die Bäcker damals oft Deutsche waren? Seine Eltern konnten kaum lesen und schreiben, aber er war gebildet, fast ein Gelehrter. Er hat es später zu etwas gebracht. Wie dumm ich war, ich hätte mein eigenes Haus mit Garten haben können. Aber ich habe ihn nicht geheiratet, ich weiß auch nicht warum. Mein Vater hätte gegen einen Ausländer natürlich etwas gehabt, aber der, den ich dann nahm, gefiel ihm auch nicht, er war überhaupt mit niemandem einverstanden, den eine von uns mitbrachte, was hätte es also für einen Unterschied gemacht? Nein, ich will nicht mehr daran denken, ich habe, als ich jünger war, so viel darüber nachgegrübelt, wie dumm ich doch damals war – nachdem ich erst einmal begriffen hatte, was Männer wollen. Das wußte ich nämlich damals noch nicht. Hans war so lieb, ein richtiger Gentleman, er behandelte mich wie ein rohes Ei. Er hob mich ganz zart und lieb über die Zauntritte, und dann breiteten wir ein weißes Tüchlein aus und holten die köstlichen weißen Brötchen und die Kuchen, frisch aus der Bäckerei, hervor. Ich sagte immer: Nein, ich muß meins essen, und du ißt deins, und am Ende wurde meins immer an die Vögel verfüttert.

An diese Tage, diese Sonntage, denke ich jetzt zurück. Und wer würde es heute für möglich halten? Hier in der Straße, wo wir sitzen, flossen Bäche, und die Vögel . . . Was ist mit den Bächen passiert? denkst du jetzt. Ich weiß, ich verstehe dein Gesicht jetzt schon zu lesen. Völlig richtig, daß du dich fragst, was aus all dem Wasser geworden ist. Unter den Fundamenten von der Hälfte der Häuser hier, da ist es. Ich bin damals ganz alleine zusehen gekommen, als das hier gebaut und die Felder eingeebnet wurden. Ganz alleine. Mein Deutscher war damals schon fort, weil ich ihn nicht heiraten wollte. Die Bauleute machten Murks genau wie heute; manches wird nie anders. Sie hätten das Wasser in richtigen Kanälen von den Häusern wegleiten müssen, aber die Mühe sparten sie sich. Sogar jetzt bleibe ich beim Spazierengehen manchmal vor einem Haus stehen und denke mir: Klar, wenn ihr feuchte Kellerwände habt, dann kommt das von diesen alten Bächen. Das eine Haus, Nummer siebenundsiebzig, wird laufend weiterverkauft, niemand behält es lange, denn genau an der Stelle sind zwei kleine Bäche zusammengeflossen, und die Bauleute haben die Fundamente mitten in den Matsch gemauert, und das Wasser konnte sehen, wo es blieb. Weiter unten haben sie einen richtigen Kanal für das Wasser gebaut, wo es unter der Hauptstraße durchläuft, aber die kleinen Rinnsale, an denen wir gesessen und die Füße hineingehängt haben, die wurden sich selbst überlassen. Und wenn es dann an diesen Sonntagabenden zu dämmern anfing, ach, wie war das schön, dann fragte er: Darf ich den Arm um dich legen? Und ich sperrte mich: Nein, das mag ich nicht leiden – wie dumm von mir. Dann sagte er: Häng dich wenigstens bei mir ein. So wanderten wir dann Arm in Arm über die Wiesen zur

Bushaltestelle und kamen in der Dunkelheit nach Hause. Er kam nie mit herein, wegen Vater. Er küßte mir die Hand und sagte: »Maudie, du bist ein Blümchen, ein zartes Blümchen.«

Ein Glücklichsein

Maudie bekam die Lehrstelle bei einem Putzmacher-Ehepaar und arbeitete dort mehrere Jahre lang. Die Lehrzeit war sehr hart. Maudie wohnte ja bei ihrer Tante, die selber arm war und ihr Frühstück und Abendbrot, aber nicht viel mehr geben konnte, und so mußte sie entweder ohne Mittagessen auskommen oder den Weg zur Arbeit größtenteils zu Fuß zurücklegen. Die Werkstatt lag in der Nähe der Marylebone High Street. Sie rechnete sich genau aus, ob das Sohlenleder nicht teurer käme als das Fahrgeld. Sie erbettelte abgelegte Schuhe von ihrer Base, die sie nie richtig auftrug, oder sie suchte auf dem Markt nach getragenen Stiefeln. Aber bei der Arbeit mußte sie adrett angezogen sein, und das war ihr größtes Problem. Für Kleider hatte ihre Tante kein Geld.

Einmal bekam Maudie einen Rock und eine Bluse von ihrer Arbeitgeberin. »Das war ich ihr schon wert, verstehst du. Wir mußten proper aussehen, weil manchmal Kunden in die Arbeitsräume kamen. Glaub nur nicht, sie hätte es aus Herzensgüte getan, ein Herz hatte sie nicht. Es dauerte Jahre, bis ich mir zum erstenmal ein hübsches braunes Tuchkleid und Schuhe ganz für mich allein kaufen konnte. Und den Tag, als ich das schließlich tat, den vergesse ich nicht so leicht. Auf so viel hatte ich dieses Kleides wegen verzichtet. Und ich trug es zum erstenmal an einem Sonntag, damit Laurie es sehen sollte. Von wem hast du das? fragte er und zerrte mich am Arm, daß es weh tat, denn so war er nun einmal. Von wem, raus damit! Von dir jedenfalls nicht, sagte ich und machte meinen Arm frei, und dabei riß das Kleid unter der Achsel. Nicht sehr schlimm, aber das Kleid war verdorben. Ach ja, ein Mensch kann sein Wesen nicht verleugnen. Verstehst du, was ich meine? Ich verstand es damals noch nicht. Es dauerte nicht lange, und ich sollte erfahren, daß er in allem genauso war: ein neues Kleid, für das ich geknausert und gespart hatte, aber beim erstenmal, wo ich es anzog, zerreißt er es. Das war noch nicht so schlimm, ich stopfte es, man sah nichts, und ich paradierte damit in der Werkstatt herum, und die Mädchen klatschten alle in die Hände und sangen: ›Hast du was Schönes, dann macht dich das froh‹.

Das war kurz bevor ich höhergestuft wurde, und bald danach kaufte ich mir noch ein Kleid aus blauem Foulard, aber ich habe nie wieder ein Kleid so geliebt wie dieses erste, das ich mir vom eigenen Geld gekauft hatte.

Oh, wie lustig waren wir in der Werkstatt. Wir waren zu fünfzehn, Lehrmädchen und fertige Putzmacherinnen. Wir saßen alle um einen langen Tisch herum, hinter uns auf Gestellen die Schachteln mit dem Zierat und vor uns auf ihren Leisten die Hüte und Hauben, an denen wir arbeiteten. Und wir sangen und machten Blödsinn. Manchmal ging es ein bißchen mit mir durch, dann kam *sie* herein und sagte: Wer macht hier solchen Krach? Maudie natürlich! Bei der Arbeit hat Ruhe zu herrschen. Aber ich mußte einfach singen, weil ich so froh war, und bald sangen wir alle, aber sie wollte mich nicht verlieren, weißt du.

Habe ich dir schon erzählt, wie ich herausfand, daß sie große Stücke auf mich hielt? Wenn ja, erzähle ich es eben noch mal, ich denke so gern daran. Du mußt wissen, *er* fuhr oft nach Paris und sah sich da die Hüte der neuen Saison in den Läden an und manchmal auch direkt in den Pariser Putzmacherwerkstätten, denn er kannte Leute, die ihn mal gucken ließen. Wenn er Hüte oder Hauben sah, die auch etwas für uns wären, konnte er sie aus dem Gedächtnis nachmachen. Erst merkte er sich alles auswendig, und dann verdrückte er sich schnell und zeichnete sie auf. Richtig zeichnen konnte er gar nicht, aber die Hauptsache bekam er hin, eine Form oder den Ansatz eines Bandes. Und dann kam er zurück und sagte: Machen sie mal so etwas, sehen sie her, diese Form und jene Farbe, aus Samt oder Satin, versuchen sie es mal. Na ja, und für mich war es, als könne ich in dem Gekritzel auf dem Papier den ganzen Hut sehen, also arbeitete ich daran und stellte ihn fertig und fragte ihn: Ist das ungefähr, was Sie sich vorgestellt haben, Mr. Rolovsky? Dann nahm er ihn in die Hand und starrte ihn an und sagte: Gar nicht so schlecht, Maudie. Das freute mich. Aber dann fiel mir auf, daß er sich immer hinter mich stellte und mir bei der Arbeit zusah, immer nur mir, nie den anderen, und dann grapschte er richtig nach dem Hut, wenn der fertig war, er war so gierig darauf, das konnte er gar nicht verbergen. Daran merkte ich, das ich ziemlich genau das getroffen hatte, was er in Paris gesehen hatte. Und die Mädchen bekamen das auch alle mit, und wir zwinkerten uns gegenseitig zu. *Sie* sah das und sagte: Jetzt reicht's aber, ich weiß nicht, was es da zu zwinkern gibt. Denn schlau war die Chefin schon, aber nur bei dem einen: aus ihren Mädchen möglichst viel Arbeit herauszuholen. Ist dir das schon mal aufgefallen? Jemand kann in einer Sache schlau wie ein Fuchs sein und strohdumm in allem anderen. *Sie* dachte, wir wüßten nicht, was sie zu verbergen versuchte, dabei war es uns sonnenklar. Siehst du, ich hatte diese Gabe in den Fingern und in meiner Vorstellungskraft, und die war bares Geld für sie, denn wenn die Aufkäufer kamen, zeigte er ihnen immer meine Arbeiten zuerst, und meine Sachen verkaufte er auch am teuersten.

Ich habe schon vor den Schaufenstern gestanden, da ganz in der Nähe der Bond Street, und mir die ausgestellten Hüte angesehen, natürlich immer nur zwei oder drei auf einmal, nicht vollgestopft wie ein Ladenfenster für billiges Zeug, und immer waren es meine Hüte. Und sie wurden weggekauft, so schnell ich sie nur machen konnte.

Ja, ich sehe dir schon an der Nase an, was du sagen willst, und du hast recht. Ich bekam nie einen Penny extra dafür. Ich bekam den Höchstlohn für diese Art von Arbeit, aber viel war das nicht, nie genug, daß ich die ewige Sorge um die Zukunft je losgeworden wäre. Sicher, du hast noch einmal recht, und ich habe auch hin und her überlegt, warum ich eigentlich nicht woanders hingegangen bin oder gesagt habe: Bezahlen Sie mir, was ich Ihnen einbringe, sonst kündige ich. Aber zum einen habe ich diese Arbeit so geliebt, ich mochte das alles so gerne, die Farben und wie die Stoffe sich anfühlen; und dann waren da auch die anderen Mädchen, wir arbeiteten schon so lange zusammen und kannten einander, all unsere Sorgen, und dann ... Na ja, sicher lag es auch noch an anderen Dingen. Zum einen war es teilweise meine Schuld. *Er* wollte mich mit nach Paris nehmen. Nein, nein, wenn er dabei etwas anderes im Sinn hatte, so hätte er sich das doch aus dem Kopf schlagen müssen. Er sagte: Meine Frau kommt auch mit, also keine Sorge, es ist in allen Ehren. Was er wirklich wollte, war, daß ich mit ihm in die Werkstätten kommen sollte, wo er sich hineinschleichen konnte, und mir die Hüte selber ansehen. Darüber geriet er richtig ins Schwärmen, er malte sich aus, wie ich nach London zurückkäme und alle diese Hüte und Hauben nachmachen würde, Hunderte womöglich, nicht nur die paar, die er im Gedächtnis behalten konnte. Er sagte auch, dafür würde er mich anständig bezahlen. Na ja, ich kannte ihn, ich kannte dieses saubere Paar und machte mir keine Illusionen, wieviel das sein würde, aber auch ein bißchen wäre für mich viel gewesen. Und trotzdem konnte ich mich nicht dazu durchringen, ich lehnte ab.

Zweimal bin ich also als Mädchen nach Frankreich eingeladen worden, einmal von Mrs. Privett und einmal von diesem Paar von ... Hier eine wirkliche Dame und da zwei schäbige Pfennigfuchser, Gut und Böse.

Ja, ich weiß schon, was du denkst. Es war Laurie. Ich hätte nie wieder eine ruhige Minute gehabt, wenn ich nach Paris gegangen wäre. Selbst mit einem ganzen Regiment Leibwächter. Er hätte es mir bis ans Ende meiner Tage aufs Butterbrot geschmiert. Und es war schon so schlimm genug. Sogar vor unserer Hochzeit hatte ich blaue Flecken an den Armen, und dauernd ging es: Wer war das? Wer hat dich da so angesehen? Wer hat dir das Taschentuch geschenkt? Denn schöne Linnentaschentücher mit echter Spitze sparte ich mir vom Munde ab, so liebte ich schöne Sachen. Aber daß ich damals hätte nach Paris gehen können, hat er nie erfahren. Vielleicht, wenn ich gegangen wäre, wäre ich sogar dageblieben und hätte einen kleinen Franzmann geheiratet. Schließlich hätte ich ja auch einen Deutschen heiraten können! Manchmal blicke ich zurück und sehe, daß es in meinem Leben solche Chancen gab, die vielleicht zu etwas Wunderbarem hätten führen können, wer weiß? Aber ich habe nie eine wahrgenommen, immer habe ich nein, nein, nein zu allem gesagt, was mir geboten wurde.

Und doch erlebte ich damals so glückliche Tage, bis auf die mit Johnnie waren sie bestimmt die glücklichsten meines Lebens, sogar noch besser als die Sonntage mit Hans. Es ist so schön, hier zu sitzen und daran zu denken, wie wir Mädchen zwischen diesen entzückenden Hüten saßen, ach, wie waren die Hüte schön, und wir sangen und lachten und erzählten uns Geschichten, und immer kam *sie* dazwischen, Maudie hier und Maudie da, immer bist du die Rädelsführerin, sagte sie, aber dabei wußte sie ganz genau, daß ich ihr bestes Pferd im Stall war. *Sie* wäre mich zwar gerne losgeworden, weil *er* ein Auge auf mich geworfen hatte und jeder das wußte, aber sie mußte sich halt mit mir abfinden, es blieb ihr nichts anderes übrig! Und mir war es egal. Ich sang aus vollem Hals, ich sang – soll ich dir mal eins von meinen Liedern vorsingen? Ja, das mach' ich.«

Und nun singt Maudie die uralten Schlager, von denen ich einige noch nie gehört habe. Heute ist ihre Stimme brüchig und kann die Töne nicht mehr halten, aber man ahnt noch, wie sie sich in ihrer Maienblüte anhörte.

Ein Glücklichsein

»Ich muß in unserer Hochzeitsnacht schwanger geworden sein. Auf den Tag genau neun Monate. Und Laurie war so stolz, als wir sicher sein konnten. Ob du es glaubst oder nicht, ich war damals so ein Schaf, ich wußte gar nicht, was mit mir los war! Ich schleppte mich zum Doktor und sagte: Ich bin so krank, ich glaube, ich sterbe, mir ist immer übel, und dies und das fehlt mir. Und dann mußte ich mich hinlegen, und er betastete meinen Leib, und dann setzte er sich in seinen Schreibtischsessel und lachte. Oh, es war ein freundliches Lachen, es jagte mir keinen Schreck ein, aber ich kam mir albern vor. Er sagte: Mrs. Fowler, haben Sie noch keinen Verdacht auf Gravidität geschöpft? Was heißt das? fragte ich. Daß Sie ein Baby bekommen, sagte er. Sie wollen mich zum besten halten, sagte ich – denn der Gedanke war mir noch überhaupt nicht gekommen.

Und dann sagte ich es Laurie, und er weinte vor Stolz. Wir wohnten im Vorderzimmer eines Hauses in der nächsten Parallelstraße zu dieser hier. Er hatte das Zimmer wunderschön hergerichtet, denn er war ein guter Handwerker, das muß man ihm lassen, er hat es in einem herrlichen sauberen Cremeweiß angestrichen und die Girlanden an der Decke golden und blau bemalt und die Fußleisten und die Bilderleiste auch blau. Und er kaufte eine kleine Truhe und bemalte die auch in Blau, und andauernd kaufte er Mäntelchen und Hütchen – ach, gleich ein paar Nummern zu groß, Johnnie ist erst zwei, drei Jahre später hineingewachsen, nachdem Laurie mich verlassen hatte. Aber diese paar Monate lang war ich so glücklich, ich fühlte mich wie eine Königin. Laurie behandelte mich wie ein Kristallglas oder eine neue Porzellantasse. Er kaufte mir alle möglichen Leckereien, denn ich bekam Gelüste auf Salzgurken und Schokolade und Ingwer und solche Sachen, und das ging ins Geld.

Und dann kam das Baby zur Welt, mein Johnnie. Und du wirst nicht glauben, was da passierte. Von dem Moment an hatte er kein freundliches Wort mehr für mich. Wie kann sich ein erwachsener Mann bloß wie ein kleines Kind aufführen? Eifersüchtig war er, eifersüchtig auf ein Baby! Aber damals hatte ich keine Ahnung, daß das so bleiben sollte. Ich neckte ihn damit, und dann schlug er mich. Die guten Zeiten waren auf einmal vorbei. Da saß ich in meinem Mamasessel, den er für mich gemacht hatte, stillte das Baby und schaute auf die schöne bemalte Decke und dachte: Ach, was für einen Hunger ich habe, was für einen Bärenhunger, denn Johnnie war so ein gieriges Baby, er saugte die ganze Zeit. Dann bat ich: Laurie, hol mir doch etwas Lamm für ein Haschee, kauf mir ein Stück Speck, wir werden es mit Klößen essen. Und er sagte: Wovon soll ich das bezahlen? Dabei hatte er Arbeit. Na ja, ich will dir nichts weiter darüber vorjammern, wie mir klar wurde, daß die Zukunft nichts Besseres bringen würde, denn viel lieber blicke ich zurück und sehe mich, wie ich da wie eine Königin in meinem wunderbaren Mamasessel mit Johnnie unter der wunderbaren bemalten Decke throne und hoffe, wenn Laurie sich erst einmal daran gewöhnt hat, werden wir drei so glücklich sein.«

Einen Monat später

So hart habe ich noch nie gearbeitet! Wenn ich dieses Tagebuch wenigstens stichworthaft weiterführe, kann ich vielleicht später . . .

Joyce hält sich gerade eben bei der Stange, aber sie ist nicht mit dem Herzen dabei. An mir bleibt alles hängen, Interviews, Partys, Laufereien, Lunches, Konferenzen. Meistens halten wir sie verborgen. Ihre Verteidigungslinien liegen tief innen, nicht wie die meinen außen, in Kleidung, Frisur etcetera. Ihre Erscheinung ist total vor die Hunde gegangen. Und dazu auch noch diese Artikelserie über Kleidung als Ausdruck der Stimmung in den siebziger, sechziger, fünfziger Jahren. Sie wollten mehr davon. Das scheint eine zählebige Angewohnheit von mir zu sein, mich zu unterschätzen. Ich hätte es mir nicht zugetraut, für eine seriöse soziologische Zeitschrift zu schreiben, aber nun tue ich es und stehe dafür um sechs Uhr morgens auf.

Und bei Maudie bin ich jeden Abend, oder wenn ich einmal nicht kommen kann, vergewissere ich mich, daß sie Bescheid weiß. Ich komme ausgepumpt an, aber dann kaufe ich noch ein und mache ein bißchen sauber, und dann lasse ich mich in den Sesel fallen und höre zu und höre zu. Manchmal erzählt sie gut und lacht und weiß, daß sie Beifall findet. Ein andermal grummelt sie böse vor sich hin und sieht mich nicht an, wenn ich in meinen schönen Sachen dasitze. Ich habe mich von Kopf bis Fuß neu eingekleidet, zu einem wahnwitzigen Preis, das ist für mich ein Bollwerk gegen das Chaos. Sie beugt sich vor und befühlt die Seide meiner Bluse, nichts von diesem billigen Zeug aus China. Sie streichelt über meinen Rock und sieht mir dann mit einem Seufzer ins Gesicht: Wer sollte besser wissen als sie, wie gut diese Sachen sind? Und dann wendet sie ihr Gesichtchen ab, legt die Hand an die Wange, um es abzuschirmen, und starrt ins Feuer. Schließt mich aus. Und dann macht sie einen frischen Anfang, gönnt mir ein kleines verzeihendes Lachen: Na, was hast du heute so alles getan? Aber das will sie gar nicht wissen, meine Welt ist zuviel für sie, sie möchte erzählen . . .

»Und eines Tages hat er mich dann verlassen. Er hat gesagt: Ich bin dir ja egal, wo du jetzt ihn hast, und er hat sein Werkzeug genommen und ist gegangen. Ich konnte es nicht glauben. Noch jahrelang wartete ich darauf, daß er zurückkäme. Aber da war ich nun und wußte nicht, wovon ich die Miete zahlen sollte. Ich ging zu den Rolovskys und bat – oh, das war hart, ich hatte sie nie zuvor um etwas bitten müssen. Siehst du, ich hatte ihnen gesagt, daß ich heirate, und daraufhin hatte *sie* mich Tag und Nacht geschunden, um noch so viel Arbeit aus mir herauszuholen, wie sie nur konnte. Und nun stand ich wieder vor der Tür, nach nicht einmal zwei Jahren. Sie spielte sich auf, als täte sie mir einen großen Gefallen. Und Vorarbeiterin war jetzt eine andere. Und es war auch nicht mehr wie früher in der Werkstatt. Ich hatte nicht mehr das Herz zum Singen und Tanzen, das war das eine. Johnnie ließ ich bei einer Tagamme. Sie war keine schlechte Frau, aber ich hätte mir für ihn etwas anderes gewünscht. Andauernd sorgte ich mich, ob sie ihm auch seine Medizin gegeben hatte oder seine Milch. Denn er war zart und hustete ständig. Aber ich hatte genug, um uns zu ernähren. Dann wollten die Leute, bei denen ich wohnte, das Zimmer für sich haben. Sie wollten kein Baby im Haus, das war der eigentliche Grund. Und sie wollten all das prächtige Gold und Blau für sich selber. So bin ich hierhergezogen. Die Frau, der das Haus gehörte, sagte, ein Baby mache ihr nichts aus, solange ich es ruhig hielte. Ich wohnte damals im obersten Stock in dem kleinen Hinterzimmer. Das war billig, und wir hatten eine Aussicht auf die Bäume, schön war das. Aber ich kam nicht mit dem Geld aus. Ich ging zu meiner Tante, aber die hatte kaum genug für sich selbst. Sie riet mir, zu meinem Vater zu gehen. Aber der hatte gesagt, wenn ich Laurie heirate, solle ich mich nicht wieder bei ihm blicken lassen. Und dieses eine Mal hatte er recht . . . Habe ich dir schon von meiner Hochzeit erzählt?«

Und Maudie kicherte, zog eine Schublade heraus und zeigte mir ein Foto. Eine ganz kleine Frau unter einem ganz großen Blumenhut und in einem adretten enganliegenden Kleid. »Ja«, sagte sie, »ich sehe wie eine Spinatwachtel aus. Ich hatte die ganze Zeit ja, nein, ja, nein, gesagt, denn wenn ich einmal nein sagte, fing er an zu knutschen und zu drängeln, sagte ich dann ja, dann stichelte er: Jetzt hat dich wohl Harry sitzenlassen (das war ein anderer Junge, der mich mochte), also sagte ich wieder nein. Aber irgendwie sagten wir dann doch einmal beide zugleich ja. Ich lieh mir von meiner Base Flo ihren besten Hut und ihre Kirchgangs-Handschuhe. Das Kleid war mein eigenes. Ich schickte Vater eine Nachricht, daß ich Sonntag heiraten würde. Er kam rüber zu meiner Tante, Laurie war gerade da, und er stand in der Tür und sagte: Wenn du den heiratest, hast du mich zum letztenmal gesehen. Dabei hatte ich ihn sowieso fast zehn Jahre nicht mehr gesehen. Ich fragte: Wirst du wenigstens zu meiner Hochzeit kommen?

An dem Morgen benahm sich Laurie schlimmer als je zuvor, nichts als böse Blicke und Armkneifen und Geknurr. Wir gingen mit meiner Tante zur Kirche und stritten uns den ganzen Weg lang. Da war Vater mit seinem besten gestreiften Anzug und mit dem Zylinder auf, ach, wie verstand der Mann sich anzuziehen! Und *sie* war auch dabei, so fett geworden, daß sie kaum laufen konnte, ich konnte mir ein bißchen Schadenfreude nicht verkneifen, und sie war auch noch ganz in Purpur mit schwarzen Federn, und damals hatte ich ja schon gelernt, was etwas taugt und was nicht, und ich sah, daß sie unmöglich war, in unserer Werkstatt hätten wir sie nicht geduldet. Aber ich sah an dem Tag auch nicht besser aus, ich hätte mir ja für die Hochzeit einen Hut aus der Werkstatt ausborgen können, aber ich wollte von den Rolovskys keine Gefälligkeiten. Und so wurden wir getraut, indem wir schmollten und uns nicht ansahen. Es war ein Fotograf da, der hat nach der Hochzeit dies hier aufgenommen, und als Vater dann mit *ihr* zu seiner Kutsche zurückwollte, lief ich ihnen hinterher und fragte: Darf ich mitkommen? Aber du hast doch gerade geheiratet, sagte sie völlig verblüfft, und das kann ich ihr nicht verdenken. Und Vater sagte: Richtig so, du kommst mit nach Hause und verschwendest keine Zeit an den da. Also stieg ich in die Kutsche und ließ Laurie vor der Kirche stehen . . .« Darüber weiß sich Maudie nicht zu lassen, sie lacht ihr kräftiges Mädchenlachen.

»Als ich mich dann zu Hause ein Weilchen erholt und mich an allen guten Sachen sattgegessen hatte, dachte ich mir: Schließlich hast du einen Mann, und ich sagte zu ihnen: Vielen Dank, aber jetzt sollte ich doch nach Hause. Und als ich ging, sagte Vater: Komm mir nicht wieder unter die Augen. Das tat ich auch nicht, denn kurz danach starb er am Schlag. Und niemand sagte mir etwas von der Beerdigung.

Aber meine Schwester, die war dabei. Auf einmal fing sie an, sich aufzutakeln und sich neue Kleider zu kaufen, und dann zogen sie in ein besseres Haus. Ich wußte, daß Vater uns beiden etwas hinterlassen hatte, und ich ging zu *ihr* und fragte: Wo ist das, was Vater mir vermacht hat? Und sie konnte mir nicht in die Augen sehen. Wie kommst du darauf, daß er dir etwas vermacht hat? fragte sie. Schließlich hast du uns nie wieder besucht. Wer hat mich denn aus dem Haus gejagt? gab ich zurück. Ein Wort gab das andere, sie keifte mich an. Ich ging zu meiner Schwester, ich mußte mich dazu überwinden, weil sie immer so gemein zu mir gewesen war, und ich fragte: Polly, wo ist mein Anteil vom Erbe? *Sie* hat ihn, sagte meine Schwester. Du mußt dir einen Anwalt nehmen. Wie hätte ich das tun können? Für Anwälte braucht man Geld. Zu der Zeit waren Laurie und ich zur Abwechslung mal ein Herz und eine Seele, und das genossen wir beide so, daß wir keine Zeit mit etwas anderem vergeuden wollten.

Viel später, als es mir so schlecht ging und ich gar nichts mehr hatte, da ging ich wieder zu meiner Schwester, und sie muß *ihr* davon erzählt haben, denn als ich eines Tages von der Arbeit kam, sagte die Hauswirtin, eine dicke Frau ganz in Scharlach mit Federn sei dagewesen und habe ein Paket für mich abgegeben. Da war nichts drin als ein paar Kleider meiner Mutter und ihre alte Geldbörse mit zwei Goldguineen. Und das war alles, was ich je von Vater bekommen habe. Denn *sie* sah ich nie wieder.«

Maudies schlimmste Zeit

»Ich habe so schwer gearbeitet. In aller Herrgottsfrühe bin ich aufgestanden und habe Johnnie zu der Tagamme gebracht, und dann bin ich zur Arbeit und habe den ganzen Tag gearbeitet bis um sechs oder sieben. Dann Johnnie abholen, und oft war die Frau ärgerlich, weil es so spät geworden war und sie ihn los sein wollte. Und dann kam ich heim und hatte nicht genug zu essen für ihn und mich. Ich verdiente so wenig. Mrs. Rolovksy hat mir nie verziehen, daß ich gekündigt hatte, um zu heiraten, und dann zurückgekommen bin. Ich war nicht mehr das beste Pferd im Stall, und sie ließ keine Gelegenheit aus, mir Abzüge zu verpassen oder mir einen Hut aufzugeben, zu dem man doppelt so lange brauchte wie zu den anderen. Wir wurden nämlich nach Stückzahl bezahlt. Und ich brachte es nie über mich zu schludern, ich habe immer gute Arbeit geleistet, selbst wenn ich dafür bezahlen mußte. Und dann wurden wir freigesetzt. Das passierte fast jeden Sommer. Damals gab es keine Unterstützung, keine Rente, gar nichts. Sie sagte nur: Nimm deine Papiere mit und hinterlasse deine Adresse, wir benachrichtigen dich, wenn wieder Arbeit da ist.

Dieser Krieg stand direkt vor der Tür, und die Zeiten waren schwer. Ich wußte nicht, was ich tun sollte. Ein bißchen hatte ich erspart, aber nicht viel. Johnnie war jetzt bei mir zu

Hause, und das war schon etwas, denn wenn ich in Arbeit war, bekam ich ihn kaum jemals wach zu sehen, aber wie sollte ich ihn ernähren? Die Hauswirtin sagte: Nein, die Miete wird nicht gestundet. Ich habe die Miete immer gezahlt, aber oft und oft bin ich mit nichts als kaltem Wasser im Magen zu Bett gegangen, damit Johnnie ein Glas Milch bekommen konnte. Das ging weiter und weiter, und dabei war es so ein prachtvoller Sommer. Ich war wild vor Hunger. Ich ging in die Gärten und suchte nach Brot, das die Vögel noch nicht aufgefressen hatten. Aber auf die Idee kamen auch andere, und ich war dann als erste da, wartete ab und tat so, als schaute ich nicht hin, während die Leute den Vögeln Brotkrumen hinstreuten. Einmal sagte ich zu einer alten Frau: Ich brauche das nötiger als die Vögel. Dann verdienen Sie es sich, sagte sie. Das habe ich nie vergessen und werde es nie vergessen. Denn es gab keine Arbeit. Ich versuchte eine Stelle als Putzfrau zu bekommen, aber mit einem kleinen Kind wollten sie mich nicht putzen lassen. Ich wußte nicht, was ich machen sollte.

Dann auf einmal kam Laurie wieder zurück und fand mich an einem Sonntagnachmittag im Bett und Johnnie in meinen Armen. So schwach und elend war ich. Du lieber Himmel, was machte er für ein Theater! Natürlich brüllte er mich zuerst einmal an, wie ich dazu käme, umzuziehen, ohne ihn zu benachrichtigen, und dann behauptete er, ich wüßte doch, daß er mich niemals hätte darben lassen. Dann beweis es, sagte ich, und er zog los und kam mit Lebensmitteln zurück. Ich wäre froh gewesen über Zwieback und Tee und Trockenerbsen, eben Sachen, die ich hätte aufbewahren können, aber Laurie mußte natürlich Torte und Schinken und so etwas anschleppen. Jedenfalls aß ich, und Johnnie aß auch, und als wir fertig waren, wollte Laurie uns zum Essen ausführen. Zu Johnnie sagte er: Ich bin dein Daddy, und der Kleine ist natürlich entzückt. Und dann ist er wieder weg. Sagt noch, bis morgen, aber ich habe ihn monatelang nicht mehr gesehen.

In der Zwischenzeit war ich ganz tief gesunken. Ich ging zur Armenhilfe. Damals war das ein Ausschuß mit lauter hochnäsigen Damen und Herren, vor denen stand man dann und mußte sich anhören: Wenn Sie so arm sind, warum verkaufen sie dann nicht Ihr Medaillon – ich hatte es von meiner Mutter –, haben Sie irgendwelchen persönlichen Besitz, wir können keine Leute unterstützen, die sich selbst helfen können. Sich selbst helfen können! Man konnte ihnen sagen: Ich habe einen kleinen Jungen, und dann antworteten sie: Sie müssen Ihren Mann zu Unterhaltsleistungen heranziehen. Menschen wie denen konnte man nicht erklären, wie Menschen wie Laurie sind. Schließlich sagten sie, ich könne zwei Shilling die Woche bekommen. Da war es noch Hochsommer und kein Ende abzusehen. Sie schickten einen Mann zu mir. Ich hatte alles versetzt bis auf eine Decke für Johnnie, ich selber schlief unter meinem Mantel. Er kam in unser Zimmer. Ein Bett mit Matratze, aber ohne Bettzeug, ein Holztisch – dieser hier, der dir so gefällt. Zwei Holzstühle. Ein Wandbrett mit einem bißchen Zucker und einem halben Laib Brot. Da stand er in seinem guten Anzug und schaute auf mich und Johnnie herab, und dann sagte er: Haben Sie alles verkauft, was Sie irgend können? Das hatte ich, sogar das Medaillon meiner Mutter. Und dann lehnte er sich vor und deutete auf das hier . . .« Maudie zeigte mir den langen, dunklen Holzstab, mit dem sie ihre Vorhänge auf- und zuschiebt. »Was ist damit? fragte er. Wie soll ich denn meine Vorhänge auf- und zumachen, frage ich. Erwarten Sie vielleicht, daß ich die Vorhänge auch noch verkaufe? Dann soll ich wohl auch das Bett noch verkaufen und auf dem Fußboden schlafen?

Da schämte er sich doch ein bißchen, nicht sehr, es gehörte nicht zu seiner Arbeit, sich dessen zu schämen, was er zu tun hatte. Und so kam ich an meine zwei Shilling die Woche.«

»Und konntest du davon leben?«

»Du würdest dich wundern, wovon ein Mensch leben kann. Johnnie und ich, wir ernährten uns von Brot, und für ihn gab es ein bißchen Milch, und so lebten wir, bis es Herbst wurde und ein Brief von den Rolovskys kam: Sie würden mich wieder einstellen, aber für weniger Geld. We-

gen der schweren Zeiten. Ich hätte auch für die Hälfte von
dem gearbeitet, was sie mir zahlten. Allmählich löste ich die
Decken im Pfandhaus wieder ein, damit wir sie im Winter
hätten, und dann holte ich meine Kissen, und dann . . .
Eines Tages kam ich zu der Tagamme, und da war kein Johnnie. Laurie war dort gewesen und hatte ihn mitgenommen.
Ich flehte und schrie sie an, aber sie sagte, er sei doch der
Vater des Kindes, sie hätte sich nicht weigern können,
einem Vater sein Kind zu geben – und ich verlor völlig den
Verstand, rannte durch die Straßen, suchte überall. Niemand hatte von ihnen gehört. Niemand wußte etwas. Da
wurde ich schwer krank. Ich lag im Bett, mir war alles egal,
ich dachte, ich würde sterben, ich wäre liebend gerne gestorben. Meine Stellung bei den Rolovskys war ich los, und mit
ihnen hatte ich dann auch nie wieder zu tun. Als ich wieder
aufstehen konnte, brachte ich mich mit Putzen durch, denn
jetzt ohne Kind stellten sie mich ein. Und als ich genug zusammengespart hatte, ging ich zu einem Rechtsanwalt. Ich
fragte ihn: Wie kann ich mein Kind zurückbekommen? Wo
ist denn Ihr Mann? fragte er zurück. Ja, wenn ich das wüßte,
sagte ich. Wie soll ich Ihnen dann helfen? fragte er. Das
weiß ich doch nicht, sagte ich. Sie müssen Suchanzeigen
aufgeben, sagte er. Aber wo? fragte ich. Gibt es nicht eine
Möglichkeit, herauszufinden, wo Leute sich aufhalten? Ja,
schon, aber das kostet Geld, sagte er. Und ich habe keins,
sagte ich.

Und da kam er zu mir herüber und wollte mich betatschen
und sagte: Also los, Maudie, du verstehst schon, was du für
mich tun kannst, wenn ich dir helfen soll. Und ich rannte
und rannte, nur weg aus diesem Büro, und seitdem habe ich
mich zu keinem Rechtsanwalt mehr getraut.

Die ganze Zeit war Johnnie bei einer Frau unten im West
Country, mit der Laurie damals zusammenlebte. Als ich
Johnnie viel später wiedertraf, erzählte er mir, diese Frau sei
gut zu ihm gewesen. Sein Vater nicht, der war bald wieder
fort und bei einer anderen, er konnte es nie lange bei einer
Frau aushalten. Nein, diese Frau hatte ihn aufgezogen. Und
er wußte gar nicht, daß er eine Mutter hatte, er wußte nichts

von mir. Das erfuhr er erst kurz davor, aber davon erzähle
ich dir ein anderes Mal. Jetzt bin ich davon schon ganz auf-
geregt und durcheinander, und eigentlich hatte ich dir heute
abend etwas Schönes erzählen wollen, über eine von den
Zeiten, an die ich mich gern erinnere, keine von den schlimmen Zeiten . . .«

Eine schöne Zeit

Einmal ging Maudie die High Street entlang und sah Hüte in
einem Schaufenster. Sie war entsetzt darüber, wie die Hüte
zusammengestoppelt waren. Sie trat ein und fragte die Frau,
die an einem Hut arbeitete: Sie wissen wohl nicht, wie man
Hüte macht? Und die Frau antwortete, nein, sie habe von
ihrem verstorbenen Mann etwas Geld geerbt und sich gedacht, sie wolle sich aufs Hutmachen verlegen. Aber, erklärte Maudie, Hutmachen muß man lernen, genau wie Bö-
denputzen oder Brotbacken. Die Frau war zuerst ein bißchen verschnupft, aber sie wollte gern lernen.
»Ich ging da immer hin, dann zeigte sie mir, was sie gemacht hatte, und ich ließ sie alles wieder auseinandernehr-
men, oder manchmal machte ich den ganzen Hut für sie,
denn ich hatte immer noch das Geschick in den Fingern, und
ich habe es jetzt noch, das weiß ich. Ja, ich lese in deinem
Gesicht, was du jetzt denkst, und du hast recht. Nein, sie hat
mir nichts bezahlt. Aber verstehst du, es hat mir so viel Spaß
gemacht. Natürlich war es nicht wie bei den Rolovskys oder
im Westend, keine wirklich guten Materialien wie Seide
oder Satin, nichts als billiges Zeug. Aber trotzdem haben wir
gemeinsam ein paar wunderhübsche Hüte zustande gebracht, und sie machte sich einen Namen damit. Und auf
den Ruf hin hat sie den Laden bald darauf verkauft – aber
der Ruf, das war in Wirklichkeit ich, und davon stand nichts
im Kaufvertrag, und darum weiß ich nicht, was weiter daraus wurde . . .«

Eine schöne Zeit

Einmal arbeitete Maudie für eine Schauspielerin am Lyrischen Theater von Hammersmith. Dafür nahm sie je eine Stunde Anfahrt hin und zurück in Kauf, nur weil diese Frau so lustig war und immer voller Lachen und Scherze steckte. »Sie lebte allein, kein Mann, keine Kinder, und sie arbeitete. Oh, wie die arbeiten müssen, diese armen Schauspielerinnen. Ich habe immer das Abendessen für sie fertiggemacht, daß sie es nur noch in die Röhre zu schieben brauchte, oder auch eine schöne große Salatplatte, und ich baute ihr das Feuer und dachte auf dem Heimweg, wie sie sich freuen würde, wenn sie nach Hause kommt und alles so schön vorfindet. Und nach einer Matinee sagte sie manchmal zu mir: Setzen sie sich, Maudie, essen Sie mit mir, ich wüßte gar nicht, was ich ohne Sie anfangen sollte. Und dann erzählte sie mir alles vom Theater. Sie war kein Star, sie war eine Charakterdarstellerin, wie man das nennt. Und Charakter hatte sie wirklich. Dann ist sie gestorben. Woran? Ich war so erschüttert, ich wollte es gar nicht wissen. Ein plötzlicher Tod. Eines Tages bekam ich einen Brief, und darin stand, sie sei verstorben, ganz plötzlich. Darum bin ich nicht mehr hingegangen, obwohl ich noch für vierzehn Tage Lohn zu bekommen hatte.«

»Wann war das?«

Ich versuche nämlich die ganze Zeit, ihren Lebenslauf zu ordnen, in die richtige Reihenfolge zu bringen.

»Wann? Ach, das war nach dem Krieg. Nein, nach dem anderen Krieg, dem zweiten.«

Vom Ersten Weltkrieg spricht Maudie nicht als von einem Krieg. Sie war krank vor Sorge um Johnnie, denn sie vermutete ihren Mann in der Armee, und wo war dann Johnnie? Sie ging ›zur Armee‹ und erkundigte sich, ob sie dort etwas über einen Laurie Fowler wüßten, und sie fragten, aus welchem Landesteil er denn käme.

»Ich war so verzweifelt, daß ich hingekniet bin. Das wollte ich gar nicht, aber auf einmal lag ich auf den Knien, und lauter Offiziere um mich rum. Bitte, bitte, bettelte ich. Sie waren ganz verlegen, das kann ich ihnen auch nachfühlen. Ich heulte wie ein Schloßhund. Sie sagten: Wir werden sehen, was wir tun können, wir geben Ihnen Bescheid. Und nach langer Zeit, nachdem ich jeden Tag den Briefträger abgepaßt hatte, eine Karte: Haben Laurence Fowler leider nicht ausfindig machen können. Und das lag daran, daß er von Schottland aus eingetreten war, nicht von England, weil er nämlich gerade in Schottland mit einer Frau zusammenlebte und von der weg wollte.«

So sieht also ein Monat mit Maudie aus, wenn er auf dem Papier steht! Aber was war an dem Abend, als ich mir sagte, ich bin so hundemüde, so gottserbärmlich müde, ich kann einfach nicht, aber dann ging ich doch? Ich war eine Stunde später dran als üblich. Da stand ich vor der kaputten Tür, klopf, klopf, dann bumm, bumm, bumm. Gesichter in den oberen Fenstern. Dann schließlich stand sie vor mir, eine kleine Furie mit blitzenden blauen Augen.

»Was willst du?«

»Dich besuchen.«

Sie zeterte: »Ich habe keine Zeit, und überhaupt, als ob nicht alles schon schlimm genug wäre.«

Mit Erstaunen hörte ich mich selbst sagen: »Dann scher dich zum Teufel, Maudie«, und damit drehte ich mich auf dem Absatz um und ging. Dabei empfand ich gar keinen richtigen Zorn, es war, als spräche ich meinen Text in einem Stück. Ich war an dem Abend auch nicht beunruhigt, sondern nutzte die gewonnene Zeit zu einem schönen ausgiebigen Bad.

Am nächsten Tag machte sie auf mein zweites Klopfen hin auf, sagte: »Komm rein« und trat zur Seite, das Gesicht abgewendet und unglücklich. Später sagte sie: »Du darfst mich nicht ernst nehmen, wenn ich solchen Unsinn rede.«

»Aber sicher nehme ich dich ernst, Maudie. Wenn du etwas sagst, muß ich schon davon ausgehen, daß du es auch so meinst.«

Wieder ein paar Tage später war sie steif und zugeknöpft. »Was ist nun schon wieder los, Maudie?«

»Ich gehe nicht, ich ziehe hier nicht aus, sie können mich nicht zwingen.«

»Wer ist es denn diesmal?«

»Na, *sie*.«

»Wer ist *sie*?«

»Als ob du das nicht wüßtest.«

»Jetzt geht das also wieder los. Ich stecke mit *ihnen* gegen dich unter einer Decke!«

»Natürlich tust du das, ihr seid doch alle gleich.«

Wir keifen aufeinander ein. Mir ist das nicht die Spur peinlich. So habe ich mich mein Lebtag nicht gezankt, oder jedenfalls nicht mehr, seit ich ein Kind war: ein Zank ohne Bosheit oder Wut, ich habe sogar einen gewissen Spaß daran. Dabei weiß ich, daß es für Maudie kein Spaß ist. Sie leidet hinterher.

»Es war also jemand anders bei dir?«

»Ja.«

»Wie hieß sie?«

Mit blauem Augenblitzen warf sie hin: »Rogers, Bodgers, Plodgers, so ähnlich.« Und später: »Sie können mich doch nicht wirklich zum Umziehen zwingen? Das Haus ist doch in Privatbesitz?«

Ich habe mir die Unterlagen kommen lassen. Wenn das Wohnhaus zum Abbruch vorgesehen ist, wird sie umziehen müssen. Nach allen Kriterien der heutigen Wohnungswirtschaft gehört es abgerissen. Nach allen menschlichen Kriterien sollte sie bleiben, wo sie ist. Ich möchte mit dieser Mrs. Rogers sprechen. Ich könnte ja einfach bei der ›Wohlfahrt‹ anrufen und nach ihr fragen, aber so funktionieren die Dinge nicht – o nein! Man muß den Ereignissen ihren Lauf lassen und dann im richtigen Augenblick zugreifen.

Neulich traf ich wieder die beiden alten Frauen, sie hatten mich abgepaßt. Mrs. Boles und Mrs. Bates. Bündel aus Mänteln und Schals, aber Hüte mit Blumen und bunten Bändern. Der Frühling.

»Na, Sie sind ja immer auf den Beinen«, sagte Mrs. Bates. »Und wie geht es Maudie Fowler?«

»Unverändert, danke.«

»Mrs. Rogers hat nach Ihnen gefragt«, sagte sie.

»Wissen Sie, weswegen?«

»Ach, Mrs. Rogers ist so gut, sie ist immer auf den Beinen, genau wie Sie.«

So spielen sich die Dinge ab. Jetzt warte ich darauf, daß mir Mrs. Rogers irgendwo über den Weg läuft.

Schon wieder fünf Wochen später. Alles unverändert – und doch muß sich etwas geändert haben. Nicht im Büro, bei Joyce, auch nicht bei Maudie. Aber ich habe Vera Rogers kennengelernt. Sie stand auf dem Gehsteig und unterhielt sich mit den beiden alten Frauen. Sie riefen etwas, sie drehte sich um und eilte mit einem eifrigen, freundlichen Lächeln über die Straße auf mich zu. Sie ist ein kleines, schmächtiges Ding. Beinahe hätte ich geschrieben, eine Sechsunddreißigerin. Wann werde ich mir abgewöhnen, Menschen anhand ihrer Kleidung zu beschreiben? Neulich fragte mich Phyllis, wie meine Schwester wäre, und ich sagte: Sie trägt gute Jerseykostüme und gute Schuhe und Kaschmir. Phyllis lachte genauso, wie ich es noch vor einem Jahr von ihr erwartet hätte.

Vera stand vor mir auf der windigen Straße und lächelte ihr eifriges, herzliches, um Entschuldigung bittendes Lächeln. Braune, freundliche Augen. Rosa Nagellack, aber gesplittert. Das sagt natürlich etwas über sie aus: Sie ist überarbeitet. Kleidung von Jaeger, aus Sonderangeboten, nett und unauffällig. Ich wußte, hier hatte ich den ›einen Menschen‹ vor mir. Die Eröffnungszüge kann man sich da sparen. Ich sagte: »Ich hatte schon gehofft, Ihnen zu begegnen.« Sie: »O ja, ich möchte mich so gerne mit Ihnen über Mrs. Fowler unterhalten.« Ich: »Sie hat furchtbare Angst, daß man sie zwangsweise in eine andere Wohnung umsetzen will.« Sie: »Ja, aber das läßt sich noch eine Weile hinausschieben.« Ich: »Was ihr in der Zwischenzeit am meisten helfen würde, wäre Essen auf Rädern.« Sie: »Eigentlich ist sie dazu nicht berechtigt, denn verstehen Sie, sie kann ja noch ausgehen und sich selbst versorgen . . . aber wenn Sie meinen . . .« Ich: »Sie bringt es nämlich nicht mehr fertig, für sich zu kochen, sie lebt von Häppchen und Stückchen.«

Vera fing an zu lachen. »Da muß ich Ihnen etwas Komisches erzählen, was mir letzte Woche passiert ist. Ich sah nach einem meiner Schäfchen, vierundneunzig Jahre alt. Schwerhörig, arthritisch, aber sie tut alles selber, kochen, saubermachen, einkaufen. Und ich sah ihr zu, wie sie sich ihr Mittagessen zurechtmachte. Eine Fleischpastete, in Sodawasser gekochter Kohl und danach Sahnetorte. Ich fragte: Essen Sie nie frisches Obst oder Salat? Wie bitte? krähte sie.«

Vera erzählte voller Vergnügen, war aber gleichzeitig besorgt, ob ich das auch komisch finden würde, und berührte ein- oder zweimal meinen Arm, als wolle sie sagen: Oh, hoffentlich lachst du.

»Ich schrie auf sie ein: Sie müssen frisches Obst und Gemüse essen. Sie brauchen Vitamine. Nie sehe ich ein grünes Blatt, wenn ich hierherkomme, nie einen Apfel oder eine Apfelsine. Wie bitte, wie bitte? wiederholte sie, obwohl ich genau wußte, daß sie mich verstehen konnte, und als ich dann alles noch einmal hergebetet hatte, sagte sie: Wie alt sind *Sie* noch einmal, Kindchen? Da mußte ich an all meine diversen Wehwehchen denken, und dabei esse ich von klein auf gesunde Sachen.«

Und nun lachten wir beide, und sie sah erleichtert drein.

»Ich muß nach Hause zu meinem Alten«, sagte sie. »Um das Essen auf Rädern werde ich mich kümmern. Vielleicht könnten wir uns einmal in Ruhe unterhalten, wenn wir beide zur gleichen Zeit frei haben.« Damit hastete sie fort, stieg in einen gelben VW und fädelte sich geschickt in den Verkehr ein.

Maudie ist so froh, daß sie jetzt jeden Mittag eine Mahlzeit bekommt, selbst wenn sie nicht viel taugt. Schlecht gekocht und schwer verdaulich.

Ich hatte mir noch nicht klargemacht, wie schwer ihr alles fällt. Sicher, ich wußte davon, aber richtig deutlich wurde es mir erst durch ihre Freude über das Essen auf Rädern. Sie bedankte sich überschwenglich, wieder und wieder.

»Siehst du, *du* hast es geschafft, aber *sie* nicht, sie wollte nicht!«

»Hast du sie denn darum gebeten?«

»Wozu denn, ich habe oft genug danach gefragt, aber sie behaupteten immer nur, ich brauchte eine Haushaltshilfe.«

»Die brauchst du ja auch.«

»Wenn es so steht, dann sprich es nur aus! Ich bin früher ohne dich fertiggeworden und kann es auch jetzt noch.«

»Ach, Maudie, du bist eine Nervensäge. Was ist denn so schlimm an einer Haushaltshilfe?«

»Hast du schon mal eine gehabt?«

Da mußte ich lachen, und Maudie lachte mit.

Jetzt ist es schon fast Sommer.

Was ist alles geschehen, seit ich zum letztenmal über diesem unglückseligen Tagebuch saß? Aufgeben will ich es trotzdem nicht.

Ein paarmal habe ich Vera Rogers getroffen, und wir haben miteinander geredet – auf der Straße, einmal auch eine gestohlene halbe Stunde lang in einem Café. Wir reden in Kürzeln, denn Zeit haben wir beide nicht.

Einmal fragte sie, wie ich an Maudie geraten sei, und nachdem sie die Geschichte gehört hatte, seufzte sie: »Ich hatte gehofft, Sie wären wirklich eine gute Nachbarin, denn da kenne ich jemanden, der eine gute Nachbarin vielleicht akzeptieren würde. Schwierig, aber einsam.«

Das war eine Bitte, scheu und vorsichtig vorgetragen, aber ich wehrte ab, Maudie sei genug.

»Ja, natürlich«, sie gab mir auf der Stelle recht.

Ich erzählte ihr von meiner Arbeit, und dann mußte ich ihr erklären, *warum*. Als ob ich das selbst verstünde! Warum bin ich in dieser Weise an Maudie Fowler gebunden? Ich sagte: »Ich mag sie einfach gern.«

»Ach ja, sie ist großartig, nicht wahr?« bestätigte Vera herzlich. »Dabei möchte man einige manchmal am liebsten erwürgen. Ich kam mir immer so schlecht vor, als ich neu in diesem Job war, ich dachte, ich müßte sie alle lieben. Und wenn ich dann eine Stunde bei so einer kratzbürstigen alten Katze verbracht hatte und keinen Schritt mit ihr weitergekommen war, ertappte ich mich manchmal bei dem Gedanken: Eines Tages haue ich der noch mal ganz bestimmt ein Auge blau.«

»Na, das Gefühl hatte ich bei Maudie oft genug.«

»Mag sein, aber irgendwie ist das doch etwas anderes.«

»Ja, da haben Sie recht.«

Ich erzählte Maudie, daß Vera sie so hochschätzt, und ihr Gesichtchen verkniff sich zu einer zornigen, verschlossenen Maske.

»Warum denn bloß, Maudie?«

»Sie rührt keinen Finger, um mir zu helfen.«

»Wie kann sie denn, wenn du ihr nicht sagst, was du willst?«

»Ich will nichts als meine Ruhe.«

»Da hast du's.«

»Ja, da habe ich's. Nichts habe ich außer dir.«

»Vera Rogers hat sich nicht nur um dich zu kümmern, sie hat zehn Leute und mehr pro Tag und telefoniert noch herum und veranlaßt alles mögliche. Ich sehe dich täglich, da weiß ich natürlich, was du brauchst.«

»Sie müssen mich schon hinaustragen, und dabei schreie ich die ganze Zeit«, stieß sie hervor.

»Vera ist auf deiner Seite. Sie bemüht sich darum, daß du nicht umgesetzt wirst.«

»Das erzählt sie vielleicht dir. Heute waren sie wieder hier.«

»Wer?«

»Weißt du, was dieser Grieche mir zumutet? Sie können in dem einen Zimmer wohnen bleiben, während wir das andere machen, hat er gesagt. Und dann ziehen Sie in das erste, und wir machen das zweite. Ich soll hier in dieser Schweinerei und in diesem Staub leben. Und es dauert Monate, bis so ein Haus fertig renoviert ist.«

»Dann war das also der Hausbesitzer?«

»Ja, sicher, habe ich doch gesagt. Die stecken alle unter einer Decke.«

Im Laden des Inders wartete ich, bis Mr. Patel, der Inhaber, erzählte: »Gestern hat Mrs. Fowler auf der Straße herumgeschrien.«

»Tatsächlich? Was hat sie denn gesagt?«

»Sie hat geschrien: Niemand von euch hat mir heißes Wasser und ein Bad besorgt, als ich mein Baby bekam, niemanden von euch hat es gekümmert, als ich kein Essen für mein Baby hatte. Ich habe hier mein ganzes Leben lang ohne fließendes heißes Wasser und ohne Bad gewohnt, und wenn ihr euch hier noch einmal blicken laßt, hole ich die Polizei.«

All das wiederholt Mr. Patel ganz langsam, während seine sorgenvollen Augen auf meinem Gesicht ruhen, und ich scheue mich zu lächeln. Ernsthaft und vorwurfsvoll ruht sein Blick auf meinem Gesicht, und er sagt: »Als ich noch in Kenia wohnte, bevor wir dort wegziehen mußten, dachte ich, in England gäbe es nur reiche Leute.«

»Jetzt wissen Sie es ja besser.«

Aber eigentlich will er etwas ganz anderes sagen. Ich warte noch ein bißchen, nehme ein Päckchen Kekse in die Hand, lege sie zurück, begutachte eine Dose Katzenfutter.

Schließlich sagt er ganz leise: »Bei uns hätte es das früher nicht gegeben, daß wir jemanden von unseren alten Leuten so verkommen lassen. Aber heutzutage – auch bei uns wird alles anders.«

Ich habe das Gefühl, ich ganz persönlich müßte mich entschuldigen. Schließlich sage ich: »Mr. Patel, allzu viele wie Mrs. Fowler kann es ja nicht mehr geben.«

»Zu mir kommen jeden Tag sechs, sieben in den Laden. Alle wie sie. Niemand kümmert sich um sie. Und ich bin nur ein Laden.«

Das in einem Ton, als klage er mich an. Meine Kleidung, meinen Stil klagt er an. Hier in diesem kleinen Eckladen bin ich fehl am Platz. Dann, als beschliche ihn das Gefühl, er habe mir Unrecht getan, nimmt er aus dem Regal einen Kuchen von der Sorte, die Maudie mag, und sagt: »Geben Sie ihr das von mir.«

Wieder treffen sich unsere Blicke, diesmal anders: Wir sind erschrocken, wir sind verstört, das alles geht über unsere Kräfte.

Das war vor acht Tagen

Joyce geht womöglich doch noch in die Staaten. Die Geliebte ließ eine Abtreibung vornehmen. Göttergatte Jack fühlte sich hart getroffen: Er hätte das Baby gerne gehabt. Er erlitt so etwas wie einen Nervenzusammenbruch, und Joyce mußte ihn trösten. So geht das nun schon seit Wochen.

Sie erzählte mir: »Anscheinend hat er sich noch ein Kind von mir gewünscht.«

»Wußtest du?«

»Daß er es nicht ungern sähe, ja, aber nicht, daß ihm so viel daran lag.«

»Wenn du gewußt hättest?«

»Ich glaube, ich hätte.«

»Also macht jetzt jeder dem anderen Vorwürfe?«

»So ist es.«

Joyce hat die Zigarette im Mundwinkel und hält mit zusammengekniffenen Augen Fotografien hoch, eine nach der anderen: diese nehmen wir, diese nicht. Ihr Haar ist frisch gefärbt, wirkt aber immer noch angestaubt. Die Hände haben eine Maniküre nötig. Sie *sieht aus* wie fünfzig. Etwas Verschrobenes, Hexenhaftes umgibt sie. Ich habe ihr schon gesagt: »Joyce, du mußt deinen Stil ändern, er ist zu jugendlich.« Sie hat geantwortet: »Wenn ich erst weiß, ob ich gehe oder nicht, werde ich mich auch dabei entscheiden können.«

Joyce ist ständig den Tränen nahe. Ein Wort, ein Scherz, ein Tonfall – und sie wendet abrupt den Kopf, kneift die Augen zusammen, fixiert mich, Phyllis, irgend jemanden, und die Tränen schießen ihr in die Augen. Aber sie schüttelt sie fort und tut, als wäre nichts. Zwischen Phyllis und mir herrscht ein stummes Einverständnis. Wir achten auf jede Silbe, jedes Wort, jeden Vorschlag, damit Joyce sich nicht plötzlich preisgibt und in Tränen ausbricht.

Später. Wieviel später?
Ich weiß nicht. Ein paar Tage

Joyce erzählte mir heute, sie habe zu Jack gesagt: Dein Problem ist, daß du diese ganze Konstellation mit nach Amerika nehmen möchtest. Heim, Kinder, Ehefrau als Gefährtin und Trost – und gleichzeitig, aber säuberlich davon getrennt, deine Freundin. Du kannst dich nicht entscheiden. Darum geht es dir so dreckig.

Und er sagte zu ihr, sie sei herzlos und kalt.

Noch vier Monate bis zu seiner Abreise. Er hätte drüben schon Bescheid geben sollen, ob er mit oder ohne Frau, mit oder ohne Kinder kommt.

»Vielleicht fährt er doch noch ganz allein«, dachte ich laut und vergaß dabei, auf Joyce Rücksicht zu nehmen.

Sie fuhr herum, sie hat jetzt diese aufgeschreckte Art, sie beugt sich vor, runzelt die Stirn, sieht mich scharf an. Meine alte Freundin Joyce ist tausend Meilen weit fort in irgendeinem dunklen Loch, von dort späht sie nach mir und denkt, was redet die da für einen Quatsch zusammen?

»Allein!« wiederholte sie in strengem Schulmeisterinnenton.

»Und warum nicht?«

»Also Janna, dir fehlt einfach irgend etwas, ich habe es ja immer gewußt«, behauptet sie kühl, ordnet mich in eine Schublade ein.

»Oder vielleicht dir.«

Ich erzählte ihr von Maudie Fowler, die seit zirka sechzig Jahren allein lebt. Während ich sprach, stand Joyce auf, packte ihre Handtasche, sammelte Sachen von ihrem Schreibtisch auf.

»Wie bist du denn an die geraten?«

Ich erzählte, Joyce hörte zu.

»Schuldgefühle also«, stellte sie schließlich fest. »Schuld-

gefühle. Na, wenn du dich unbedingt damit auseinandersetzen willst, ist das deine Angelegenheit.«

Sie war schon auf dem Weg zur Tür. Ich bat: »Joyce, ich
möchte dir richtig davon erzählen, wirklich. Ich möchte darüber sprechen.«

Sie sagte: »Aber nicht jetzt.«

Jetzt ist es Sommer.
Nicht daß ich viel davon merke

Wann ist Joyce krank geworden? Es muß schon über einen
Monat her sein. Tatsächlich waren wir alle erleichtert, denn
damit wurden die De-facto-Zustände de jure. Ich bin von
früh bis spät auf den Beinen. Die Szene am Klinikbett: Joyces Mann, die beiden Kinder, des Mannes Exgeliebte, deren
neuer Freund. Joyce liegt zurückgelehnt, schaut sie alle aus
diesem schwarzen Loch heraus an, in dem sie jetzt steckt,
lächelt, wenn sie gerade daran denkt. Jetzt verlangt er, sie
solle mit nach Amerika kommen, aber sie sagt, sie habe
nicht die Kraft, darüber nachzudenken. Natürlich wird sie
gehen.

Wegen dieser Entwicklung halte ich mich nicht mehr so
lange bei Maudie auf, aber ich lasse keinen Abend aus. Sie
versteht die Gründe, ich habe sie ihr klargemacht. Aber rein
gefühlsmäßig findet sie, ich ließe sie im Stich. Ich sitze da
und versuche, nicht auf die Uhr zu sehen, und sie erinnert
sich nur an schlimme Zeiten. Ich bitte sie: »Erzähl doch von
dem Tag, als du mit Johnnie auf die Heide gegangen bist
und Blaubeeren gesammelt und eine Torte davon gebacken
hast.« Aber sie seufzt nur und fährt mit den Greisinnenfin-
gern ihre (dreckigen) Röcke auf und ab. Dann erzählt sie . . .

Ihre Schwester Polly hatte sieben Kinder, und bei jeder
Entbindung verlangte sie von Maudie, sie solle sie pflegen
kommen. Maudie kam jedesmal frohen Herzens, gab sogar
ihre jeweilige Stellung auf, um ihrer Schwester wochen-, ja
monatelang den Haushalt zu führen. Dann, so erzählt Maudie, war es immer dasselbe, die Schwester bekam es mit der

Eifersucht, weil Maudie die Kinder liebte und die Kinder sie liebten. Unter irgendeinem Vorwand behauptete sie dann: Du hetzt meine Kinder gegen mich auf, du bist hinter meinem Mann her. Das hätte mir gerade noch gefehlt, sagt Maudie, dieser widerliche Knicker, der mir nicht einmal mein Essen gönnte, während ich wie eine Sklavin arbeitete. Wenn ich mir ein Stück Fleisch auflegte, sagte er doch glatt: Solange Maudie uns mit ihrer Gegenwart beehrt, müssen wir für Sonntag etwas mehr Rindfleisch einkaufen. Und dabei schuftete ich tagtäglich achtzehn Stunden für sie. Zwischen den Wochenbetten hörte Maudie nichts von ihrer Schwester, aber sie machte sich keine Sorgen: Ich wußte, das nächste Baby würde schon kommen, denn was er brauchte, nahm er sich.

Und jetzt spricht Maudie sehr viel über Sex. Ich merke, das ist für sie immer ein gewaltiges, einschüchterndes Problem gewesen, und sie hat es niemals verstanden, alles Grübeln hat keine Lösung erbracht. Von ihrem Mann erzählt sie, auch in der Zeit, als er sie noch wie eine Königin behandelte, habe er sich auf sie gestürzt wie ein Tiger, wie ein wildes Tier. Sie versteht das einfach nicht, sagt sie, den einen Moment sind sie lieb und zärtlich, und im nächsten Moment schlagen sie ihre Krallen in einen. Ihr Mann hat eine Frau nach der anderen besessen, und sie brütet ihr Leben lang: Warum nur? Maudie nämlich hat nur mit einem Mann geschlafen, mit ihrem Fiesling von Gatten. Sie weiß, daß manche Frauen es gerne haben, und während sie über das Thema spricht, sieht sie mich irgendwie verschämt an, denn ich könnte ja beleidigt sein, wenn ich merkte, daß sie sich fragt, ob ich auch ›so‹ sei . . .

Aber sie hat auch andere Erfahrungen. Einige Jahre lang wohnte über ihr eine Frau, mit der sie sich angefreundet hatte, und diese Frau ›hatte es gerne‹. Sie erzählte Maudie, sie freue sich den ganzen Tag auf den Abend, denn abends begann ein anderes Leben, und das war ihr wirkliches Leben. Maudie sagte: »Wenn sie damit fertig waren, so erzählte sie mir, wollte sie immer hinter seinem Rücken einschlafen, damit sie im Schlaf sein Ding halten konnte.

Dieses Ding . . .«, ruft Maudie aus und weint beinahe vor Abscheu und ungläubigem Staunen. »Tatsächlich, aus Hochachtung davor, so sagte sie mir.« Und noch nachdem sie dreißig, vierzig Jahre darüber nachgedacht hat, verschlägt es ihr die Sprache. Plötzlich dann: »Die Genugtuung würde ich ihnen nie geben. Ist es doch der Knüppel, mit dem sie uns prügeln!«

Und ich lachte, wenn mir auch ganz unbehaglich bei meinen eigenen Gedanken wurde – denn das traf eigentlich den Nagel auf den Kopf, ganz ungeachtet des wunderbaren Liebeslebens, das Freddie und ich geführt hatten –, und sie sagte: »Ich lese in deinem Gesicht. Ich sehe schon, daß du anderer Meinung bist. Aber ich kann nicht anders. Und heutzutage schreit uns alles Sex, Sex und nochmals Sex ins Gesicht, Zeitungen, Illustrierte, Fernsehen, und manchmal frage ich mich, spinne ich oder spinnen die?«

Ich kann mich nicht halten vor Lachen. Auch sie lacht. Aber es ist ein wildes, unglückliches Gelächter, ganz unähnlich ihrem Mädchenlachen, das ich so gern höre.

So mächtig ist das also, dieses Etwas, daß Maudie selbst heute noch von ihrem gräßlichen Kerl als ›meinem Mann‹ spricht. Dabei hat sie ihn in einem halben Jahrhundert vielleicht ein halbes Dutzend Male zu Gesicht bekommen. Eines Tages klopfte es an der Tür, und draußen stand ihr Mann. Aber dieser junge Mann behauptete: »Mutter? Ich bin dein Sohn Johnnie.« – »Na, dann komm rein«, hatte sie gesagt. »Verstehst du, ich hatte überhaupt nicht mehr mit so etwas gerechnet. Zuerst war ich vor Sorge krank geworden. Ich mußte sogar zum Arzt, und der hatte gesagt: Mrs. Fowler, Sie müssen Ihr Kind entweder finden oder sich aus dem Kopf schlagen. Wie hätte ich Johnnie finden können? Er konnte ja in Amerika sein oder in Timbuktu! Also vergaß ich ihn allmählich. Und als er dann in der Tür stand und sagte, ich bin dein Sohn Johnnie, da wurden wir Freunde, weil wir einander mochten. Und dann kam der Krieg. Er hat sich im Krieg als Ingenieur ausgezeichnet, und er hat eine Italienerin geheiratet, aber das nahm ein schlechtes Ende, sie ging mit einem anderen durch. Und weißt du, wovon ich letzte

Nacht geträumt habe? Ein schwerer Traum, so bedrückend. Ich träumte von einem herrlichen Kirschbaum, genau wie der Kirschbaum, der hier im Hinterhof wuchs, bis er von einem furchtbaren Sturm umgeblasen wurde. Und ich stand auf der einen Seite von dem Baum und der arme Johnnie auf der anderen, und wir wollten uns hochrecken und die Kirschen pflücken, wir versuchten es immer wieder, aber ganz gleich, wie wir an den Ästen zogen, sie sprangen zurück, und wir konnten nicht an die Kirschen ... Und da standen wir, Johnnie und ich, und weinten.«

Als Johnnie längst ein erwachsener Mann war und sich seine Spur in Amerika verloren hatte, wohin er ausgewandert war – vierzig Jahre, nachdem Laurie sie verlassen und ihr Kind gestohlen hatte –, schrieb Maudie ihrem Mann einen Brief und bat ihn um ein Wiedersehen. Sie trafen sich auf einer Bank im Regents Park.

»Also, was willst du?« fragte er sie.

»Ich habe mir vorgestellt, daß wir vielleicht ein Heim für Johnnie schaffen könnten«, sagte sie. Sie setzte ihm auseinander, daß sie ein Haus kaufen könnten – denn sie wußte, Laurie mit seinen vielfältigen Machenschaften hatte immer Geld flüssig – und es hübsch einrichten und dann eine Suchanzeige in die Zeitung in Amerika setzen könnten.

»Schließlich hat Johnnie nie ein gemütliches Heim gehabt«, erklärte sie ihrem Mann.

»Und was hat er gesagt?«

»Er hat mich zum Essen eingeladen, und danach habe ich ihn fünf Jahre nicht mehr gesehen.«

Ein strahlender blauer Sommertag

Ich sagte zu Phyllis: »Halt du die Festung« und flüchtete aus dem Büro, zum Teufel damit. Ich ging zu Maudie, und als sie ganz, ganz langsam und griesgrämig an die Tür kam, da sagte ich: »Ich will mit dir in den Park konditern gehen!« Sie starrte mich an, stinkwütend. »Nein, bitte nicht«, flehte ich. »Maudie, Liebes, bitte, bitte werd jetzt nicht böse, komm einfach mit.«

»Wie kann ich denn?« fragte sie. »Sieh mich doch an!«

Und sie blinzelt an meinem Kopf vorbei in den Himmel. Der ist so herrlich blau, und sie stottert: »Aber . . . aber . . . aber . . .«

Und dann auf einmal lächelt sie. Sie zieht ihren dicken schwarzen Kokon von Mantel an und setzt ihren Sommerhut aus schwarzem Stroh auf, und ab geht's zum Rose Garden Restaurant. Ich finde für sie einen Tisch abseits der Menschenströme, dicht neben den Rosenbüschen, und ich belade ihr ein Tablett mit Kuchen und Torte, und da sitzen wir den ganzen Nachmittag. Sie aß und aß auf ihre bedächtig verzehrende Art, die ausdrückt: Das will ich mir einverleiben, solange es vor mir steht! Und dann saß sie einfach da und schaute, saß und schaute. Schieres Lächeln und Entzükken. Ach, wie süß, gurrte sie, wie süß . . . zu den Spatzen, den Rosen, einem Baby im Kinderwagen neben ihr. Ich sah, daß sie ganz entrückt war in einer wilden, fast wütenden Wonne, daß diese warme, strahlende, farbige Sonnenwelt ihr wie ein wunderschönes Geschenk erschien. Denn unten in jenem gräßlichen Keller, in jenen trostlosen Straßen hatte sie vergessen, daß es so etwas gab.

Ich sorgte mich ein bißchen, daß all das und die Hitze und der Lärm für sie in ihrem dicken schwarzen Panzer zu viel werden würde, aber sie wollte gar nicht wieder fort. Sie blieb sitzen, bis das Café schloß.

Und als ich sie nach Hause brachte, sang sie träumerisch vor sich hin, und an ihrer Tür bat sie: »Nein, laß mich allein, ich möchte mich hinsetzen und daran denken. Ach, an was für wunderbare Dinge habe ich zu denken.«

Eins war mir aufgefallen, als ich sie draußen im vollen Sonnenlicht sah: wie gelb sie ist. Leuchtendblaue Augen in einem Gesicht, das wie gelb angemalt wirkt.

Drei Tage danach

Wieder so ein herrlicher Nachmittag. Ich zu Maudie und sage: »Komm mit in den Park.« Sie, gereizt: »Nein, nein, geh allein, ich kann nicht.«

»Na komm schon«, befehle ich, »du weißt genau, wenn du erst da bist, gefällt es dir.«

Sie stand da und hielt sich an der Türklinke fest, gequält, zornig, außer Fassung. Dann sagte sie: »Nein, oh, wie gräßlich, gräßlich, gräßlich!« und schlug mir die Tür vor der Nase zu.

Ich war fuchsteufelswild. Auf dem Weg zu ihr hatte ich daran gedacht, wie sie im Rosengarten gesessen und vor Entzücken gegurrt hatte. Stinkwütend fuhr ich zurück ins Büro. Arbeitete bis spätabends. Ging nicht mehr zu Maudie rein. Hatte Schuldgefühle, als ich in der Badewanne lag und das heiße Wasser einen neuen Menschen aus mir machte: hatte sie dauernd vor Augen, wie sie sich mit Mühe aufrecht hielt, hörte sie murmeln: Gräßlich, gräßlich . . .

Eine Woche ist vergangen, es ist wieder trübe und kalt. Ist der Sommer schon vorbei? Ist Maudie jetzt womöglich ernsthaft krank? . . . Ich weiß so wenig über alte Leute! Möglicherweise ist das ganz normal! Ich will mir immer eine bestimmte Zeit freihalten, um über sie nachzudenken, aber ich weiß vor Arbeit nicht aus noch ein. Ich schaue immer nur kurz zu ihr herein, zu jeder Tageszeit, dann sage ich: Tut mir furchtbar leid, Maudie, ich habe so entsetzlich viel zu tun. Gestern bin ich noch spät abends bei ihr gewesen und in ihrem Sessel eingeschlafen. Heute früh habe ich dann im Büro angerufen und gesagt, ich fühlte mich nicht wohl. In all den Jahren dort war ich vielleicht zweimal krank, und blaugemacht habe ich noch nie.

Phyllis sagte: »Schon gut, ich halte die Stellung!«

Maudies Tag

Sie erwacht unter einem schwarzen, erstickenden Gewicht, sie kann nicht atmen, sich nicht rühren. Ich bin lebendig begraben, denkt sie und kämpft dagegen an. Das Gewicht verschiebt sich. Oh, es ist die Katze, meine Muschi, denkt sie und bäumt sich auf. Das Gewicht verschwindet, und sie hört einen Bums, als die Katze auf dem Boden landet. Miez? fragt sie, denn sie ist sich nicht sicher, es ist so dunkel, und ihre Gliedmaßen sind so steif. Sie hört die Katze herumlaufen und weiß, daß sie am Leben ist. Und im warmen Bett liegt ... Oh, oh, sagt sie laut, ich muß zur Toilette, sonst mache ich wieder ins Bett! Panik! Habe ich etwa schon? Ihre Hand tastet im Bett herum. Gräßlich, gräßlich, gräßlich, gräßlich, murmelt sie und erinnert sich, wie sie vor ein paar Tagen das Bett naßgemacht hatte und wie schwer es war, alles wieder trocken zu bekommen.

Aber ihre Hand ist wie abgeschnitten, sie kann sie nicht fühlen. Sie öffnet und schließt die Linke, um sich zu vergewissern, daß sie Hände *hat*, und wartet auf das Kribbeln in ihrer Rechten. Nach langem Warten setzt es schließlich ein, und dann zieht sie die halbtaube rechte Hand unter der Bettdecke hervor und massiert sie mit der Linken zum Leben. Ob sie ins Bett gemacht hat, weiß sie immer noch nicht. Beinahe sinkt sie zurück in das schwarze Bett, den schwarzen Schlaf, aber da regen sich ihre Gedärme, und sie nimmt einen üblen Geruch wahr. O nein, nein, nein, wimmert sie und setzt sich im Dunkeln aufrecht hin – nein, wie gräßlich –, denn sie hat Angst, sie könnte ins Bett geschissen haben. Nach endlosen Mühen gelingt es ihr schließlich, aus dem Bett zu steigen, und danebenstehend tastet sie darin herum. Sicher ist sie noch immer nicht. Behutsam dreht sie sich um und sucht nach dem Lichtschalter. Sie hat eine Taschenlampe neben dem Bett, aber die Batterien sind leer, sie hatte Janna bitten wollen, neue zu besorgen, und es vergessen. Sie denkt, darauf müßte Janna eigentlich von selbst kommen, sie weiß doch, wie nötig ich die Taschenlampe brauche! Sie findet den Schalter, und das Licht geht an ... und besorgt inspiziert sie das Bett. Es ist trocken. Aber zur Toilette muß sie. Den Nachtstuhl benutzt sie grundsätzlich nur für kleine Geschäfte. Sie muß sich zum Abtritt über den Hof schleppen. Aber da spürt sie ein heißes, feuchtes Stechen im Bauch und schafft es gerade noch zum Nachtstuhl. Da sitzt sie, wiegt sich vor und zurück und klagt leise. Gräßlich, gräßlich, denn jetzt muß sie den Topf hinaustragen, und sie fühlt sich so miserabel.

Da sitzt sie eine lange Zeit, zu müde zum Aufstehen. Sie schläft sogar ein wenig. Ihr Hinterteil wird taub. Sie hievt sich hoch und sieht sich nach Papier um. Kein Klopapier da, weil sie es ja hier drinnen nie gebraucht hat. Sie findet nichts, was man nehmen könnte ... Schließlich schleppt sie sich, immer noch mit besudeltem Hintern, zum Kleiderschrank, findet einen alten Unterrock, reißt ein Stück ab, reinigt sich damit und legt den Deckel auf den Nachtstuhl wegen des Gestanks – und etwas Schlimmeren. Sie wirft zwar einen ängstlichen Blick hinein, weigert sich aber, vor sich selbst zuzugeben, daß mit ihrem Stuhl etwas nicht stimmt. Gräßlich, murmelt sie und meint das Zeug, das ihre Gedärme in letzter Zeit von sich geben. Dann schiebt sie die Vorhänge zurück.

Es ist schon hell draußen. Aber es ist ja Sommer, es könnte noch mitten in der Nacht sein. Die Mühe, wieder ins Bett zu gelangen und dann noch einmal aufzustehen, erscheint ihr unüberwindlich. Ihre kleine Standuhr steht mit dem Rücken zu ihr, sie will nicht den ganzen Raum bis dahin durchqueren. Sie wickelt sich in einen alten Schal und kauert sich in den Sessel am kalten Ofen. Noch keine Vögel, denkt sie; ist das Dämmerungsgezwitscher schon vorbei, oder warte ich darauf? Sie denkt an ihre Kinderzeit, als sie sommers mit ihren Schwestern in einem Bett in dem Häuschen der alten Frau lag, beim schrillen Lärm des Dämmerungschors erwachte und wieder einschlief, in Vorfreude auf den herrlichen, heißen, endlosen Tag, voller Spiel und Vergnügen und reichlicher, leckerer Mahlzeiten.

So döst Maudie wieder ein, wacht auf, döst und wacht abwechselnd ein paar Stunden lang, und bei jedem Erwachen denkt sie daran, ihre Hände zu bewegen, damit sie nicht zu steif werden. Schließlich wacht sie endgültig auf, da die Katze ihr schnurrend um die Beine streicht. Die Beine sind steif. Sie probiert ihre Hände aus. Die Rechte ist auch wieder eingeschlafen. Mit der Linken streichelt sie die Katze: Ja, mein Miez, mein Muschimusch, – und die Rechte übt das Beugen und Strecken der Finger, bis sie wieder ganz da ist.

Der Morgen ... oh, wie schwer ist jeder Morgen, wenn der ganze Tag vor einem liegt ... jede Aufgabe türmt sich wie ein Berg ... Sie sitzt da und denkt, ich muß die Katze füttern, ich muß ... ich muß ... Endlich quält sie sich hoch, voller Angst vor ihren Gedärmen, die sich schon wieder drohend bemerkbar machen, und sie schleppt sich in die Küche, indem sie sich an Türklinken und Stuhllehnen festhält. Da ist noch eine halbleere Dose Katzenfutter. Sie versucht, es auf ein Tellerchen zu kippen, aber es haftet an der Dose. Also braucht sie einen Löffel. Ihre Löffel und Gabeln liegen weit weg in der Spüle, sie hat tagelang nicht mehr abgewaschen. Sie puhlt das Katzenfutter mit dem Zeigefinger heraus und verzieht das Gesicht: Riecht es schon? Das Tellerchen läßt sie aus geringer Höhe auf den Boden fallen, denn richtig bücken kann sie sich nicht, davon wird ihr schwindlig. Die Katze schnüffelt, miaut kurz und wendet sich ab. Unter dem Tisch sieht Maudie noch mehr Tellerchen, knochentrocken und leer. Die Katze braucht Milch, sie braucht Wasser. Ganz, ganz langsam schleppt Maudie sich an die Spüle, zieht ein schmutziges Schüsselchen hervor – zum Abwaschen fehlt es ihr an Energie – und läßt Wasser hineinlaufen. Dann findet sie eine halbe Flasche Milch. Schon sauer? Sie riecht daran. Nein. Irgendwie schafft sie es, die Schüsselchen auf den Boden zu stellen, und dann merkt sie, daß sie Hunger hat.

Unterm Tisch sind nicht nur ein, zwei, drei, vier, fünf Tellerchen, sondern die Katze hat auch einen Haufen dahingemacht. Das erinnert Maudie daran, daß sie die Katze hinauslassen muß. Sie quält sich zur Tür, läßt das Tier hinaus, bleibt dann mit dem Rücken an die Tür gelehnt stehen und denkt nach. Ein General könnte seinen Feldzug nicht mit mehr Überlegung planen als Maudie, wie sie durch Schlauheit ihre Schwäche und furchtbare Müdigkeit zu überlisten versucht. Sie steht bereits an der Hintertür; die Toilette ist nur fünf Schritt entfernt; geht sie jetzt, dann spart sie später einen Weg ... Maudie schleppt sich zur Toilette, benutzt sie, ihr fällt der Nachtstuhl ein, der noch voller ekligem Gestank in ihrem Schlafzimmer steht, irgendwie schafft sie es den Flur entlang ins Zimmer, irgendwie bekommt sie den Topf aus der runden Halterung, irgendwie erreicht sie mitsamt dem Topf die Toilette. Beim Ausleeren verschüttet sie etwas, und bei dem Anblick und Geruch muß sie vor sich selbst zugeben, daß da etwas ganz und gar nicht in Ordnung ist. Aber sie klammert sich an den Gedanken: So lange *sie* (nämlich Janna) das nicht sieht, erfährt es keiner. Und sie werden mich nicht wegstecken ...

Nachdem all das geschafft ist, scheint es ihr, als sei eine lange Zeit vergangen, aber trotzdem weiß sie, daß es noch früh ist, denn sie hört nichts von diesen lärmenden Irenbälgern. Sie lechzt nach einer Tasse Tee, sie hat ihre ganze Energie für die Katze verausgabt.

Sie steht am Küchentisch, hält sich daran fest und malt sich aus, wie sie die Tasse mit dem heißen, belebenden Tee nach nebenan tragen wird. Aber heißer Tee schlägt so durch, nein, besser doch kalte Milch. Sie gießt die kalte Milch in ein Glas. Damit ist die Milch alle. Sie benötigt: Milch, Toilettenpapier, Katzenfutter, Streichhölzer, Tee und vermutlich noch eine ganze Menge anderes, wenn sie sich nur daran erinnern könnte.

Vielleicht kommt ja Janna bald, und dann ...

Sie blickt stirnrunzelnd auf den Katzenhaufen, der aus ihrer Perspektive sehr tief unten liegt, sie wägt ihn gegen die Notwendigkeit, sich zu bücken, und denkt, Janna wird ...

Mit der Milch schlurft sie nach nebenan. Setzt sich hin. Aber jetzt friert sie, auch wenn Sommer ist. Sie sitzt in ihrem alten Sessel am kalten Ofen und spürt, wie sie Wärme verliert. Sollte sie den Heizofen anstellen? Aber der verbraucht so viel Strom, und sie kommt nur gerade eben mit ihrer Rente aus. Endlich kommt sie auf die Beine und stöpselt den Stecker ein. Das warme rote Glühen des Heizofens erfüllt das Zimmer, ihre Beine scheinen sich zu entkrampfen und zum Leben zu erwachen. Sie sitzt da, nippt an ihrer Milch und murmelt: Gräßlich, gräßlich, gräßlich.

Dann versinkt sie in einen Tagtraum, Janna hätte sie zu sich nach Hause geholt und würde für sie sorgen. Diesen Traum hütet sie eifersüchtig, hätschelt und pflegt ihn, holt ihn aus der Schublade und dichtet neue Einzelheiten hinzu, wann immer sie so alleine dasitzt. Dabei weiß sie genau, es wird nicht so kommen. *Kann* nicht so kommen. Aber warum eigentlich nicht? War es doch auch undenkbar, daß Janna so einfach in ihr Leben schneien würde – ja, wer hätte so etwas für möglich gehalten? Und dann, wie sie ein und aus geht, mit ihren Scherzen und ihren Blumen und Kuchen und dem ganzen Zeug, und die ganzen Geschichten über ihr Büro, wahrscheinlich ist das meiste davon erfunden, wie kann sie, eine arme alte Frau, es besser wissen, wenn Janna es für richtig hält, ein bißchen auszuschmücken? Und warum sollte also nicht noch etwas Unmögliches Wirklichkeit werden, nämlich daß sie in eine wunderschöne warme Wohnung ziehen dürfte und dort umsorgt würde, ihr jede Arbeit abgenommen würde . . .

Oder Janna könnte zu ihr ziehen. Das Zimmer nebenan . . . Das ist es, was Maudie sich wirklich wünscht. Sie will nicht von hier weg. Sieh zu, daß du ein eigenes Heim hast, und dann gib es nie wieder auf – das hält Maudie sich immer vor, wenn sie wie jetzt in Versuchung gerät, auszuziehen und bei Janna zu leben. Nein, nein, murmelt sie, Janna wird schon hierherkommen müssen. Und da sitzt sie, ab und an einnickend, und malt sich aus, wie Janna bei ihr wohnt und für sie sorgt, und wie sie nachts, wenn sie wach wird und Angst bekommt, sie läge im Grabe, nach Janna rufen und sie antworten hören kann.

Aber bald treiben ihre Gedärme sie in die Höhe. Den Topf hat sie zwar entleert, aber nicht ausgewaschen, und sie ekelt sich davor. Darum geht sie nach draußen auf die Toilette und läßt dabei die Katze herein, die draußen gewartet hat und jetzt an das Tellerchen mit dem riechenden Futter geht, es aber verschmäht und geduldig zu Maudie ins Zimmer kommt. Da Maudie nun schon auf ist, entschließt sie sich, ein Feuer zu machen. Über eine Stunde braucht sie, um den Flur entlang zum Kohlenkeller und mit der Kohle zurückzuschlurfen, die Asche auszufegen, das Feuer anzuzünden. Sie bläst es mit kleinen schwachen Atemstößen an, dabei wird ihr leicht schwindlig, so dauert es lange, bis es richtig brennt. Dann setzt sie sich wieder hin, sie sehnt sich nach einer Tasse Tee, aber gönnt sich keine, denn mehr als alles andere fürchtet sie die Ansprüche ihrer Blase, ihrer Gedärme. Sie denkt, bald kommt das Essen auf Rädern ... aber es ist erst elf Uhr. Vielleicht ist es ja heute früh dran? Sie hat Hunger, so sehr, daß sie nicht mehr unterscheiden kann, ob der Schmerz in ihrem Leib vom Hunger kommt oder ob sie am Ende wieder auf die Toilette muß. Bis schließlich die fröhliche junge Frau, die das Essen auf Rädern bringt und einen Schlüssel hat, herein- und wieder hinausgepoltert ist, nur eben rufend: Tag, Mrs. Fowler, wie geht's – ist sie schon wieder draußen auf dem Abtritt gewesen.

Sie war früh dran. Erst halb eins. Maudie trägt die beiden kleinen Aluschalen gleich zum Tisch und ißt alles auf, ohne groß hinzusehen, was drin ist. Sie fühlt sich viel besser. Sie denkt, ach, wenn Janna jetzt käme und sagte, komm mit in den Park, dann würde ich nicht knurren und murren, ich würde mit Vergnügen gehen. Aber sie sieht aus dem Fenster, es regnet. Was für ein Sommer, denkt sie. Die Katze ist auf den Tisch gesprungen und beschnüffelt die leeren Schalen, und Maudie schämt sich ihrer Gefräßigkeit, sie weiß, daß die Katze hungrig ist, sie hätte ihr etwas abgeben sollen.

Sie geht hinaus in die kalte, muffige Küche und kramt herum – o Freude, da ist noch eine volle, ungeöffnete Dose. So glücklich ist Maudie, daß sie einen kleinen Tanz aufführt und die Dose an ihre Brust drückt. Muschi, Muschi, ruft sie, ich habe zu fressen für dich. Schließlich bekommt sie die Dose auch auf, wenn sie sich dabei auch mit dem Öffner in den Finger schneidet. Die Katze frißt alles bis zum letzten Krümel. Jetzt sollte sie hinausgehen, denkt Maudie, dann brauchte ich sie später nicht hinauszulassen ... aber die

Katze will nicht ins Freie, sie läuft in das Zimmer, wo das Feuer brennt, und läßt sich zum Schlafen auf Maudies Bett nieder. Das ist nicht gemacht. Maudie denkt, ich sollte mein Bett machen, so ist es nicht schön für Janna. Sie tut es aber nicht, sondern setzt sich in ihren Sessel am Ofen, beugt sich vor, um Kohle nachzulegen, und dann schläft sie drei Stunden lang wie eine Tote. Als sie aufwacht, ist es fünf Uhr nachmittags, aber das weiß sie nicht, ihre Uhr ist stehengeblieben.

Die Katze schläft immer noch, das Feuer ist aus ... sie baut es neu auf. Sie hätte eine Stärkung nötig. Sie braucht unbedingt eine Tasse Tee. Sie kocht sich eine ganze Kanne voll, holt den Zwieback herein und hält ein richtiges kleines Festmahl an ihrem Tisch. Nach dem Tee fühlt sie sich so viel wohler, es ist ihr nicht mehr so wichtig, daß sie nun einmal, zweimal, dreimal mehr zur Toilette muß. Ihre Gedärme sind wie ein böser Feind in ihrem Leib, sie rumoren und fordern. Was ist mit euch los? ruft sie und reibt mit der Hand im Kreis über die kleine Erhebung auf ihrem Bauch. Warum könnt ihr mich nicht in Ruhe lassen?

Sie müßte sich waschen ... sie müßte ... sie müßte ... aber Janna wird ja kommen, Janna wird ...

Aber Maudie sitzt und wartet, und Janna kommt nicht, und Maudie steht auf und läßt die Katze hinaus, als die darauf besteht, und Maudie holt Kohlen, und Maudie schürt das Feuer, und Maudie sucht, ob nicht ein Schluck Brandy da ist, denn auf einmal fühlt sie sich schlecht, sie fühlt sich zittrig, sie könnte zu Boden fallen und da liegenbleiben, so ausgehöhlt und müde ist sie ... Kein Brandy. Nichts.

Sie könnte doch ins Spirituosengeschäft gehen? Nein, nein, sie würde es auf keinen Fall die Stufen hinauf schaffen. Janna ist nicht gekommen, und es wird schon dunkel. Das bedeutet, es muß auf zehn zugehen. Janna kommt nicht – und es ist keine Milch da, kein Tee, kein Futter für die arme Musch, gar nichts.

Und Maudie sitzt an ihrem prasselnden Feuer und denkt verbittert an Janna, der sie ganz egal ist, die böse, herzlose, grausame Janna ... Und genau da hämmert es an die Tür, und Maudies Erleichterung verschafft sich Luft in einem heiseren Schrei: »Ja, schon gut, ich komme ja schon!« Und sie schlurft seitwärts zur Tür, voller Furcht, Janna könnte wieder forteilen, bevor sie da ist. Furchtbar, furchtbar, murmelt sie, und die Tür öffnet sie mit böser, anklagender Miene.

»O mein Gott, Maudie«, ruft Janna, »laß mich schnell rein, ich bin tot. Was für ein Tag.«

Oje, wenn sie so müde ist, kann ich sie nicht bitten . . . denkt Maudie und tritt zur Seite, und Janna kommt wie ein Wirbelsturm aus Energie und Lachen hereingefegt.

Als Janna im Wohnzimmer steht, sieht Maudie, wie sie sich über das prächtige Feuer freut, aber auch, wie sie die Nase rümpft, selbst wenn sie das gleich wieder unterdrückt.

Janna sagt: »Ich habe den Inder gebeten, er soll noch einen Moment offenhalten, ich müßte für Mrs. Fowler noch etwas besorgen, er wollte nämlich gerade zumachen.«

»Nicht doch, ich brauche nichts«, behauptet Maudie in spontaner Abwehr dagegen, dem Inder etwas verdanken zu müssen, schließlich bekommt sie sich jedesmal mit ihm in die Haare, wenn sie selbst hingeht . . . er nimmt Wucherpreise, er schummelt mit dem Wechselgeld . . .

Janna hat Gott sei Dank gar nicht hingehört, sie wirbelt in der Küche umher und schaut nach, was fehlt, und ehe die arme Maudie noch an die Batterien gedacht hat, ist sie schon wieder mit einem Korb davongerauscht. Immer hat sie es so eilig! Und so sind sie alle, schnell rein, schnell raus, ehe ich Zeit habe, mich einmal umzudrehen.

In Null Komma nichts stürmt Janna schon wieder herein, krach geht die Außentür, krach-wumm diese Tür, und den Korb hat sie voller Sachen, die Maudie erleichtert und dankbar herausnimmt. Alles ist dabei, leckerer frischer Fisch für die Katze und eine Dose Ovomaltine. Janna hat an alles gedacht.

Hat sie den Katzendreck gesehen, das ungespülte Geschirr im Becken . . .?

Ruhig setzt Maudie sich ans Feuer, nachdem Janna ihr ein Lächeln zugeworfen hat, das besagt, alles ist in Ordnung.

Janna wischt den Katzendreck weg, spült das Geschirr, und jung und gesund, wie sie ist, denkt sie nicht daran, ein paar Tellerchen und einen Löffel und den Dosenöffner auf dem Küchentisch liegenzulassen, damit Maudie sich nicht danach zu bücken und herumzukramen braucht.

Maudie sitzt da und hört zu, wie Janna arbeitet, sie umsorgt – und sie denkt, ach, hoffentlich vergißt sie den Nachtstuhl.

Aber Janna kommt herein und bringt eine kleine Flasche Brandy mit zwei Gläsern mit, reicht Maudie ein volles Glas, sagt dann: »Ich will noch schnell . . .«, schnappt sich den schmutzigen Topf und verschwindet damit.

Hoffentlich ist nicht mehr genug drin, daß sie etwas merkt, sorgt sich Maudie, aber Janna bringt den Topf zurück, sauber und nach Fichtennadeln duftend, und sagt nichts.

Janna läßt sich in den Ofensessel plumpsen, lächelt Maudie zu, hebt ihr Brandyglas, trinkt es in einem Zug aus, sagt: »O Maudie, was für ein Tag . . . laß dir erzählen . . .«, und sie seufzt auf, gähnt – und ist eingeschlafen. Maudie sieht es, kann es nicht fassen, aber es ist so, und sie ist außer sich vor Wut. Hier hat sie nun darauf gewartet, sich zu unterhalten, eine Freundin bei sich zu haben, ein bißchen ganz normale freundschaftliche Anteilnahme, vielleicht etwas später auch eine Tasse Tee, ohne Rücksicht auf ihre Gedärme, ihre Blase . . . Und jetzt ist Janna da und schläft fest.

Draußen ist es stockdunkel. Maudie schiebt die Vorhänge vor. Maudie geht zur Hintertür und sieht, daß unter dem Tisch kein schmutziges Tellerchen mehr steht und auch der Katzendreck weg ist, und es riecht nach Sagrotan. Sie läßt die Katze herein und nutzt die Gelegenheit, um schnell auf die Toilette zu gehen. Sie kommt zurück, schürt das Feuer und setzt sich Janna gegenüber hin. Janna schläft wie . . . eine Tote.

Maudie hat noch nie diese Gelegenheit gehabt, ganz ungeniert zu starren und zu studieren und zu mustern, die Beweise von allen Seiten zu prüfen, und so lehnt sie sich vor und betrachtet nach Herzenslust Jannas Gesicht, das sich ihr so einladend darbietet.

Ein angenehmes Gesicht, denkt Maudie, aber etwas ist daran ... Natürlich, sie ist jung, sie versteht noch nichts. Aber da die Falten an ihrem Hals, da ist Alter erkennbar, und ihre Hände, so sauber und manikürt sie sind, es sind keine jungen Hände.

Ihre Kleider, ach, was für schöne Kleider, schau nur einmal da, wo die Seide hervorguckt, echte Seide, ich weiß besser als irgendwer, was das ist und was es wert ist. Und solche hübschen Schuhe ... Nie hat sie irgendwelchen Schund an sich. Und auf diesen Hut hat sie bestimmt kein Wechselgeld herausbekommen! Sieh sich das einer an – sie wirft ihn einfach auf das Bett, diesen wunderschönen Hut, die Katze liegt beinahe darauf.

Nun schau nur einer diese kleinen weißen Steppnähte an ... die Rolovskys sagten immer, keine hätte jemals diese kleinen Steppnähte halb so gut zu machen verstanden wie ich. Ich könnte es immer noch, ich habe immer noch das Geschick in den Fingern ... ich frage mich ...

Sachte steht Maudie auf, geht zum Bett, nimmt den wunderschönen Hut und geht damit zurück zum Sessel. Sie betrachtet den Satin, mit dem der Hut gefüttert ist, die Art, wie das Futter eingenäht oder vielmehr eingeschoben ist; o ja, die diesen Hut gemacht hat, verstand sich auf ihr Handwerk! Und die kleinen weißen Steppnähte ...

Maudie nickt ein und wacht wieder auf. Weil der Kühlschrank oben Krach macht. Aber schon hört er wieder auf – er muß also schon lange an gewesen sein, denn er läuft immer eine Stunde oder noch länger. Janna schläft noch immer. Sie hat sich nicht gerührt. Sie atmet so flach, daß Maudie es mit der Angst bekommt und scharf hinsieht, um sicherzugehen ...

Janna lächelt im Schlaf? Oder kommt das von der Art, wie sie daliegt? Einen steifen Nacken wird sie sich auf alle Fälle holen ... will sie etwa die ganze Nacht hierbleiben? Und was soll ich dann machen? Etwa die ganze Nacht hier bei ihr sitzenbleiben? Das sieht ihnen ähnlich, jeder denkt nur an sich selbst, keiner denkt an mich ...

Der Zorn wallt in Maudie Fowler auf, indes sie dasitzt,

über den wunderschönen Hut streicht und die schlafende Janna betrachtet.

Maudie sieht Jannas Augen offenstehen. Sie denkt, um Himmels willen, ist sie etwa tot? Nein, sie blinzelt. Sonst hat sich noch nichts an ihr bewegt, aber sie liegt mit offenen Augen im Sessel und schaut an Maudie vorbei auf das Fenster, dessen alte, speckige, vergilbte Vorhänge seit Stunden die nasse, stürmische Nacht aussperren.

Maudie denkt, sie braucht aber lange, um zu sich zu kommen! Und dann wandern Jannas Augen zu ihrem, Maudies, Gesicht; urplötzlich sieht Janna zu Tode erschrocken aus, als wolle sie aufspringen und weglaufen – ihre Muskeln spannen sich bereits zum Sprung, gleich ist sie weg. Dann ist dieser furchtbare Moment vorbei. Janna sagt: »O Maudie, ich muß eingeschlafen sein, warum hast du mich nicht geweckt?«

»Ich habe mir diesen wunderbaren Hut angesehen«, sagt Maudie und streichelt ihn behutsam mit ihren dicken, derben Fingern.

Janna lacht.

Maudie sagt: »Du könntest nebenan schlafen, wenn du magst.«

Janna lehnt ab: »Ich muß daheim sein, um den Elektriker reinzulassen.«

Maudie weiß, daß das gelogen ist, aber es macht ihr nichts aus. Sie denkt: Janna hat die halbe Nacht hier geschlafen, gerade als sei sie zu Hause!

Sie sagt: »Mir ist der Gedanke gekommen, daß das jetzt die beste Zeit meines Lebens ist.«

Janna fährt hoch, sie ist ja jung, und ihre Gliedmaßen werden nicht steif, sie lehnt sich vor und späht ernst, ja erschrocken in Maudies Gesicht.

»Maudie«, protestiert sie, »so etwas darfst du nicht sagen!«

»Es ist aber doch wahr«, beharrt Maudie. »Ich meine, ich rede nicht von den kurzen Freudentagen, etwa als ich meinen Johnnie trug, oder einem Picknick hier und einem Picknick dort, sondern jetzt weiß ich, daß du immer zu mir kommen wirst und wir immer zusammen sein können.«

Janna schießen die Tränen in die Augen, sie zwinkert sie fort und wehrt ab: »Aber trotzdem, Maudie . . .«

»Ob du wohl daran denkst, mir Batterien für meine Taschenlampe mitzubringen?« fragt Maudie in diesem gleichzeitig unterwürfigen und aggressiven Ton, mit dem sie Bitten ausspricht.

Janna sagt: »Weißt du was, ich gebe dir einfach meine aufladbare Taschenlampe aus dem Auto.«

Mit ihrem gewohnten weitausgreifenden Schritt geht sie hinaus, kommt aber gleich zurück: »Maudie, es ist schon Morgen, der Himmel ist hell.«

Die beiden Frauen stehen in der Haustür und sehen das graue Licht in den Straßen.

Maudie mag nicht erwähnen, daß sie jetzt wohl noch ein paar Stunden bei zugezogenen Vorhängen auf ihrem Bett liegen wird. Sie hat Janna im Verdacht, daß sie in dieser Nacht nicht mehr schlafen zu gehen beabsichtigt. Sie ist ja jung, sie kann so etwas. Sie hätte so gerne Jannas Taschenlampe gehabt, denn wer weiß, ob Janna es morgen – nein, heute wieder zu ihr schafft.

Aber Janna gibt ihr einen Kuß und entschwindet lachend die schmierigfeuchten Straße hinunter. Ihren Hut hat sie vergessen.

Jannas Tag

Der Wecker läßt mich im Bett hochfahren. Manchmal schalte ich ihn ab, sinke wieder zurück, heute nicht: Ich sitze aufrecht im bereits hellen Frühlicht, es ist fünf Uhr, und sehe den kommenden Tag vor mir liegen. Kaum zu glauben, was ich an seinem Ende alles getan haben werde. Ich zwinge mich, aus dem Bett zu springen, ich mache mir Kaffee, zehn Minuten, nachdem ich aufgewacht bin, sitze ich an der Schreibmaschine. Ich hätte noch hinzufügen müssen: Ich entleere meine Blase – aber ich bin noch ›jung‹ und rechne das nicht als Tätigkeit! Heute aber will ich die Klositzungen mit aufschreiben, wie sonst könnte ich meinen Tag mit dem

Maudies vergleichen? Aus den Artikeln, die ich letztes Jahr nur so zur Probe und ohne viel Zuversicht schrieb, ist ein Buch geworden. Es ist jetzt nahezu fertig. Ich habe zugesagt, bis Ende dieses Monats würde ich es abgeschlossen haben. Und das werde ich. Weil ich es zugesagt habe. Daß ich meine Zusagen einhalte, gibt mir so viel Kraft! Und dann ist da noch ein Projekt, von dem niemand etwas weiß: ein historischer Roman. Maudie hat mich auf die Idee gebracht. Für mich ist es die jüngere Vergangenheit, die Zeit meiner Großmutter; aber Vera Rogers spricht davon, wie ich von, sagen wir mal, Waterloo sprechen würde. Ich plane einen historischen Roman, als solcher konzipiert und geschrieben, über eine Putzmacherin in London. Ich kann es nicht erwarten, damit anzufangen.

Bis acht arbeite ich konzentriert. Dann trinke ich Kaffee, esse einen Apfel, dusche, bin angezogen und unterwegs, alles in einer halben Stunde. Ich bin möglichst vor neun im Büro, und das schaffe ich auch immer. Phyllis war heute spät dran. Keine Joyce. Ich sichtete die Post für uns alle drei und bestellte die Sekretärin, und bis zehn, zur Konferenz, war die Post erledigt und vom Tisch. Phyllis ganz zerknirscht: Sie ist wie ich, kommt nie zu spät, nimmt nie frei, wird nie krank. Die Konferenz ist wie immer, lebhaft und *wundervoll*. Es war Joyce, die gesagt hatte, es würde sich so etwas wie eine Denkfabrik daraus entwickeln. Jeder, von den PR-Leuten und den Fotoassistenten bis hin zum Herausgeberstab, wird ermutigt, Ideen vorzubringen, ganz egal, wie verrückt, wie ausgefallen, denn man kann nie wissen. Wie üblich führt Phyllis das Protokoll. Sie hat sich dazu freiwillig erboten, und Joyce und ich wissen beide, daß sie sich davon eine Schlüsselposition verspricht. Phyllis läßt nicht zu, daß diese Ideen in der Versenkung verschwinden, sie listet sie auf, läßt sie kopieren und in allen Abteilungen auf den Schreibtischen verteilen. Eine halbvergessene Idee wird vielleicht ein Jahr später wieder aufgegriffen. Hier hat jemand den Gedanken neu aufs Tapet gebracht, die Serie über Frauenuniformen sollte die Art Kleidung einschließen, wie sie zum Beispiel Fernsehansagerinnen tragen oder Frauen, die zwecks Karriereförderung mit ihrem Mann ausgehen. Das heißt also, eine bestimmte Art von Abendkleid, ein Stil, als Uniform . . . also wäre mein Stil eine Uniform! Aber das wußte ich doch immer schon! Ich trage sie die ganze Zeit. Sogar im Bett, behauptete Freddie. Ich trage im Bett nichts als reine Seide, feine Baumwolle, Batist . . . er zog mich immer damit auf, daß für mich das Tragen eines Nylonnachthemdes wäre, als würde ich ein Verbrechen begehen.

Als ich im Büro an Freddie denken mußte, kamen mir auf einmal die Tränen, und ich war froh, daß ich zugesagt hatte, Martina zu interviewen, ich kam gerade noch rechtzeitig ins Brown's Hotel. Ich komme *nie* zu spät. Sie ist angenehm zu interviewen, professionell, kompetent, ohne Zeitverschwendung. Eins mit Sternchen. Um halb eins war ich wieder da und fragte Phyllis, ob sie den Lunch der ›Frauen in Führungspositionen‹ übernehmen wolle. Sie lehnte entschieden ab, das ginge nicht, das müsse ich schon machen. Die Frau in der Führungsposition ist Joyce, und ich vertrete sie krankheitshalber; Phyllis hatte natürlich recht, kein Wunder, daß sie erstaunt dreinsah: Es wäre unpassend gewesen, wenn Phyllis hingegangen wäre. Früher wäre mir so ein Schnitzer nicht passiert, aber um die Wahrheit zu sagen, ich bin mit meinen Gedanken immer mehr bei meinen beiden Büchern, dem fast vollendeten und dem wunderbaren Roman, der vor dem Beginn steht.

Im Waschraum schaue ich in den Spiegel. Heute morgen hatte ich den Lunch glatt vergessen, schäm dich, du läßt nach! Ein Knopf ist lose, und meine Nägel sehen nicht perfekt aus. Ich lackiere sie mir im Taxi nach. Der Lunch war ganz erfolgreich, ich hielt eine Rede an Joyces Statt.

Auf dem Rückweg vom Lunch gehe ich zu Debenham und suche dort im Obergeschoß nach Wäsche, wie Maudie sie trägt, reinwollene Hemden, züchtige hochgeschnittene Unterröcke, lange anliegende Unterhosen. Ich kaufe zehn Hosen, drei Hemden, drei Unterröcke – denn sie macht jetzt ihre Hosen naß und manchmal noch Schlimmeres. Ich muß mich abhetzen, aber um halb vier bin ich wieder da. Hänge mich ans Telefon und mache einen Termin beim Friseur und einen weiteren für den Wagen aus. Phyllis sagte, es ginge ihr miserabel. Man sah es ihr an. Und so schuldbewußt, ganz kriminell kam sie sich vor! Ich sagte, leg dich um Himmels willen ins Bett, und fegte alle Arbeit von ihrem Schreibtisch auf den meinen. Ich machte die Rezepte, Sommergerichte, ich machte Junge Mode, fuhr mit den Fotografen zu einer Sitzung nach Kenwood, kam zurück und arbeitete bis um neun ganz allein im Büro. Ich bin so gern für mich allein, kein Telefon, nichts, nur der Nachtwächter. Er holte uns Essen aus dem indischen Restaurant, ich forderte ihn auf, mir Gesellschaft zu leisten, und wir nahmen ein fixes Abendessen auf der Schreibtischkante ein. George ist ein netter Kerl, ich ermutigte ihn, über seine Probleme zu sprechen, aber ich will das hier nicht weiter ausführen, wir können ihm eh nicht helfen, er braucht einen Kredit.

Um die Zeit war ich müde und sehnte mich plötzlich ins Bett. Ich arbeitete noch ein bißchen, rief dann Joyce in Wales an, hörte an ihrer Stimme, daß es ihr besser ging, aber sie sagte nicht viel. Ist mir schnurzpiepegal, sagte sie, als ich fragte, ob sie denn nun in die Staaten ginge. Damit meinte sie, du bist mir auch schnurzpiepegal. Das veranlaßte mich, über dieses Schnurzpiepgefühl nachzudenken. Auf dem Schreibtisch bei mir, im ›Zu-heikel‹-Korb, liegt ein Artikel über Streß, wie zu viel Streß Gleichgültigkeit erzeugen kann. Man kann das im Krieg beobachten, in schweren Zeiten. Leid und Angst und Wühlen in Gefühlen, und plötzlich ist einem alles egal. Ich wollte das veröffentlichen. Joyce sagte, nein, nicht genügend Leute würden es nachvollziehen können. Welche Ironie!

Um halb zehn sagte ich George gute Nacht, nahm ein Taxi dahin, wo ich meinen Wagen parke, fuhr Richtung Heimat und dachte, nein, nein, ich kann nicht mehr zu Maudie, ich kann einfach nicht mehr. Als ich dann an die Tür hämmerte, war ich reizbar, müde, ich dachte, hoffentlich ist sie auf dem Abtritt und hört mich nicht. Aber als sie aufmachte, sah ich ihr am Gesicht an . . . Ich drehte auf, was noch in mir steckte, zwang mich, hereinzustürmen, ganz Frohsinn und Leben, weil ich solche Angst vor ihren finsteren Launen habe, aus denen ich sie nicht mehr herausreißen kann, wenn sie erst einmal drinsteckt. Darum trat ich so mit Hopplajetzt-komm-ich auf wie ein weiblicher Weihnachtsmann, sie durfte gar nicht erst anfangen zu murmeln und zu giften.

In ihrem Hinterzimmer ist es heiß und stickig, der Mief schlägt mir ins Gesicht, aber ich zwinge mich, erfreut über das Feuer auszusehen. Ich sehe ihr am Gesicht an, was getan werden muß, und gehe in die Küche. Beinahe wird mir schlecht. Ich wirbele in der Küche um und um, denn der indische Laden macht gleich zu, ich renne über die Straße und sage: »Bitte, nur noch eine Minute, ich brauche Sachen für Mrs. Fowler.« Er ist freundlich und geduldig, aber sein Gesicht hat eine Art grauviolette Farbe vor Müdigkeit. Manchmal steht er hier von acht Uhr früh bis elf Uhr nachts. Oft ganz allein. Er hat drei Söhne und zwei Töchter auf die Schule zu schicken . . . Er fragt: »Wie geht es ihr?« Ich antworte: »Nicht gut, fürchte ich.« Er sagt wie jedesmal: »Es wird Zeit, daß sich ihre Verwandten um sie kümmern.«

Ich komme zurück und schneide Fisch für die Katze klein. Es hat keinen Zweck, ich kann mit Katzen beim besten Willen nichts anfangen, selbst wenn das bedeutet, daß ich eine primitive Natur bin. Ich mache den Dreck der Katze weg, bringe Brandy und Gläser. Mir fällt ein, ich habe die Hemden und Hosen im Büro vergessen. Macht nichts, morgen ist noch früh genug. Ich nehme den Topf aus ihrem Nachtstuhl, weil sie so betont daran vorbeisieht, mit einem Blick bebenden Stolzes, den ich jetzt nur zu gut kenne. Beim Auswaschen denke ich, hier stimmt etwas ganz und gar nicht. Ich werde Vera Rogers davon erzählen müssen. Ich spüle den Topf sehr gründlich und mit reichlich Sagrotan.

Als wir uns dann mit je einem Glas Brandy gegenübersitzen, habe ich die ehrliche Absicht, ihr von dem Lunch mit all den prominenten Frauen zu erzählen, so etwas hört sie gerne, aber – das war das letzte, woran ich mich erinnerte, bis ich aus einem so tiefen Schlaf aufwachte, daß ich zuerst nicht wußte, wo und wer ich war. Ich sah vor mir eine kleine gelbe Hexe in einer miefigen heißen Höhle an ihrem prasselnden Feuer sitzen, ihre gelben Schenkel waren zu sehen, denn sie hatte keine Unterhosen an und saß mit gespreizten Beinen, und auf dem Schoß hielt sie meinen Hut und stellte irgend etwas Böses damit an . . . Ich war starr vor Schreck, bis mir plötzlich wieder einfiel: Ich bin Jane Somers, ich bin hier in Maudies Hinterzimmer, und ich bin eingeschlafen.

Sie wollte mich nicht gehen lassen. Sie wollte irgend etwas, Batterien für ihre Taschenlampe. Ich ging zur Tür, auf die Straße hinaus, und es war Morgen. Da standen wir und schauten in den Himmel – o England, trübe und trostlos, eine graue, regnerische Dämmerung. Es war halb fünf, als ich nach Hause kam. Ich nahm ein ausgedehntes, genüßliches Bad und setzte mich wieder an mein Buch.

Aber ich kann mich nicht darauf konzentrieren. Maudies ›das ist die beste Zeit meines Lebens‹ geht mir nicht aus dem Kopf. Was es so unerträglich macht, ist, daß sie, glaube ich, wirklich meint, was sie sagt. So eine Kleinigkeit, meine Stippvisiten nach Feierabend, mal eben eine Stunde oder zwei, das genügt, um sie so etwas sagen zu lassen. Bei dem Gedanken könnte ich heulen. Und ich fühle mich auch so unfrei, so angebunden. Sie kann ja noch jahrelang leben, heutzutage werden die Leute hundert Jahre alt, und ich bin eine Gefangene ihres ›das ist die beste Zeit meines Lebens‹, Janna, der gute Engel, der mit Lächeln und kleinen Geschenken ein und aus geht.

Ich habe Maudies Tag niedergeschrieben, weil ich sie verstehen möchte. Jetzt verstehe ich sie auch sehr viel besser, aber stimmt das auch? Ich kann nur schreiben, was ich selbst erlebe, von ihr höre, beobachte . . . Manchmal wache ich auf, und meine eine Hand ist ganz taub . . . Aber was ist da noch, wovon ich nichts wissen kann? Ich hätte mir nie vorstellen können, daß sie sagen würde: ›Das ist die beste Zeit meines Lebens‹, und wieviel Entbehrung und Einsamkeit dahintersteckt, und ebensowenig kann ich je ihr gemurmeltes ›gräßlich, gräßlich‹ ergründen und die Wutanfälle, in denen ihre blauen Augen blitzen und funkeln.

Und ich merke, daß ich in Jannas Tag doch nichts von Klositzungen geschrieben habe, hier mal eben pinkeln, da mal eben scheißen, die Hände waschen . . . Den ganzen Tag muß dieses Tier sich entleeren, man muß sich die Haare bürsten, die Hände waschen, baden. Ich halte eine Tasse unter den Wasserhahn, ich wasche schnell mal einen Slip aus, so etwas ist eine Angelegenheit von Minuten . . . aber nur, weil ich ›jung‹ bin, erst neunundvierzig.

Die Wartung des eigenen Körpers ist für die arme Maudie so eine elende Plackerei, darunter ächzt und müht sie sich den ganzen Tag. Ich wollte schreiben, für mich bedeute sie gar nichts; aber in Wirklichkeit habe ich früher allabendlich mein richtiges ausgiebiges Bad genommen, habe jeden Sonntagabend meine wunderschönen, makellosen Kleider in Ordnung und auf Hochglanz gebracht, mich selbst in Ordnung und auf Hochglanz gebracht, und jetzt tue ich das nicht mehr, kann es nicht mehr. Es ist zuviel für mich.

Wie ich den Spätsommer hasse, fliegende Hitze und Schwüle, Schlamperei und Staub, stumpfes Grün, stumpfer Himmel; wenn die Sonne schon mal scheint, brütet sie Maden aus; Maden unter meinem Mülleimer, weil ich bei mir zu Hause tagelang nichts mehr gemacht habe.

Maudie war wieder krank. Wieder bin ich zweimal täglich bei ihr gewesen, vor und nach der Arbeit. Zweimal täglich hat sie sich nackt über den Tisch gebeugt und sich mit den Handflächen darauf gestützt, während ich Wasser über sie goß, bis die ganze Scheiße und der stinkende Urin abgewaschen waren. Dieser Gestank. Ihr Körper ist ein Knochengestell, gelb und runzlig, ihr Genitalbereich haarlos wie bei einem kleinen Mädchen, aber in den Achselhöhlen hat sie lange graue Haare. Ich war völlig erledigt davon. Ich sagte: »Maudie, du könntest dir doch eine Pflegerin kommen lassen, die dich wäscht«, und sie fauchte mich an: »Dann hau doch ab, ich habe dich nicht darum gebeten.«

Wir waren beide so müde und überreizt, wir haben aufeinander eingeschrien wie . . . wie wer? Von der Literatur her würde ich sagen ›wie die Fischweiber‹, aber sie ist kein Fischweib, sondern eine ehrbare, zimperliche alte Dame, das war sie jedenfalls, wenn auch in Verkleidung, die letzten drei Jahrzehnte hindurch. Ich habe ein Foto von Maudie mit fünfundsechzig gesehen, der Inbegriff mißbilligender Tugendhaftigkeit ... ich glaube nicht, daß ich sie damals gemocht hätte. Sie hatte sich gesagt: Ich mag Kinder, Kinder mögen mich, meine Schwester läßt mich nicht mehr in ihre Nähe, jetzt, wo sie keine neuen mehr bekommt und meine Dienste nicht braucht. Also setzte sie eine Annonce ins Lokalblatt, und ein Witwer meldete sich. Er hatte drei Kinder von acht, neun und zehn Jahren. Maudie bekam ein Sofa in der Küche und ihr Essen, und dafür mußte sie: das Haus sauberhalten, seine und der Kinder Kleidung flicken, drei Mahlzeiten am Tag kochen und backen, die Kinder beaufsichtigen. Er war Fischhändler. Wenn er mittags nach Hause kam und Maudie sitzend bei einer Pause antraf, sagte er: Sie haben wohl nichts zu tun? Er gab ihr zwei Pfund Haushaltsgeld pro Woche für alle fünf, und als ich meinte, das sei doch unmöglich, behauptete sie, sie sei klargekommen. Fisch brachte er umsonst mit, und Brot und Kartoffeln konnte man davon kaufen. Nein, arm war er nicht, sagte Maudie, aber er hatte kein Benehmen, das war das Schwierige mit ihm. Und Maudie hielt bei ihm aus, wegen der Kinder. Dann eines Tages lud er sie ins Kino ein. Sie ging mit und sah, wie die Nachbarn guckten. Sie wußte, was sie dachten, und das konnte sie nicht auf sich sitzen lassen. Sie putzte das Haus vom Keller bis zum Dach, vergewisserte sich, daß alle Kleider heil waren, buk Brot, deckte den Teetisch und legte einen Zettel darauf: Meine Schwester ist krank und verlangt nach mir. Hochachtungsvoll, Maude Fowler.

Aber dann ging sie in Rente und übernahm manchmal kleine Jobs nebenbei.

Die Maudie, die sich ›bis auf die Knochen abgeschuftet hat‹, war dieses prüde, unnachgiebige Frauenzimmer mit dem kalten, verkniffenen Mund.

Maudie und ich brüllten einander an wie die lieben Verwandten, sie schimpfte: »Nun mach schon, daß du rauskommst, ich will hier keine von diesen Wohlfahrtsweibern sehen«, und ich schrie: »Maudie, du bist unmöglich, du bist das Hinterletzte, ich weiß nicht, was ich mit dir anfangen soll.«

Und dann auf einmal bekam ich einen Lachanfall. Es kam mir so komisch vor, wie sie splitternackt auf mich eingiftete und ich ihr die Scheiße abwusch und sie fragte: »Was ist mit deinen Ohren?«

Sie verstummte, zitternd. »Warum lachst du mich aus?«

»Ich lache dich nicht aus, ich lache über uns beide. Sieh uns doch an, wie wir aufeinander einkeifen!«

Sie trat aus der Schüssel, in der sie gestanden hatte, und schaute mich böse und flehentlich an.

Ich legte ihr das große Badetuch um, das ich von meinem Bad mitgebracht hatte, ein Tuch wie eine rosa Wolke, und begann sie sanft abzutrocknen.

Tränen rannen ihre Runzeln entlang . . .

»Komm schon, Maudie, um Himmels willen, lach lieber, das ist besser als Weinen.«

»Es ist furchtbar, furchtbar, furchtbar«, murmelte sie und starrte mit weit aufgerissenen, glänzenden Augen vor sich hin. Schlotternd, bebend . . . »Es ist furchtbar, furchtbar.«

In den letzten drei Wochen habe ich sämtliche neuen Unterhosen fortgeworfen, die ich ihr gekauft hatte, besudelt und ekelerregend, habe zwei weitere Dutzend gekauft und ihr gezeigt, wie sie sie beim Anziehen mit Watte ausstopfen kann.

Jetzt steckt sie also wieder in den Windeln.

Furchtbar, furchtbar, furchtbar . . .

Es ist Ende August

Ich liege im Bett und schreibe mit dem Tagebuch auf der Brust abgestützt. Gerade in der Nacht, nachdem ich das letzte ›furchtbar‹ niedergeschrieben hatte, wachte ich auf und hatte das Gefühl, mir steckte eine Eisenstange im Kreuz. Von der Taille abwärts konnte ich mich überhaupt nicht bewegen, der Schmerz war unerträglich.

Es war dunkel, durchs Fenster schien verschwommenes Dämmerlicht, und als ich meinen Rücken anders zu lagern versuchte, schrie ich laut. Danach lag ich still.

Ich lag da und dachte nach. Ich wußte, es war ein Hexenschuß; Freddie hatte einmal einen gehabt; und ich wußte, was mir bevorstand. Ich hatte ihn natürlich nicht gepflegt, wir ließen jemanden kommen, und obwohl ich die Sache ignorierte oder es jedenfalls versuchte, wußte ich doch, daß er schreckliche Schmerzen litt. Er konnte sich eine Woche lang überhaupt nicht bewegen.

Seit dem Kinderkram, Masern und so, bin ich nie mehr krank gewesen. *Ich war noch nie ernstlich krank.* Höchstens einmal eine Erkältung, ein rauher Hals, aber davon habe ich nie Notiz genommen.

Jetzt mußte ich mir klarmachen, daß ich keine Freunde habe. Niemanden, den ich anrufen und zu ihm sagen könnte: Bitte hilf mir, ich brauche Hilfe.

Früher einmal war da Joyce; aber eine Frau mit Kindern, Mann, Job und Haus ... nein, ich hätte ihr ganz bestimmt nie zugemutet, zu mir zu kommen und mich zu pflegen. Natürlich nicht. Meiner Schwester konnte ich auch nicht damit kommen – Kinder, Haus, Mann, Wohltätigkeit, und sie mag mich sowieso nicht leiden. Phyllis: An Phyllis dachte ich immer wieder und fragte mich, warum ich davor zurückschrecke, dachte, es muß an mir liegen, daß ich sie nicht fragen mag, sie ist doch sehr nett und anständig ... Aber als mir Vera Rogers einfiel, wußte ich, Vera Rogers ist unter allen Menschen, die ich kenne, der eine, zu dem ich sagen kann: »Bitte, komm und hilf mir.« Aber sie hat Mann, Kinder, Job, und ihr fehlt nichts weniger als ein weiterer ›Fall‹.

Nachdem ich eine halbe Stunde lang unter Schmerzen meinen Arm langgestreckt und gereckt hatte, gelang es mir, das Telefon vom Nachttisch herunter und auf meine Brust zu holen. Das Telefonbuch konnte ich vergessen, es lag auf dem Fußboden außerhalb meiner Reichweite. Ich rief die Auskunft an, ließ mir die Nummer meiner Ärzte geben, auch die Nachtnummer, hinterließ eine Nachricht. In der Zwischenzeit ordnete ich meine Gedanken. Einen Menschen gab es, der mich mit tausend Freuden gepflegt hätte – na endlich –, und das war Mrs. Penny. Nur über meine Leiche. Ich gebe ja zu, daß ich wahrscheinlich neurotisch bin oder was immer man will, aber sie kommt mir nicht über die Schwelle.

Ich hätte gern einen Privatarzt gehabt, aber Freddie mit seiner sozialistischen Ader wollte immer nur den staatlichen Gesundheitsdienst. Mir war es egal, da ich nie krank war. Dem Besuch des Doktors sah ich mit Unbehagen entgegen, aber so übel war er nicht. Jung, ein bißchen scheu und vorsichtig. Wahrscheinlich seine erste Anstellung.

Er holte sich den Schlüssel von der Wohnung unter mir, dazu mußte er Mrs. M. wecken, aber sie nahm es mit Humor. Er schloß auf, kam in mein Zimmer. »Na, was fehlt uns denn?« Ich erklärte ihm, ich hätte einen Hexenschuß und brauchte dies und das: Er müsse für eine Pflegerin zweimal täglich sorgen, ich brauchte eine Bettschüssel, eine Thermosflasche – ich setzte ihm alles ganz genau auseinander.

Er saß am Fußende des Bettes und sah mich mit verhaltenem Lächeln an. Ich fragte mich, was sah er wohl: eine alte Frau, eine ältere Frau, eine Frau in mittleren Jahren? Was ein Mensch sieht, so weiß ich heute, hängt ganz allein von seinem eigenen Alter ab.

»Trotzdem muß ich Sie aber noch untersuchen«, sagte er, bückte sich, zog die Tücher zurück, die ich mir unterm Kinn festgeklemmt hatte, stupste und tastete ein-, zweimal, wobei ich ein Stöhnen nicht unterdrücken konnte, und sagte dann: »Sie haben recht, ein Hexenschuß. Dann wissen Sie ja auch, daß man da herzlich wenig machen kann außer abwarten, bis es von allein besser wird. Brauchen sie ein Schmerzmittel?«

»Und ob ich eins brauche«, sagte ich, »und zwar schnell, ich halte es nicht mehr aus.«

Er hatte fürs erste genug dabei. Er schrieb ein Rezept aus und meinte dann, eine Pflegerin würde er wohl erst gegen Abend besorgen können, und was ich in der Zwischenzeit zu tun beabsichtigte? Ich sagte, ich müßte bald pinkeln, sonst ginge es ins Bett. Er überlegte und erbot sich dann, mir einen Katheter anzulegen. Das tat er fix und schmerzlos. Er mußte sich in der Küche einen Tonkrug suchen, natürlich hatte ich keinen Nachttopf, und als der Strom gar kein Ende nehmen wollte, rannte er wieder in die Küche, suchte wie wild nach irgendeinem Gefäß und kam mit einer Salatschüssel zurück, gerade noch rechtzeitig, um das Schlauchende umzuleiten. »Meine Zeit«, bestaunte er die Unmengen Pipi.

Dann fragte er: »Was machen wir mit Ihnen, wenn die Pflegerin nicht da ist? Haben Sie keine Nachbarin? Jemanden aus Ihrer Etage?«

»Nein«, sagte ich. In seinem Gesicht erkannte ich denselben Ausdruck, wie ich ihn etwa bei Vera gesehen und bei mir gespürt hatte: Toleranz gegenüber exzentrischen Launen, die man einfach hinnehmen muß.

»Ich könnte sie in die Klinik einweisen . . .«

»Nein, nein, nein«, stöhnte ich. Es klang genau wie bei Maudie.

»Wie Sie wollen.«

Damit verabschiedete er sich, leutselig, müde, professionell. Man hätte ihn gar nicht für einen Arzt gehalten, er hätte Buchhalter oder Techniker sein können. Früher einmal hätte mich das gestört, da hätte ich nach Krankenbett-Manieren und Autorität verlangt – doch jetzt kann ich Freddies Standpunkt verstehen.

In der Tür fragte er noch: »Sie waren selber Krankenschwester, nicht wahr?«

Da mußte ich lachen und sagte: »Oh, bringen Sie mich nicht zum Lachen, daran gehe ich noch ein.«

Doch wenn er so etwas behaupten kann, habe ich Maudie dafür zu danken.

Was würde Freddie jetzt von mir halten?

Eine Pflegerin kam gegen zehn, und ein Zeitplan wurde festgelegt – nach den Bedürfnissen des Tiers. Das Tier muß soundso viele Liter Flüssigkeit und ein halbes Pfund Scheiße loswerden; das Tier muß sich soundso viel Flüssigkeit und soundso viel Zellulose und Kalorien einverleiben. Zwei Wochen lang war ich genau wie Maudie, genau wie all diese Alten, meine Gedanken drehten sich ängstlich um die eine Frage: Kann ich noch aushalten, nein, keine Tasse Tee, womöglich kommt die Pflegerin nicht, und ich mache ins Bett . . . Nach zwei Wochen, als ich endlich ohne Bettpfanne (zweimal täglich) auskommen und mich zum Klo schleppen konnte, da wußte ich, daß ich diese zwei Wochen lang ihre Hilflosigkeit am eigenen Leibe erfahren hatte. Wie Maudie es getan hätte, sagte ich mir: Zumindest habe ich nicht ein einziges Mal ins Bett gemacht, das ist doch schon etwas.

Besucher: Vera Rogers am ersten Tag, denn ich hatte sie angerufen, sie müsse jemanden zu Maudie schicken. Sie kam erst zu mir, bevor sie zu Maudie ging. Ich lag vollkommen flach auf meinem verkrampften Rücken und betrachtete sie, ihr gutmütiges, lustiges, freundliches Gesichtchen, ihre etwas betuliche Kleidung, ihre Hände – nicht ganz sauber, aber sie kam auch gerade von einer alten Bißgurn, die mit ihrer Grippe nicht ins Krankenhaus wollte.

Ich erzählte ihr von meinem Verdacht, daß Maudie etwas Schlimmeres hat als Durchfall, ich schilderte ihr am Ende tatsächlich den scheußlichen schleimigen, stinkenden Stuhl. Und ich machte ihr deutlich, daß Maudie nicht ins Krankenhaus gehen würde, eher würde sie sterben.

»Dann«, sagte Vera, »wird ihr genau das wahrscheinlich auch so passieren.«

Sie bekam einen Schreck über das, was sie da gesagt hatte, und beobachtete scharf mein Gesicht. Sie machte uns Tee, wenn ich auch nicht mehr als einen Schluck zu trinken wagte, und wir redeten. *Sie* redete. Sie versuchte, taktvoll zu sein, merkte ich. Bald begriff ich, daß sie mich vor etwas warnen wollte. Sie sprach davon, wie viele der alten Leute in ihrer Obhut an Krebs sterben. Eine Krebsepidemie, sagte sie: So jedenfalls komme es ihr vor.

Schließlich fragte ich: »Glauben sie, Maudie hat Krebs?«

»Das kann ich nicht sagen, ich bin keine Ärztin. Aber sie ist so mager, nichts als Haut und Knochen. Und manchmal sieht sie so gelb aus. Und ich muß ihren Arzt hinzuziehen. Das muß ich, um mich abzusichern, verstehen Sie. Uns will man ständig etwas am Zeuge flicken, Fahrlässigkeit oder was weiß ich. Sonst würde ich sie in Ruhe lassen. Aber ich will mich nicht auf einmal in einer Zeitungsschlagzeile wiederfinden: Sozialarbeiterin vernachlässigt Neunzigjährige im letzten Krebsstadium.«

»Vielleicht können Sie es noch einmal mit einer Pflegerin versuchen, die sie waschen könnte? Und mit einer Haushaltshilfe?«

»Wenn sie überhaupt jemanden von uns hereinließe«, sagte Vera. Und lachte. »Man muß einfach lachen, sonst schnappt man über. Sie sind ihre eigenen schlimmsten Feinde.«

»Und Sie müssen ihr beibringen, daß ich krank bin und darum nicht zu ihr kommen kann.«

»Ihnen ist doch klar, daß sie das nicht glauben wird, daß es in ihren Augen ein abgekartetes Spiel ist?«

»O nein«, stöhnte ich, ich konnte gar nicht aufhören zu stöhnen, ich hatte so höllische Schmerzen *(furchtbar, furchtbar, furchtbar)*, »bitte, Vera, bringen Sie sie irgendwie zur Einsicht . . .«

Und da liege ich, mein Rücken ist verknotet, mein Rücken fühlt sich an wie Eisen, und ich schwitze und stöhne, indes Vera mir auseinandersetzt, ›sie‹ seien alle mehr oder weniger paranoid, witterten ständig Verschwörungen und verdächtigten immer die, die ihnen am nächsten ständen. Da ich, wie es scheint, Maudie am nächsten stehe, kann ich nichts anderes erwarten.

»Ihnen liegt viel an ihr«, stellte Vera fest. »Ich kann Sie verstehen, sie hat ein gewisses Etwas. Einige haben das, und sogar, wenn sie sich am wüstesten aufführen, spürt man es noch. Andere natürlich . . .« Und sie seufzt, ein echter menschlicher, nichtprofessioneller Seufzer. Ich habe Vera Rogers gesehen, wie sie zwischen zwei ›Fällen‹ die Straße entlanghastet, die Arme voller Akten und Papiere, sorgenvoll, stirnrunzelnd, gehetzt, und dann Vera Rogers *bei* einem ›Fall‹, sorglos und vergnügt, lächelnd, zuhörend, jede Menge Zeit . . . so war sie bei mir, jedenfalls bei diesem ersten Besuch. Aber sie kam noch mehrmals und wähnte dann nicht mehr, mich schonen und beruhigen zu müssen, wir redeten richtig über ihre Arbeit, manchmal wurde es so komisch, daß ich sie bitten mußte, aufzuhören, weil Lachen so weh tat.

Phyllis kam einmal zu Besuch. Da war sie also (meine

Nachfolgerin?), eine coole, selbstsichere junge Frau, ausgesprochen hübsch, und ich hatte nur Vera zum Vergleich. Ich nahm die Gelegenheit wahr, ihr zu geben, was sie will und braucht. Sie hat sich an meinem Stil versucht, und ich setzte ihr auseinander, sie solle sich nie, nie mit Halbheiten zufriedengeben, immer nur das Beste, und wenn es noch so teuer ist. Ich begutachtete ihr Kleid: ein ›kleines Kleid‹ aus geblümtem Crêpe, etwas zu eng, ganz niedlich, und ich erklärte ihr: »Phyllis, wenn du schon solche Kleider tragen willst, dann laß sie wenigstens nach Maß anfertigen, nimm vernünftiges Material, oder geh zu . . .« Ich verbrachte mehrere Stunden damit, ihr meine Adressen zu geben, Schneiderin, Friseur, Strickerinnen. Sie war nachdenklich, konzentriert, sie verlangte sehr nach dem, was ich ihr da anbot. Oh, sie würde es schon richtig und intelligent anpacken, sie würde nicht blind kopieren. Aber die ganze Zeit, während sie bei mir saß, stand ich Qualen aus, und ich konnte ebensowenig zu ihr sagen: ›Phyllis, ich habe Schmerzen, bitte hilf mir, gemeinsam können wir mich vielleicht einen Zentimeter verrücken, das könnte schon helfen . . .‹ wie Freddie oder meine Mutter mich hätten um Hilfe bitten können.

Und erst eine Bettpfanne verlangen . . .

Mrs. Penny sah meine Tür offenstehen und schlich sich herein, schuldbewußt, verstohlen, abwechselnd lächelnd, stirnrunzelnd und seufzend. »Ach, Sie sind krank, warum haben Sie mir denn nichts gesagt, Sie hätten nur zu fragen brauchen, ich würde nur allzugern . . .«

Sie setzte sich in den Sessel, aus dem Phyllis gerade aufgestanden war, und begann zu reden. Und redete. Und redete. Ich hatte alles schon gehört, sie wiederholt sich wortwörtlich: Indien, wie tapfer sie und ihr Mann ausharrten, während das britische Empire zerfiel; ihre Dienerschaft, das Klima, die Kleidung, ihre Hunde, ihre Ayah. Ich konnte mich kaum wach halten, und als ich sie beobachtete, merkte ich, daß sie auch gar nicht darauf achtete, ob ich zuhörte oder nicht. Ihre Augen waren auf einen Punkt in der Luft fixiert. Aus ihr heraus strömten Wörter, Wörter, Wörter. Plötzlich wurde mir klar, daß sie unter Hypnose stand. Sie hatte sich selbst hypnotisiert. Die Vorstellung faszinierte mich, und ich grübelte noch, wie oft wir alle uns wohl unwissentlich hypnotisieren, da schlief ich ein. Als ich aufwachte, mußte mindestens eine halbe Stunde vergangen sein, und sie redete immer noch weiter, zwanghaft, mit fixierten Augen. Sie hatte nicht gemerkt, daß ich eingedöst war.

Allmählich wurde ich reizbar und müde. Erst Phyllis, jetzt Mrs. Penny, beide kosteten Energie. Ein-, zweimal versuchte ich sie zu unterbrechen, schließlich hob ich die Stimme: »Mrs. Penny!« Sie redete weiter, hörte meine Stimme nachträglich, hielt inne, sah verschreckt drein.

»Oje«, murmelte sie.

»Mrs. Penny, ich brauche jetzt Ruhe.«

»Oje, oje, oje . . .« Ihr Blick löste sich von mir und glitt im Zimmer umher, aus dem sie sich durch meine Kälte ausgeschlossen fühlt, sie seufzte. Dann, als ob sich ein Wind in der Ferne erhöbe, säuselte sie: »Und als wir dann nach England kamen . . .«

»Mrs. Penny«, wiederholte ich fest.

Sie stand auf, mit einem Blick, als hätte sie etwas gestohlen. Hatte sie ja auch.

»Oje«, sagte sie, »oje. Aber sie müssen mich wissen lassen, wenn Sie etwas brauchen . . .« Und damit schlich sie wieder hinaus und ließ die Tür offen.

Danach paßte ich auf, daß jeder, der hinausging, die Tür hinter sich zumachte; und ich stellte mich taub, wenn die Klinke sich bewegte, zaghaft aber hartnäckig, und ich sie rufen hörte: Mrs. Somers, Mrs. Somers, kann ich Ihnen irgend etwas mitbringen?

Ob ich mal Mrs. Pennys Tag aufschreiben soll? O nein, nein, nein, das bringe ich nun wirklich nicht über mich.

Ich telefoniere stundenlang mit Joyce in Wales. Wir haben lange nicht mehr miteinander reden können, monatelang. Aber jetzt ruft sie mich an, oder ich rufe sie an, und wir reden. Manchmal schweigen wir minutenlang und denken an all die Felder, die Hecken, die Berge, die *Zeit* zwischen uns. Wir reden über ihre Ehe, ihre Kinder, meine Ehe, meine Mutter, unsere Arbeit. Über Maudie reden wir nicht. Sie hat sich das ausdrücklich verbeten. Sie hat gesagt, sie geht nach Amerika. Jetzt nicht mehr, weil sie Angst hat, im Alter allein zu sein, jetzt weiß sie, daß sie allein *ist* und hat sich damit abgefunden. Sondern jetzt wegen der Kinder, die nach all der Unsicherheit und dem Kummer ein vollständiges Elternhaus brauchen. Sogar jetzt noch, wo sie fast erwachsen sind? Ich kann das Bohren nicht lassen, und Joyce lacht mich aus. Ich sagte zu ihr: »Joyce, ich möchte dir von Maudie erzählen, du weißt doch, der alten Frau.«

Und Joyce erwiderte: »Hör zu, ich will davon nichts hören, ist das klar?«

»Von dem einen wirklichen Ereignis, das mir zugestoßen ist, willst du nichts hören?«

»Es ist dir nicht zugestoßen« – scharf und unerbittlich –, »du hast es aus dem einen oder andern Grund auf dich gezogen.«

»Aber es ist wichtig für mich, glaub mir doch.«

»Für *sie* ist es sicherlich wichtig«, sagte sie mit jenem trockenen Ärger, den Leute in ihre Stimme legen, wenn sie das Gefühl haben, jemand wolle sie ausnutzen.

»Kommt es dir nicht merkwürdig vor, Joyce, daß wir alle ganz selbstverständlich davon ausgehen, daß man alte Leute austricksen muß wie einen Gegner oder eine Falle? Nicht, daß wir ihnen etwas schuldig sind.«

»Von meinen Kindern erwarte ich nicht, daß sie für mich sorgen.«

Da verzweifelte ich, denn so langsam hört sich das für mich wie eine alte Grammophonplatte an. »Das sagst du jetzt, wenn es soweit ist, wirst du anders reden.«

»Wenn ich mir nicht mehr selbst helfen kann, werde ich nicht anderen zur Last fallen, ich werde mich mit Würde empfehlen.«

»Das sagst du jetzt.«

»Woher willst du das wissen, wieso bist du so sicher, was ich tun werde?«

»Weil ich jetzt weiß, daß in bestimmten Lebensphasen jeder das gleiche sagt.«

»Dann werde ich also als schrullige alte Hexe enden, die ihr Wasser nicht halten kann – willst du das behaupten?«

»Ja.«

»Ich kann dir nur sagen, über eins bin ich froh, nämlich daß ich ein paar tausend Meilen zwischen mich und meinen Vater bringe. Er ist ein lieber alte Knabe, aber zuviel ist zuviel.«

»Wer wird für ihn sorgen?«

»Er wird in ein Heim gehen, nehme ich an. Davon gehe ich jedenfalls aus.«

»Vielleicht.«

So reden wir stundenlang miteinander, Joyce und ich, ich in London auf dem Rücken liegend und bemüht, den nächsten Krampf in meinem Rücken zu überlisten, sie in einem alten Liegestuhl vor einem Cottage in den Bergen, ›auf Urlaub‹ von *Lilith*. Aber sie hat ihre Kündigung eingereicht.

Meine Schwester rufe ich nicht an. Auch nicht die Kinder meiner Schwester. Wenn ich an sie denke, kommt mir die Wut hoch. Ich weiß nicht warum. Mir geht es mit diesen infantilen Teenagern wie Joyce mit mir und Maudie: Schon gut, schon gut, ich denke später darüber nach, nicht jetzt, die Energie bringe ich einfach nicht auf.

Vier Wochen Nichtstun

Aber nachgedacht habe ich. Nachgedacht. Nicht die Art zu denken wie im Büro, zack-zack, Intuition und rasche Entscheidung, sondern langes, bedachtsames Nachdenken. Über Maudie. Über *Lilith*. Über Joyce. Über Freddie. Über diese Bälger von Georgie.

Ehe ich wieder ins Büro ging, besuchte ich Maudie. Ihr Gesichtchen war feindselig, aber es war ein weißes Gesicht, kein gelbes, das versetzte mich von Anfang an in bessere Stimmung. »Hallo«, sagte ich, und sie sah mich überrascht an, weil ich so stark abgenommen hatte.

»Dann warst du also wirklich krank?« fragte sie mit leiser, besorgter Stimme, als wir uns am prächtigen Feuer gegenübersaßen. Wenn ich an sie denke, sehe ich das Feuer vor mir: so ein schäbiges, scheußliches Zimmer, aber das Feuer macht es warm und einladend.

»Natürlich, Maudie. Sonst wäre ich nicht weggeblieben.«

Ihr Gesicht ist abgewandt, die Hand erhoben, um es vor mir abzuschirmen.

»Der Doktor ist dagewesen«, sagte sie schließlich leise, hilflos. »*Sie* hat ihn herbestellt.«

»Ich weiß, sie hat es mir gesagt.«

»Ja, wenn sie eine Freundin von dir ist!«

»Du siehst wohler aus als damals, das *könnte* doch immerhin etwas mit dem Doktor zu tun haben!«

»Ich habe die Pillen ins Klo geworfen!«

»Alle?«

Ein Lachen durchbrach ihren Zorn. »Du merkst aber auch alles!«

»Du *siehst* nun mal besser aus.«

»Behauptest du.«

Ich setzte alles auf eine Karte. »Es könnte schließlich darum gehen, ob du stirbst, wenn du mußt, oder früher.«

Sie versteifte sich am ganzen Leib und sah an mir vorbei ins Feuer. Das schien lange zu dauern. Dann seufzte sie auf und sah mir gerade ins Gesicht. Ein wunderbarer Blick: verängstigt und dennoch tapfer, sanft, flehentlich, dankbar und dazu noch verschmitzt.

»Das ist also deine Meinung?«

»Alles wegen ein paar Pillen«, schob ich nach.

»Sie machen mich so dumpf im Kopf.«

»Nimm so viele, wie du irgend runterkriegst.«

Und das war vor einem Jahr. Hätte ich Zeit gehabt, dieses Tagebuch regelmäßig zu führen, dann sähe es darin aus wie auf einer Baustelle, überall Stapel und Haufen von Zeug, nichts an seinem Platz, nichts davon bedeutsamer als das andere. Man wandert hindurch (ich war letzte Woche für einen Artikel auf einer Baustelle) und sieht einen Haufen Sand hier, einen Stapel Glasscheiben dort, ein paar Stahlträger dazwischen, Zementsäcke, Brecheisen. Dazu ist ein Tagebuch da, den ganzen Krimskrams von Ereignissen zusammenzutragen, wie es gerade kommt. Aber jetzt blicke ich auf das Jahr zurück, und das Bedeutsame beginnt sich herauszuschälen.

Das Allerbedeutsamste habe ich zu der Zeit gar nicht richtig registriert. Eines Abends tauchte Nichte Kate auf, sie sah wie zwanzig aus und nicht wie fünfzehn, das ist bei den Mädchen heute oft so, aber sie schien halb von Sinnen, stotterte und rollte mit den Augen und warf sich in Positur. Sie sagte, sie sei von zu Hause ausgerissen, um bei mir zu leben, und sie wolle Modell werden. Fest, aber freundlich (glaubte ich und glaube ich immer noch) erklärte ich ihr, sie solle schnurstracks wieder nach Hause fahren, und wenn sie bei mir jemals auch nur einen Nachmittag verbringen würde, solle sie sich nicht einbilden, sie könne mit mir umspringen wie mit ihrer Mutter, ich würde ihr nichts hinterherräumen, nicht einmal eine Kaffeetasse. Schmollend zog sie ab. Anruf von Schwester Georgie. Wie ich nur so hart und herzlos sein könne? Blödsinn, sagte ich. Anruf von Nichte Jill. Sie sagte: »Ich rufe nur an, um dir zu sagen, daß ich ganz anders bin als Kate.«

»Freut mich zu hören«, sagte ich.

»Wenn ich bei dir wohnen würde, brauchtest du mich nicht zu bemuttern. Mutter geht mir auf die Nerven, ich bin auf deiner Seite.«

»Und was meinst du, wie ihr ihr tagtäglich auf die Nerven geht!«

»Tante Jane, ich möchte auf ein Wochenende zu dir kommen.«

An ihrem Tonfall konnte ich leicht erkennen, wie *sie* sich das süße Leben bei der tollen Tante Jane im schicken London vorstellte.

Sie kam. Ich muß zugeben, sie gefiel mir. Ein großes, schlankes, ausgesprochen reizvolles Mädchen. Gertenschlank sagt man wohl dazu. Muß auf ihre Haltung aufpassen. Glattes dunkles Haar: könnte leicht strähnig und glanzlos aussehen. Riesige graue Augen: meine.

Ich beobachtete, wie ihre Augen alles in meiner Wohnung einsogen: Hatte sie vor, später einmal bei sich alles genauso zu machen? oder war es vielleicht Teenager-Rebellion? – aber nein, sie legte sich zurecht, wie sie sich hier bei mir einfügen würde.

»Ich möchte hier bei dir wohnen, Tante Jane.«

»Du möchtest bei *Lilith* arbeiten, an meinem schicken, eleganten, aufregenden Leben teilhaben?«

»Ich bin achtzehn. Studieren mag ich nicht, hast du ja schließlich auch nicht getan, stimmt's?«

»Du meinst, mit mir als Eintrittskarte zu etwas Besserem brauchst du kein Diplom?«

»Na ja, so ungefähr.«

»Hast du ein gutes Schulabgangszeugnis?«

»Es wird gut, das verspreche ich dir. Die Prüfungen sind im Sommer.«

»Dann reden wir später weiter darüber.«

Ich dachte nicht mehr daran. Es war alles zu bizarr: Schwester Georgie im Begriff, sich in mein Leben einzuschleichen, so sah ich es.

Aber Jill kam wieder, und ich nahm sie in voller Absicht mit zu Maudie, von der ich Jill nur erzählt hatte, sie sei eine alte Freundin. Maudies Befinden war in letzter Zeit besser. Ihr Hauptleiden, die Inkontinenz, ist unter Kontrolle, sie kauft selbständig ein, sie ißt vernünftig. Meine Stippvisiten zu einer Tasse Tee und ein bißchen Klatsch machen mir richtig Spaß. Aber ich bin so an sie gewöhnt, ich habe vergessen, was für eine Eindruck sie auf andere macht. Wegen dieser Fremden, diesem schönen, sauberen Mädchen, versteifte sich Maudie und nahm es mir übel, daß ich sie bloßstellte. Eine kühle, distanzierte kleine Person, sie sagte ja und nein, bot uns keinen Tee an, versuchte die Flecken vorn auf ihrem Kleid zu verstecken, wo sie beim Essen gekleckert hatte.

Nichte Jill war höflich und insgeheim entsetzt. Nicht über die Begegnung mit dem Alter; Schwester Georgies Wohltätigkeit wird dafür gesorgt haben, daß ihren Kindern Alter nichts Neues ist; nein, weil sie Alter und Wohltätigkeit mit der tollen Tante Jane in Verbindung bringen mußte.

»Wie oft gehst du eigentlich zu ihr?« fragte sie ganz scheu. Ich wußte, das war ein bedeutsamer Augenblick.

»Jeden Tag einmal, manchmal auch zweimal«, entgegnete ich fest und ohne Zögern.

»Hast du viel Besuch von Freunden, gehst du aus zu Partys, zum Essen?«

»Kaum. Dafür habe ich zu viel zu tun.«

»Aber nicht zu viel, um diese alte . . . um Mrs. . . .«

»Um Mrs. Fowler zu besuchen. Nein«

Ich machte einen Einkaufsbummel mit ihr, wollte ihr ein paar richtig gute Kleider kaufen. Sie zielte darauf ab, mich mit ihrem Geschmack zu beeindrucken, und das gelang ihr auch.

Aber zu der Zeit standen Schwester Georgie und ihr Nachwuchs noch ganz weit unten auf meiner Prioritätenliste.

Ich habe gearbeitet, oh, wie habe ich dieses Jahr gearbeitet, und wie habe ich es genossen. Ich bin jetzt Herausgeberin. Ich habe ihnen nicht gesagt, daß ich nur wegen des Verdienstes, der besseren Rente annehme, daß ich nur etwa ein Jahr dabei bleiben will, daß ich andere Pläne habe. Mir ist endlich klargeworden, daß ich keine Ambitionen habe, daß ich am liebsten bis in alle Ewigkeit so wie früher mit Joyce gearbeitet hätte.

Joyce ist nach Amerika gezogen. Noch ein sachlicher, indifferenter Telefonanruf, bevor sie abreiste.

Ich sagte zu Phyllis: Du solltest dich an Joyces Schreibtisch setzen, du hast schließlich lange genug ihre Arbeit gemacht. Innerhalb einer halben Stunde hatte sie Platz bezogen. Ihre triumphierenden Blicke. Ich beobachtete sie, ich schirmte mein Gesicht mit der Hand ab. (Wie Maudie.) Ich verbarg meine Gedanken.

Schreib's in den Schornstein, Janna, schreib's in den Schornstein, Jane!

Ich sagte: Wenn du dich eingewöhnt hast, sollten wir über ein paar eventuelle Änderungen sprechen. Ihr Kopf ruckte in die Höhe: Gefahr. Sie will keine Änderung. Ihre Träume kreisten nur um das Erbe, nach dem sie sich so lange und so neidvoll gesehnt hat.

Neid. Eifersucht und Neid, für mich waren das immer

austauschbare Begriffe. Komisch: Früher einmal kannte jedes Schulkind die sieben Todsünden, aber in unserem goldenen Zeitalter muß man als Fünfzigjährige Neid im Lexikon nachschlagen. Also, eifersüchtig ist Phyllis nicht, ich glaube auch nicht, daß sie es jemals war. Nicht die freundschaftliche Verbundenheit zwischen Joyce und mir hat sie ersehnt, sondern die Machtposition. Neidisch ist Phyllis. Den ganzen Tag ihre scharfe, kalte Kritik, die alles und jeden herunterputzt. Sie fing mit Joyce an. Ich brauste auf, mir selbst unerwartet: Halt den Mund, sagte ich, woanders kannst du über Joyce herziehen, aber gefälligst nicht in meiner Gegenwart.

Monatelange Diskussionen, ergötzlich für uns alle, ob man *Lilith* in *Martha* umtaufen sollte. Ist *Lilith* die Frau für die schwierigen, sorgenvollen achtziger Jahre?

Argumente für *Martha*.

Wir brauchen etwas Alltagsgerechteres, etwas weniger Neidauslösendes, eher ein Image von bereitwilliger, anpassungsfähiger, intelligenter Dienstleistung.

Argumente für *Lilith*.

Die Leute sind darauf konditioniert, nach etwas Glanzvollem zu verlangen. In schweren Zeiten brauchen wir erst recht Ablenkung. Die Leute lesen Mode in Modezeitschriften, um dem Alltag zu entrinnen, genau wie sie Liebesromane lesen. Sie wollen selber gar nicht mit der Mode gehen, sie haben einfach Freude daran, sie zu bestaunen.

Ich hatte keine ausgeprägte Meinung, egal, wofür. Unsere Auflage ist nur geringfügig gesunken. Wir werden *Lilith* bleiben. Am Inhalt wird sich nichts ändern.

Ich habe mir die letzten zwölf Ausgaben von *Lilith* mit nach Hause genommen, um sie zu analysieren.

Komisch: Als Joyce und ich noch ›Lilith‹ *waren*, als unser Wille jegliches Geschehen in Gang setzte, da kamen mir nie so unbehagliche Gedanken wie: Geht die Luft raus, ist der Schwung noch da, sind wir noch im Aufwärtstrend? Ich weiß, daß der Schwung jetzt nicht mehr da ist, *Lilith* ist wie ein Boot, das von einer Woge mitgetragen wird, aber die Kraft, die die Woge erzeugt hat, ist weit fort.

Zwei Drittel von *Lilith* sind nützlich, informativ, liefern Dienstleistungen.

Diesen Monat: Erstens. Ein Artikel über Alkoholismus. Praktisch alle unsere Ideen sind aus *New Society* und *New Scientist* abgestaubt. (Aber die meisten anderen seriösen Zeitschriften und Zeitungen machen es auch nicht anders.) Einmal habe ich einen Kampf mit Joyce ausgefochten, weil ich unsere Quellen angeben wollte, aber Joyce sagte nein: Es würde unsere Leser verunsichern. Phyllis schrieb den Artikel um und betitelte ihn: Die verborgene Gefahr für Sie und Ihre Familie. Zweitens: Ein Artikel über Abtreibungs-Gesetzgebung in verschiedenen Ländern. Drittens: Mein Artikel über die Küche des siebzehnten Jahrhunderts. Lauter Knoblauch und Gewürze! Obst und Fleisch gemischt. Salate aus allem, was der Garten hergibt. Und dann die üblichen Features, Mode, Essen, Getränke, Bücher, Theater.

Ich habe mit meinem historischen Roman angefangen. Oh, ich weiß nur zu gut, warum wir Geschichte geschönt zu uns nehmen müssen. Die ganze zähe, schwere *Last* der Wirklichkeit, finster und schmerzlich, wäre darin einfach unerträglich. Nein, meine Geschichte über die Londoner Putzmacherinnen wird romantisch sein. (Schließlich wird Maudie auf dem Sterbebett auch nicht an die mühseligen Wege hinaus zu jenem eiskalten, übelriechenden Abtritt denken, sondern an die lustigen grünen Wiesen von Kilburn und an ihren deutschen Verehrer und an die übermütigen Streiche der Lehrmädchen, während sie ihre wunderschönen Hüte machten, gut genug für Paris. Vermutlich wird sie außerdem an ›ihren Mann‹ denken. Aber das ist eine unerträgliche Vorstellung, das kann ich nicht dulden.)

Als ich gestern nach Hause fuhr, sah ich Maudie auf der Straße, ein uraltes Weiblein ganz in Schwarz, Nase und Kinn eine Linie, grimmig graue Augenbrauen, vor sich hin brabbelnd und fluchend, indem sie ihren Korb weiterschob, und ein paar kleine Jungens riefen ihr Schimpfworte nach.

Das Ereignis, von dem ich mir, als es sich anbahnte, die

schlimmsten Folgen ausmalte, stellte sich als überhaupt nicht schlimm heraus. Ganz im Gegenteil, recht nützlich. Sogar vergnüglich, finde ich.

Ich stand vor der Kasse des Radio- und Fernsehgeschäfts am unteren Ende der Straße, um für Maudie ein vernünftiges Radio zu kaufen. Neben mir wartete geduldig eine alte Frau, sie hielt ihre Handtasche offen und kramte darin nach Geld.

Der indische Verkäufer sah ihr zu, ich auch. Was ich sah, erinnerte mich sofort daran, wie ich Maudie kennengelernt hatte.

»Ich fürchte, so viel Geld habe ich nicht bei mir« sagte sie, verschüchtert und hoffnungslos, und schob ihm ein Taschenradio hin. Offensichtlich wollte sie es ihm in Zahlung geben, nachdem er es repariert hatte. Langsam und unbeholfen drehte sie sich um und verließ den Laden.

Ich faßte sekundenschnell meinen Plan. Diesmal stand ich nicht aus Unerfahrenheit hilflos einer gigantischen Herausforderung gegenüber, ich hatte über die Alte auf den ersten Blick Bescheid gewußt. Das staubgraue, schmuddelige Aussehen. Der säuerliche Geruch. Die langsamen, vorsichtigen Bewegungen.

Ich zahlte für ihr Radio, lief ihr nach und holte sie am Bordstein ein, wo sie darauf wartete, daß ihr jemand über die Straße half. Ich kam mit zu ihr nach Hause.

Spaßeshalber rief ich die gestiefelte Mieze an, als ich heimkam.

»Sie sind die Dame, die ich bei Mrs. Fowler getroffen habe?«

»Ja, die bin ich«, sagte ich.

Ein Schweigen.

»Darf ich Ihnen ganz ehrlich etwas sagen?« fragte sie, beflissen, aber doch nicht ohne menschliches Empfinden. »Wir haben das oft, daß Menschen mit den besten Absichten, ganz ohne es zu wollen, alles viel schlimmer machen.«

»Schlimmer für wen?«

Ich hoffte, sie würde lachen, aber sie ist nicht Vera Rogers.

»Ja, ich meine, genauer gesagt, daß oft Leute mit guten Absichten sich für eine geria ... für einen alten Menschen engagieren, und in Wirklichkeit kommen sie mit sich selbst nicht zurecht, verstehen Sie, sie setzen sich eigentlich mit ihren eigenen Problemen auseinander.«

»Ich würde sagen, in einem oder dem anderen Sinn ist das unweigerlich richtig«, entgegnete ich. Ich amüsierte mich königlich. »Aber ob es nun für mich gut oder schlecht ist, dem armen alten in Frage stehenden geriatrischen Fall dürfte unbedingt gedient sein, denn sie ist offenbar allein und ohne Freunde.«

Wieder Schweigen. Offenbar fühlte sie sich gehalten, meiner Bemerkung im Licht ihrer Ausbildung bis in die Schlußfolgerungen nachzugehen. Endlich fragte sie: »Ob Ihnen nicht vielleicht eine Encounter-Gruppe helfen könnte?«

»Miß Whitfield«, sagte ich, »da ist diese alte Frau, finden Sie nicht, daß Sie vorbeikommen und nach ihr sehen sollten?«

»Wenn es ihr so schlecht geht, warum hat ihr Arzt sie nicht weiterverwiesen?«

»Wie Sie wissen, kommen die meisten Ärzte nie in die Nähe der alten Leute, die auf ihrer Liste stehen, und die alten Leute kommen den Ärzten nicht in die Nähe, weil sie Angst vor ihnen haben. Zu Recht oder Unrecht. Sie haben Angst, *weggesteckt* zu werden.«

»Das ist aber wirklich eine veraltete Vorstellung.«

»Tatsache ist, irgendwann werden sie weggesteckt.«

»Nur wenn es nicht mehr anders geht.«

»Jedenfalls ist da inzwischen die arme Annie Reeves.«

»Ich werde mich darum kümmern«, versprach sie. »Einstweilen vielen Dank, daß Sie da so einsteigen, obwohl Sie doch selbst sicher sehr viel zu tun haben.«

Danach rief ich Vera an.

Vera fragte nach Namen, Anschrift, Alter, Zustand. Ja, Mrs. Bates, eine Treppe tiefer, kannte sie, aber Annie Reeves hatte immer jegliche Behördenhilfe abgelehnt.

»Jetzt wird sie nicht mehr ablehnen«, versprach ich.

Ich traf mich mit Vera vor dem Haus, ich hatte mir den Vormittag freigenommen. Mrs. Bates öffnete die Tür in einem flauschigen Morgenrock, die Haare in einem blauen Netz.

Mich und Vera sah sie streng an. »Mrs. Reeves ist gestern abend ins Krankenhaus gebracht worden«, erklärte sie. »Sie ist gestürzt. Beim Treppensteigen. Nicht zum erstenmal. Aber sie hat sich an den Knien verletzt, wie es scheint.«

Zwischen Vera und mir und Mrs. Bates fand eine wortlose und vieldeutige Verständigung statt, und Mrs. Bates' mißbilligende Blicke waren ganz deutlich auf uns gemünzt.

»Na ja, das hat sein Gutes, jetzt können wir bei ihr saubermachen lassen.«

»Wenn Sie sich zutrauen, den Dreck von dreißig Jahren an einem Vormittag wegzumachen«, konstatierte sie und trat zur Seite, um uns einzulassen.

Das Haus war etwa Baujahr 1870. Da wurde an nichts geknausert, Platz gab es reichlich. Ein schönes Treppenhaus mit guterhaltenen Absätzen. Annie Reeves' Wohnung im obersten Stock hatte reichlich Licht und Luft. Hübsche, gutgeschnittene Räume mit großen Fenstern.

Das Vorderzimmer mit Blick auf die Straße größer als das andere. Zugebauter Kamin. Bräunliche Tapete, bei näherer Betrachtung ein hübsches Muster aus braunen und rosa Blüten und Blättern, stark vergilbt und ausgebleicht. Oberhalb der Bilderleiste hing die Tapete in losen Fetzen, weil vom Dach her Wasser durchsickerte. Ein alter Stuhl mit zerrissenem blauem Sitzpolster, durch das man das Roßhaar sah, stand beim Kamin. Ein paar Frisiertische und eine Kommode. Entfärbtes Linoleum voller Sprünge. Und das Bett – aber mir fallen keine Worte ein, um dieses Bett zu beschreiben. Ein Doppelbett mit Kopf- und Fußbrett aus braunem Holz – wie *kann* ich das beschreiben? Auf der Matratze hatte ein Körper so lange immer auf derselben Stelle gelegen, daß der Überzug abgewetzt war und das nackte Roßhaar durchschien, eine Masse grober Klumpen und Einbuchtungen. Die Kopfkissen waren ohne Bezug und im gleichen Zustand wie die Matratze, Federknäuel sahen hervor. Dann war da noch ein Bündel von schmutzstarrenden Decken. So etwas von schmutzig, einfach ekelhaft. Aber trotzdem konnten wir keine Läuse darin entdecken. Es war wie ein uraltes, schon sein vielen Jahren bewohntes Vogelnest. Es war wie . . . ich konnte mir nicht vorstellen, wie irgend jemand in oder auf so etwas schlafen konnte.

Wir öffneten die Schubladen. Nun ja, so etwas hatte ich schon früher bei Maudie gesehen, wenn dies hier auch noch schlimmer war. Und ich fragte mich und frage mich immer noch, was bedeuten diese Ansammlungen von Plunder wohl in den Augen derjenigen, die sie anhäufen?

Eine von den Schubladen bei Annie Reeves enthielt – und jetzt mache ich eine genaue Liste: eine Hälfte von einem alten grünen Satinet-Vorhang mit Zigarettenlöchern; zwei zerbrochene Gardinenringe aus Messing; einen weißen Baumwollrock, fleckig und vorne entzweigerissen; zwei Paar zerlöcherte Männersocken; einen BH, Größe 32, rosa Baumwollstoff, Stil schätzungsweise 1937; eine unangebrochene Packung Monatsbinden mit Frotteehülle – so etwas hatte ich noch nie gesehen und war natürlich fasziniert; drei Taschentücher aus weißer Baumwolle mit Blutflecken, Relikte eines jahrzehntealten Nasenblutens; zwei Unterhosen aus rosa Kunstseide, mittelgroß, ungewaschen weggepackt; drei Suppenwürfel; einen Schuhlöffel aus Schildpatt; eine Dose vertrockneter, rissiger weißer Schuhcreme für den Sommerschuh der Dame; drei Chiffonschals, rosa, blau und grün; ein Päckchen Briefe, 1910 abgestempelt; ein Ausschnitt aus dem *Daily Mirror*, der den Ausbruch des Zweiten Weltkriegs bekanntgab; einige Halsketten aus zerbrochenen Glasperlen; ein blauer Satin-Petticoat, wegen zunehmenden Leibesumfangs an beiden Seiten aufgeschlitzt; ein paar Zigarettenstummel.

All das war anscheinend noch um und um gewühlt worden, so daß man den Müll hätte Faden für Faden auseinanderzupfen müssen. Dafür hatten wir keine Zeit; das Wichtigste zuerst.

Vera und ich stürzten uns in Geschäftigkeit. Ich fuhr zum nächsten Möbelgeschäft und erstand ein gutes Einzelbett mit Matratze. Ich hatte Glück, sie lieferten noch an diesem Morgen aus. Ich fuhr direkt hinter dem Lieferwagen her, um sicherzugehen, daß die beiden jungen Männer das Bett auch richtig hinbrachten, und sie trugen es nach oben. Bei dem Anblick trauten sie kaum ihren Augen, ich konnte es ihnen nicht verdenken. Ich gab ihnen ein Extratrinkgeld dafür, daß sie das alte Bett samt Matratze zu den Mülltonnen hinunterbeförderten. In der Zwischenzeit hatte Vera Decken, Kissen, Bezüge und Handtücher eingekauft. In der Wohnung hatte sich exakt ein halbes altes Handtuch angefunden, und das war schwarz.

Wenn wir aus den verschmutzten Fenstern blickten, sahen wir, wie die Nachbarn in ihren Gärten sich über die Matratze das Maul zerrissen, den Kopf schüttelten und die Lippen zusammenkniffen. Vera und ich hievten die Matratze auf das Dach meines Autos, und wir brachten sie zur städtischen Müllkippe.

Als wir zurückkamen, stand das Spezialreinigungsteam auf der Matte. Da eine gewöhnliche Haushaltshilfe mit dieser Wohnung nie und nimmer fertiggeworden wäre, hatte Vera dieses Team unerschrockener Experten angefordert. Es handelte sich um zwei schlaksige junge Männer, liebenswert und ziemlich im Tran, wahrscheinlich von zu viel Schnellimbiß-Fraß. Oben standen sie im Vorzimmer herum, zogen Grimassen angesichts des Drecks und fragten, was sie da schon tun könnten.

»Sie könnten mit ein paar Eimern heißen Wassers und Soda anfangen«, sagte ich. Vera sah schon amüsiert drein.

Die Küche habe ich noch gar nicht erwähnt. Auf den ersten Blick sah sie ganz normal aus. Ein ordentlicher rechteckiger Holztisch in der Mitte, ein brauchbarer Gasherd, zwei erstklassige hölzerne Stühle, jeder davon heutzutage so viel wert, wie ich im Monat für Lebensmittel ausgebe, die Vorhänge früher mal grün, heute schwarz, zerschlissen und verfärbt. Aber der Boden, der Boden! Wenn man darüberging, gab er klebrig nach, und wenn man genauer hinsah, fand man eine dicke Schicht aus verhärtetem Fettschmutz und Dreck.

Die beiden Helden wanden sich angesichts des verklebten Linoleums und fragten, wo sie hier bitte schön heißes Wasser hernehmen sollten?

»Man macht es auf dem Herd heiß«, erklärte Vera milde.

»Na hören Sie mal«, sagte ich, »sind Sie denn nicht für die grobe Arbeit zuständig, die die Haushaltshilfen nicht schaffen?«

»Ja, sicher, aber alles hat seine Grenzen, nicht wahr?« meinte der eine vorwurfsvoll.

»Irgend jemand muß das schließlich machen«, stellte ich fest.

Das Vorderzimmer haben sie tatsächlich ausgefegt und auch flüchtig aufgewischt. Aber beim Küchenfußboden streikten sie. »Tut uns leid«, sagten sie und zogen ab, gutgelaunt bis zuletzt.

Vera und ich schoben den großen Tisch, den Schrank und die Stühle hinaus, obwohl sie in der jahrzehntealten Schmutzschicht festklebten. Wir schälten das Linoleum ab, das ging alles andere als leicht. Unter der ersten Schicht war eine zweite und dazwischen ein guter Zentimeter Schmierschmutz und Dreck. Insgesamt pellten wir drei Schichten Linoleum ab.

Dann mußte Vera heim zu ihren Familienproblemen.

An jenem Wochenende schrubbte ich Böden, wusch Wände und Decken ab, leerte Schubladen aus und scheuerte sie sauber, befreite einen Herd von einer dreißigjährigen Dreckkruste. Zum Schluß füllte ich Plastiksäcke mit dieser stummen Geschichte, dem Abraum eines ganzen Lebens, und karrte sie zur Müllhalde.

Mrs. Bates bemerkte genau mein Kommen und Gehen, sie hörte mich auf der Treppe, indes sie in ihrem Stübchen saß, Tee trank und mir von Zeit zu Zeit eine Tasse anbot.

»Nein, ich bin seit zehn Jahren nicht mehr da oben gewesen«, sagte sie. »Wenn man der den kleinen Finger reicht, heißt es gleich, machen Sie mir eine Tasse Tee, holen Sie mir dieses oder jenes. Ich bin fast zehn Jahre älter als sie. Werden Sie ihre gute Nachbarin sein, wenn ich fragen darf? Nein?«

In ihrem rosigen alten Gesicht standen Unbehagen und Tadel. »Sie haben ihre alte Matratze hinausgebracht, wo jedermann sie sehen konnte. Vor *meine* Wohnung – man wird glauben . . . Und Ihre schönen Hände machen Sie sich ganz dreckig . . .«

Es schockierte sie mindestens so sehr wie die sonstigen Umstände, daß ich, eine so feine Dame, Dreckarbeit tat.

Sie gab mir einen Schlüssel. Ich nahm ihn entgegen und wußte dabei, sie bot mir mehr an, als ich auf mich zu nehmen bereit war. Oh, ich hege jetzt keine Illusionen mehr! In jeder Straße wohnen ein Dutzend alte Frauen, alte Männer, die sich gerade eben noch helfen können oder es auf einmal nicht mehr können; die von abwesenden Töchtern und Söhnen und Enkelinnen träumen, und wer in ihre Nähe kommt, der hüte sich! Denn in dieses furchtbare Vakuum kann man eingesogen werden, ehe man sich versieht. Nein, ich werde mich nicht noch einmal in so ein Verhältnis begeben wie das zu Maudie, die in der Welt nur eine Freundin hat.

Bei ihnen schaue ich nur mal auf ein paar Minuten herein und fülle die Rolle aus, die sie mir zugewiesen haben, denn ich passe in keine ihrer Kategorien, ich bin unerklärbar, eine launenhafte, impulsive Wohltäterin. Mein Hauptproblem ist, daß Maudie nichts von meinen Besuchen bei andern erfahren darf, für sie käme es einem Verrat gleich. Eliza Bates und Annie Reeves wohnen von Maudie aus gleich um die Ecke.

Wenn ich Annie ein Geschenk mitbringe, muß Eliza auch eins haben, denn Eliza beobachtet mich, wie ich an ihr vorbei in den obersten Stock steige. Eliza hat in guten Häusern gedient, sie weiß, was gut ist, und das will sie auch haben, sozusagen als Exempel für ›Wer hat, dem wird gegeben‹. Ich bringe ihr Brot aus der guten Bäckerei mit, einen neuen Liebesroman, eine bestimmte Sorte Schweizer Schokolade, keusche weiße Rosen mit grünem Farn. Annie weiß, was ihr gefällt und daß britische Erzeugnisse die besten sind, und ihr bringe ich Schokolade mit, die wie süßer Schlamm schmeckt, einen ekelhaft süßen Wein, der extra für alte Damen hergestellt wird, und kleine niedliche Blümchen mit Satinschleifchen.

Annie Reeves hat sechs Wochen im Krankenhaus gelegen. Sie hatte sich Prellungen am Bein zugezogen, aber nachdem man ihr gesagt hatte, sie könne wieder normal gehen, wollte sie das nicht wahrhaben, sie benutzt ein Gehgestell. Jetzt lebt sie im obersten Stock als Gefangene, sie hat einen Nachtstuhl, der geleert werden muß, Essen auf Rädern, eine Haushaltshilfe, eine Pflegerin.

Eliza Bates denkt außerordentlich gering von Annie Reeves, die sich gehenlasse, die heimlich trinke – o ja, Eliza Bates weiß, was vor sich geht –, die den Schmutz sich anhäufen lasse, bis Eliza sich einbildet, die Würmer in den Wänden krauchen und die Mäuse rennen zu hören. »Ich bin nicht wie *die*«, konstatiert Eliza mir gegenüber resolut und mit einem leichten frommen Naserümpfen.

»Ich bin nicht wie *die*«, sagt Annie, und sie meint, Eliza sei eine Scheinheilige, nie hatte sie mit der Kirche etwas im Sinn, bis ihr Mann starb, und nun sieh sich das einer an.

Annie sehnt sich nach Elizas Freundschaft. Eliza hat sich jahrelang sorgfältig von der Frau über ihr isoliert, die so zusehends verkommen ist und sich nicht geniert, sich in einem Gestell voranzuschieben, wo das gar nicht nötig ist, und sich tagtäglich scharenweise Sozialarbeiter herzubestellen. Sie reden sich gegenseitig mit Mrs. Bates und Mrs. Reeves an. Sie wohnen seit vierzig Jahren in demselben Haus.

Die Wohlfahrtsleute versuchen Annie zu ›rehabilitieren‹. Noch vor ein paar Wochen hätte ich auf die Aufforderung, ein solches Unternehmen zu unterstützen, höhnisch oder sogar mit dem Aufschrei ›Das ist doch zu grausam!‹ reagiert. Aber inzwischen habe ich gesehen, wie Eliza lebt, und verstehe, warum diese Experten fürs Alter sogar noch bei einem über Neunzigjährigen gegen die Alterslethargie ankämpfen.

Eliza habe ich richtig liebgewonnen, ganz abgesehen davon, daß ich sie bewundere. Wenn ich mit neunzig noch so bin! rufen wir alle aus, und dann kommt uns der Feind, der auf uns lauert, nicht mehr ganz so bedrohlich vor.

Eliza Bates' Tag

Sie erwacht gegen acht in dem großen Vorderzimmer, wo
sie früher mit ihrem Mann im großen Doppelbett geschlafen
hatte. Jetzt hat sie allerdings ein hübsches Einzelbett mit
einem Nachttisch und einem kleinen elektrischen Heizofen.
Sie liest gerne im Bett, vor allem Liebesromane. Das Zimmer
ist altmodisch möbliert: auch hier wieder dieses Sammelsu-
rium aus wertvollen Antiquitäten und Sperrmüll. Es ist sehr
kalt, aber daran ist sie gewöhnt und geht mit einem Um-
schlagtuch und mehreren Wärmflaschen zu Bett.

Sie bereitet sich ein anständiges Frühstück, denn wie sie
betont, hat sie sich schon seit langem eingeprägt, nie die Er-
nährung zu vernachlässigen. Dann macht sie eins ihrer drei
Zimmer sauber, allerdings nicht so gründlich wie früher
einmal. Gegen elf kocht sie sich Kaffee. Vielleicht kommt jemand aus ihrem großen Freundeskreis zu Besuch. Eine besonders enge Freundin hat sie, eine sehr viel jüngere Frau
um die siebzig, die gegenüber wohnt und ›sehr jung für ihre
Jahre‹ ist und hochmoderne Hüte und Kleider trägt, ein
Jungbrunnen für Eliza, sie kommt ständig mit etwas Lecke-
rem herüber, was sie gekocht hat, oder sie schleppt Eliza ins
Kino. Täglich geht Eliza zu einem Mittagessenklub, den die
Sozialbehörde für die Alten organisiert, und hinterher kriti-
siert sie jede Einzelheit, wie daß das Fleisch zerkocht war,
der Rosenkohl zu hart, oder auch daß im Reispudding genau
die richtige Menge Muskat war. Schließlich hat sie einmal
für Familien gekocht. Bis kürzlich ist sie noch auf ein paar
Stunden ›Arbeit‹ dageblieben: die alten Leute machen Ka-
lender, bemalen Weihnachtskarten, machen alle möglichen
Kleinigkeiten und teilweise sehr gut, denn sie können ja auf
lebenslang erlernte Fertigkeiten zurückgreifen. Aber jetzt
muß Eliza, so sagt sie, langsam ein bißchen zurückstecken,
sie ist nicht mehr so kräftig wie früher. Nach dem Mittagessen, einer Tasse Tee und einem Schwätzchen gehen sie mit
ein oder zwei oder drei Freundinnen zum Einkaufen. Das
sind die alten Damen, die ich früher überhaupt nicht wahrgenommen habe, aber seit Maudies Zeit beobachte ich sie,

wie sie mit ihren Taschen und Körben die Straßen entlang-
schlurfen – und ich hätte mir nicht träumen lassen, wie sie
sich amüsieren, was für gute Freundschaften sie pflegen, wie
interessant sie das Leben finden. Ganz klar, sie kaufen lei-
denschaftlich gerne ein; und welchem Laden sie an einem gegebenen Tag ihre Kundschaft gönnen und welchem sie ihre
Gunst entziehen, das ist das Resultat äußerst verwickelter
und ständig wechselnder Gefühlsströmungen. Jener Inder
hält seinen Laden nicht sauber, aber gestern wurde er beim
Auskehren beobachtet, darum geben sie ihm noch einmal
eine Chance. Diese Woche gehen sie zum Supermarkt, weil
das neue Mädchen dort so lieb lächelt und ihnen ihre Sachen
in die Körbe packt. Im Eisenwarengeschäft war letzte Woche
der Inhaber unverschämt zu einer von ihnen, und darum verliert er in halbes Dutzend Kundinnen auf ein paar Wochen,
wenn nicht für immer. So etwas ist ihnen weit wichtiger als
ein Sonderangebot bei Keksen oder verbilligte Rentnerbut-
ter. Nach dem Einkaufsbummel nimmt Eliza eine der anderen zum Tee mit nach Hause oder geht mit zu ihr. Wenn sie
heimkommt, setzt sie sich ein Weilchen ans Küchenfenster,
wo sie die Leinen voller Wäsche beobachten kann, wenn sie
im Wind hochflattern, und sie blickt in den urwaldhaften
Garten hinunter und denkt an den Nachmittag vor fünfund-
dreißig Jahren, als der Flieder dort gepflanzt wurde, und wie
bezaubernd der jetzt so verwilderte Winkel war.

Den frühen Abend fürchtet sie, habe ich herausgefunden.
Einmal sah ich sie, als ich an ihr vorbei zu Annie wollte, die
Wange in die Hand gestützt. Sie drehte das Gesicht fort, als
ich ihr ›guten Abend, Eliza‹ zurief, und als ich dann beunruhigt zu ihr hereinkam, deutete sie auf den zweiten Holzstuhl,
und ich ließ mich nieder.

»Man darf sich nicht gehenlassen«, sagte sie, »verstehen
Sie, man muß am Ball bleiben, sonst lauert der Miesepeter
auf einen . . .« Und sie wischte sich über die Augen und
zwang sich, zu lachen.

Und dann setzte sie zu meinem Erstaunen den Hut auf.

»Eliza, wollen Sie etwa noch einmal fort? Brauchen Sie
jetzt nicht Ruhe?«

»Nein, Ruhe schadet mir nur. Ich muß in Bewegung bleiben, wenn ich mich mies fühle ...« Und damit zog sie wieder los, immer um den Block herum, eine tapfere kleine untersetzte Gestalt im Abendlicht.

Mit dem Abendessen macht sie nicht viel Umstände, vielleicht ein Stück Kuchen oder ein Salat. Oft bekommt sie nach dem Essen Besuch von ihrer Freundin von gegenüber, oder sie hört Radio. Vom Fernsehen hält sie nichts. Und so verbringt sie ihre sehr langen Abende, oft geht sie erst nach Mitternacht zu Bett.

Und vom Frühjahr bis zum Spätherbst macht sie zwei-, dreimal die Woche Busausflüge zu kulturellen oder landschaftlichen Sehenswürdigkeiten mit, die entweder von der Sozialbehörde organisiert werden oder von einer der beiden Kirchen, denen sie angehört. Eliza ist nämlich eine große Kirchgängerin. Sie ist Baptistin und frequentiert außerdem den Gottesdienst der Church of England. Sie geht jeden Sonntag zweimal zur Kirche, morgens und abends, und zu Gemeindetees und Basaren und Flohmärkten und zu Vorträgen über Missionstätigkeit in Indien und Afrika. Bei Hochzeiten und Taufen ist sie ständiger Gast.

Sie fragte mich, was ich mache, und ich erzählte es ihr, wobei ich ein bißchen untertrieb; sie begriff hundertprozentig, sie hatte ja für Leute in verantwortlichen Positionen gearbeitet, und sie stellte mir alle möglichen Fragen, die mir nie in den Sinn gekommen wären, wie etwa, ob ich als Kinderlose es richtig fände, womöglich einem Mann, der eine Familie zu erhalten hat, die Stellung wegzunehmen? Und mit Begeisterung redet sie über Mode, nicht über ihre Kleider von damals, vor einem halben Jahrhundert, sondern was die jungen Mädchen heute auf der Straße anhaben; sie sagt, sie hat ihren Spaß an diesen verrückten Klamotten, diese Mädchen scheinen es so gut zu haben. Es macht ihr Freude, sie anzuschauen, aber sie fragt sich auch, ob diese Mädchen ahnen, wie es ist, nie ein neues Kleid zu haben, nur Sachen aus dem Leihhaus, die ihnen ungefähr passen.

Ihrer armen Mutter war nämlich eines Tages der Mann durchgebrannt. Verließ das Haus und wurde nie wieder gesehen. Sie hatte drei kleine Kinder, zwei Mädchen und einen Jungen. Der Junge, so sagt Eliza, war ein geborener Tunichtgut und rührte nie einen Finger, und mit vierzehn verschwand er und schrieb nie auch nur eine Weihnachtskarte. Elizas Mutter arbeitete für zwei. Ihr Bettzeug und oft auch ihre Kleider lagen von Montag bis Freitag im Pfandhaus an der Ecke, bis sie wieder eingelöst werden konnten. Und die Pfandleiherin legte für die Mädchen schon mal einen guten Mantel beiseite oder ein Paar Schuhe, von denen sie annahm, sie würden passen. Dazu meinte sie dann: »Also, wenn diese arme Seele die Sachen nicht rechtzeitig einlösen kann, bekommt ihr das Vorkaufsrecht.«

Eines Abends zeigte mir Eliza eine alte Postkarte, etwa aus der Zeit des Ersten Weltkriegs, mit einem zerlumpten, barfüßigen Waisenmädchen. Beim Betrachten fand ich das romantisch, denn so war die Darstellungsweise, nichts von der harten Wirklichkeit, aber Eliza sagte: »Das Mädchen bin ich – ich meine, genauso war ich. Mit zwölf Jahren mußte ich für einen Penny bei den feinen Leuten Stiegen schrubben gehen. Und ich hatte keine Schuhe, meine Füße waren blau und geschwollen vor Kälte, genau wie . . . Grausame Zeiten waren das«, sagte Eliza. »Grausam. Und doch habe ich auch so etwas wie Glücklichsein in Erinnerung. Ich habe doch, weiß ich noch, mit meiner Schwester gelacht und gesungen, obwohl wir oft genug Hunger litten. Und mein armes Mütterchen weinte, weil sie es nicht schaffen konnte . . .«

Eliza, die vom Fernsehen nichts hält, geht über die Straße, um sich die Familienserie ›Das Haus am Eaton Place‹ anzusehen. Mich ärgert das; aber dann frage ich mich, warum fange ich denn an, romantische historische Romane zu schreiben? Die Wirklichkeit ist unerträglich, das ist der ganze Grund!

Engel der Milde!

Mir kam in den Sinn, Hermione Whitfield und die anderen Männer und Frauen und Vera und ich seien nichts anderes als die rechtmäßigen Abkömmlinge und Nachfolger der mildtätigen Lady des Viktorianischen Zeitalters.

Dies ist mein neuer romantischer Geschichtsroman:

Meine Heldin ist keine Adlige, sondern die Gattin eines wohlhabenden Bankiers. Sie wohnt in Bayswater in einem der großen Häuser nahe dem Queensbay. Sie hat fünf Kinder, denen sie eine zärtlich sorgende Mutter ist. Ihr Mann ist nicht grausam, aber unempfänglich für feinere Regungen. Die Ausdrücke, um ihn zu beschreiben, habe ich ganz schamlos aus einem der Feministinnenblätter geklaut, die mir Phyllis auf den Schreibtisch packt. Die zarteren Seiten ihres Wesens kann er nicht verstehen. Er hält sich eine Geliebte in Maida Vale, unsere Heldin ist ausgesprochen froh darüber. Sie selbst verbringt ihre Zeit mit Besuchen bei den Armen, und davon gibt es viele. Ihr Mann hat nichts dagegen, lenkt es sie doch von seinen Aktivitäten ab. Jeden Tag geht sie los, schlicht, aber geschmackvoll gekleidet, begleitet von einem lieblichen kleinen Mädchen, das ihr Gefäße mit Suppe und nahrhaften Puddings tragen hilft.

Natürlich sind bei mir keine dieser Invaliden und Alten, die sie unterstützt, irgendwie schwierig (höchstens daß sie einen an Wunden aus dem Krimkrieg leidenden Veteranen mit leicht wehem Lächeln als ›diffizil‹ bezeichnet). Niemand von ihnen keift und tobt wie Maudie oder wiederholt bei jedem Besuch zehn, zwölf Sätze ein oder zwei Stunden hindurch immer wieder, als hätte man sie nicht schon vorher viele hundert Male gehört, oder verkriecht sich in den Schmollwinkel. O nein, sie mögen in bitterster Armut leben, nie wissen, woher ihre nächste Mahlzeit kommt, von Tee, Margarine, Brot und Kartoffeln existieren (abgesehen von den Spenden des mildtätigen Engels), sie mögen nicht genug Kohle haben, ihre Männer mögen schurkisch und brutal sein, ihre Frauen an Tuberkulose oder Kindbettfieber sterben, aber immer sind sie wertvolle, tapfere Charaktere, und ihre Freundschaft mit Margaret Anstruther basiert auf echter gegenseitiger Wertschätzung. Margaret A. leidet jedenfalls nicht an Schwindelanfällen, Mattigkeiten oder Ohnmachten; ich gestatte mir keinen Hinweis auf die ernsthaften psychosomatischen Krankheiten, an denen jene armen Frauen tatsächlich litten. Denn Langeweile, die wahre Ursache dafür, sich jahrelang mit einem schlimmen Rücken oder der Migräne auf die Chaiselongue zu legen, läßt sie bei sich nicht aufkommen. (Ich habe schon den Gedanken gewälzt, ob ich nicht einmal ein kritisches Buch über ›Langeweile und ihren Beitrag zur Kunst‹ schreiben sollte. Paradebeispiel wäre Hedda Gabler, die sich nur deshalb so seltsam aufführt, weil sie vor Langeweile nicht aus noch ein wußte.) Nein, Margaret leidet einzig an unausgesprochener Liebe für den jungen Doktor, dem sie oft in den Häusern der Armen begegnet und der sie ebenfalls liebt. Aber er hat eine kranke, ›diffizile‹ Frau, und natürlich würden diese edlen Seelen nicht im Traum an einen Seitensprung denken. Sie begegnen sich an Sterbebetten und Krankenlagern und lindern gemeinsam das Leid der Menschheit, manchmal treffen sich ihre Blicke, ein Gesang ohne Worte, und ganz selten glänzt in ihren Augen die unvergossene Träne.

Was für ein abgeschmackter Schund! So ähnlich wie ›Das Haus am Eaton Plase‹, das ich geliebt habe, ebenso wie alle anderen.

Aber meine Recherchen (und die waren ausgiebig) haben mir echten Respekt für jene unbesungenen Heldinnen eingeflößt, jene Philanthropinnen der Viktorianischen Zeit, die damals wahrscheinlich (aber wie sollen wir das je wirklich wissen?) von ihren Männern von oben herab behandelt wurden und die man heute belächelt. Wie schade, daß sie über ihre Taten meistens nichts sagten, daß man eher liest, was andere über sie schreiben, als was sie selbst zu sagen hatten. Denn sie müssen eine wahrhaft zähe Rasse gewesen sein, kannten sie doch aus tagtäglicher Plackerei, jahrein, jahraus, was Jack London und Dickens und Mayhew nur bei kurzen Abstechern in die Armut beobachteten, gerade lang genug, um Material zu sammeln. Wenn ich mir vorstelle, wie das für sie gewesen sein muß, in diese Häuser zu gehen, Ende des neunzehnten, Anfang des zwanzigsten Jahrhunderts, dieses schiere, zerlumpte, kalte, grimmige, ungewaschene Elend, nein, ich will das nicht weiter ausführen. Aber eins weiß ich genau, nämlich daß im Vergleich zu jenen Menschen Maudie und Eliza reich und glücklich sind.

Annie pflegt zu sagen, wenn die Helfer bei ihr ein und aus schwirren: »Ich muß an meine arme alte Mama denken, die hatte so etwas nicht.«

»Was ist denn aus ihr geworden, wer hat sie versorgt?«

»Sie hat sich selbst versorgt.«

»War sie bei guter Gesundheit?«

»Sie hatte zittrige Hände, sie ließ oft Teller und Tassen fallen. Sie schob immer einen Stuhl vor sich her, um sich darauf zu stützen, nachdem sie gestürzt war und sich die Hüfte gebrochen hatte. Und wir brachten ihr manchmal etwas zu essen und einen Schluck Starkbier.«

»Dann war sie also allein?«

»Sie war allein, viele Jahre. Sie wurde siebzig. Ich habe sie schon übertrumpft, stimmt's? Schon um zehn Jahre und mehr!«

Mir ist völlig klar, daß das, was mir Eliza über ihr Leben erzählt, nicht die ganze Wahrheit ist, wahrscheinlich nicht einmal viel mit der Wahrheit zu tun hat; und ich zolle ihr Applaus wie jemandem, der ein Garn gut spinnt. Diese langen, heißen Sommer ohne eine Wolke am Himmel! Diese Landpartien mit ihrem Mann! Diese Picknicks im Park! Diese Weihnachtsfeste! Diese liebevollen, ständig zusammensteckenden Cliquen, in denen niemals ein böses Wort fiel!

Hin und wieder hebt sich der Schleier kurz, aber nur für einen Augenblick. Die arme Eliza ist äußerst streng und moralisch, sie versteht nicht, wie diese Frau jenes oder jene Frau dieses tun kann. Tagelang empörte sie sich über eine ältere Frau in einem Zeitungsartikel, die ihrem Mann mit einem Jüngeren durchgebrannt war. Ekelhaft ist das, sagt sie, einfach ekelhaft. Und ein paar Minuten später in einer ganz anderen Stimme, einer huschig-leichten verträumten

Stimme: Wenn es heute gewesen wäre, hätte ich wegge-
konnt, ich hätte ihn verlassen können, und nie wieder . . .

Und wieder einmal fürchte ich sehr, das, was sie nie wieder wollte, war Sex . . .

Eliza hat keine Kinder. Sie hätte gern welche gehabt.

Ob sie je mit einem Arzt darüber gesprochen habe?

»Doch, sicher, und der Arzt sagte, an mir läge es nicht,
und ich sollte meinen Mann zu ihm schicken.«

»Und er wollte vermutlich nicht?«

»Um Gottes willen, mit so etwas hätte ich ihm gar nicht
erst kommen dürfen!« rief sie aus. »Himmel, nein, Mr. Bates
kannte seine Rechte, verstehen Sie!«

Unten Eliza, ein Beispiel für uns alle . . .

Oben die beklagenswerte Annie Reeves.

Vera Rogers und ich trafen einander in Eile auf eine halbe
Stunde zum Lunch.

Ich sagte zu Vera: »Mich interessiert folgendes: *Wann* hat
Annie sich entschieden, so zu werden, wie sie jetzt ist? Man
trifft ja seine Entscheidungen, bevor es einem bewußt ist.«

»Aber nein, das verhält sich ganz anders. Eliza war immer
schon so wie jetzt, Annie war immer schon so wie jetzt!«

»Wie pessimistisch. Also ändern wir uns überhaupt
nicht?«

»Nein! Sehen Sie sich Maudie Fowler an! Ich bin sicher,
sie war immer genauso. Neulich habe ich eine entfernte Verwandte nach zwanzig Jahren wiedergetroffen – nichts war
anders, keine Silbe, keine Angewohnheit.«

»Du meine Güte, Vera, wenn man Sie so hört, möchte
man sich ja am liebsten gleich in einen Abgrund stürzen!«

»So sehe ich das gar nicht. Nein, die Menschen sind einfach durch und durch sie selber.«

»Und warum geben Sie sich dann so viel Mühe mit Annie?«

»Ja, da haben Sie mich erwischt. Ich glaube nicht, daß sie
sich je ändern wird. Sie hat beschlossen, aufzugeben, das
habe ich schon früher erlebt. Aber lassen Sie es uns noch ein
Weilchen versuchen, wenn es Ihnen nichts ausmacht, und

dann wissen wir wenigstens, daß wir unser Bestes getan haben.«

Unsere Kampagne um Annie ist absolut human und intelligent. Da ist sie, eine gebrechliche alte Frau, ohne Freunde, mit einer Familie irgendwo, die in ihrem Zustand nur eine Last und einen Skandal sieht und auf ihre Bitten nicht reagiert; ihr Gedächtnis läßt sie im Stich, allerdings nicht, wenn es um die ferne Vergangenheit geht, nur bei dem, was sie vor fünf Minuten gesagt hat; die Gewohnheiten und Bezugspunkte eines ganzen Lebens um sie schwinden dahin, der Boden, den sie für fest gehalten hatte, schwankt, sobald sie den Fuß darauf setzt . . . und sie sitzt in ihrem Sessel und sieht sich auf einmal umgeben von lächelnden, wohlmeinenden Gesichtern, die ganz genau wissen, wie alles wieder ins Lot zu bringen ist.

Schau dir Eliza Bates an, ruft alles. Sie hat so viele Freunde, macht so viele Ausflüge, hat immer etwas vor . . . Aber Annie will nicht versuchen, richtig zu gehen, das Haus zu verlassen, wieder ein normales Leben zu führen. »Vielleicht wenn es Sommer wird«, sagt sie.

Durch Eliza Bates habe ich erst gemerkt, wie viele Ausflüge, Basare, Feiern, Geselligkeiten Maudie mitmachen könnte und sich entgehen läßt. Ich dachte gründlich darüber nach. Dann rief ich Vera an, und sobald ihr klar wurde, wovon ich sprach, wurde ihr Ton professionell-taktvoll.

»Was wollen Sie damit sagen?« fragte ich schließlich. »Sie meinen, es ist zwecklos, daß Maudie Fowler etwas Neues anfängt, weil es ihr wahrscheinlich nicht mehr lange so gutgehen wird wie jetzt?«

»Na ja, es ist schon so etwas wie ein Wunder, nicht? Das geht doch jetzt schon ein Jahr lang, sie hält sich großartig, aber . . .«

Eines Samstags war ich bei Maudie mit einer Flasche Kirschlikör, den ich von der Frühjahrsmesse in Amsterdam mitgebracht hatte. Ebenso wie Eliza weiß und schätzt auch Maudie, was gut ist. Wir saßen uns gegenüber, wir tranken, und das Zimmer duftete nach Kirsch. Draußen, hinter den

zugezogenen Vorhängen, pladderte ein leichter Frühlings-
regen geräuschvoll die kaputte Regenrinne hinunter. Als
der Grieche sie reparieren lassen wollte, hatte sie sich geweigert, die Handwerker einzulassen.

»Maudie, ich möchte dich etwas fragen, aber du darfst
nicht böse werden.«

»Dann ist es sicher eine Gemeinheit!«

»Ich wüßte gern, warum du nie an diesen Ausflügen
teilnimmst, die die Gemeinde organisiert? Hast du schon
einmal eine ihrer Feiern mitgemacht? Und der Mittagessen-Treffpunkt? Es gibt so vieles . . .«

Sie saß da und schirmte ihr Gesichtchen mit einer koh-
lenstaubgeschwärzten Hand ab. An diesem Morgen hatte
sie ihren Kamin ausgefegt. Der Gedanke an Feuer verur-
sachte ihr Alpträume, erzählt sie. »Ich könnte im Bett an
Rauch ersticken und nicht einmal etwas merken.«

Sie sagte: »Ich bin immer für mich geblieben und sehe
keinen Grund, das zu ändern.«

»Ich muß immer an all die Vergnügungen denken, die
du dir entgehen läßt.«

»Habe ich dir mal von der Weihnachtsfeier erzählt, das
war, bevor ich dich kennenlernte? Eine Feier von der Polizei. Ich bin auf die Bühne gestiegen und habe getanzt und
die Knie gezeigt. Anscheinend gefiel es ihnen nicht, daß
ich die Unterröcke gelupft habe.«

Ich malte mir aus, wie Maudie, leicht beschwipst, ihre
dicken schwarzen Röcke hob und die fleckigen Unterhosen
zeigte und einen Riesenspaß daran hatte.

»Ich glaube nicht, daß es so war«, sagte ich.

»Warum haben sie mich dann nicht wieder eingeladen?
Nicht daß ich jetzt überhaupt wieder hingehen würde.«

»Und die ganzen Kirchenprogramme. Du bist doch früher zur Kirche gegangen, nicht wahr?«

»Ja, schon. Einmal bin ich zu einem Tee gegangen und
dann noch einmal, weil dieser Vikar behauptete, ich würde
sie nicht fair beurteilen. Ich hockte mit meinem Tee in
einer Ecke, und alles um mich rum schwatzte und
schwatzte miteinander, niemand hatte auch nur ein Will-

kommen für mich übrig. Ich hätte genausogut nicht da sein können.«

»Kennst du Eliza Bates?«

»Mrs. Bates? Ja, die kenne ich.«

»Ja, und?«

»Wieso muß ich sie mögen, nur weil ich sie kenne? Du meinst wohl, weil wir gleichaltrig sind, müssen wir die ganze Zeit die Köpfe zusammenstecken und klatschen. Ich hätte sie nicht gemocht, als sie jung war, da bin ich mir sicher, ich mochte sie nicht, als sie verheiratet war, sie hat ihrem armen Mann das Leben ganz schön schwergemacht, er hatte im eigenen Hause nichts zu sagen, warum soll ich sie jetzt auf einmal so sehr mögen, daß ich mit ihr zu Tees und Essen gehe? Mein Leben lang bin ich viel lieber mit *einer* Freundin zusammengewesen als mit einem Rudel Leute, die nur deshalb zusammenstecken, weil sie nichts Besseres mit sich anfangen können.«

»Ich meine nur, du hättest es leichter haben können.«

»Ich bin nicht gut genug für Eliza Bates. Schon seit zwanzig Jahren nicht. Ich will gar nicht behaupten, daß ich nicht hier und da mal ganz gern so einen kleinen Ausflug mitgemacht hätte, manchmal gehe ich auch zur Kirche, wenn sie einen Basar haben, dann halte ich Ausschau nach einem Schal oder einem guten Paar Stiefel, aber für diese Kirchenfrauen bin ich Luft.«

»Warum kommst du nicht wieder einmal mit in den Park? Wir könnten auch ein bißchen auf dem Fluß spazierenfahren. Es geht schließlich auf den Sommer zu.«

»Ich bin vollkommen zufrieden, wenn du kommst und hier bei mir sitzt. Ich denke an diesen Nachmittag im Rosengarten, und das reicht mir.«

»Du bist ein Dickkopf, Maudie.«

»Ich habe eben meinen eigenen Kopf, bitte sehr!«

Joyce rief an, ein paar Wochen nach ihrer Abreise. Um fünf Uhr früh.

Alles, was mir einfiel, war: »Bist du krank?«, als hätte ich sie innerlich irgendwo abgeschrieben.

»Nein, warum sollte ich?«

»Daß du so früh anrufst?«

»Ich wollte gerade ins Bett. Ach, natürlich, die Zeitdifferenz.«

»Macht nichts, ich wollte gerade aufstehen und an die Arbeit gehen.«

»Gute alte Janna«, sagte Joyce in einem neuartigen, undeutlichen und – ja, verächtlichen Tonfall.

»O Joyce, bist du etwa angetrunken?«

»Du bist es jedenfalls nicht!«

»Hast du mich nun eigentlich angerufen, um mir zu erzählen, wie es mit allem läuft? Wohnung? Mann? Kinder? Arbeit?«

»Aber keineswegs. Ich dachte bei mir, wie geht es wohl Janna, wie geht es meinem alten Kumpel Janna? Wie also geht es dir? Und wie geht es deiner alten Frau?«

Ich antwortete: »Soviel ich weiß, besteht bei ihr Verdacht auf Krebs.«

»Gratuliere«, sagte Joyce.

»Was soll das nun wieder heißen?«

»Krebs. Alles hat Krebs. Schlimmer als etwas anderes ist es auch nicht, findest du nicht? Ich meine, TB, Meningitis, multiple Sklerose . . .« Und Joyce ratterte eine lange Liste von Krankheiten herunter, und ich dachte, so betrunken kann sie doch gar nicht sein. Nein, aus irgendeinem Grund stellt sie sich so. Dann kam sie darauf zu sprechen, wie Krankheiten außer Usus geraten. Ihre eigenartige Wendung. »Wenn du viktorianische Romane liest, da sterben sie wie die Fliegen an Krankheiten, die bei uns gar nicht mehr vorkommen. Wie Diphtherie. Oder Scharlach. Oder tatsächlich auch TB.«

Und so ging es weiter, eine halbe Stunde und länger. Endlich sagte ich: »Joyce, das kostet dich ein Vermögen.«

»Ganz recht. Gute alte Janna. Muß man für alles bezahlen?«

»Nun ja, das ist meine Erfahrung.«

»Weil du es zu deiner Erfahrung *gemacht* hast.« Damit legte sie auf.

Bald danach rief sie wieder an. Fünf Uhr früh.

»Es macht mir Spaß, daran zu denken, wie du, meine alte Freundin, dich dort abschuftest, während ich auf Partys herumflattere . . .«

»Ich habe einen romantischen Roman geschrieben«, verkündete ich ihr. »Du bist die erste, der ich es erzähle. Und er kommt an.«

»Romantik . . . wie wahr. Ich zumindest habe nie genug davon gehabt. Ich blicke zurück und sehe, daß ich immer zu schwer gearbeitet habe, um mich zu amüsieren. Und das siehst du auch, wenn du zurückblickst, Janna. Ganz offensichtlich.«

»Ich amüsiere mich jetzt.«

Ein langes, langes Schweigen.

»Erzähl mir so was nicht, das glaube ich nicht.«

»Mir macht es Spaß, solche romantischen Schinken zu schreiben. Ich habe schon einen neuen angefangen. *Engel der Milde*, wie gefällt dir das?«

»Engel – Milde. Ja, damit kann ich etwas anfangen. Mir ist etwas Wichtiges über den Nationalcharakter der amerikanischen Frauen klargeworden. Engelhaftigkeit. Das haben sie aus *Schneewittchen*. Generationen von amerikanischen Mädchen sehen *Schneewittchen* und ahmen sie nach . . . verströmen Engelhaftigkeit an den einen und dann an den nächsten . . .«

»Und ernsthafte Artikel zu schreiben, macht mir auch Spaß.«

»Dann arbeitest du aber doch zu schwer, um dich zu amüsieren.«

»Quatsch. Ich amüsiere mich, weil ich so schwer arbeite. Und an den alten Frauen habe ich auch Spaß. An dieser ganzen Welt, in der so viel vorgeht, wovon ich nie eine Ahnung hatte.«

»Na, bravo.«

Wieder Joyce. »Schon wieder eine Party?« fragte ich.

Und sie sagte: »Damit verbringt man hier eben seine Zeit.«

Jedesmal frage ich sie, was sie anhat, denn ich möchte mir ein Bild von ihr machen können, und jedesmal antwortet sie: dasselbe wie alle anderen.

Denn die Amerikaner, behauptet sie, sind das konformistischste Volk auf Erden, und selbst wenn sie rebellieren, tun sie das herdenweise und ziehen sich aufs Haar genauso an wie die anderen Nonkonformisten. Ihr Stil hatte ihr öfters Tadel eingebracht. Zuerst dachte sie, es läge daran, daß sie dafür zu alt ist, aber nein, man fragte sie streng, warum wohl Engländerinnen ›immer wie Zigeunerinnen herumliefen‹. Wegen unserer wildromantischen Natur, sagte sie, aber sie gab ihren Stil auf, ließ ihr Haar schneiden und hat nun den Schrank voller gutgeschnittener Hosen, Blusen, Pullover und Variationen des ›kleinen Kleides‹. Wenn man ein Zimmer betritt, so erzählt sie, tasten einen die Blicke der Anwesenden sofort darauf ab, ob man sich auch innerhalb des vorgeschriebenen Rahmens hält.

Sie genießt ihr Leben, denn das tut man dort eben. Ihr Mann genießt sein Leben: Er hat eine neue Freundin, ganz zufällig Joyces Kollegin. Du liebe Güte! ruft Joyce aus, wenn sie mich anruft, bevor sie zu Bett geht, um ein, zwei, drei Uhr früh (dortige Zeit) und wenn ich (hiesige Zeit) von frühmorgendlichen Kaffeetassen umringt bin; wenn ich daran denke, wie blödsinnig ich mich in England herumgequält habe! Hier käme niemand auf die Idee, auch nur einen Monat länger verheiratet zu bleiben, als beide Partner Spaß daran haben.

Auch die Kinder genießen ihr Leben und finden ihr Heimatland jetzt rückschrittlich und barbarisch, weil wir hier arm und unsere Kühltruhen nicht so wohlgefüllt sind.

**Im Büro ist eine neue Mode aufgekommen:
die Politik**

Ich weiß noch nicht recht, ob man sie ernst nehmen muß. Wahrscheinlich doch. Irgend etwas liegt in der Luft, etwas Neues, mir gefällt es nicht sonderlich, aber ich werde ja auch älter und weniger aufnahmefähig für Veränderungen – eben deshalb habe ich mich anfangs tolerant verhalten. Herablassend? Mir kamen *sie* herablassend vor. Zwar bin ich nicht gerade Expertin für Revolutionen, aber schließlich habe ich auch ein paar miterlebt und fand, ich verdiente nicht, so behandelt zu werden, wie sie es tun – wie sie es taten. Jetzt nicht mehr. Ich habe ein Machtwort gesprochen. Auf einmal fiel mir auf, daß ich beim Rundgang durch die Büros ständig auf Gruppen und Grüppchen stieß, die verstummten, so als wären ihre Mitteilungen zu tiefgründig, als daß ich Außenseiterin sie hätte verstehen können. Dabei sagten sie nicht mehr, als was wir alle schon tausendfach gehört haben. Sie warfen mit politischen Klischees um sich, die ich einfach nicht ernst nehmen konnte. Am wenigsten konnte ich ernst nehmen, was diese jungen Leute, alle aus der Mittelklasse, über die Mittelklassen-Normen herbeteten, ihre Zerschlagung, ihre Ablösung, ihre Hohlheit, die Notwendigkeit ihrer Demaskierung. In Wirklichkeit haben wir genau einen aus der Arbeiterklasse im Haus, einen jungen Fotografen, dessen Vater Drucker ist: Das könnte mich zu einer längeren Analyse darüber verleiten, wer in unserem ach so mittelschichtigen Land nun zur Arbeiterklasse zählt und wer nicht. Aber ich will ja nicht mit diesen Gelehrten um die Wette Haare spalten. Das Wirkliche an ihnen ist nicht die unendliche Vielfalt ihrer religiösen Standpunkte, ihre Dogmatismen, sondern die Glut, mit der sie ihre Argumente verfechten. Im Büro herrscht ein Geist wie nie zuvor, ein Geist des bösartigen, neidischen Mißtrauens, und dabei muß jeder zwangsläufig jeden, der nicht genau mit seiner Meinung einhergeht, kritisieren und herunterputzen; und zugleich muß er meistens Angehörige seiner eigenen Gruppierung kritisieren und verdammen, wenn sie in der einen oder anderen Frage anderer Meinung sind. Was mich daran so betroffen macht: Wir haben das doch aus tausenderlei Quellen gelernt, Büchern, Fernsehen, Radio, und trotzdem führen sich diese jungen Leute auf, als täten sie irgend etwas zum erstenmal, als hätten sie all diese abgedroschenen Phrasen erfunden.

Etwa um die Zeit, als all das ernsthaft zu mir durchdrang, begriff ich auch, was Vera mir sagen wollte.

Vera und ich freuen uns über gemeinsame Pausen zum Mittagessen zwischen der Herumflitzerei, gebackene Bohnen oder ein Omelett, eine Tasse Kaffee. Wir lieben unsere Arbeit; genauer gesagt, lieben wir unsere Fähigkeit, unsere Arbeit gut und effizient zu tun.

»Teufel noch mal«, sagt Vera, läßt sich auf den Stuhl plumpsen, einen halben Meter Akten zu Boden flattern und grapscht nach einer Zigarette. »Teufel noch mal, Janna, hätte ich so etwas geahnt, damals, als ich mich beworben habe, nein, Sie bleiben jetzt hier und lassen mich Dampf ablassen, Sie glauben es nicht . . .«

»Würde ich vielleicht nicht«, sagte ich, »wenn ich nicht dasselbe bei mir verfolgen könnte.«

Was so schwer zu glauben ist, ist der Umstand, daß wir Donnerstag haben und daß diese Woche schon sieben Meetings stattgefunden haben, an denen sie hätte teilnehmen sollen.

»Auf diesen Meetings wird *nichts* besprochen, absolut nichts, Janna, glauben Sie mir: Was immer besprochen wird, könnte jeder vernünftige Mensch in fünf Minuten klären. Es gibt nur deshalb so viele Meetings, weil sie wild auf Meetings sind, weil Meetings ihr Gesellschaftsleben sind, und das, glauben Sie mir, Janna, ist die Wahrheit. Das habe ich erst sehr spät kapiert, aber als es mir dann einmal klar war . . . Was ist bloß mit denen los? Zu Anfang habe ich mich erst einmal gefragt, was wohl mit mir nicht stimmt. Sie wissen ja, wie es ist, wenn man irgendwo neu ist. Sie fragten: Kommst du zu diesem oder jenem Meeting? Und ich kam. Können Sie sich das vorstellen, die veranstalten Meetings mit wechselndem Rollenspiel, schlägt das nicht alles? Da heißt es, du bist jetzt eine alte Frau, du bist ihr Mann. Oder sie diskutieren dieses oder jenes. Ob Sie es glauben oder nicht, es gibt Teilzeitkräfte, die nie aus dem Büro herauskommen, um mal mit den Klienten zu arbeiten! Meine sogenannte Assistentin ist auf Teilzeit, und sie hat sei Montag früh keinen Fuß aus dem Büro gesetzt, sie ist immer auf

Meetings. Ich glaube, das hält sie für ihre Arbeit. Und nach
Feierabend geht es weiter, jeden Abend, den Gott geschaffen hat. Und dann zieht genau derselbe Haufen Leute zusammen in die Kneipe. Sie können es nicht ertragen, ausein-
anderzugehen. Und wenn du denkst, jetzt reicht es, dann
kommen noch die Geburtstage, die Jubiläen, ich sage Ihnen,
wenn es ein so großes Bett gäbe, daß sie alle hineinpassen,
würden sie ihr ganzes Leben darin bei einem Meeting verbringen. Na ja, zu einigen bin ich gegangen, habe mein Bestes getan, und danach sagte ich: Rechnet nicht mehr mit
mir. Jetzt halten sie mich für ausgesprochen verschroben.
Andauernd fragen sie mich: Heute abend ist dieses oder jenes Meeting, willst du nicht kommen?, in einem Ton, als sei
ich sehr wunderlich, und vielleicht bin ich das ja auch, aber
ich möchte es bezweifeln. Dann antwortete ich: Ihr könnt
mir morgen früh alles darüber erzählen. Seht ihr, ich bin
eben dämlich, Politik will mir nicht in den Kopf.«

Mit dieser neuen Einsicht gerüstet, kam ich wieder ins
Büro. Es stimmte aufs Haar. Jeden Tag gibt es Meetings,
Thema Arbeitszeit, Mittagspausen, Arbeitsbelastung, Ma-
nagement, Redaktionspolitik, ich, politische Scheuklappen
der Redaktion, Lage der Nation. Viele davon innerhalb der
Arbeitszeit. Ich rief Ted Williams an, den Gewerkschafts-
sprecher, und erklärte ihm, meiner Ansicht nach sei er der
einzige vernünftige Mensch in dem ganzen Haufen, und ich
wolle alle Meetings verbieten, bis auf die, die er einberiefe.
Er lachte. Er hält diese Salonrevolutionäre für einen Witz.
(Hoffentlich lachen sie nicht zuletzt.)

Ich rief ein Plenums-Meeting zusammen, an die hundert
Leute, und ich kündigte an, dies sei das letzte nicht vom Ge-
werkschaftssprecher einberufene Meeting während der Arbeitszeit. Von jetzt an müßten sie ihr Gesellschaftsleben außerhalb des Büros führen. Schock. Entsetzen. Aber natürlich
genossen sie zutiefst diese Konfrontation mit dem Erzfeind,
will sagen mit mir, will sagen mit der Redaktion.

Zu Mittag aß ich mit Vera, und als sie über die zehn Meetings der Woche stöhnte, sagte ich: »Nun halten Sie mal die
Luft an. Sie glauben anscheinend, diese Krankheit gäbe es

nur bei euch Wohlfahrtsleuten. O nein, es ist eine landesweit verbreitete Krankheit. Überall, eine Pest. Meetings, Gerede, und geschafft wird nichts. Das ist ihr Gesellschaftsleben. Die meisten sind einsame Menschen ohne ausreichende soziale Kontakte. Darum die Meetings. Bei *Lilith* habe ich sie jedenfalls verboten.«

»Was haben Sie?«

»Ein Meeting pro Woche habe ich anberaumt. Erscheinen Pflicht. Redezeit auf eine Minute begrenzt, außer in extrem dringenden Fällen. Und ich meine dringend. Darum gehen sie jetzt in die Kneipe, um Meetings über mich abzuhalten.«

»Das Ulkige ist, diese armen Leute sehen gar nicht, daß es ihr Leben ist. Sie halten es für Politik.«

Hier sitze ich und überblicke gewissenhaft mein vergangenes Jahr . . . Ich lese es, gewissenhaft. Ich werde es nicht zurücknehmen! Wenn ich es lese, denke ich an Joyces träges, liebevolles ›Gute alte Janna‹.

Also gut. Wie ich hier so sitze und gewissenhaft mein Jahr überblicke, wird mir aufs neue klar, wie schwer, wie unglaublich schwer ich gearbeitet habe. Als jedoch mein liebes Nichtchen Jill anrief und sich erkundigte: »Du hast hoffentlich nicht allzuviel zu arbeiten, Tante Jane?« und damit meinte: Sei bloß nicht zu beschäftigt, sei nicht langweilig, sei nicht schwierig und anderweitig verpflichtet, was wird sonst aus meinem herrlichen Traum von Glamour und Vergnügen ohne Reue?, da antwortete ich: ›Ich habe nie im Leben so hart gearbeitet wie eure Mutter, und das wäre auch noch wahr, wenn ich zwanzig Stunden am Tag arbeiten würde.«

»Kann ich denn übers Wochenende zu dir kommen?«

»Ja, komm ruhig. Du kannst mir sogar bei etwas helfen.«

Sie kam. Das war vor einem Monat.

Ich wies sie an, einen Artikel über den Einfluß zweier Weltkriege auf die Mode zu schreiben. Ich beobachtete ihr Gesicht. Die Idee hatte ich schon in einer Konferenz getestet. Im Ersten Weltkrieg, so erklärte ich, habe sich die ganze Welt an Bilder von uniformierten Menschenmassen gewöhnt, wie es sie nie zuvor in diesem Ausmaß gegeben hatte. Einmal auf die Vorstellung von Uniformen konditioniert, ist der Mensch zugänglicher für Modediktate; folgte er Modediktaten, ist er zugänglicher für Uniformen. Im Zweiten Weltkrieg hat jedermann auf der Welt Millionen Uniformierter *gesehen*. Das Herrenvolk trug enge, sexuell aufreizende Hosen mit Betonung der Hinterbacken. Seit dem Zweiten Weltkrieg trägt die ganze Welt enge, die Geschlechtsmerkmale betonende Uniformen. Eine Weltmode. Verursacht durch einen Weltkrieg. Dies legte ich ihr trocken, sachlich, leidenschaftslos dar. Ich wollte sehen, wie sie reagieren würde. Sie hörte zu. Ich beobachtete sie. Sie war angespannt, aber sie gab sich Mühe. »Ich glaube nicht, daß ich so einen Artikel schreiben kann.«

»Noch nicht oder überhaupt nicht?«

»Noch nicht.«

»Wann sind deine Prüfungen?«

»In ein paar Wochen. Besuchst du immer noch Mrs. . . . ?«

»Mrs. Fowler? Ja, sicher.«

Plötzlich war ihre Miene voll heftigen Widerwillens, voll echter Qual, die mir verriet, wie bedroht sie sich fühlte.

Gerade wie ich es – oje, noch vor so kurzer Zeit – getan hätte, stieß sie hervor: »Warum kümmert sich ihre Familie nicht um sie? Warum läßt die Behörde sie nicht in ein Heim einweisen? Warum muß sie dir zur Last fallen?«

Jetzt habe ich drei Wochen Urlaub genommen. Es steht mir noch eine Menge zu. Ich habe nie allein Urlaub genommen, der mir zustand, auch nicht, als Freddie noch lebte. Freddie auch nicht. Mir ist der Gedanke gekommen: War Freddies Büro *sein* Zuhause? Wenn ja, dann lag es daran, was er meinetwegen auszustehen hatte. Wir machten kurze Urlaubsreisen mit dem Auto, meistens nach Frankreich, aßen gut und schliefen viel. Wir freuten uns immer, wieder nach Hause zu kommen.

Phyllis war natürlich beglückt, allein am Ruder zu stehen. Ihr Gesicht trägt einen Ausdruck der Befriedigung, den sie glaubt verbergen zu müssen. Warum nur? Ihr ist doch alles immer so frei und bereitwillig gegeben worden. Ihre Kleidung zum Beispiel. Ihr Stil, der meine für sie abgewandelt, könnte nicht besser zu ihr passen. Weiche seidige Stoffe, alles glatt und fein, goldbraunes Haar. Hier und da kleine Rüschen an Handgelenk oder Dekolleté – so etwas könnte ich leider nie tragen, dafür bin ich zu kompakt gebaut. Guter Goldschmuck in schmaleren Formen, eine Kette, eben sichtbar im Halsausschnitt einer schlichten kaffeebraunen Bluse mit hauchfeinem Glanzeffekt, ein feines Armband, unter einem Ärmel hervorlugend, dessen schmale Streifen sein Echo sind. Sie geht zu meiner Schneiderin, meiner Strickerin, in die Geschäfte, die ich ihr empfohlen habe. Und doch tut sie so, als hätte sie all diese Kenntnisse von mir stehlen müssen, weil ich sie ihr heimtückisch vorenthalten hätte. Wenn sie also bemerkt, wie ich meine Augen über ihre neue Ausstattung gleiten lasse, wobei ich denke: Bravo, Phyllis!, dann empfindet sie ein Bedürfnis, ihr leichtes überlegenes Lächeln zu unterdrücken, das bedeutet: Na siehst du, ich habe dich noch übertroffen! Seltsames Mädchen.

Nicht nur ich frage mich, ob Phyllis' neue Federn eine innere Entwicklung widerspiegeln. Ich beobachte sie im Fotografenzimmer. Die Fotografen und ihre Arbeitsräume waren immer eine Art Gegenpol zu unserem Büro, dem von Joyce und mir – Phyllis und mir. Zwei Brennpunkte der Macht. Michael, der bisher nie Notiz von Phyllis genommen hatte, ist jetzt interessiert. Ebenso sie an ihm. Ganz anders als ich und Freddie: spontan, salopp, von gleich zu gleich. Dabei gibt keiner von den beiden je einen Zollbreit nach. Ich beobachte sie in einer charakteristischen Szene. Er lehnt sich rückwärts an einen Zeichentisch, seine Knöchel kreuzen sich, so sieht man in ganzer Länge seine Vorderfront, weiche Kordhose, besonders die vielversprechende Wölbung. Seinen Kopf hält er leicht abgewendet, um sie um die Rundung seiner Wange herum anlächeln zu können. Gut sieht er aus, dieser Michael, allerdings habe ich das bis vor kurzem nicht so wahrgenommen. Und Phyllis sitzt mit einer Hinterbacke auf dem Schreibtisch und streckt das andere Bein in langem, stumpfem Winkel aus. In irgend etwas Schönem, Weichem, schwarzem Wildleder etwa oder einer unerwartet leuchtenden Farbe, bietet sie sich ihm in voller Länge dar, und ihr Haar fällt ihr ins Gesicht, während sie – oh, wie fachmännisch – ihre Arbeit besprechen. Er läßt seine Augen nüchtern taxierend und gleichzeitig selbstironisch ihren Körper auf und ab wandern, und sie weitet die Augen in sardonischer Würdigung der sanften Wölbung, die er ihr präsentiert. Dann gehen sie gemeinsam zum Lunch und fachsimpeln dabei meistens über Layout und Werbung.

Dieses Spiel beobachte ich voll Vergnügen, aber das Vergnügen darf ich nicht zeigen, sonst hätte Phyllis das Gefühl, man nähme ihr etwas weg. O *Joyce*, ich habe niemanden, mit dem ich diese Augenblicke teilen kann.

Wie ich meine drei Wochen genommen habe. Ich bin nicht verreist, weil ich Maudie nicht so lange allein lassen wollte, und wenn das verrückt ist, dann bin ich eben verrückt.

Joyce rief an. Sie trinkt viel zuviel.

»Warum rufst du nie bei mir an, Janna?«

»Du hast gefälligst anzurufen. Du bist die, die weggegangen ist.«

»Meine Güte, bist du aber streng.«

»Das bin ich.«

»Ich stelle mir vor, wie du dasitzt und schreibst – was war es noch? *Engel der Milde?*«

»Ich bin schon beinahe mit dem nächsten Buch fertig, einem ernsthaften Werk in Richtung Soziologie, betitelt *Wirklichkeit und scheinbare Strukturen.*«

»So viel Energie kannst du doch eigentlich nur aufbringen, weil du kein Gefühlsleben besitzt.«

»Gefühlsleben gleich Ehemann, Kinder, sogar Liebhaber?«

»Sogar Liebhaber. Wünschst du dir keinen, Janna?«

»Ich hätte Angst davor.«

»Na, das ist wenigstens ehrlich.«

»Was du in diesen Tagen nicht bist, Joyce.«

»Ich nicht ehrlich? Ich triefe nur so vor emotionaler Echtheit. Ich bin in einer Encounter-Gruppe, habe ich dir das noch nicht erzählt? Wir sind zehn. Wir beschimpfen uns gegenseitig lauthals und arbeiten unsere gräßliche Kindheit auf.«

»Ich wußte gar nicht, daß du eine gräßliche Kindheit hattest.«

»Ich auch nicht. Aber anscheinend muß es so gewesen sein.«

»Das ist also endlich die Wahrheit? Die emotionale Wahrheit?«

»Du könntest das doch nicht verstehen, Janna.«

»Was ich nicht verstehen kann, ist Liebe. Ja, ich weiß.«

»Was meinst du damit?«

»Ja, sieh mal: All diese Jahre, in denen wir einander gegenüber saßen und zusammen arbeiteten, in denen nie ein böses Wort fiel, in denen wir uns verstanden, das war Liebe, so wie ich sie auffasse. *Du* glaubst jetzt sicher, Liebe wäre all dies Herumgeblöke und das Wühlen in Beziehungskisten.«

»Natürlich, ich bin ja jetzt Amerikanerin. Beinahe jedenfalls.«

»Dann denke ich lieber meine eigenen Gedanken, bitte sehr.«

Und noch einmal:

»Was machst du jetzt, Janna?«

»Vor zehn Minuten bin ich mit den *Wirklichen und scheinbaren Strukturen* fertig geworden.«

»Du hältst dich aber ran!«

»Ich hatte drei Wochen Urlaub.«

»Und keine Lust auf einen Abstecher nach Paris, Amsterdam, Helsinki?«

»Ob du es glaubst oder nicht, ich habe meine eigene Stadt vollauf genossen.«

»Unterhaltungen mit langweiligen alten Weibern?«

Wie ich dieses Fest der Möglichkeiten auskoste, das diese Stadt Tag für Tag bietet. Aber ganz bewußt wurde mir das erst, als ich drei lange, herrliche Wochen voller langer Frühlingstage ganz für mich allein hatte, mich darin zu ergehen. Auf einmal umgaben mich Ozeane von Zeit. Mir wurde klar, daß ich Zeit so erlebte, wie es die Alten oder die ganz Jungen tun. So saß ich etwa auf einer Gartenmauer und beobachtete die Geschäftigkeit von Vögeln in einem Gebüsch. Ich kann einen Star nicht von einer Amsel unterscheiden. Oder ich saß in einem Café, hatte den ganzen Nachmittag vor mir und hörte und schaute zu, wie zwei Mädchen sich kichernd über ihre Boyfriends unterhielten. Wie intensiv sie das genossen. Genuß, den habe ich in meinem Leben bisher vermißt, kaum habe ich den Ausdruck gekannt, immer war ich so beschäftigt, oh, wie schwer ich immer gearbeitet habe.

Richtigen, bedächtigen, ausgiebigen Genuß könnte ich von den uralten Leuten lernen, die auf einer Bank sitzen und zuschauen, wie Menschen vorbeigehen, zuschauen, wie ein Blatt auf der Bordsteinkante hängt. Ein Windhauch hebt es hoch. Wird es hinunterfallen, unter die Autoreifen geblasen, zermalmt werden? Nein, es bleibt liegen, ein dickes, saftiges, glänzendes grünes Blatt, wahrscheinlich hat es eine Taube vom Baum abgerissen. Die Räder eines Einkaufswagens wirbeln vorbei, das Blatt knapp verfehlend. Den Einkaufswagen schiebt ein junges Mädchen, und darin sitzt ein Kind. Sie liebt das Kind, sie lächelt und beugt sich zu ihm herab, es sieht sie vertrauensvoll an, die beiden sind durch Liebe isoliert ganz allein auf der Straße, beobachtet von alten Leuten, die mit ihnen lächeln.

Ganz besonders gerne setze ich mich auf eine Bank neben einen alten Menschen, denn jetzt fürchte ich die Alten nicht mehr, ich warte nur darauf, daß sie mir ihre so geschichtsträchtigen Lebensläufe anvertrauen. Ich frage etwa: Bitte, erzählen Sie mir doch, was Sie bei Ihrer Hochzeit angehabt haben. Und aus irgendeinem Grund folgt darauf immer ein Lachen, ein Lächeln. »Das wollen Sie also wissen, na schön, es war weiß mit . . .«

Oder ich frage: Haben Sie in dem alten Krieg, Vierzehn-Achtzehn, mitgekämpft? »Nun ja, das kann man wohl sagen . . .« Und da sitze ich und lausche, lausche.

Ich genieße das alles, einfach alles. Um so mehr, da ich weiß, wie gefährdet es ist. Mein Rücken braucht nur Halt zu gebieten. Ich brauche mir nur einen Knochen von der Dicke einer Hühnerrippe zu brechen, ich brauche nur einmal auf den Kacheln meines Badezimmerfußbodens, glitschig von Ölen und Essenzen, auszurutschen – jederzeit kann das Schicksal mich mit einer Auswahl von hundert Krankheiten oder Unfällen schlagen, alle unvorhersehbar, aber mitbegründet in meinen körperlichen oder seelischen Eigenarten, und dann ist es soweit, dann bin ich hilfsbedürftig. Wie Maudie, wie all die alten Leutchen, denen ich zulächle, während ich mich unter ihnen bewege, denn jetzt kenne ich sie: wie sie sich vorsichtig beugen, um einen Einkaufswagen mit einem Ruck eine Bordsteinkante hochzubefördern, wie sie innehalten und sich an einem Laternenpfahl stützen, wie unsicher sie sich auf den Beinen halten – denn sie sind schon einige Male gefallen, haben sich aufgerappelt und sich wieder gesammelt, jedesmal mit mehr Mühe, und daß sie jetzt überhaupt die Straße entlanggehen können, in den Händen Taschen, Tragetüten, Spazierstöcke, ist ein Wunder . . . Einsamkeit, dieses große Glück, ist nur möglich, wenn man wenigstens einigermaßen gesund ist. Wenn ich morgens aufwache, weiß ich, ich kann einkaufen, kochen, meine Wohnung saubermachen, mein Haar bürsten, mir ein Bad einlaufen lassen und mich darin aalen . . . und jetzt begrüße ich jeden neuen Tag mit dem Gedanken: Welch ein Privileg, welch ein wunderbares, kostbares Geschenk, daß ich niemanden brauche, der mir durch diesen Tag hilft. Ich kann ihn ganz alleine bewältigen.

Ich flattere bei Maudie vorbei: Dieser Tage geht es ihr besser, und darum freut sie sich, mich zu sehen, und keift nicht herum und knallt Türen zu.

Sie kann gar nicht genug Anekdoten aus meinem glanzvollen Leben hören. Ich grabe in meinem Gedächtnis, was ich ihr noch erzählen könnte.

»Kann ich einen Schluck Tee haben, Maudie? Hör mal, ich habe etwas erlebt, was ich dir unbedingt erzählen muß . . .«

»Setz dich, Liebes. Ruh dich erst mal aus.«

»Es war in München.«

»In München? Ist das eine schöne Stadt?«

»Wunderschön. Vielleicht siehst du sie ja eines Tages.«

»Ja, vielleicht. Was ist dort also geschehen?«

»Du weißt, wie blitzschnell sich die Mannequins bei den Modenschauen umziehen müssen? Da war ein Mädchen, das in einem grünen Abendkleid auftrat, und ihr schwarzes Haar ging auf . . .« Ich beobachtete Maudies Gesicht, ob sie dasselbe vor sich sieht wie ich, aber noch nicht. »Ein prachtvolles, glitzerndes grünes Abendkleid, und ihr prachtvolles schwarzes Haar trägt sie aufgesteckt, und da auf einmal löst es sich und fällt . . .« Maudie sieht es vor sich, sie wirft die Hände empor und lacht. »Und wir alle, die Einkäufer, die Ansager, alle, die da waren, lachten uns krank. Und das Mädchen, das Mannequin, stand da, das schwarze Haar strömte ihr nur so über Rücken und Schultern herab, und sie warf den Kopf zurück und machte einen Auftritt daraus.«

»Und ihr habt alle dagesessen und gelacht . . .«

»Ja, wir lachten uns halbtot . . . verstehst du, so etwas hat einfach nicht vorzukommen. Ausgeschlossen, das darf nicht passieren. Darum lachten wir so.«

»O Janna, ich lasse mir zu gern erzählen, was du so alles erlebst.«

Ich hatte auch Zeit, Annie Reeves und Eliza Bates zuzuhören.

Annie sitzt auf einem harten Stühlchen vor einem zugemauerten Kamin. Sie trägt einen alten geblümten Morgenrock, die Vorderseite schwer bekleckert mit Speiseresten und Zigarettenasche.

»Glauben Sie nicht, ich wüßte nicht zu schätzen, was Sie für mich getan haben. Mrs. Bates sagte, Sie hätten hier so schön saubergemacht.«

»Ich und Vera Rogers.«

»Sie sind eine gute Nachbarin, nehme ich an.«

»Nein, bin ich nicht.«

Langes Nachdenken.

»Vera Rogers ist auch nicht eigentlich eine gute Nachbarin, sie ist Sozialarbeiterin?«

»So ist es.«

»Also, mir ist das alles zu hoch.« Sie sagt dies mit Betonung auf jedem Wort. Annie Reeves spricht fast ausschließlich in Klischees, aber für sie sind das keine Klischees, es sind Worte voll Klarheit und Wahrheit. Wenn man ihr zuhört, glaubt man, eine vergange Phase im Entstehen unserer Sprache mitzuerleben. Sie sagt: »Man ist nicht alt, wenn man ein junges Herz hat. Und ich habe ein junges Herz.« Sie hat diese Worte gehört, darüber nachgedacht, ihre Gültigkeit für sich erkannt, und sie wendet sie respektvoll an. Sie sagt: »Ich bin nicht gern mit alten Leuten zusammen, ich mag die Gesellschaft von jungen Leuten wie Ihnen.« Sie sagt: »Wenn mir in meiner Jugend jemand prophezeit hätte, was einmal aus mir werden würde, ich hätte es nicht geglaubt.« Sie sagt: »Die Zeit nimmt auf niemanden Rücksicht, ob es uns nun gefällt oder nicht.«

Annie war ihr Leben lang Kellnerin. Vom vierzehnten bis zum siebzigsten Lebensjahr, als sie wider Willen in den Ruhestand versetzt wurde, trippelte sie von Serviertheke zu Tisch und trug Tabletts mit Eiern, Pommes frites, Schinken, gebackenen Bohnen, Steak, Bratfisch. Sie hat in Cafés und Speisesälen und Kaufhauskantinen gearbeitet, und in zwei Weltkriegen hat sie Soldaten und Flieger aus Kanada und Australien und Amerika verpflegt, von denen einige ihr Heiratsanträge machten. Aber sie ist Londonerin, sagt sie, und weiß, wohin sie gehört. Als sie sechzig war, erreichte Annie den Gipfel ihres Ehrgeizes. Sie bekam eine Stelle in einem richtig schicken Coffee-Shop. Sie schnitt Sandwiches und belegte Brötchen mit unglaublichen ausländischen Käsesorten (die sie selber nie probiert hätte) und servierte Espressos und Capuccinos und herrliche Kuchen. Zehn Jahre lang arbeitete sie für einen Mann, der sie offensichtlich nach Strich und Faden ausbeutete, aber sie liebte ihre Arbeit so, daß ihr das egal war. Als sie siebzig war, wurde sie entlassen. Da sie dort erst zehn Jahre gearbeitet hatte, bekam sie keine Rente, nur eine Uhr, die sie versetzen mußte, sobald die schlechten Zeiten begannen, und das war sofort, denn sie verlor den Halt. Immer war ihre Arbeit ihr Leben gewesen, seit ihr Mann an einem Bombensplitter in der Lunge aus dem Ersten Weltkrieg gestorben war. Sie verkam sehr schnell, sie trank und dachte an die guten Zeiten und daran, daß sie in dem letzten Lokal, der Café-Bar, mit allen Gästen gut Freund gewesen war und diese sie manchmal auf ein Bierchen in den Pub eingeladen hatten, und daß die Obsthändler in den Straßen sie freudig begrüßten, »Da ist ja unsere Annie«, und ihr Pfirsiche und Trauben schenkten. Fünfundzwanzig Jahre lang war sie eine jener freundlichen, mütterlichen Kellnerinnen gewesen, die einem Restaurant oder einem Café Stammgäste sichern.

In ihren schlechten Zeiten saß sie in den Hinterzimmern der Bars und trank, bis sie schlossen. Dann wanderte sie allein durch die Straßen; sie hatte keine Freunde in ihrem eigenen Wohnviertel, da sie dort kaum jemals gewesen war, nur nachts und am Sonntag, wenn sie ihr Haar wusch und ihre Servierkleidung für die kommende Woche in Ordnung brachte. Wenn sie, eine schmuddelige, angetrunkene alte Frau, auf die propere Eliza Bates traf, wandte sie sich ab, betrachtete ein Schaufenster und tat, als habe sie sie nicht gesehen.

Annie redet viel übers Essen. Wieder höre ich mir Einzelheiten über Mahlzeiten an, die vor sechzig, siebzig Jahren verzehrt wurden. Die Familie wohnte in einem heute abgerissenen Mietshaus in Holborn, mit einer Steintreppe und zwei Toiletten, je eine für jede Seite des Gebäudes. Die Reinigung der Toiletten und der Treppe sollte eigentlich Sache aller sein, aber nur zwei oder drei Frauen erledigten ihre Runde tatsächlich, die anderen drückten sich. Annies Vater war Arbeiter. Er trank. Immer wieder verlor er seine Stelle. Drei Kinder, Annie war das älteste. In schweren Zeiten, und das waren die meisten, liefen die Kinder in den Läden herum und fragten nach sechs Eiern um Sixpence, nach altbackenem Brot, das die deutschen Bäcker für die Armen aufhoben. Nach der Brühe aus ausgekochten Schafsköpfen, die an die Armen umsonst ausgegeben wurde: davon brachten sie eine Kanne voll nach Hause, die Mutter kochte Klöße, und das war ihr Abendessen. Vom Schlachter bekamen sie Abfallfleisch um Sixpence und kochten daraus Eintopf. Um den ersten Hunger zu besänftigen, gab es Unmengen gekochten Puddings mit Obst, besprenkelt mit Zucker – genau wie es Maudie auch erzählte. Wenn dann wieder Geld genug da war, kam nur das Beste auf den Tisch: Dann ging der Vater am Samstagabend zur Freibank, wo das Fleisch versteigert wurde, das sonst verderben würde, und kam mit einem riesigen Lendenstück für eine halbe Krone heim, oder mit einer Hammelkeule. Sie aßen Aal mit Kartoffeln und Petersiliensauce, direkt aus dem Becken des Aalgeschäfts gekauft, oder dicke Erbsensuppe mit Kartoffeln. Ihre Milch bezogen sie von einer alten Frau, die eine Kuh besaß. Wenn die Kinder zu ihr kamen, steckte die Kuh ihren Kopf über die Stalltür im Hinterhof und muhte. Die alte Frau handelte mit Buttermilch und Butter und Sahne.

Vom Gemüsehändler holte die Familie ›Angefaultes‹: Äpfel mit braunen Flecken, gestriges Gemüse. So gut wie neu und manchmal ganz umsonst.

Wenn sie einmal frisches Brot kauften, gab die deutsche Bäckersfrau den Kindern immer altbackenen Kuchen als Zugabe. Und auf dem Markt gab es einen überdachten Stand, wo ein Mann auf offenem Feuer Bonbons kochte und mit Kokosflocken oder Walnüssen oder Haselnüssen garnierte, und von ihm bekamen die Kinder die Splitter, die übrigblieben, wenn er die Bonbons mit seinem Hämmerchen in Stücke hackte.

Und dann die Kleidung. Annie war, wie sie selbst sagt, ein lebenslustiges Mädchen gewesen und heiratete erst, als sie schon über dreißig war. Ihr Geld gab sie für Kleidung aus. Sie war schlank, sie ließ sich ihr Haar allwöchentlich um eine halbe Krone zu Locken brennen, sie kaufte Kleider auf Abzahlung in Soho. Ein Tanzkleid aus schwarzer Spitze hatte sie, mit einer roten Rose, das trug sie auf dem Polizeiball. Ein navyblaues Kostüm mit weißen Paspeln, das ihr saß wie eine zweite Haut. Sie trug gerne Hütchen mit Schleier, weil das den Jungs gefiel. Einen braunen Wickelrock, an der Seite mit löffelgroßen Knöpfen zugeknöpft. Ein Mantelkleid aus blauem Velours mit Revers. Sie beschwört den Geist eines Kleides nach dem anderen aus der Zeit von vor sechzig, fünfzig, vierzig Jahren herauf und sagt dazu: Solche Kleider werden heute nicht mehr gemacht; genau wie sie über die gelbe Fettkante am Rindfleisch sagt: Das Essen ist nicht mehr, was es war; und recht hat sie.

Ich fragte sie, was sie mit ihren alten Kleidern gemacht habe; das interessiert mich immer, denn sehr wenige Kleidungsstücke werden wirklich aufgetragen. »Ich habe sie eben angezogen, bis ich sie nicht mehr leiden mochte«, antwortete sie, sie begriff nicht, worauf ich hinauswollte.

»Und was dann?«

»Was machen Sie denn mit Ihren?«, dabei musterte sie meine Kleider, aber nicht wie Maudie, nicht mit solchem Kennerblick. »Sie haben doch auch so schöne Kleider, tragen Sie sie denn auf?«

»Nein, ich gebe sie zur Oxforder Hungerhilfe.«

»Was ist das?«

Ich erkläre. Sie kann es nicht begreifen. Das ist nicht das einzige: Annies Begriffsvermögen hat irgendwann vor vielleicht zehn Jahren einen Punkt erreicht, wo es einfror, zu funktionieren aufhörte oder gesättigt war. Wenn ich bei ihr sitze und mir immer dieselben Geschichten anhöre, probiere ich manchmal etwas Neues aus.

Ich habe ihr erzählt, daß ich bei einer Frauenzeitschrift arbeite. Der Name ist ihr bekannt, wenn sie sie auch nie gelesen hat. Ihr fehlt jede Neugier. Nein, das ist nicht ganz richtig: Der Mechanismus ihrer Gedankenwelt kann einfach nichts zulassen, was außerhalb eines gegebenen Rahmens liegt. So erzähle ich etwa: Heute habe ich eine ganz junge Modedesignerin besucht, sie entwirft Mode für . . . Aber sogleich muß ich mich vom Allgemeinen aufs Spezifische zurückziehen, denn in ihren Augen lese ich, daß sie nichts begreift. Also sage ich: »Ich habe ein entzückendes Kleid gesehen, blau mit . . .«

Annie sitzt meistens an ihrem Fenster, schaut vom zweiten Stock auf die Straße und wartet darauf, daß etwas Interessantes passiert. Bis auf die Zeiten, wenn die Haushaltshilfe, die Pflegerin, die Essen-auf-Rädern-Leute herein- und hinausstürmen, ist sie allein. Bis vor zehn Jahren war sie niemals allein, sie hatte immer Gesellschaft, behauptet sie. Aber heutzutage verbringen die Leute ihre Freizeit meistens

zu Hause vor dem Fernseher, statt sich auf den Straßen her-
umzutreiben und Abenteuer zu suchen, wie sie und ihre
Schwester es machten, als sie junge knackige Mädchen waren und das ganze Westend ihnen zu Füßen lag und sie
wußten, wie man Gefahren aus dem Weg geht. Sie pflegten
sich von einem Paar berechnender Geschäftsleute zu einem
richtig feudalen Dinner bei Romano einladen zu lassen, und
dann, wenn von ihnen eine Gegenleistung erwartet wurde,
sagten sie: Wir müssen uns mal eben die Nase pudern, ent-
schuldigt uns für einen Moment – aber sie kannten alle Hin-
terausgänge, und ihre Geschäftsleute guckten in die Röhre.
Oder sie ließen sich in die Music-Hall oder ins Theater führen und verschwanden im Gewühl in der U-Bahn oder
brachten sich mit einer Lügengeschichte im Polizeirevier in
Sicherheit. Denn sie waren schließlich anständige Mädchen,
wie Annie fast täglich beteuert. Jener Teil ihres Lebens, die
fünf Jahre, bevor ihre Schwester heiratete (wie dumm von
ihr!) und beide Mädchen unter zwanzig waren, als Annie
ihre erste Stellung hatte, das waren die besten Jahre ihres
Lebens, wenn sie so zurückdenkt – das und die Café-Bar. So
etwas würde sie gerne sehen, wenn sie jetzt aus dem Fenster
schaut, eine Menge von lebhaften, lauten und gewitzten
Leuten, und wenn noch Obstkarren und andere Straßen-
händler dabei wären, um so besser. Aber nein, so etwas gibt
es heute nicht mehr. Und was die jungen Leute anbetrifft,
die sie da unten sieht, für die hat sie kein gutes Wort übrig.
Die jungen Leute, genaugenommen die Nachfolger Annies
und ihrer Schwester, zehn, zwölf Jungen und Mädchen aus
den Eckhäusern, lebhaft, schwarz, braun, weiß, skrupellos
und diebisch, spazieren manchmal durch diese Straße, sie
gehört zu ihrem Revier. Sie sehen aber nichts als alte Gesichter in den Fenstern, alle diese Häuser sind voller alter
und ältlicher Leute, und die Gegend ist für sie zu langweilig,
genau wie für Annie.

Wie Annie mosert und meckert, sie findet alles so öde . . .

Die Erzählungen der armen Eliza Bates handeln alle von
der fernen Vergangenheit, als ihr Mann und ihre Schwester
noch lebten.

Jetzt hat sie niemanden mehr. Irgendwo ist da noch eine Nichte, glaubt sie, aber die Anschrift hat sie verloren. Ein Schwager ist kürzlich verstorben. Wenn sie ihn erwähnt, seufzt sie und sieht verzweifelt drein. »Er war der letzte, der letzte, verstehen Sie«, murmelt sie. Dann zwingt sie sich zu lächeln.

Und ihre ›junge‹ Freundin, die Siebzigjährige, hat einen Mann geheiratet, den sie beim Mittagessen-Treffpunkt kennengelernt hat, und ist mit ihm nach Schottland gezogen. Das hat Eliza Bates zutiefst getroffen. Sie ist schockiert, vieles ist für sie ein Skandal. Diese Ausdrücke hatten für mich nie eine richtige Bedeutung, bis ich Eliza Bates kennenlernte. Wenn Sie etwas Schockierendes hört, und das geschieht oft, dann hebt sie beide Hände mit gespreizten Fingern bis in Schulterhöhe, weitet die Augen, keucht und ruft: Oh, oh, oh! So etwas hätte ich nie für möglich gehalten!

Über ihre verlorene ›junge‹ Freundin schimpft sie: Nie hätte ich erwartet, daß *sie* so eine wäre!

Und damit meint sie, ob man es glaubt oder nicht, daß sie die arme Frau verdächtigt, ihren Tattergreis von Anbeter um der Bettfreuden willen geheiratet zu haben.

Ganz anders Annie oben, die für Augenblicke aussieht wie jene weltläufige, weltverliebte Frau aus der Forsyte Saga, die, ihr verwüstetes Gesicht zu grinsendem Triumph verzogen, den Leierkasten drehte, während Irene vergewaltigt wurde. Um dem zu entsprechen, was sie für unsere Erwartungen an sie hält, hat sich unsere Annie eine schüchterne, delikate, enthaltsame Persona zurechtgelegt, die vor allen unangenehmen Tatsachen beschirmt werden muß. So erzählt sie uns mit Gusto, wie oft ihr Vater, ihre Mutter, ihr Mann ihr den Anblick eines überfahrenen Hundes auf der Straße ersparten, die Nachricht vom Tode eines Verwandten verschwiegen, sie sogar von einem vorbeikommenden Begräbniszug fernhielten. Denn sie war ja so eine empfindsame, zarte Seele! (Kind-Tochter! Kind-Frau!) O ja, Annie, die hübsche Straßenpiratin vom Westend, hat sich gleichzeitig einen schmollmündigen, keuschen, kichernden Stil zurechtgeschneidert, und ihre Verehrer bekamen höchstwahrscheinlich nie etwas anderes von ihr zu sehen. Höchstwahrscheinlich haben die kanadischen Flieger, australischen Soldaten, amerikanischen Seeleute, Kämpfer in zwei Weltkriegen, die sie ausführten und beschenkten, ebenso wie die Geschäftsleute und die flotten Burlington Berties niemals dieses triumphierende, skrupellose, schmarotzerische Frauenzimmer zu Gesicht bekommen, das heute, wenn sie vergißt, einfältig zu kichern und verschämt zu tun, schon einmal zwinkert und sich brüstet: Oh, *ich* verstand es, auf mich achtzugeben, *ich* kannte mich aus, *ich* gab nie mehr, als ich wollte!

Aber sogleich ist dieses Frauenzimmer wieder verschwunden, sobald Annie sich erinnert, daß sie ja achtbar zu sein hat, und dann wird sie wieder zum schamhaften kleinen Mädchen; ja, diese Fünfundachtzigjährige setzt sich sogar in die alberne Pose einer Dreijährigen, die ohne Worte ausdrücken will: Ach, was bin ich für ein zartes, süßes kleines Wesen . . .

Ich habe das Gefühl, daß Annie schon viel Nachdenken daran gewendet hat, was sie uns erzählen darf und was nicht, und daß ihre Geschichten immer scharf zensiert sind.

Aber manchmal blitzt etwas auf. Ein Werbespruch etwa oder eine Schlagerstrophe bringen sie zum Aufleuchten – Kleine Nachtschwester hat er mich genannt, gurrte sie neulich, und als sie sich dann meiner Gegenwart erinnerte, warf sie mir ein halb furchtsames, halb triumphierendes Lächeln zu. Jawohl, Nachtschwester – und wenn ich hier so sitze, freut mich die Erinnerung, daß ich ein schönes Leben gelebt habe.

Beim Heimfahren sah ich auf der Straße einen Schwarm alter Damen, mit Hüten und Schals gegen die Kühle des Frühlingsabends bewehrt. Sie kamen von einem Kirchenausflug, einer Busfahrt nach Hatfield. Eliza Bates war unter ihnen. Kleine alte Damen, ein Gezwitscher und Geschilpe. Die Gesellschaft, die für Maudie zu gut ist. Der Vikar mit seinen Helferinnen war dabei. Eliza stützte sich auf ihre Freundinnen. Mir wurde klar, daß sie in deren Augen gebrechlich und immer gebrechlicher wirken muß. Ich rief Vera an, die sagte: »Sie hat ihren letzten Verwandten verloren, ihre beste Freundin hat geheiratet und ist weggezogen, was kann man also anderes erwarten . . .«

Auch Maudie sah ich aufs neue, draußen im grellen Frühlingslicht, wie sie sich ächzend ihres Weges schleppt. Das Giftgelb ihres Gesichtes, wie angemalt. Ich brauche Vera nicht anzurufen, um Bescheid zu wissen.

Nachdem meine drei Wochen um waren, entschied ich ganz einfach, künftig weniger zu arbeiten. Meine *Modistinnen* kommen gut an. Mein *Wandel der Mode* kommt gut an.

Ich werde halbtags arbeiten, und sie müssen sich einen neuen Herausgeber suchen. Ich will tun, was mir gefällt, und in Ruhe . . .

Meine Schwester Georgie rief an, wie sie es jetzt manchmal tut, beiläufig, zurückhaltend, einfach um auf ihre verantwortungslose Schwester ein Auge zu haben. Ohne mir viel dabei zu denken, erzählte ich ihr, daß ich nur noch halbtags arbeiten wolle, und in Null Komma nichts war Jill am Apparat.

»Tante Jane«, keuchte sie, »das kann doch nicht wahr sein. Das darfst du nicht.«

Ich schwieg, schwieg viel zu lange.

Sie weinte. »Tante Jane, du hast doch versprochen . . .«

Habe ich das? Habe ich ein Versprechen gegeben?

Ich dachte nach, dann schrieb ich ihr. Ich ermunterte sie, in ihren bevorstehenden Prüfungen gut abzuschneiden, und dann solle sie mich aufsuchen, wenn sie die Ergebnisse hätte. Beinahe glaubte ich den eisigen, mißbilligenden Ton meiner Schwester Georgie zu hören: Also wirklich, Jane, denkst du denn nie an jemand anderen als an dich selber?

Und wieder Joyce

Sie sagt: »Ich habe gerade unser neues Apartment auf Vordermann gebracht, eben habe ich die Küche fertig geputzt, da mußte ich an dich denken.«

»Und wie ist das neue Apartment, wie ist Amerika, wie ist das Universitätsleben, wie ist das Dasein einer Professorenfrau?«

»Ich werde mich wahrscheinlich auf das Ratsbusiness verlegen.«

»In was für einem Rat?«

»Nein, ich meine Ratschläge, ich werde Beratung erteilen.«

»Wem denn?«

»Denen, die Beratung brauchen.«

»In wessen Auftrag?«

»Derer, die die Antworten wissen.«

»Und natürlich wirst du angemessen bezahlt?«

»Es geht. Genug für die Butter aufs Brot. Aber eigentlich solltest du das machen, Janna. Ratschläge waren schon immer eher deine Stärke als meine.«

»Ich habe noch nie Ratschläge erteilt.«

»Was anderes sind denn lange, gelehrsame soziologische Artikel als Ratschläge?«

»Und wie gefällt es deinem Mann in Amerika?«

»Er paßt sich an.«

»Und was machen deine reizenden Kinder?«

»Sie passen sich an und kultivieren Beziehungen innerhalb ihrer Altersgruppen.«

»Und du selbst, Joyce?«

»Ich bin möglicherweise zu alt oder zu halsstarrig, um mich anzupassen.«

»Heißt das etwa, du kommst nach Hause?«

»Das habe ich nicht gesagt.«

»Nein. Ich verstehe.«

»Das habe ich auch von dir erwartet.«

»Jedenfalls vermisse ich dich.«

»Ich dich auch.«

»Good-bye.«
»Good-bye.«

Das also war das Jahr. Wie es bei Virginia Woolf heißt: Es ist der Augenblick der Gegenwart. Es ist Jetzt.

Ich habe Bescheid gesagt, daß sie sich einen neuen Herausgeber suchen müssen, daß ich nur noch zwei, drei Tage die Woche oder vielleicht auch täglich, aber nur vormittags kommen will. Phyllis ist ein Vorwurf. Sie ist als stellvertretende Herausgeberin gut, in der Zusammenarbeit mit mir. Muß ich denn um Phyllis', um Jills willen weiter ganztags arbeiten? Darauf laufen ihre Forderungen doch hinaus. Schweigende Forderung – Phyllis. Lautstark, mit vielen Ausrufungszeichen – Jill.

Und doch werden sich über mir die Wasser genauso geräuschlos und gründlich schließen wie über Joyce.

Die jungen Leute im Büro behandeln mich mit beiläufigem Charme, dem neuen Stil des Hauses – wo der wohl herkommt, von mir jedenfalls nicht! Alles ist viel ineffizienter, salopper geworden. Mit den Meetings hat es wieder angefangen, Mittagspausen, Kaffeepausen. »Entschuldige uns bitte, Janna, wir müssen zu einem Meeting.«

»Na, dann viel Spaß«, sage ich, diesen Kampf habe ich aufgegeben. Alle miteinander sind sie Revolutionäre, diese gutausgebildeten, gutbezahlten, gutgenährten jungen Leute, die genau wie ich für ihre Kleidung Summen hinlegen, von denen Familien leben könnten. Das Haus der Revolution hat eben viele Wohnungen, sage ich zu ihnen, und sie sind übereingekommen, das amüsant zu finden.

Michael und seine Kumpel studieren zur Zeit eifrig die Techniken der Gehirnwäsche, Propaganda, die Wirkung von Slogans, Bekehrungen – solche Sachen. Natürlich nur, um ihnen widerstehen zu können, wenn sie gegen sie selbst und ihre Kameraden angewendet werden.

Ich stichle: »Auf die Idee, daß ihr und eure Helfershelfer sie gegen eure Gegner – also wahrscheinlich gegen mich – anwenden wollt, seid ihr sicher noch gar nicht gekommen?«

»Ach, Janna, sag doch nicht so etwas.«

»Nein, ich fände das ja alles ganz liebenswürdig«, behaupte ich, »wenn nicht die ernsthafte Gefahr bestünde, daß
ihr und euer Haufen tatsächlich mal an die Macht kommt.
Nicht daß irgendeiner von euch auch nur zehn Minuten
überleben würde. Ihr würdet der ersten Säuberungswelle
zum Opfer fallen!«

»Wir sind schließlich Realisten.«

»Romantiker seid ihr, einer wie der andere. Romantik ist
nicht gerade die beste Eigenschaft für eine neue Herren-
klasse.«

»Über Romantik mußt du ja Bescheid wissen«, gibt Michael zurück und schwingt den Fahnenabzug der *Modistinnen von Marylebone*, der vom ganzen Büro nur so verschlun-
gen wird. »Aber warum hast du bloß keinen *ernsthaften*
Roman über sie geschrieben? Sie wurden schamlos ausge-
beutet«, klagt er.

»Das überlasse ich dir«, antworte ich. »Meiner Meinung
nach ist die Wirklichkeit unerträglich, sie geht über unsere
Kräfte, also muß sie geschönt werden.«

»Eskapistin.«

Aber als ich ihm die Fahnenabzüge von meinem ernsthaften Buch *Wandel der Mode* in die Hand gab, las er es nicht.
Weil er mich nämlich in einer bestimmten Schublade haben
will: ältliche Reaktionärin, die der Wirklichkeit nicht ins
Auge sehen kann.

Maudie ist krank. Sie sieht fürchterlich aus. Sie sitzt mir gegenüber und hat am hellichten Tag die Vorhänge zugezogen, damit ich ihr Gesicht nicht sehen kann, aber ich höre,
wie abgehackt ihre Atemzüge werden, sobald sie die Sitzhal-
tung ändert, sehe, wie sie die Hände schützend über dem
Magen faltet. Sie nippt ihren Tee un winzigen Schlucken, als
wäre es Gift, dann wieder trinkt sie plötzlich Tasse nach
Tasse hinunter, als wolle sie etwas fortspülen.

Das ganze letzte Jahre hindurch bin ich für sie zum Arzt
gegangen, habe ihre Rezepte abgeholt und in der Apotheke
eingelöst, denn sie weigert sich, ihren Hausarzt zu empfangen. Sie will einfach nicht.

Heute sagte ich zu ihr: »Maudie, du solltest wirklich den Arzt zu dir lassen.«

»Wenn ihr das so beschlossen habt, muß ich ja wohl.« Sie schmollt.

»Nein, die Entscheidung liegt bei dir.«

»Sagst du.«

Ich merke, sie möchte eigentlich, daß ich den Arzt hole, aber will es nicht zugeben. Wird er neue Pillen verordnen? Wenn ein Diktator eine Bevölkerung unterjochen wollte, brauchte er nur auf dem Fernsehschirm zu erscheinen und zu sagen: Und jetzt ist es Zeit, daß wir alle unsere kleine weiße Pille nehmen. Wir nehmen jetzt alle unsere kleine weiße Pille, liebe Leute . . .

Fragt man nämlich Annie, fragt man Eliza, war für eine Tablette sie da nehmen, kämen sie nicht auf die Idee zu antworten: Ich nehme Mogadan, Valium, Dioxin, Frusemid, sondern sie sagen: Es ist eine große gelbe Pille, eine kleine weiße Pille, eine rosa Pille mit blauem Streifen . . .

Der Arzt kam heute. Ich war nicht da. Maudie: »Er sagt, ich muß noch zu einer Untersuchung ins Krankenhaus.«

»Ich komme mit.«

»Wie du willst.«

Heute begleitete ich Maudie in die Klinik. Ich füllte das Formular aus und gab an, sie sei nicht bereit, sich in Gegenwart von Studenten untersuchen zu lassen. Als wir dran waren, wurde ich zuerst hereingerufen. Ein großer Raum mit vielen Fenstern, der Tisch der Autorität, der große Chefarzt und viele Studenten. Ihre jungen, unwissenden Gesichter . . .

»Wie soll ich meinen Studenten etwas beibringen, wenn ich ihnen keine Patienten zeigen darf?« wollte er von mir wissen.

Ich sagte: »Das geht über ihre Kräfte.«

»Wieso? Es geht nicht über meine Kräfte und über Ihre ganz sicher auch nicht, wenn Sie einmal krank sind.«

Das war so engstirnig, daß ich entschied, mir weiter keine Mühe mit Erklärungen zu machen. Ich sagte nur noch: »Sie ist sehr alt und sehr verängstigt.«

»Hmmmmmmm!« Und dann zu den Studenten: »Also, es scheint, ich muß Sie bitten, den Raum zu verlassen.«

Das sollte für mich das Stichwort zum Einlenken sein, aber ich blieb fest.

Die Studenten gingen. Es blieben die Koryphäe, ich und ein junger Inder.

»Meinen Assistenten werden Sie schon dulden müssen.«

Langsam, von der Schwester gestützt, kommt Maudie herein. Sie sieht uns nicht an. Die Schwester führt sie zum Stuhl neben dem meinen.

»Wie ist Ihr Name?« fragt der große Chefarzt.

Maudie blickt nicht auf, aber sie brummelt etwas. Ich weiß, sie sagt, daß sie zugesehen hat, wie ich ihren Namen ins Formular eintrug.

»Wie fühlen Sie sich?« fragt der große Chefarzt laut und überdeutlich.

Jetzt hebt Maudie den Kopf und starrt ihn ungläubig an.

»Haben Sie irgendwo Schmerzen?« fragt der Chefarzt weiter.

»Mein Hausarzt hat gesagt, ich muß hierherkommen«, sagt Maudie, sie zittert vor Angst und Wut.

»Ich verstehe. Ja, dann wird Dr. Raoul Sie für mich untersuchen, und danach kommen Sie wieder her.«

Maudie und ich werden zu einer Kabine geführt.

»Nein, ich will nicht, ich will nicht«, bockt sie.

Ich fange einfach an, ihr den Mantel auszuziehen, genauso rücksichtslos wie der Chefarzt, und dann schlägt mir der Gestank ins Gesicht. Oh, wenn ich mich nur jemals daran gewöhnen könnte.

»Warum sollte ich?« jammert sie. »Ich will das nicht, ihr wollt es.«

»Nun laß dich doch untersuchen, Maudie, wo du schon mal hier bist!«

Ich ziehe ihr das Kleid aus und sehe, daß ihre ganze Unterwäsche beschmutzt ist, obwohl ich weiß, daß sie heute morgen frische angezogen hat. Sie zittert am ganzen Leib. Ich ziehe sie bis auf die Unterhose aus und hülle sie in den weiten Klinikbademantel.

Wir müssen lange warten. Maudie sitzt aufrecht auf dem Untersuchungstisch und starrt an die Wand.

Endlich kommt der indische Arzt. Charmant. Mir gefällt er, Maudie auch, geduldig legt sie sich auf seine Bitte hin und läßt sich ganz gründlich untersuchen. Jetzt legen wir uns einmal hin, Mrs. Fowler, jetzt drehen wir uns um, jetzt husten wir, jetzt halten wir den Atem an; diese herabwürdigende Ausdrucksweise, wie sie überall in Kliniken und Heimen gebraucht wird, von jedem, der mit alten Leuten arbeitet, als müsse man sie wie kleine Kinder behandeln. Er horcht ihr Herz ab, er horcht lange an ihren Lungen, und dann betastet er sehr sanft mit seinen braunen Händen ihren Magen. Diesen winzigen Bauch, man fragt sich, wo sie all das Essen hin tut.

»Was ist da? Was ist da drin?« verlangt Maudie aufgebracht zu wissen.

Er, freundlich lächelnd. »Soweit nichts, soweit ich feststellen kann.«

Und dann stürmt plötzlich der große Chefarzt herein. Er brüllt: »Wie kommen Sie dazu, die Ösophagus-Röntgenbilder ins Archiv zu schicken? Ich brauche sie jetzt.«

Der indische Arzt richtet sich gerade auf und sieht seinen Vorgesetzten über Maudies Körper hinweg an, während seine braunen Hände noch auf ihrem gelben Bauch liegen.

»Dann muß ich Sie mißverstanden haben«, sagt er.

»Das ist keine Entschuldigung für Unfähigkeit.«

Plötzlich mischt Maudie sich ein: »Warum sind Sie so böse auf ihn? Er ist doch sehr nett.«

»Nett oder nicht, er ist ein sehr schlechter Arzt«, wirft der Tyrann hin und verschwindet.

Wir drei sehen einander nicht ins Gesicht.

Der indische Arzt hilft Maudie, ihre Unterhosen hochzuziehen und sich aufzusetzen. Er ist verärgert, das sieht man ihm an.

»Na, hoffentlich fühlt er sich jetzt danach besser«, meint Maudie bitter.

Wieder im Sprechzimmer des Chefarztes sitzen Maudie, der Inder und ich ihm auf drei Stühlen gegenüber.

Ich weiß schon, daß es schlimm aussieht, wegen der aalglatten Kompetenz des Mannes und wegen etwas im Verhalten des Inders gegenüber Maudie. Maudie aber lehnt sich vor und heftet ihre leuchtendblauen Augen auf das Antlitz der Koryphäe: Sie wartet auf das Wort vom Olymp. Und da kommt es: prima gemacht, dachte ich beifällig, Eins mit Sternchen.

»Ja also, Mrs. Fowler, wir haben Sie eingehend untersucht, und Ihnen fehlt nichts, was nicht in den Griff zu bekommen wäre. Sie müssen natürlich vernünftig essen . . .« Und so geht es weiter, von seinem Block schaut er lächelnd auf zu ihr, dann wieder zurück, als müsse er in seinen Notizen nachschauen, eine perfekte Vorstellung. Und ich denke dabei: Ich werde nichts erfahren, bevor der Befund nicht bei Maudies Hausarzt angelangt ist und Vera diesen angerufen hat und ich Vera angerufen habe, und erst dann werde ich Bescheid wissen; inzwischen werde ich mich in Geduld fassen müssen, denn ich bin ja nicht einmal eine Verwandte, nur der Mensch, der Maudie am nächsten steht.

Im Taxi ist Maudie ein aufrechtes, angespanntes, leidendes, bebendes Bündel in dichtem Schwarz, und sie fragt: »Was ist denn nun mit meinen Magenschmerzen, was ist damit?«

Zu mir hat sie vorher noch kein Wort von Magenschmerzen gesagt, und so weiß ich nicht, was ich ihr antworten soll, außer daß ihr Hausarzt sie aufsuchen werde.

»Was soll das? Du schleppst mich dahin, das ganze Theater, dieser komische Chefarzt, Doktor Großmächtig oder wie er sich nennt, und danach werde ich wieder nach Hause geschickt und erfahre überhaupt nichts.«

Zehn Tage hat es gebraucht, Maudie ist krank vor Sorge. Sie weiß, daß sie etwas ziemlich Schlimmes haben muß. Der große Doktor schrieb an den kleinen Doktor. Diesen rief Vera an. Dann rief Vera mich an: Maudie hat Magenkrebs.

Vera sagt: »Sicher ist das schlimm, sehr schlimm sogar – aber zumindest den Schmerz kann man heute unter Kontrolle halten. Wenn sie also in die Klinik muß . . .«

Vera sorgt sich, daß ich mich sorge – und das tue ich. Sehr sogar. Maudie wird inzwischen erzählt, sie hätte ein Magengeschwür, und sie bekommt leichte Schmerzmittel. Aber leider benebeln diese ihr Gehirn, also landen sie meistens im Klo.

In den Telefongesprächen zwischen Vera und mir klingt mehr an, als offen gesagt wird: Maudie muß so lange wie möglich außerhalb der Klinik bleiben. Sie darf nicht von unerwünschten Haushaltshilfen oder von Pflegerinnen, die sie waschen wollen, behelligt werden. Ihr Hauswirt darf nicht auf Gerichtsandrohungen wegen des Zustandes ihrer Wohnung reagieren. Vera wird zwischenzeitlich ein Wort mit dem zuständigen Beamten reden.

Und wie lange soll das so weitergehen? Auf einmal ertappe ich mich bei dem verzweifelten Wunsch, alles wäre vorbei. Kurz und gut, ich wünsche Maudie tot.

Aber Maudie möchte nicht tot sein. Im Gegenteil. Sie rast vor Lebensgier. Es war Vera, die sie in die Klinik zwang, die ihren Hausarzt zu ihr schickte, die für die Magengeschwürdiagnose verantwortlich ist. Vera ist der Feind; aber, wie Vera sagt, das ist nur gut so, denn die Alten (nur die Alten?) müssen einen Feind benennen können, also kann Maudie mich als Freundin und Vera als Feindin definieren. Vera ist daran gewöhnt.

Maudie fragt mich: »Magengeschwür?« Sie sitzt da, ihre beiden knotigen Hände betasten vorsichtig ihren Magen. Auf ihrer Stirn steht Schweiß.

Vera behauptet, bei alten Leuten würden sich die Zellen nur noch langsam vermehren, daher brauchte der Krebs noch lange bis zum Endstadium, und Maudie könnte noch drei Jahre leben, vier – wer weiß?

Vera und ich sitzen im Café an der Ecke und essen gebackene Bohnen auf Toast. Beide zweigen wir Zeit ab für einen Happen irgendwo, ehe wir wieder zu unseren verschiedenen Arbeitsplätzen davoneilen.

Vera erklärt mir, ja, wahrscheinlich wüßte Maudie es und wüßte es doch nicht; und wir müßten auf unser Stichwort von ihr warten.

Vera erzählt von einem alten Mann, den sie unter Beobachtung hat: Er hat Darmkrebs und hat sich zwei Jahre lang aufrecht und lebenstüchtig (ihr Ausdruck!) gehalten. Er weiß es. Sie weiß es. Er weiß, daß sie es weiß. Seine Qualen, seine Tricks, sein langsamer Verfall – die Schweinerei –, das ignorieren sie beide. Aber gestern sagte er zu ihr: Jetzt dauert es nicht mehr lange, und ich bin bereit zum Sterben. Ich habe genug.

Maudie weigert sich standhaft, eine Haushaltshilfe zu akzeptieren. Aus ihren Erzählungen weiß ich, daß schon seit Jahren die eine oder andere Sozialarbeiterin ständig versucht, Maudie zur Vernunft zu bringen. Aber glaubt man Maudie, so sind das alles Schlampen und Diebinnen. Jetzt weiß ich allerdings etwas mehr, denn ich kenne Annies Haushaltshilfe. Und Eliza Bates ist urplötzlich schwer krank und bettlägerig, und jetzt ist Annies Haushaltshilfe auch die ihre, obwohl sie doch all die Jahre so stolz darauf war, daß sie niemals jemanden um etwas bitten mußte, niemals ihre Wohnung vernachlässigt hat, niemals jemandem zur Last gefallen ist.

Ein Tag im Leben einer Haushaltshilfe

Sie mag Irin, Westinderin, Engländerin sein – gleich welcher Nationalität, jedenfalls hat sie keinen Beruf erlernt und muß für Kinder oder sonst jemanden sorgen, sie braucht also einen Job, den sie mit ihrer Familie vereinbaren kann. Jung ist sie, oder zumindest noch nicht alt, denn für diese Arbeit braucht man Kraft. Sie hat schlimme Beine, einen schlimmen Rücken, chronische Verdauungsstörungen, Unterleibsbeschwerden. Aber Unterleibsbeschwerden hat heutzutage fast jede Frau. (Wieso eigentlich?)

Mit größter Wahrscheinlichkeit lebt sie in einer städtischen Sozialwohnung, und die Stadt ist ihr Arbeitgeber.

Sie steht zugleich mit ihrem Mann auf, um halb sieben bis sieben. Er arbeitet in der Baubranche und muß frühzeitig los. Einer von beiden setzt den Kessel auf und stellt die Corn-flakes für die Kinder hin, und dann holen beide Eltern sie mit Hallo und Küßchen aus dem Bett und passen auf, daß sie sich waschen und anziehen. Ein Auge hat sie auf jedermanns Frühstück, Gesundheitszustand, das Fressen der Katze, das Wetter, inzwischen kämpft ihre Stimme gegen den Kassettenrecorder des Ältesten an, den er schon leise stellt, weil sie sonst meckert. Aber gleichzeitig plant sie ihren Tagesablauf. Es regnet . . . die Kinder müssen ihre Regenmäntel mitnehmen . . . Bennie braucht seine Fußballsachen . . . sie muß zur Apotheke mit dem Rezept gegen die Hautinfektion ihres Mannes, die sich letzte Woche bemerkbar machte und nicht von selber besser werden will. Während sie sich am Telefon einen Zahnarzttermin für ihr ›Baby‹, die Fünfjährige, geben läßt, befiehlt sie dem zweitältesten Mädchen, ganz schnell der Fünfjährigen Mantel und Schal anzuziehen, denn es wird spät. Ihr Mann schaufelt Corn-flakes, Toast und Marmelade in sich hinein, liest dabei die Zeitung und kratzt sich geistesabwesend den Hals, der feuerrot ist. Ihr gefällt das gar nicht. Er fordert den Zwölfjährigen auf: Na, dann wollen wir mal; und als er an seiner Frau vorbeigeht, nimmt er aus ihrer Hand (der Hand, die gerade nicht den Telefonhörer hält) das Paket mit Butterbroten entgegen, die sie ihm geschmiert hat, während er im Bad war. Bis dann, murmelt er, denn er überlegt, ob er wohl wegen seines Ekzems zum Arzt muß. Sie ruft hinterher: Bennie, deine Fußballsachen! Und damit sind die beiden Männer weg.

Bleiben die beiden Mädchen. Die Musik ist aus. Ruhe. Das ›Baby‹ gurrt vor sich hin, während es an seinem Toast knabbert, und das andere Mädchen verschlingt zielstrebig Toast und Marmelade.

Die Haushaltshilfe läßt sich in einen Sessel fallen, das Telefon nimmt sie mit und hakt sich den Hörer unters Kinn, indes sie sich Tee einschenkt und nach dem liegengelassenen Marmeladenbrot ihres Sohnes greift, denn Verschwendung ist ihr zuwider.

Sie tätigt ein halbes Dutzend Anrufe, alle wegen ihres

Mannes und der Kinder, dann ruft sie ihr Büro an, um zu erfahren, ob es etwas Neues gibt. Die wollen, daß sie heute den alten Mr. Hodges mit übernimmt, denn seine Hilfe hat gerade angerufen, sie müsse ihre Mutter ins Krankenhaus bringen und sei heute nicht einsatzbereit. Die Frau im Büro hört sich schuldbewußt an, und das mit Recht, denn Bridget hat bereits vier pro Tag, und alle sind schwierig. Sie bekommt immer die schwierigen Fälle, weil sie so gut mit ihnen zurechtkommt.

Während sie noch dasitzt und auf das ›Baby‹ aufpaßt – ach du liebe Zeit, da kippt die Milch, was für eine Sauerei -, plant sie den alten Mr. Hodges ein. Dann steht sie auf und sagt: Auf jetzt, Zeit für die Schule. Aus allen Ecken der Küche sucht sie zusammen: Handtasche, Einkaufsbeutel und -körbe, Geld aus der Schublade, Plastikregenhaube, Schulbrote für die Kinder, haufenweise Kleinkram für die Schule, Bücher, Hefte, Buntstifte. Die Gegenstände scheinen um sie herumzutanzen, in und aus Taschen, Schubladen, ab vom Haken, und dann sind alle drei fertig, gegen das schlechte Wetter sicher in Plastikhäute vermummt.

Draußen merken sie, es ist nicht so schlimm, feucht, aber nicht kalt. Die Schule ist nur fünf Minuten entfernt, das ist immerhin etwas; Bridget ist jeden Tag aufs neue dankbar, daß zumindest dieser Teil ihres Lebens so einfach ist. Nachdem sie zugesehen hat, wie die beiden kleinen Mädchen über den Schulhof laufen, wendet sie sich nachdenklich ab. Ein Baby ist sie nun wirklich nicht mehr, meine kleine Mary – ob es wohl schon zu spät ist, oder kann ich noch eins bekommen? Sie sehnt sich nach einem vierten Kind, jedenfalls zeitweise; wenn sie mit ihrem Mann darüber spricht, nennt er sie verrückt, und dann gibt sie ihm recht . . . Als Bridget an einer anderen Mutter vorbeieilt, die ihr Kind zur Schule bringt, lächelt sie einem kleinen Baby im Kinderwagen zu und denkt dann: Stopp, altes Mädchen, nicht weiter! Du weißt doch, wohin das führt.

Sie geht zurück nach Hause, um die wenigen Minuten am Tag zu genießen, die sie ganz für sich hat. Setzt sich an den Küchentisch, schaut nach, ob noch Tee in der Kanne ist – es ist noch welcher da, aber der sieht zu schwarz aus, und sie will sich keine Mühe machen. Sitzt zusammengesunken da, atmet regelmäßig ein und aus, noch eine junge Frau, unter vierzig, man kann in ihr noch die wilde irische Schönheit erkennen, die vor zwölf Jahren mit ihrem Mann nach England kam. Kornblumenblaue Augen, rosiger Teint, üppiges dunkles Lockenhaar. Nichtsdestoweniger ist sie müde, und man sieht es ihr an. Das ist sie – müde.

In Gedanken macht sie sich eine Liste von allem, was sie für ihre vier regulären Pfleglinge und für ihre eigene Familie einzukaufen hat – ach, und natürlich für den alten Mr. Hodges, den hätte sie beinahe vergessen. Hat er Telefon? O nein, Mutter Maria, hilf mir! Heißt das etwa, daß sie für ihn ein zweites Mal zum Einkaufen losziehen muß? Nein, sie wird ihn einfach zuerst besuchen, noch bevor sie einkaufen geht. Wie lästig.

Sie kennt Mr. Hodges von früher und erwartet nichts Gutes von ihm.

Bridget wirft noch einen Blick auf den Himmel, befindet, sie brauche keine Regenhaube mehr, dann rafft sie erneut ihre Taschen und Körbe zusammen. Mr. Hodges wohnt etwa zehn Minuten zu Fuß entfernt. Sie hat keinen Schlüssel, darum steht sie vor der Tür, klopft und klopft, bis endlich der Kopf eines übelgelaunten alten Mannes im Fenster über ihr auftaucht und schimpft: »Was wollen Sie hier? Verschwinden Sie.«

»Hallo, Mr. Hodges«, ruft Bridget vergnügt, »Sie kennen mich doch, ich bin Bridget. Erinnern Sie sich nicht? Maureen kann heute nicht kommen, sie muß ihre Mutter ins Krankenhaus bringen.«

»Wer?«

»Ach, nun seien Sie schon so lieb und lassen Sie mich rein, ich habe nicht den ganzen Tag Zeit.«

Auf diese Drohung hin macht er auf, und sie taxiert ihn mit dem schnellen, geübten Blick einer Ärztin, Krankenschwester, Psychiaterin – oder Haushaltshilfe – und stellt fest, daß er heute, Gott sei Dank, nicht so schlimm dran ist. Mr. Hodges ist fünfundachtzig. Seine Frau hat schon aufgegeben und ist jetzt zur großen Erleichterung von Mr. Hodges in einem Heim. Die beiden haben sich gegenseitig das Leben zur Hölle gemacht. Mr. Hodges ist ein klapperdürrer kleiner Greis, seine Kleidung hängt an ihm herunter. Er ist in letzter Zeit sehr abgemagert. Krebs? fragt sich Bridget. Diabetes? Ich muß im Büro davon Meldung machen.

Als er vor ihr die Stiegen hinaufschlurft, grummelt er: Und sie hat mir den Zucker nicht mitgebracht, und ich habe keinen Käse, nichts zu essen, niemand kümmert sich . . .

Bridget kommt in die zwei Zimmer, wo er wohnt – wenn man es so nennen kann –, erfaßt alles mit einem Blick und ruft ihm zu: »Also, Mr. Hodges, ich sehe schon, Sie haben heute schlechte Laune. Was kann ich dagegen tun?«

»Tun? Als ob irgend jemand von eurem Haufen jemals was für mich täte«, faucht er, er bebt am ganzen Leib vor Alter und vor Ärger.

Er hat niemanden, mit dem er reden kann, außer der Haushaltshilfe, und mehrere Stunden am Tag verliert er sich in wütende Fantastereien angesichts seiner Hilflosigkeit. Noch gestern, so scheint es ihm, war er ein energischer, unabhängiger Mann, eine liebevolle und fürsorgliche Stütze für seine Frau, die vor ihm aufgab. Und jetzt . . .

Bridget sieht, sauberzumachen braucht sie heute nicht, die Wohnung ist noch einigermaßen in Ordnung. Eigentlich gehört das nicht zu ihren Aufgaben, aber er hat das *Bedürfnis* zu reden und zu schimpfen, also läßt sie sich auf einem Küchenstuhl nieder und läßt des alten Mannes Beschwerden und Anklagen über sich ergehen, indes sie festzustellen versucht, was in der Küche fehlt.

Als sie findet, nun habe er genug gehabt, unterbricht sie die Tirade: »Was soll ich Ihnen denn nun holen?«

»Tee brauche ich, das sehen Sie doch selber!«

Von Käse und Zucker sagt er nichts, und Bridget denkt, ich werde ihm diese Sachen mitbringen und was mir sonst noch richtig scheint, und wenn er sie nicht haben will, dann vielleicht Mrs. Coles . . .

Bald darauf geht sie, nachdem sie ihm noch eingehämmert hat, daß sie später mit seinen Einkäufen zurückkommen wird und er sie einlassen muß. Jetzt weiß sie, was sie alles einzukaufen hat, und sie nimmt einen Bus zum Sainsbury-Supermarkt.

Sie hat keine Liste, noch nicht einmal ein paar Notizen auf einem alten Briefumschlag, sie hat die Bedürfnisse von zehn Personen im Kopf, und nach etwa einer halben Stunde steht sie mit einem Marktroller und vier schweren Körben wieder auf der Straße. Als sie sich bedachtsam die Straße entlangbewegt, denkt sie: Um Gottes Willen, Bridget Murphy, gib auf deinen Rücken acht... Du willst doch nicht wieder *so etwas* durchmachen. Darum geht sie zu Fuß und nimmt nicht den Bus, wo sie so viel heben und stemmen müßte. Zu Fuß braucht sie eine halbe Stunde zurück zu ihrer Arbeit. Sie hat ein schlechtes Gewissen, denkt sich dann aber: Das ist doch nur vernünftig! Wem würde ich denn etwas nützen, wenn ich flach im Bett läge! Sie kommt an Maudie Fowlers Wohnung vorbei, aus der sie schon mehr als einmal hinausgeworfen wurde; sie denkt, wenigstens ist die mir nicht wieder zugeteilt worden, das hätte gerade noch gefehlt.

Erste Station: Mrs. Coles. Eine alte Russin, die früher einmal eine Schönheit war, Fotografien überall im Zimmer bezeugen es. Pelze, freche Hütchen, bloße Schultern, durchsichtige Stoffe – dieser Berg von einer Frau sitzt den größten Teil des Tages schlaff im Sessel und starrt ihre Vergangenheit an. Sie ist eine Nörglerin und nörgelt Bridget zur Verzweiflung.

Beim Hereinkommen schaltet Bridget ab wie immer und läßt die schwere, ölige Stimme endlos über dies und jenes vor sich hin brabbeln, während sie Brot, Butter, Dosensuppen, Putzmittel einräumt – aber dann horcht sie plötzlich auf, als Mrs. Coles erzählt: »Und es war knallrot...«

Bridget fragt scharf: »Was war knallrot? Was haben Sie gegessen?«

»Was soll ich schon gegessen haben? Was kann man essen, das das Wasser rot macht?«

»Haben Sie es für mich aufbewahrt?«

»Wie denn? Worin denn?«

Bridget dreht sich auf dem Absatz um und geht ins Badezimmer.

Mrs. Coles ist ›umgesetzt‹ worden, dies ist das mittlere Stockwerk eines modernisierten Hauses. Es ist sehr hübsch geworden, aber Mrs. Coles gefällt es nicht, weil sie überhaupt nicht umziehen wollte. Und sie hat alle ihre Besitztümer mitgebracht. Die zwei Zimmer sind vollgestopft mit alten, schweren Möbeln, zwei Kleiderschränken, drei Kommoden, einem zentnerschweren Tisch. Kaum daß man sich umdrehen kann. Aber es gibt ein richtiges Badezimmer und eine anständige Toilette. Bridget späht hinein. Es ist durchgespült worden. Aber nach etwas riecht es. Wonach? Eine Chemikalie?

Sie geht zurück in die Stube, und da sitzt Mrs. Coles immer noch wie vorher und redet weiter, als hätte Bridget den Raum nicht verlassen.

»Ich glaube, ich habe mich verhoben, daran könnte es liegen. Gestern habe ich diesen Stuhl hier angehoben, das hätte ich besser sein lassen.«

Aber Bridget ist auf einer Fährte.

»Haben Sie am Ende wieder diese Stärkungspillen genommen?« fragt sie plötzlich, gleichzeitig wetzt sie ins Schlafzimmer, und dort findet sie einen Flakon mit riesigen Pillen, groß genug für ein Brauereipferd, und ihre Farbe ist leuchtendes Scharlachrot.

»O mein Gott«, ächzt sie. »Mutter Maria, gib mir Geduld.« Sie marschiert zurück und verkündet: »Ich sagte Ihnen doch, Sie sollten dieses Mistzeug wegwerfen. Da ist nichts drin, was Ihnen guttun könnte. Und jetzt werfe ich es auf der Stelle weg, davon haben Sie nämlich das rote Wasser.«

»Ohhh«, jault Mrs. Coles, »Sie haben kein Recht, etwas wegzuwerfen . . .«

»Auch gut, behalten Sie sie und schlucken Sie sie, aber dann beschweren Sie sich bitte nicht wieder bei mir über Ihr Wasser. Ich habe es Ihnen gleich gesagt, wissen Sie nicht mehr? Ich sagte Ihnen, dieses Zeug macht Ihr Wasser rot. Weil nämlich jemand anders von meinen Fällen genau dasselbe genommen hat.«

Mrs. Coles streckt eine fette, schmutzige Hand nach dem Pillenflakon aus. Bridget legt ihn hinein. Und dann wirft Mrs. Coles eigenhändig den Flakon in den Mülleimer und murmelt: »Also weg mit Schaden.«

Jetzt hat Bridget fünfzehn Minuten hier verbracht. Anderthalb Stunden stehen auf ihrem Plan. Aber inklusive Einkaufszeit. Einkaufen tut sie jedoch für alle gemeinsam. Das Einkaufen berechnet sie in ihrem geistigen Kontobuch mit einer halben Stunde pro Pflegling. Und dann ist sie eine halbe Stunde zu Fuß gegangen. Sie hat also noch fünfzehn Minuten Zeit. Jeden Tag durchleidet Bridget Gewissenskonflikte, weil sie die Zeit so scharf berechnet. Aber irgendwie geht es immer so auf, daß sie längstens eine halbe Stunde bei Mrs. Coles verbringt. Aber schließlich sind da auch noch die Tage, wo sie von Apotheke zu Apotheke laufen und eine bestimmte Medizin besorgen muß, den Arzt holen muß, extra kommen muß, um Elektriker, Gasmänner, Männer, die ein Loch in der Decke stopfen, einzulassen – und all dies wird ihr nicht extra bezahlt. Eins scheint schließlich das andere aufzuheben. Aber dabei weiß sie auch, daß Mrs. Coles genau wie Mr. Hodges auf sie als Zuhörerin angewiesen ist, und darum setzt sie sich erst einmal hin, so zappelig vor Ungeduld sie auch ist, und hört sich Mrs. Coles' Klagen an.

Um zwölf Uhr hört sie von der Straße her, daß das Essen auf Rädern kommt, schiebt das Fenster hoch, um sich zu überzeugen, daß sie richtig gehört hat, und sagt: »Jetzt kommt ja Ihr Essen, also bis morgen.«

Damit stürmt sie die Stiegen hinunter, im Kopf hat sie schon Annie Reeves, das ist die Nächste.

O lieber Gott, laß sie heute gut gelaunt sein, betet sie. Manchmal nämlich, wenn sie von Mrs. Coles und ihren endlosen Nörgeleien kommt, dann kann sie noch mehr davon einfach nicht ertragen. Dann denkt sie bei sich, wenn sie in so einer Laune ist, bringe ich sie garantiert um.

Sie findet Annie zusammengesunken an der Heizung sitzend und bemerkt, wie die Greisin aufblickt, blinzelnd, ohne Blickrichtung, ein elendes, überanstrengtes altes Gesicht.

Annie legt gleich los: »Mir geht es so mies, meine Beine, mein Magen, mein Kopf . . .«

»Momentchen, Liebes«, sagte Bridget und geht erst einmal in die Küche, nimmt den Kessel und setzt Wasser auf. Das alles ist zuviel, zuviel . . . Vielleicht könnte sie irgend etwas anderes tun, denkt Bridget mit geschlossenen Augen, putzen zum Beispiel? Nein, Moment mal . . . »Ich komme ja schon«, schreit sie zurück, als Annie zetert: »Wo stecken Sie denn? Sind Sie nun hier oder nicht?«

Sie geht ins andere Zimmer und räumt dieses und jenes auf. Indessen Annie sich beschwert. Bridget leert den Nachtstuhl. Sie bemerkt, daß die Katze einen Haufen gemacht hat, und wischt ihn auf. Sie bemerkt, daß Annies Jacke grau vor Schmutz ist und unbedingt zur Reinigung muß.

Aber erst einmal . . .

Tut sie das gelieferte Essen auf Rädern auf einen Teller, hilft Annie an den Tisch, auf den Stuhl, rückt das Essen vor sie hin, holt Tee für sie beide. Setzt sich mit einer Zigarette und ihren eigenen Broten nieder.

Annie ißt herzhaft, und als sie alles auf hat, schiebt sie den Teller von sich und behauptet, sie hätte keinen Appetit. Sie beklagt sich, der Tee sei kalt, aber Bridget rührt sich nicht, und so trinkt sie ihn unter Protest. Sie klagt immer noch, als sie sich wieder in ihren Sessel helfen läßt: sie sähe keinen Menschen, sie ginge nicht aus, sie könne niemals . . .

Auf dieses Stichwort zählt Bridget Annie wie jeden Tag alle die Dinge auf, die sie tun könnte: Sie könnte bei schönem Wetter draußen sitzen und die Vorübergehenden beobachten, sie könnte mit ihrem Gestell auf und ab wandeln wie die alte Mrs. Sowieso, sie könnte an Gemeindefeiern teilnehmen, sie könnte Busausflüge mitmachen, wie es Eliza zu tun pflegte, sie könnte ja sagen, wenn Janna sie auf eine Ausfahrt einlädt, anstatt immer nur nein.

»Vielleicht einmal, wenn das Wetter schön ist«, behauptet Annie und sieht triumphierend in den Regen, der wieder angefangen hat. »Und meine Sachen haben Sie mir vermutlich auch nicht mitgebracht?«

Bridget erhebt sich mühsam und bringt ihre Einkäufe herein, daß Annie sie begutachten kann.

»Ich hatte doch um etwas Schellfisch gebeten«, behauptet Annie schließlich.

»Nein, das hatten Sie nicht, aber morgen werde ich Ihnen gerne welchen besorgen.«

»Und wo sind meine Apfelsinen?«

»Hier, drei Prachtexemplare. Möchten Sie jetzt eine?«

»Nein, mein Magen ist nicht ganz in Ordnung. Ich mag jetzt nichts essen.«

Bridget holt ihr Arbeitsnachweisblatt und paßt auf, daß Annie es an der richtigen Stelle unterzeichnet.

Beim Hinuntersteigen zu Eliza Bates hört sie noch: »Anderthalb Stunden? Von wegen. Diese Irinnen – nichts als Pack. Mir schicken sie immer nur das Pack.«

Bridget ertappt sich dabei, daß sie grummelt: »Selber Pack!« Annie ist selbst von beiden Elternteilen her Irin, und wenn sie besser gelaunt ist, sagt sie schon einmal: »Ich bin Irin genau wie Sie, auch wenn ich in London geboren wurde.« Und dann erzählt sie von ihrer Mutter, die auf den Felsen der Dublin Bay nach Muscheln suchte, die in einem Kleid aus geblümtem Musselin – Annie hat ein Foto von ihr – in einer Kutsche zum Rennen fuhr; von ihrem Vater, der fast zwei Meter groß war und als Soldat in der britischen Armee in Indien, China und Ägypten kämpfte, bevor er Arbeiter wurde, und der seiner Familie immer einschärfte: Ich bin Ire, und das vergesse ich nicht; und wie er und ihre Mutter immer am St.-Patrickstag gemeinsam auf Irland anstießen, wenn sie auch nie genug Geld zusammenbekamen, um die alte Heimat wieder einmal zu besuchen.

Bridget klopft an Eliza Bates' Tür, und nichts rührt sich. Ihr Herz beginnt zu hämmern. Ständig lebt sie in der Furcht, einmal zu jemandem hereinzukommen und ihn tot vorzufinden. Noch ist ihr das nicht passiert, wohl aber ihren Kolleginnen. Irgendwann wird es auch ihr passieren. Bridget hat gestern schon Vera angerufen und ihr erklärt, es ginge Eliza nicht gut, es würde täglich schlimmer mit ihr, man müsse wohl doch daran denken, ob sie nicht besser in einem

Heim aufgehoben wäre. Das war Bridgets taktvolle Ausdrucksweise für das, was sie eigentlich meinte, nämlich daß sie es nicht mehr lange aushalten könnte; daß Eliza nur deshalb außerhalb eines Heimes überleben könnte, weil sie, Bridget, mehr für sie tat, als ihr Job verlangte.

Eliza sitzt aufrecht in ihrem Stuhl am elektrischen Heizofen. Sie schläft. Es ist sehr heiß in dem kleinen Zimmer. Elizas Gesicht ist von der Hitze gerötet und verschwitzt. Ihre Beine liegen auf einem Puff, denn sie leidet seit kurzem an einem schlimmen Geschwür an einem Bein und Schwellungen in beiden.

Auch hier tut Bridget das Essen auf Rädern, das in Alubehältern draußen deponiert wurde, auf Teller. Für Eliza macht sie sich sogar die Mühe, hübsche Teller auszusuchen, denn Eliza bemerkt so etwas noch, während es Annie egal wäre, wenn sie aus einem Hundenapf gefüttert würde. Bridget kocht Tee, sie weiß, wie Eliza ihn gerne mag, und dann weckt sie Eliza, die mit wild starrendem Blick auffährt.

»O Bridget«, haucht sie mit ihrer zittrigen Greisinnenstimme, gerade aus einem schlimmen Traum erwacht, und dann hört sie ihre eigene Stimme und schaltet auf ihre übliche lebhafte Heiterkeit um: »O Bridget, liebe Bridget . . .« Doch wegen ihres Traums streckt sie die Arme nach Bridget aus wie ein Kind.

Bridgets Herz schmilzt augenblicklich dahin, sie nimmt die Greisin in den Arm, küßt und wiegt sie.

Um Eliza könnte sie weinen, so hat sie schon ihrem Mann erzählt, die so plötzlich zur Invalidin im Rollstuhl geworden ist. Nicht wie Annie, die jede Gelegenheit nutzt, sich bedienen zu lassen. Nein, Eliza ist ganz anders, liebt die Unabhängigkeit, leidet. Bridget weiß, daß Eliza in letzter Zeit zweimal urindurchnäßt aufgewacht ist. Bridget hat ihr die Laken ausgewaschen. Sie weiß, daß Eliza Angst hat, sich zu weit von ihrem Klo zu entfernen. Eliza hat die letzten fünfzehn Jahre ihres Lebens in der Gesellschaft alter Leute verbracht und weiß sehr genau, was gegen Ende geschehen kann, sie kennt die entsetzliche Würdelosigkeit, die auf sie zukommt.

Bridget sitzt neben Eliza, redet ihr zu zu essen, schwatzt von ihren Kindern, ihrem Mann, vom Wetter, das heute nicht so schön ist wie gestern.

Sie vermerkt, daß Eliza die letzte Nacht gar nicht im Bett war, sondern im Sessel geschlafen hat. Gegessen hat sie auch noch nichts, die gute Nachbarin hat ihr nur eine Tasse Tee gemacht. »Wer ist denn diese gute Nachbarin?« fragt sie Bridget pikiert. »Sie geht hier ein und aus, ganz bestimmt meint sie es gut, aber ich kenne sie nicht.«

»Sie wohnt nebenan«, antwortet Bridget. »Lassen Sie sie ruhig ein, sie kommt nur mal nachschauen, ob alles in Ordnung ist. Verstehen Sie, wir sind besorgt um Sie.«

»Janna ist schon seit Tagen nicht mehr hiergewesen«, meint Eliza, aber eher im Frageton, denn manchmal weiß sie nicht genau, wer hereinkommt.

Bridget mag nicht sagen, daß Janna in ihrer knappen Zeit wahrscheinlich vollauf mit Mrs. Fowler beschäftigt ist, mit der es langsam zu Ende geht – diese alten Leutchen sind so eifersüchtig, man muß aufpassen, was man sagt.

»Janna hat viel zu tun«, sagt sie ablenkend. Sie nimmt sich vor, am Treppengeländer eine Notiz für Janna anzupinnen, sie solle doch, wenn sie einmal hier ist, auch nach Eliza schauen.

Dann muß sie Eliza ihre Pillen einrichten. Sie ist selber entsetzt, wie viele Tabletten Eliza nehmen soll, sie stellt sich vor, die müßten sich doch im Bauch der armen Alten alle gegenseitig bekämpfen; aber der Arzt hat sie verordnet, die Pflegerin folgt den Anweisungen des Arztes, und sie als Haushaltshilfe, die Unterste der Hierarchie, kann nicht widersprechen.

»Bitte, liebe Eliza, bitte noch eine«, kost, fleht, beschwört sie, indes sie Eliza Pille um Pille in die Hand drückt.

Morgens kommt die Pflegerin zum Pillenverabreichen. Abends kommt die gute Nachbarin zum Pillenverabreichen. Aber mittags (oder jedenfalls irgendwann im Laufe des Tages, denn sie weiß nie genau, wann sie dazu kommt) muß Bridget sich um die Pillen kümmern, das hat sie zugesagt.

Eliza sitzt mit zusammengekniffenen Lippen da und starrt

den Pillenhaufen an, das Gesicht vor Widerwillen verzogen. Aber die lebenslange Gewohnheit zu gehorchen, fesselt ihr die Zunge, und eine nach der anderen schluckt sie, eine, zwei, drei, vier, fünf.

Bridget hatte sich geschworen, nicht mehr als höchstens eine Stunde bei Eliza zu verbringen, aber dann sind es doch nahezu drei Stunden geworden. Ihr Trost ist die Erkenntnis, daß Eliza durch so viel liebevolle Anteilnahme beinah wieder die alte ist, etwas bissig in ihren Bemerkungen vielleicht, aber sie lacht und nimmt sogar ihre Schwäche zum Anlaß für Scherze, wie daß Bridget eines Tages kommen und sie nicht mehr hier finden werde.

Na, so schlecht kann es ihr ja nicht gehen, wenn sie darüber Witze macht, denkt Bridget bei sich, aber wer weiß schließlich . . .?

Jetzt wird es langsam Zeit, daß sie ihre beiden Töchter abholt. Sie läßt sie nie allein zur Schule oder zurück gehen, weil sie eine vielbefahrene Straße überqueren müssen.

Sie stürzt in eine Telefonzelle, hat das Glück, eine Freundin zu Hause anzutreffen, bittet sie, die beiden Mädchen abzuholen und nach Hause zu bringen.

Denn es ist schon fast vier, und sie hat Mrs. Brent und Mr. Hodges noch vor sich.

Der alte Mann macht keine Schwierigkeiten, sie braucht ihm nur seine Lebensmittel hinaufzubringen, dazu muß sie allerdings klopfen, brüllen, wieder klopfen, bis er sie einläßt, und dann muß sie ihm noch verständlich machen, daß morgen entweder sie oder seine eigene Hilfe dasein wird.

Und jetzt zu Mrs. Brent. Bridget braucht nicht zu beten, sie möge guter Laune sein, denn das ist sie immer, trotz ihrer Lähmung. Sie ist eine schöne junge Frau, noch nicht einmal dreißig Jahre alt, sie hat ein dreijähriges Kind, das Bridget aus dem Kindergarten heimbringen muß, das morgendliche Hinbringen erledigt der junge Ehemann. Wenn Bridget manchmal das Gefühl hat, sie könne diesen Job nicht einen Tag länger ertragen – normalerweise macht er ihr allerdings nichts aus, nur an solchen Tagen, wo alles zusammenkommt, denkt sie daran, den Kram hinzuschmeißen

–, dann erinnert sie sich an Hilda Brent, die selbst in ihrer traurigen Lage immer noch lachen kann.

So schnell sie kann, läuft Bridget ein paar Straßen entlang bis zum Kindergarten, das Kind ist bereit, die Kindergärtnerin vorwurfsvoll wegen ihrer Verspätung, und dann gehen sie zu der kleinen Wohnung der Brents. Bridget ist vernarrt in das kleine Mädchen. Jeden Tag freut sie sich auf diese Stunde, wenn sie die Kleine heim zu ihrer Mutter bringt und ihr den Tee macht, denn Hilda kann das nicht tun, sie ist ganz auf ihren Mann und die Haushaltshilfe angewiesen. Aber heute trifft sie Hilda in ihrem Stuhl zusammengesunken an, ihr hübsches Gesicht eingefallen und grau.

O heilige Gottesmutter, fleht Bridget, nein, laß das nicht zu, es ist zuviel, bitte nicht.

Sie weiß, was los ist, Hilda hat solche Anfälle schon früher gehabt.

»Haben Sie schon die Klinik angerufen?« brüllt sie.

Ohne die Augen zu öffnen, schüttelt Hilda den Kopf.

Bridget telefoniert um einen Krankenwagen, dann ruft sie im Büro des jungen Ehemannes an. Aber wie sie schon befürchtet hatte, muß er Überstunden machen und wird nicht vor sieben daheim sein.

Sie packt der jungen Frau ein paar Sachen zusammen, hilft ihr mit den Trägern in den Krankenwagen, versichert ihr, daß sie sich des Kindes wegen keine Sorgen zu machen braucht, dann schließt sie die Tür ab und setzt die kleine Rosie in ihren Sportwagen.

Den schiebt sie zur Wohnung ihrer Freundin, holt dort ihre beiden Kinder ab und geht mit allen dreien zu sich nach Hause.

Sie muß an den letzten Notfall denken: Damals streikten die Sozialarbeiter gerade um eine Lohnerhöhung, und als Sympathieaktion verlangten sie von den Haushaltshilfen Dienst nach Vorschrift. Das kam ihr damals wie heute als ein Rekord an Dummheit vor. Wie kann man in diesem Job Dienst nach Vorschrift machen? Das soll mir mal einer erklären! Aber sie fing sich einen förmlichen Tadel für Streikbrecherei von so einer jungen Intelligenzbestie ein, die die

Streikposten vor dem Büro organisierte. Was hätte ich denn bitteschön tun sollen, das Baby in der·Wohnung sich selbst überlassen, oder was?

Aber der junge Held hatte sie verwarnt: »Wenn Sie das wieder tun, werden Sie mit einer Strafe belegt.«

Jetzt hatte sie es wieder getan, aber wenn sie Glück hatte, lief diesmal kein Streik. Hoffentlich nicht.

Zu Hause sputet sie sich, ihrem Mann den Tee zu machen. Er braucht ihn, wenn er nach Hause kommt, denn er arbeitet diese Woche auf der Baustelle, und sein scheußliches Ekzem macht ihm schon genug Ärger.

Der Junge kommt herein. »Was soll ich mit meinem Fußballzeug machen?« fragt er.

»Wirf es in die Badewanne.«

Der Tisch ist gedeckt, der Tee zubereitet, die drei Kinder essen, die kleine Rosie sitzt auf Bridgets Schoß und trinkt Milch, als ihr Mann kommt.

Wieder so ein rascher Expertenblick. Sie sieht sofort, daß es ihm nicht gutgeht, und sie ist nicht überrascht, als er sagt: »Ich gehe gleich nach oben und lege mich ins Bett, danach ist mir jetzt.«

»Dann bringe ich dir deinen Tee.«

»Mach dir keine Mühe, Liebling, ich werde es einfach ausschlafen.«

Damit geht er nach oben.

Vielleicht kann ich Vera noch im Büro erreichen, manchmal arbeitet sie ja noch spät . . .

Bridget ruft an, und sie hat Glück.

»Ach, Gott sei Dank«, sagt sie, »Gott sei Dank, daß du da bist.«

»Ich bin aber gerade im Gehen«, warnt Vera.

»Es ist wegen Eliza Bates. Sie kommt nicht mehr klar. Es geht einfach nicht mehr.«

Und auf einmal bricht Bridget in Tränen aus.

»Ach ja, so steht es also?« fragt Vera. »Darüber brauchst du mir nichts zu erzählen, ich weiß Bescheid, ich könnte mir die Augen ausheulen, was für ein Tag, und jetzt soll ich auch noch zu einem Meeting gehen.«

»Dann hänge ich wohl besser ein«, sagt Bridget und tut es. Aber als sie sich wieder den vier Kindern zuwendet, zeigt sie ein lächelndes Gesicht.

Sie putzt Gemüse, legt es zusammen mit dem Huhn in einen Topf, schiebt den Topf in den Ofen, räumt das Teegeschirr fort und weist die beiden älteren Kinder an: »Erledigt jetzt eure Hausaufgaben, danach dürft ihr fernsehen.«

Sie setzt sich nieder und nimmt das kleine Mädchen in den Arm, dessen Vater wegen seiner gelähmten Frau immer in solch verzweifelter Hast lebt, dessen Mutter es nicht richtig halten kann, das darum nach richtigem Kuscheln und Trösten hungert.

Eine selige halbe Stunde lang erfüllen die beiden ihre gegenseitigen Bedürfnisse, das Kind gluckst und schmiegt sich an, Bridget schnuppert an den süß duftenden Löckchen, die sie noch gestern selber gewaschen hat (obwohl das nicht zu ihren Aufgaben gehört) und streichelt die weichen, drallen Ärmchen und Beinchen.

Dann weist sie den ältesten Jungen an: »Behalt sie mal für mich im Auge«, und das Mädchen: »Wenn es angebrannt riecht, dreh den Ofen auf drei runter.«

Sie bindet sich ein Kopftuch und darüber die Plastikhaube um, wickelt die kleine Rosie ganz in Plastik und macht sich durch die dunklen Straßen auf den Weg zu den Brents, eine halbe Meile. Der junge Mann ist zu Hause und ist ihr dankbar, daß sie sich seines Kindes angenommen hat, und er fragt nach morgen. Denn da wird er wieder Überstunden machen müssen, obwohl er anführte, daß seine Frau krank ist, und er wird noch später als heute heimkommen.

»Da machen Sie sich mal keine Sorgen«, sagt Bridget, gibt der kleinen Rosie einen Kuß aus ganzem Herzen und geht heim.

Es ist kurz vor acht. Sie wird ihren Kindern das Abendessen servieren, sie wird selber auch etwas essen müssen, wenn sie auch keinen Hunger verspürt. Sie erinnert sich, daß ihr Mann vorgeschlagen hat, morgen könnten sie auf einen Drink in den Klub gehen oder so etwas Ähnliches. Na, wenn er sich das noch zutraut . . . Und nächste Woche feiert ihre Schwägerin Hochzeit, die kleine Schwester ihres Mannes, das ist doch etwas, worauf man sich freuen kann. Bridget sitzt allein, mit einem Ohr hört sie auf den Fernseher, mit dem anderen paßt sie auf, daß die Kinder nicht zuviel Krach machen und ihren Vater stören. Es gäbe viel sauberzumachen, aber unter der Woche hat Bridget für ihre eigene Wohnung selten Zeit. Am Wochenende arbeitet sie nicht. Das heißt, nicht als Haushaltshilfe.

Heute ereignete sich dies. Ein Anruf von Jill, schrill, überschwenglich. »Tante Jane, es ist geschafft, und ich weiß, es ist gut geworden.«

»Was ist geschafft?«

»Tante! O nein! Tu mir das nicht an.« Schluchzen. Ich dachte schon, es müsse wohl doch diese gräßliche Kate sein, aber nein, es war Jill. Also was? Mir fiel ein, ich hatte mich ja wirklich blöd benommen. »Tut mir furchtbar leid. Deine Prüfungen, nicht wahr? Und sie sind gut ausgefallen?«

Schnüff. Schnüff. »Da bin ich ganz sicher. So viel habe ich gebüffelt, Tante, ich habe geschuftet wie ein Ochse.«

»Dann komm her und erzähl mir davon.« Das wollte ich in dem Moment gar nicht sagen, aber nun hatte ich die Einladung ausgesprochen, und sie rief: »Oh, vielen Dank, ich komme noch heute nachmittag, aber es wird spät werden, ich bin dran, die Katzen der Nachbarin zu füttern, die ist verreist, und Mutter besucht Jasper im Krankenhaus, er hat sich beim Fußballspielen den Knöchel gebrochen.«

Ich befahl mir, mich hinzusetzen und nachzudenken. Jill war nie ein Glanzlicht in der Schule, fiel mir ein. Sie haßte Prüfungen und fiel oft durch. Und nun hat sie gut abgeschnitten. Sie hat gebüffelt: für Tante Jane. Die ganze Familie war beteiligt. Beifall und Spott, glückliche Familie. Aber Tante fragt: »Was ist geschafft?«

Sie kam an, freudestrahlend.

Spontan gab sie mir einen Kuß. Dann wurde sie verlegen.

»Erzähl mir alles.«

»Ich weiß, daß ich gut abgeschnitten habe. Die Noten kommen erst nach *Wochen* heraus, aber ich weiß es.«

Sie schwatzte weiter und gab mir eine Vorstellung davon, wie es gewesen sein mußte: Jill steht um fünf auf und arbeitet, Jill arbeitet den ganzen Abend, und am Ziel steht eine Stellung bei *Lilith* mit Tante Jane.

»Wann, glaubst du, kann ich anfangen?« wollte sie wissen und erwartete offensichtlich, ich würde so etwas sagen wie ›nächsten Montag‹. Ich war so verblüfft, daß ich schwieg. Lange schwieg. Vieles wurde mir klar. Sie erwartete, hier bei mir einziehen zu können und die Arbeit bei *Lilith* antreten zu können – sie erwartete, ihr Erwachsenenleben zu beginnen. Und ich sah – mich selbst in ihrem Alter. Lauter Vergnügen, Selbstvertrauen, Lebensfreude. Ehrgeizig ist Jill nicht. Sie verzehrt sich vor Erregung angesichts der Vorstellung, einem Ganzen anzugehören, gute Leistungen beizusteuern, aus dem liebenden Familienschoß zu entkommen, der einen so entmutigt: »Die arme Jill ist immer schlecht in Prüfungen, die arme Jill ist keine Intellektuelle.« Sie strotzt vor Zutrauen in ihre Talente, die in ihr überkochen wollen; sie weiß selbst noch nicht, was sie alles leisten kann, sie weiß nur, daß sie es nicht erwarten kann, anzufangen.

Und plötzlich, als ich mir eingestand, daß ich noch nicht *wirklich* begriffen hatte, Jill, Georgies Kind, würde in mein Leben treten und es beeinflussen – da kam mir der urplötzliche, wunderschöne, absolute Gedanke, wie richtig das doch war, wie passend, wie angemessen, und ich brach in Gelächter aus und konnte nicht mehr aufhören, indes der armen Jill all ihre Freude verging und Tränen in die Augen stiegen.

»Warum haßt du uns alle so?« stieß sie hervor. »Warum, was haben wir dir getan? Du findest uns alle gräßlich, du findest, daß ich nichts tauge, ja, ich weiß!«

»Nein, gar nichts weißt du«, sagte ich. »Ich lache über mich selber. Ihr seid es doch, die finden, daß ich gräßlich bin und nichts tauge, und weißt du was, Jill, in diesem Moment gehe ich einig mit euch.«

Ich beobachtete, wie ihr Gesicht, eben noch eingesunken, bleich und verkniffen, wieder Farbe und Selbstvertrauen annahm; und bald lächelte sie.

Einschmeichelnd behauptete sie: »Ach, weißt du, Tante

Jane, du beurteilst mich falsch. Ich mache nie Szenen oder knalle Türen zu, schmolle, lasse Sachen herumliegen, erwarte, bedient zu werden ...«

»Sehr glaubwürdig, wenn die Tochter deiner Mutter so etwas behauptet«, neckte ich.

»Ich bin nicht Kate. Und ich habe schon zu Mutter gesagt: Warum hast du uns immer unseren Willen gelassen? Wieso läßt du dich als Fußabtreter benutzen?«

»Und hatte sie eine einleuchtende Antwort?«

Sie lachte. Ich lachte.

»Du könntest dir einen Stein im Brett einhandeln, wenn du mich nicht dauernd Tante Jane nennen würdest.«

»Okay, also Janna.«

»Wenn die Tochter meiner Schwester sich durchringt, mich Janna zu nennen, dann ...«

»O Tante, o Janna, du weißt das ja nicht, verstehst du, wir haben über dich diskutiert ...«

»Tatsächlich? Eine nette Familiendiskussion?«

»Natürlich. Du hast doch sicher nicht geglaubt, man würde nicht über dich reden? Dabei warst du doch eine Art Brennpunkt für ... alles mögliche. Lauter Meinungsverschiedenheiten und Parteinahmen in der Familie, alles deinetwegen.«

»Tatsächlich?«

»Ja, und so wie ich es sehe, muß es bis in die Kindheit von dir und Mutter zurückreichen. *Uns* ist es nämlich vollkommen klar, daß wir alle in zirka zehn Jahren Konflikte austragen müssen, die darauf basieren, wie wir *heute* sind. Besonders Kate und ich. Wenn wir überhaupt Lust haben, uns jemals wiederzusehen. Sie ist nichts als ein Klotz am Bein.«

»Und meinst du, es würde deiner Mutter und mir helfen, wenn wir uns erinnerten, worüber wir uns in unserer Teenagerzeit gestritten haben?«

»Worüber habt ihr euch denn gestritten? Mutter behauptet, ihr hättet überhaupt nie gestritten.«

»Quatsch. Sie hat mir ganz schön das Leben vergällt. Es war Krieg, du verstehst. Alles war knapp. Sie klaute meine Rationen. Ich mußte ihre abgelegten Kleider tragen.«

»Aha«, sagte die junge Psychologin.

Ich erklärte Jill, natürlich könne sie nicht sofort anfangen. Sie müsse warten, bis eine Stelle frei würde, und selbst dann würde sie den Job nicht bekommen, wenn eine andere Bewerberin bessere Qualifikationen mitbrächte.

»Keine Vetternwirtschaft«, konstatierte ich.

»Hoffentlich doch, jedenfalls bis zu einem gewissen Grad«, neckte sie in einem Ton, dem ich schon anmerkte, so würde sie mich um den Finger zu wickeln versuchen.

Als sie fort war, verlor ich die Nerven. Ich mußte als Tatsache akzeptieren, daß etwas anders werden würde. Wenn Jill hier einzieht, werde ich mein Leben teilen müssen. Das Ende der glorreichen Einsamkeit. Oh, oh, oh, ich kann es nicht ertragen, ich kann nicht.

Wie liebe ich doch das Alleinsein, die Wonnen der Einsamkeit . . .

Im Büro sagte ich Bescheid, daß ich noch zwei Wochen Urlaub nehmen wollte. Dieser Blick von Phyllis. Sie hauchte: »Willst du denn nicht da sein, wenn der neue Herausgeber kommt?«

»Meine zwei Wochen fangen jetzt an. Bis er da ist, bin ich zurück.«

Ihr Blick drückte aus: Ich verstehe dich nicht. Der meine zu ihr: Ich verstehe mich selbst, das reicht.

Lustprinzip

Ich erwachte früh, noch vor Sonnenaufgang, goldene und rosa Wölkchen in einem grauen Himmel, der sich bald mit Sonnenlicht füllen würde. Ein richtiger Frühsommertag. Ich lag im Bett, schaute, horchte auf die Vögel, das Klirren der Milchflaschen. Ich bewohnte einen starken Körper, strotzend vor Gesundheit und Energie, er rekelte sich und gähnte bis zur völligen Wachheit, und ich sprang aus dem Bett, nichts als *Engel der Milde* im Kopf. Ich schrieb und schrieb, dann rief Joyce an, gerade vorm Schlafengehen.

Freundschaftliche Beleidigungen. Ich erzählte ihr, daß Nichte Jill dabei wäre, in mein Leben einzudringen, und sie meinte: »Na wunderbar, jetzt hast du eine echte Bürde. Eine aufblühende junge Seele, und wenn sie auf Abwege gerät, wird es deine Schuld sein.«

»So denkst du, nicht ich.«

»Du auch, nur unterbewußt. In diesem Spiel kann man nicht gewinnen. Nein, nein, dein Teil ist Schuld, Janna.«

»Nicht deiner?«

»Ich habe mich davon befreit. Übrigens, hättest du nicht Lust, meine beiden Schulderzeuger auch noch zu übernehmen? Je eher, desto besser, was mich angeht.«

»Nein, du weißt ja, ich verstehe nichts von *Liebe*. Deine mit Liebe aufgezogenen Sprößlinge überlasse ich besser dir, Joyce.«

»Ich muß schon sagen, das ist das schnuckeligste Alibi, das man sich ausdenken kann.«

»Wovon sprichst du?«

»Wenn deine Nichte Jill bei dir wohnt, kannst du kein Privatleben mehr haben, ein Liebhaber kommt nicht in Frage . . .«

»Du gehst immer noch davon aus, daß ich einen will.«

»Natürlich willst du einen. Zumindest unterbewußt. Du hast ein Recht auf einen. Wir haben ein Recht auf Sex. Das weißt du doch wohl?«

»Aber ich habe doch Sex gehabt.«

»Nein, du hast das Recht auf Sex immerzu. Bis du neunzig bist.«

»Wenn du es sagst, Joyce. Wie steht es um deinen Sex?«

»Ich arbeite daran.«

Dann nahm ich ein Bad, nur ein kurzes. Was ist aus meinen köstlichen, ausgedehnten Bädern geworden, den Düften und Ölen und Essenzen? Ich habe einfach keine Zeit mehr dafür.

Um neun war ich auf der Straße, schlenderte dahin und genoß das Leben auf meine Weise. Wie launig, wie anregend, wie freundlich ist diese Stadt! Die Sonne schoß rasch wieder verschwindende Strahlen hinter weißen Wölkchen

hervor. Mild war es. Ich betrat die Boutique, die gleichzeitig
Frühstücksstube und Reformkostladen ist, und da sonst niemand da war, verließ Mary Parkin ihren Ladentisch, setzte
sich zu mir und erzählte mir die neueste Folge ihres großen
Fortsetzungsromans über den Krieg mit ihrer bösartigen
Nachbarin, die ihre Katze mißhandelt. Ich aß gesundheits-
fördernden, nahrhaften und wohlschmeckenden Vollkorn-
kuchen. Dann schlenderte ich weiter die High Street entlang
und wartete hinten im Zeitungsladen, während ein junger
Arbeiter, groß und auf verwegene Weise gut aussehend, die
beiden respektablen Verkäuferinnen mittleren Alters wegen
einer Illustrierten neckte, die sie anboten und in der jungen
Ehefrauen geraten wurde, sich ihr Schamhaar in Herzform
zu rasieren, um den Gatten bei der Stange zu halten.

Er hatte die Illustrierte gestern für seine Frau gekauft, sie
hatten sich beide gekringelt vor Lachen, und heute, so sagte
er, könne er es sich nicht verkneifen, Madge und Joan auch
mitlachen zu lassen.

»Man kann ja nie wissen«, gibt er kund, »wir fanden, man
sollte es euch sagen, vielleicht habt ihr nicht darauf geachtet,
und ihr würdet doch sicher nicht mit ungepflegtem Schamhaar herumlaufen wollen, oder?«

»Ich glaube, meins habe ich mir in letzter Zeit nicht mehr
richtig angeguckt, hatte keinen Anlaß dazu«, meint Madge
und fragt Joan: »Und du?«

»Mein Schamhaar ist nicht mehr, was es mal war«, antwortet Joan und reicht ein paar Zeitungen über den Tresen
zu einer alten Dame (es könnte Maudie oder Eliza Bates
sein), die ihren Ohren nicht traut.

»Wenn ich nicht verheiratet wäre«, sagt der junge Mann,
»würde ich ja mal sehen, was ich für euch tun kann. Aber
so ... na ja, hebt *Haus und Garten* für uns auf. Lily sagt,
wenn wir uns schon keine neue Einrichtung leisten können,
dann will sie wenigstens davon lesen.«

Damit geht er. Die beiden Frauen tauschen einen Blick
und ein Lachen, das besagt: Was waren das doch für Zeiten,
dann wenden sie ihre Aufmerksamkeit der alten Frau zu, die
in ihrer Handtasche nach Kleingeld wühlt. Geduldig warten

die beiden, sie wissen, das Mitgehörte hat sie verstört, dann erkundigen sie sich nach ihrem Mann.

Sie tritt mit mir zugleich auf die Straße hinaus. Sie starrt mich schockiert an und flüstert: »Haben Sie das gehört?«

Ich wechsle die Rolle und entgegne: »Einfach schandbar.« Ich muß an den echten Schmerz Elizas denken, wenn sie das Radio, das Fernsehen, die Zeitungen kommentiert: Was ist denn bloß passiert, wieso sind die jungen Leute heutzutage so?

Aber Joan und Madge sind nicht mehr jung, das ist es, was sie so schmerzt. Wir spazieren gemeinsam die Straße entlang, indes sie sich allmählich wieder zum seelischen Gleichgewicht zurückschimpft.

Und jetzt in den Bus. Angestellte sind jetzt keine mehr unterwegs, der Bus ist voller Frauen. Die Gilde der Hausfrauen, die gemütlich dasitzen, behangen mit Einkaufstaschen und -körben, und sich an der Fahrt und dem schönen Tag freuen. Ein Bus um halb elf Uhr vormittags ist eine andere Welt, hat nichts mit den Stoßverkehrsbussen gemeinsam.

Diese Frauen halten alles zusammen, sie stützen unsere wichtige Tätigkeit an großen Projekten durch tagtägliche, vielfältige Kleinarbeit, so unbedeutend, daß sie auf die Frage, was sie den ganzen Tag getan haben, antworten könnten und oft tatsächlich antworten: Ach, eigentlich nichts.

Sie fahren drei Stationen weit zu einem Laden, um Strickwolle zu einem Pullover für ihr Enkelkind zu kaufen, oder Knöpfe für ein Kleid oder eine Bluse, oder eine Spule weißes Nähgarn, denn das sollte man immer im Haus haben. Sie fahren zum Supermarkt, zum Bezahlen ihrer Stromrechnung, zum Abholen ihrer Rente. Die Haushaltshilfen wollen in die Apotheken, um Rezepte für Eliza Bates, Annie Reeves, Mrs. Coles, Mrs. Brent, Mr. Hodges einzulösen. Jemand will im Schreibwarengeschäft lauter verschiedene Grußkarten zu Onkel Berties vierundsechzigstem Geburtstag kaufen, damit er von jedem Familienmitglied eine andere bekommt. Ein Paket nach Kapstadt für eine ausgewanderte Nichte und ihre Familie muß aufgegeben werden, sie hatte um eine bestimmte Art von Unterjacken nachgesucht, die man anscheinend in Südafrika nicht bekommt. Oder ein Paket mit selbstgebackenen Keksen für eine Kusine in Wales. Einige wollen zur Oxford Street auf ihren wöchentlichen oder monatlichen Einkaufsbummel, der für sie Vergnügen und Erholung ist. Stundenlang wollen sie Kleider anprobieren und außerdem scharf auf Angebote achten, die für Mutter, Tochter, Mann, Sohn das Richtige sein könnten. Nach mehreren Stunden harter Wühlarbeit in den Geschäften kommen sie mit einem Unterrock, zwei Paar Strümpfen und einem Handtäschchen heim. Das hätten sie alles auch in der High Street bekommen können, aber da macht es nicht soviel Spaß. Später machen sie die Runde bei Verwandten, denen sie alle möglichen bestellten Sachen mitbringen, Zahnpulver zum Beispiel oder eine bestimmte Sorte Halsdragees; sie gehen ins Krankenhaus und sitzen stundenlang bei einer Oma; sie schauen auf eine Tasse Tee bei einer Tochter herein oder gehen mit einem Enkelkind im Park spazieren. So etwas tun diese Frauen den ganzen Tag lang, und die gute Laune, die von ihrer Tüchtigkeit herrührt, quillt über und verbreitet sich im ganzen Bus, so daß alle Leute sich zulächeln, Bemerkungen über das Wetter austauschen – in anderen Worten, Trost oder Ermutigung – und humorvolle Kommentare über die Ereignisse draußen auf der Straße abgeben.

Im *Victoria and Albert Museum* schaute ich mir – ich hatte ja so viel Zeit! – ein Stühlchen aus dem frühen 18. Jahrhundert an, ein Holz wie Seide, das stand dort so ganz schüchtern und schien zu sagen: Betrachte mich!, und seine Lebensgeschichte erschien mir so gewaltig, so allumfassend, gerade wie wenn man Maudie oder Eliza zuhört – auf einmal hatte ich genug und ging ins Restaurant, und da war ein Gentleman, der Ausdruck traf genau zu, höflich und humorvoll, genau wie ich zu einem netten Tischgespräch aufgelegt, und so saßen wir zusammen und gaben von unserer Lebensgeschichte nicht mehr preis, als unbedingt sein mußte. So angenehm. Am Ausgang zog er seines Weges und ich meines, diesmal auf das Oberdeck eines Busses, denn jetzt war es

Nachmittag und nicht länger die Stunde der Frauen, und ich belauschte eine Meinungsverschiedenheit zwischen dem Schaffner und einem Fahrgast im sardonischen, trockenen, leicht surrealistisch angehauchten Londoner Stil.

In der High Street ist das Café, wo ich manchmal eine halbe Stunde zum Lunch mit Vera abzweige, aber jetzt sitze ich dort über eine Stunde und höre zu, wie sich am Nebentisch zwei arbeitslose Jugendliche unterhalten. Ein Schwarzer, ein Weißer. Ganz junge Leute. Schlagen die Zeit tot wie ich. Ich sagte mir, das ist eine Tragödie, man sollte entsprechend empfinden; aber ihre Gesichter wirkten nicht tragisch, sondern gut gelaunt. Traurig schon, würde ich sagen, aber alles andere als hoffnungslos. Sie flachsten herum und planten, ins Kino zu gehen. Ich war fest entschlossen, mich nicht traurig machen zu lassen, nicht heute, nicht an diesem wundervollen Tag. Ein paar Worte wechselte ich mit ihnen, aber ich war ja nun ein Wesen ganz außerhalb ihrer Erfahrungswelt, für sie höchstwahrscheinlich eine ›alte Frau‹. Freundlich waren sie, aber nicht bereit, sich zu öffnen und sich mir mitzuteilen. Beim Gehen verabschiedeten sie sich: »Also bis dann, paß auf dich auf.«

Dann ging ich zu Maudie – nein, das war der unangenehme Teil des Tages, Maudie geht es so schlecht – genug, ich verließ sie wieder und ging in den Golders Park, vorbei an den Rehen und Pfauen und Ziegen, dort trank ich einen guten Kaffee auf der kleinen Terrasse mit all den schlauen, gemütlichen, älteren Juden, die da den ganzen Sommer sitzen und sich braun und blank brennen lassen, und mit den Müttern und den kleinen Kindern. Auf den weiten Rasenflächen wirkten die Liegestühle wie Segel, bunte Segel, blauer Himmel endlos weit, nirgendwo eine Wolke. Und überall Leute, die Sonne tankten.

Spät erst, nach neun, in der Dämmerung kam ich heim, und jetzt sitze ich am Schreibtisch, es ist Tagebuchzeit, und ich versuche, diesen Tag, diesen herrlichen Tag einzufangen, auf daß er nicht für immer verschwinde. Denn so etwas ist kostbar, selten. Wie ich so etwas zu schätzen weiß. Zeit zum Totschlagen, Zeit im Überfluß – einen einzigen Tag lang nichts, was ich tun *muß*, niemand, mit dem ich sprechen *muß*, bis auf Maudie, die arme Maudie, aber an sie will ich nicht vor morgen denken. Ein Tag in London, dem wundervollen London mit seinen Gaben des sardonischen Witzes und der Freundlichkeit, ein Tag in Einsamkeit ganz für mich allein. Vollkommenes Vergnügen.

Die zwei Wochen sind um. Jener Tag mit seinem Sonnenschein war der schönste, aber genossen habe ich alle fünfzehn faulen, langen Tage. Faul abgesehen von Maudie. Für sie muß ich wieder alles mögliche tun.

Es ist Spätsommer. Ich habe gearbeitet, geschuftet, wie arbeite ich mich ab, wie genieße ich, daß ich dazu imstande bin – und wie werde ich es genießen, nicht mehr soviel zu arbeiten, wenn ich auf Teilzeit umsteige. Bald ist es soweit.

Jill wohnt in meiner Wohnung, meinem Zuhause, sie bewohnt mein Arbeitszimmer, ein anständiges Quartier, aber sie hält sich kaum jemals dort auf. Sie ist vernarrt ins Büro – genau wie ich vor so vielen Jahren. Sie ist vernarrt in Phyllis und Phyllis in sie. Sie arbeiten zusammen, Jill saugt alles ein wie ein Schwamm. Sie nimmt Phyllis nicht so wahr, wie ich es tue – wie ich es *tat*; Phyllis hat sich verändert, sie hat ihre Bissigkeit abgelegt. Zu Jill ist sie freundlich, einfühlsam, großmütig.

Der neue Herausgeber. Nicht der, für den ich gestimmt hatte, der Ausschuß hat ihn eingesetzt. Für mich und Phyllis, eigentlich für alle, war es auf den ersten Blick klar, daß er ein Trittbrettfahrer ist. Phyllis grämt sich über die Ungerechtigkeit: Sie ist natürlich zu jung, um Herausgeberin zu werden, sie stand überhaupt nicht zur Debatte, dabei wäre sie geeignet gewesen. Jetzt muß sie auf dem Umweg über ihn arbeiten. Ich kann nicht gut sagen: Liebes Mädchen, nimm es mit Ruhe, ärger dich nicht, das kostet nur Zeit, es wird sich nicht viel ändern.

Indirekt sagt man so etwas. Ich erzähle ihr sehr viel über die alten Zeiten, als Joyce und ich zusammenarbeiteten und alles regelten, während der sogenannte Herausgeber nach unserer Pfeife tanzte. Phyllis lauscht mit einem leichten hübschen Lächeln, ihre Augen zeigen ironisches Vergnügen. Jill versteht noch nicht, worauf ich hinaus will, aber sie wird es bald verstehen, so konzentriert beobachtet sie Phyllis.

Ich soll Charlie einarbeiten, hernach soll er meine Stelle übernehmen. Er ist ein netter Mann, ich mag ihn leiden. Produkt der sechziger Jahre. Ein schlapper Haufen, keine Disziplin, sie hatten es zu leicht. Umgänglich, ergrauend, dicklich, man erwartet beinahe Kleckerspuren auf seinem Rollkragenpullover zu sehen. Er achtet auf nichts.

Schon seit Jahren grübele ich, was eigentlich den Unterschied zwischen den zehn Prozent, die wirkliche Arbeit tun, und dem Rest, der herumhängt und sich den Anschein gibt, zu arbeiten, oder vielleicht sogar daran glaubt. Der arme Charlie kam und wartete auf Anweisungen. Ich hatte mir natürlich schon überlegt, *wo* er am besten sitzen sollte. Die Fotografen wollte ich nicht umquartieren, sie brauchen den Platz. Ich sah auch nicht ein, warum unser Raum aufgegeben werden sollte, es war sowieso keiner der besten. Nein, der Raum für Ausschußsitzungen war es, mit viel Polstermöbeln, der sieht offiziös aus und macht was her. Dorthin zog ich mit Charlie und ließ die beiden Mädchen dort, wo ich mit Joyce gearbeitet hatte. Ich sitze Charlie gegenüber wie früher Joyce. Wir verstehen uns prächtig.

Charlie hat vorher eine Fachzeitschrift gemacht, ein sauberes, attraktives Erzeugnis. (Aber wer hat sie wohl *wirklich* gemacht?) Da sitzt er und schiebt Papiere auf seinem großen Schreibtisch hin und her, indes ich ihm von der Geschichte *Liliths* erzähle, von den Umgestaltungen, von dem, was *Lilith* sein sollte, ›meiner Ansicht nach‹ – Nicht daß ich annähme, auf meine Ansicht käme es jetzt noch an, ich bin ja schließlich dabei, mich zurückzuziehen. Aber nein, Janna, natürlich legen wir Wert auf deine Ansicht . . .

Er zeigt nie irgendwelche Initiative . . . Macht das etwas? Manchmal kann Passivität eine große Tugend sein. Dinge ihren Lauf nehmen zu lassen: o ja, auch das muß man können. Dann aber im richtigen Augenblick das Steuer ergreifen, den Apparat anlaufen lassen, der Trägheit eine Richtung geben, Geschehnisse in Gang setzen.

Joyce beherrschte das Abwarten, Zuhören, um dann ein-zugreifen und zu steuern. Vielleicht ist Charlie auch so ein Typ, dachte ich. Aber nein, wohl doch nicht, da bin ich ziem-lich sicher. Er *tut keine Arbeit* – aber das gilt für die meisten. Interessant ist es, Leuten beim Nichtarbeiten zuzusehen. Die Post kommt, er gibt sie mir, ich gehe sie zusammen mit ihm durch. Er sagt: Was ist mit diesem oder jenem? Ich frage: Glaubst du nicht, wir könnten . . .? Er sagt: Na ja, schon möglich . . . Und dann bleibt es an mir hängen, die Te-lefonate zu erledigen, ich lasse meine Sekretärin kommen und diktiere, während Charlie mit Papieren beschäftigt ist. Jeden Tag hat er ein Arbeitsessen mit irgend jemandem. Erst spätnachmittags kommt er ins Büro zurück, und dann ist schon alles gelaufen. Er sitzt herum, wir reden, er diktiert ein oder zwei Briefe, und der Tag ist um. Er hat überhaupt keine Arbeit geleistet. Zu mir hat er sogar einmal gesagt – lächelnd, wenn sein Lächeln auch einen ganz kleinen Anflug von Verlegenheit hatte: Ein guter Organisator versteht zu delegieren.

Es stimmt schon: Alle Abteilungen bei uns würden auch ohne Intervention lange Zeit aus eigener Kraft weiterlaufen.

Inzwischen sind da Phyllis und Jill, und sie haben bereits begriffen. An sie delegiert Charlie – wie er glaubt – die Ver-antwortung. Ich beobachte Phyllis, wenn sie hereinkommt, um Instruktionen entgegenzunehmen, um Vorschläge zu unterbreiten. Sie läßt es nicht zu, daß ihr Blick sich mit mei-nem trifft, es darf nicht das leiseste Anzeichen von Ver-schwörertum geben. Eins mit Sternchen, Phyllis! Sie sitzt da, kompetent, ruhig, natürlich in weicher, seidiger, beruhi-gender Kleidung, und sagt: »Charlie, ich überlege gerade, was würdest du wohl davon halten . . .«

»Ja, so etwas Ähnliches hatte ich auch schon im Sinn«, sagt er dann wohl eine halbe Stunde später. Und wenn ich auf einen Schwatz in ihr Büro komme, reden wir so, als hätte tatsächlich Charlie dieses oder jenes in Gang gesetzt, als hielte Charlie das Steuer.

Das wunderschöne Herbstwetter hält an, Tag um Tag. Heute nachmittag habe ich meine Wohnung saubergemacht

(Jill hält ihr Zimmer sehr schön in Ordnung) und endlich
einmal meine Kleider, Hände, Nägel usw. auf Vordermann
gebracht, und dann sah ich den Himmel und rannte auf einmal die Treppen hinunter, ins Auto und zu Maudie.

»Maudie«, bat ich, »komm mit in den Park.«

Ich sah, alles war noch offen, und flehte weiter: »Bitte,
Maudie, komm doch mit, sag dieses eine Mal ja.«

Und da lächelte sie auf ihre lebhafte, zugängliche Art, das
Lächeln, das mich so erleichtert, und sagte: »Aber ich habe
doch schon Brote geschnitten und die Tassen rausge-
stellt . . .« Ich flitze hinein, hole ihren Mantel, ihren Hut,
ihre Tasche, und sie läßt mich gewähren. In zehn Minuten
sind wir im Regents Park. Ich fahre immer im Kreis und betrachte die goldenen und bronzenen und grünen Farben unter dem strahlendblauen Himmel, und Maudie wendet ihr
Gesicht ab und beschirmt es mit der Hand. Ich denke mir,
sicher weint sie, aber nein, ich will es nicht gesehen haben.
Darum halte ich meinen Blick auf Sicherheitsabstand.

»Kannst du ein Stückchen laufen?« frage ich.

Zum Glück gibt es einen freien Parkplatz nur zwanzig
Meter vom Café entfernt. Es sind lange zwanzig Meter, und
ich merke, wie sie nachgelassen hat, seit wir letzten Sommer
hier waren. Diesen Ausdruck habe ich verabscheut, als ich
ihn zuerst aus dem Mund dieses geschniegelten Mode-
püppchens Hermione hörte, ich verabscheue ihn in Veras
Mund, und trotzdem gebrauche ich ihn jetzt selbst. Maudie
läßt rapide nach . . . wie eine schlechte Schülerin.

Endlich kamen wir zu den Tischen. Rosen blühen noch,
Büschel von Farbe und Duft, und die wohlgenährten Spatzen hüpfen überall herum. Ich helfe Maudie auf ihren Stuhl
und hole Kaffee und Kuchen. Maudie ißt und ißt auf ihre
langsame, methodische, genußvolle Weise, und zwischen
den Kuchenstücken lächelt sie den Spatzen zu.

Wenn ich an diesen winzigen gelben Bauch denke,
kommt es mir unglaublich vor, wieviel sie essen kann. Und
Maudie führt an: Die sagen, ich müßte mein Magengeschwür füttern . . . nicht entschuldigend, aber erstaunt,
denn auch sie wundert sich darüber, wieviel es sie zu essen

verlangt, daß sie sich manchmal noch Butterbrote macht, nachdem sie das Essen auf Rädern weggeputzt hat, oder daß sie ein ganzes Paket Zwieback aufißt.

Und dann fahre ich sie wieder im Park herum, immer im Kreis, indes sie ihr Gesicht abschirmt und die gelben Bäume bestaunt und die Schatten, die sich unter ihnen ausbreiten.

Maudie. Es scheint ihr besser zu gehen, wenn man so etwas von einer Krebskranken sagen kann. Ihre fürchterlichen Wutanfälle sind selten, ihre Stimmung ist meistens freundlich, sogar fröhlich. Paradoxerweise gerade weil sie findet, ich hätte sie im Stich gelassen. In der Nacht nach unserem Ausflug in den Park erwachte ich mit einem Knoten im Rükken. Nicht im entferntesten so schlimm wie letztesmal, und am nächsten Tag war alles überstanden. Aber ich wußte, was ich zu tun hatte. Ich rief Vera Rogers an, wir sprachen lange miteinander, und danach ging ich zu Maudie, setzte mich hin und verlangte: »Jetzt hör mir bitte zu, Maudie, ich muß dir etwas erklären. Hör mich bitte zu Ende an, ohne gleich böse zu werden.«

An sich wollte ich diese Wendung ›ohne gleich böse zu werden‹ gar nicht benutzen; die Nacht davor hatte ich mir stundenlang vorgesagt, sie ist doch eine intelligente Frau, sie hat Vernunft, ich brauche ihr nur zu erklären . . . Alles Blödsinn, denn schon hatte sie ihr Gesicht abgewendet und starrte mit ihrem harten, bebenden, hoffnungslosen Blick ins Feuer.

Ich setzte ihr auseinander, sie müsse eine Haushaltshilfe haben, zumindest zweimal die Woche zum Einkaufen; sie müsse auch eine Pflegerin akzeptieren und sich von ihr waschen lassen. Sonst würde ich bald ständig ans Bett gefesselt sein, und sie würde mich überhaupt nicht mehr sehen.

Sie sprach kein Wort. Als ich ausgeredet hatte, da sagte sie: »Ich habe wohl keine Wahl, oder wie?« Später gab sie mir zu erkennen, daß sie der bösen Vera Rogers die Schuld gab.

Da sah ich ein, daß ich kein vernünftiges Verhalten mehr von ihr erwarten konnte.

Die Haushaltshilfe ist eine nette junge Irin, sie wußte

schon, daß Mrs. Fowler schwierig sein würde, und sie klopfte geduldig, bis Maudie, zähneknirschend, wild blikkend und murmelnd, sie einließ.

Molly fragte höflich: »Was darf ich für Sie einholen?«

Maudie behauptete: »Ich habe alles.«

Daraufhin versuchte Molly einen Trick, der bei einer anderen schwierigen Greisin gewirkt hatte. »Oje, ich bin so müde, darf ich mich nicht einen Moment setzen und eine Zigarette rauchen?« Sie warf einen Blick auf den gräßlichen Sessel und setzte sich dann auf den harten Stuhl am Tisch.

Dieser Blick des Abscheus, nur für den Bruchteil einer Sekunde, entging Maudie nicht, und sie entschied, daß sie dieses Mädchen haßte. »Ich kann Sie nicht daran hindern«, sagte sie.

Da wußte Molly, hier könne sie sich nicht hinsetzen und schwatzen. Sie drückte ihre Zigarette aus und sagte: »Wenn ich nichts für Sie einkaufen soll, dann gehe ich am besten wieder.«

Daraufhin schwieg Maudie erst einmal und warf dann schroff und hastig hin: »Vielleicht Zwieback ... und etwas für die Katze könnten Sie mitbringen ... aber machen Sie sich bloß keine Mühe.«

Jetzt weiß die arme Molly zumindest ein paar Sachen, die Maudie braucht. Als sie aber versucht, einen Blick in die Küche zu werfen, wo sie vielleicht mit Hilfe ihrer Augen und ihres Verstandes feststellen könnte, was fehlt, tritt Maudie dazwischen: »Ich kann mich nicht entsinnen, Sie hier hereingebeten zu haben.« Wenn Maudie also etwas vergißt, was oft geschieht, dann muß sie eben darauf verzichten. Und wenn ich zu ihr komme, gehe ich für sie noch einmal hinaus. Ich komme mir albern vor, schließlich dauert es doch nur ein paar Minuten. Sie findet es albern, daß sie diese Haushaltshilfe ertragen muß, nur weil Janna plötzlich kalt und unversöhnlich geworden ist.

Aber das schlimmste war natürlich, daß sie sich von einer Pflegerin waschen lassen mußte, und die war schwarz, zu jung, zu alt, weiß, hatte harte Hände, hatte kalte Hände – war nicht Janna. Zuerst wollte sie keine Pflegerinnen einlassen, dann merkte sie, daß ich mein Herz verhärtet hatte und auf ihr stummes Flehen nicht reagierte. Dann ließ sie sie schließlich ein, aber sie konnten keine saubere Wäsche finden, und auf ihre Fragen, zuerst sanft und geduldig, dann immer gereizter und rechthaberischer, kam nur ein Grummeln als Antwort. Die erste Pflegerin war schwarz, sie berichtete, ihrer Ansicht nach würde Mrs. Fowler sie ihrer Hautfarbe wegen ablehnen; die zweite war weiß und gab nach zwei Versuchen auf; die dritte brachte es tatsächlich fertig, Maudie zu waschen, diese aber fand den Vorgang so beschämend und schmerzlich, daß die nächste Pflegerin begrüßt wurde: »Haut ab alle miteinander, ich brauche euch nicht, ich komme alleine zurecht.«

Dann kam eine absurde Zeit: Ich ging abends zu Maudie und fand sie scheußlich stinkend und verzweifelt und beschämt vor. Wir saßen wie üblich zu beiden Seiten des Ofens, sie erzählte mir die alten Geschichten, denn neue fallen ihr nicht mehr ein, und zwischen uns steht das Bewußtsein, daß ich sie nicht waschen will, daß ich, ihre Freundin, nicht mehr ihre Freundin bin.

»Als du noch meine Freundin warst«, fing sie einmal einen Satz an, sie meinte das nicht als Erpressung, sie sagte nur, was sie empfand.

Und bald schon dachte ich bei mir, hier ist eine alte Frau, todkrank an Krebs, und du willst nicht einmal eine halbe Stunde opfern, sie zu waschen.

Ich rief Vera an und bat sie, die Pflegerinnen zu streichen, aber die Haushaltshilfe auf dem Plan zu belassen, und seitdem wasche ich Maudie wieder. Allerdings nicht jeden Tag, das kann ich einfach nicht. Ich fürchte den stummen Feind, meinen Rücken.

Wenn ich zu Maudie komme, ist sie oft wirklich schlimm dran, fühlt sich schmutzig und stinkend und ängstigt sich, ob ich wohl heute guter Laune sei. Das merke ich dann schon und frage: »Hast du Lust auf eine Wäsche, Maudie?« Und ihr Gesicht! Diese Erleichterung in ihrem armen Greisinnengesicht ... Wie sie es doch haßt, schmutzig, sich selbst widerwärtig zu sein. In gewisser Hinsicht war es schlecht für sie, daß ich in ihr Leben trat, denn vorher hatte sie ein wenig vergessen gelernt, bemerkte nicht mehr so ihre schmutzige Kleidung, ihre rußigen Handgelenke, das Schwarze unter ihren Fingernägeln.

Also wasche ich sie von Kopf bis Fuß, etwa alle drei Tage. Und sie hat sich gar nicht mehr besudelt, naß ist sie allerdings manchmal.

Ein bißchen Einblick habe ich in die Wachsamkeit und Mühe, die sie darauf verwendet, sich nicht zu beschmutzen: Wie oft sie sich nach draußen auf den kalten Abort schleppt; wie sie sich anstrengt, ihre Gedärme zu überlisten. Und da gibt es noch etwas anderes: Sie will nicht, daß Janna, die Spionin für Vera Rogers, herausbekommt, was sie macht, darum setzt sie alles daran, sitzt sogar die ganze Nacht wach, um nicht den Nachtstuhl benutzen zu müssen. Aber einmal mußte sie ihn benutzen, sie schaffte es nicht mehr nach draußen, und ich kam herein, ehe sie ihn ausleeren konnte. Sie hinderte mich nicht daran, den Topf zu nehmen, aber sie sah mich auf eine Weise an, die ausdrückte, dies sei ein Moment, den sie gefürchtet habe, und nun sei er da. Zuerst glaubte ich, sie habe Brühkaffee getrunken, dann erinnerte ich mich an etwas über Kaffeesatzstuhl. Gleich am nächsten Tag rief ich Vera an; und sie sagte, sie müßte den Arzt hinzuziehen, es sei ihre Pflicht. Tu es nicht, bat ich, tu es nicht. Laß sie in Ruhe, so lange es irgend geht.

Anstelle von Janna, der echten Freundin, dem *einen Menschen*, auf den man sich verlassen kann, der immer ja sagt und das Notwendige tut, das zweite Ich, hat sie nun also diese andere Janna, die Grenzen zieht und mal ja sagt und mal nein.

Ich fuhr Maudie zu ihrer Schwester. Für den Besuch wählte sie einen Sonntag, an dem sie sich wohl genug zu fühlen glaubte, um den Tag ohne Schande zu überstehen. Sie rief ihre Schwester an, sie schleppte sich die Stufen hinauf bis in die Telefonzelle an der Ecke, und hinterher erklärte sie mir, das Treffen sei vereinbart, und sie werde mit dem Bus hinfahren, das hätte sie oft genug getan, ich brauche mich nicht zu bemühen.

Es war ein milder Novembertag. Maudie trug ein Feiertagskleid aus dunkelblauer Seide mit grauen und rosa Rosen. Es war ein Geschenk von ihrer Freundin aus Hammersmith, der Schauspielerin, kurz nach dem Zweiten Weltkrieg. Dazu trug sie einen schwarzen Mantel und einen schwarzen Strohhut mit Satinband und einem Rosensträußchen, den sie sich vor vierzig Jahren für eine Hochzeit gekauft hatte. Als ich sie abholte, erschien sie mir wie Lizas Mutter aus *My Fair Lady*, verarmt und schäbig, aber tapfer. Aber sie hatte auch etwas Trotziges, ja Freches an sich, und daran lag es, daß Maudie ihren Verwandten, die sie seit Jahren nicht mehr gesehen hatten, genauso erschien wie das Bild, das sie sich von ihr machten, nämlich als eine exzentrische, heruntergekommene arme Verwandte, mit der man am liebsten nichts zu tun haben möchte.

Es war ein hübsches Häuschen, alt, mit Garten, eins von den wenigen, die zwischen den neuen Hochhäusern, den riesigen Verbrauchermärkten, den Garagen, dem tosenden Straßenverkehr verstreut lagen. Wir mußten eine Weile herumkurven, um die Anschrift ausfindig zu machen, und da war es: beinahe ein Dorf oder das Fragment eines Dorfes. Ein bemaltes Gartentor, ein Pfad zwischen herbstdunklen Rosen, und da wartete die Sippschaft auf Tante Maudie und ihre neue Freundin. Gespannte Neugier. Furchtbare Leute sind sie, hart, schlau, *gewöhnlich* – ein Ausdruck, der nie hätte aus der Mode kommen sollen.

Die Schwester, älter als Maudie, ist eine Matriarchin, die immer noch aktiv ist und die Zügel in der Hand hält. Sie hat das Essen gekocht, Töchter und Enkelinnen angewiesen, wie sie den Tisch decken sollten, Söhnen und Enkeln befohlen, sie sollten den Müll hinaustragen, ein verklemmtes Fenster aufhebeln, die Klokette verlängern.

Zwölf Leute, alle gräßlich herausgeputzt, sie redeten über ihre Autos, ihre Rasenmäher, ihre Urlaubsreisen. Sie haben es alle ein tüchtiges Stück weitergebracht als Maudie oder ihre Schwester Polly, aber wie würde man sie wohl im Vergleich zu ihrem gottlosen Großvater, Charlie dem Lebemann, einordnen? Ich brütete über unser oft so verzwicktes

Klassensystem, während ich Fragen nach meinem Beruf beantwortete, natürlich nicht wahrheitsgemäß, sonst hätten sie geglaubt, ich lüge, nein, ich behauptete, ich sei Sekretärin. Fragen über Maudie. Dabei wußte ich, was kommen mußte, und schon kam es: »Sie sind also Maudies gute Nachbarin?«

Ich war entschlossen, Maudie nicht um ihre echte Freundin betrogen sein zu lassen; also sagte ich: »Nein, das bin ich nicht. Ich bin Maudies Freundin. Wir kennen uns schon ziemlich lange.«

Das nahmen sie mir nicht ab. Wissende Blicke flogen hin und her. Sie richteten laute, herablassende Fragen und Bemerkungen an Maudie, als sei sie eine Schwachsinnige; und da saß Maudie in ihren besten Kleidern mit leicht bebendem Kopf unter ihnen, trotzig und schuldbewußt, sie fühlte sich ganz offensichtlich unwohl und bemühte sich, diesem wahrhaft schrecklichen Ansturm standzuhalten, der sie lächerlich und dumm dastehen ließ. Eine schüchterne Frage an ihre furchteinflößende ältere Schwester: »Polly, weißt du noch, wie ich immer Obstkuchen für Paul gebacken habe?« – »So, hast du das? Na, du hattest ja immer so deine eigenen Ideen, nicht wahr, Maudie?« Oder: »Polly, du hast ja tatsächlich noch die alte Sauciere! Ich kenne sie noch von zu Hause.« Daraufhin Polly mit lautem, überheblichem Schniefen: »Dann glaub nur nicht, jetzt könntest du sie haben, du kriegst sie nämlich nicht. Was dir zustand, hast du bekommen!«

»O Mutter!« – »O Mami!« – »O Liebes!« Von den ›Kindern‹, jetzt selber ältere Leute; und von den Enkeln, zwischen zwanzig und dreißig, die sich vergnügt zuzwinkern, denn hier ist eine Familientradition zum Leben erwacht: Tante Maudie war immer auf Omas Sachen scharf, immer kam sie an, um zu schnorren und zu betteln, und jetzt tut sie es wieder.

Maudie merkt, was vorgeht, verfällt in Schweigen und sagt für den Rest der Mahlzeit nichts mehr außer ja und nein.

Der lange Ausziehtisch steht im Eßzimmer, das normalerweise als Wohnzimmer dient und mit uns vierzehn überfüllt ist; außerdem gibt es noch ein Vorderzimmer, ähnlich der traditionellen ›guten Stube‹, unnatürlich sauber und blank. Wir reichen altmodische Gemüseplatten herum, beladen mit talgigen Bratkartoffeln, wäßrigem Kohl, zerkochten Möhren. Das Roastbeef ist recht gut. Wir reichen Flaschen mit Meerrettichsauce und Ketchup herum und eine silberne Menage, groß genug für ein Hotel – beziehungsweise für dieses Familientreffen. Wir essen eingemachte Pflaumen aus dem Garten und einen hervorragenden Schmalzpudding, leicht und kroß, mit süßer Sauce. Wir trinken starken Tee mit Milch. Die mittlere Generation unterhält sich über ihre Gemüsegärten und wie sie ihre Produkte einkochen oder -frieren; die Jüngeren reden über Pizza und exotische Speisen, die sie auf ihren Reisen kosten. Anscheinend gibt es eine ganze Menge kleiner Kinder; aber die sind nicht mit zu diesem Treffen gebracht worden, das wäre für Tante Maudie zuviel geworden, sagen sie; und das hat getroffen, ich sehe Tränen in ihren Augen, aber ich habe nicht herausgefunden, worauf sie anspielten. Diese Leute sehen einander nur zu Weihnachten, dann versammeln sie sich alle hier. Sie reißen ständig Witze auf Kosten des anderen, ein hartes, gehässiges Spiel, sie wärmen Momente der Schwäche, des Versagens, der Falschheit auf. Ihre Gesichter leuchten vor Kraft und Selbstvertrauen und dieser rücksichtslosen Grausamkeit. Und die Matriarchin sitzt zufrieden lächelnd unter ihnen. In ihr kann ich leicht ihren Vater erkennen; in Maudie konnte ich nie ein Haar von ihm ausmachen. Sie hat ein breites rotes Gesicht und auf dem Kopf schüttere weiße Locken, die die blanke rote Kopfhaut durchschimmern lassen. Ihr Körper ist massiv, sie trägt ein weiß-braun gemustertes Crimplene-Kleid, ganz eng sitzend und scheußlich. Ihre Hände sind rot und schwer, die Knöchel geschwollen und glänzend. Sie geht am Stock. Sechsundneunzig ist sie und noch für zehn weitere Jahre gut. Sie essen und essen und essen; wir alle essen. Am meisten ißt Maudie, sie sitzt schweigend und mit niedergeschlagenen Augen da und ißt gründlich und methodisch, sie läßt uns alle warten, bis sie den letzten Krümel in sich hineingeschaufelt hat.

Und alles sitzt ganz einträchtig um den beladenen Tisch, mit überlegenem Lächeln und falscher Lustigkeit, und sie witzeln, Tante Maudie hat dieses oder jenes angestellt. Und sie antwortet keinen Ton.

Als die Mahlzeit beendet war, sagt sie zu mir: »Jetzt ist es Zeit, daß wir gehen.« Sie sah ihrer Schwester gerade ins Gesicht und fügte mit erhobener Stimme hinzu: »Nun, da ich dich um Haus und Hof gegessen habe.«

Verlegenes Kichern bei den Kindern; Belustigung bei den Enkeln. Die abwesenden Urenkel haben womöglich nie von Tante Maudie gehört.

Die Matriarchin lächelte nur, königlich und hart. Sie sagte: »Ich habe dir einen kleinen Weihnachtspudding zum Mitnehmen gemacht wie immer.«

»Ich kann mich nicht erinnern, letztes Jahr oder im Jahr davor einen zu Gesicht bekommen zu haben.«

»O Tantchen«, stöhnte eine Nichte.

Die Matriarchin richtete ein befehlendes Nicken an einen jungen Mann, und er überreichte Maudie eine kleine weiße Schale. Zuerst wollte sie sie nicht annehmen, dann gab sie sie mir: »Nimm du das.«

Ich nahm den winzigen Pudding, von dem allenfalls ein paar Spatzen satt geworden wären, und ganz langsam, weil wir uns Maudies Schritt anpaßten, gingen wir alle zu meinem Auto. Ach, wie gelb und krank sie im spätherbstlichen Sonnenlicht wirkte. Und die Familie sah das und begriff. Ein Schauer kam plötzlich über diese großen, wohlhabenden, frischgesichtigen Menschen, als sie das kleine schwarze Schaf der Familie anstarrten. Sie wechselten ängstliche Blicke und riefen mit künstlich fröhlicher Stimme: »Auf Wiedersehen, Tantchen, besuch uns bald wieder einmal!«

»Ja, tu das«, ordnete ihre Schwester an, »deine gute Nachbarin muß dich wieder einmal sonntags hierherfahren. Aber sag mir nächstesmal rechtzeitig vorher Bescheid!« Denn sie hatte beschlossen, es nicht wahrhaben zu wollen, daß Maudie nie wiederkommen würde. Zu mir sagte sie: »Es ist schön für Maudie, daß sie jetzt eine gute

Nachbarin hat. Ich habe ihr auch schon hundertmal gesagt, daß sie eine Haushaltshilfe braucht.«

Auf diese Weise brachte Maudies Familie es endlich doch fertig, sie ihrer Eigenleistung zu berauben, daß sie eine wirkliche, eigene Freundin, einen Menschen, der sie liebt, gewinnen und halten konnte.

Denn ich liebe Maudie, und ich konnte es nicht ertragen, wie sie zitternd und wimmernd neben mir saß.

Ich versicherte ihr: »Maudie, du bist hundert von der Sorte wert, und das warst du immer, da wette ich.«

So fuhren wir unter Schweigen heim. Ich blieb den ganzen Nachmittag bei ihr, machte ihr Tee, kochte ihr Abendessen, verhätschelte sie. Aber sie war abwesend und bedrückt. Und am nächsten Tag war sie zutiefst verändert. Das war vor drei Wochen. Seitdem ist es mit ihr stetig abwärtsgegangen.

Vor einer Woche fing sie an, von einer Christmette zu erzählen, zu der sie als Kind einmal mitgenommen worden war, und von dem Kind in der Krippe und den Engeln, die sie nie vergessen hatte. Ich bat meine Sekretärin, herauszufinden, wo in unserer Nachbarschaft ein solcher Gottesdienst stattfände, dann entschied ich mich doch für die Kirche in der nächsten Querstraße von Maudie aus, damit sie keinen langen Weg haben sollte.

Die ganze Woche schon erzählt sie mir, was sie vorher nie getan hat, von Gottesdiensten, zu denen sie als kleines Mädchen mitgenommen wurde, aber offenbar hatten der flotte Vater, sein Flittchen und seine arme Frau mit der Religion nicht allzuviel im Sinn. Maudies Erinnerungen beziehen sich auf den Gesang, die Schönheit der Kirche, die bunten Glasfenster, ›den schönen Duft nach Holz‹, die Blumen.

Gestern abend fuhr ich sie ganz langsam die etwa hundert Meter zur Kirche, und wiederum merkte ich, wie sie nachläßt, denn nur fünf Wochen zuvor hatte ich sie doch zu ihrer Schwester gefahren, aber jetzt litt sie schon unter der sanften Bewegung des Autos. Ich half ihr aus dem Wagen und ging mit ihr in die Kirche. Von außen war es ein ganz hübsches, aber nicht außergewöhnliches kleines Bauwerk, nichts Bemerkenswertes daran; sobald wir jedoch in den Eingang traten, sah ich mit Maudies Augen. Sie stand ganz still, schaute, ließ ihre Augen in die dunklen Höhlungen der Decke hinauf und dann wieder zum Schein der Altarkerzen wandern. Auf der einen Seite lag das liebliche Kind in der Krippe, und die Engel in blauen und scharlachroten Roben und mit goldenen Kronen auf dem Kopf knieten hinter Maria, einem strahlenden jungen Mädchen mit rosigen Wangen und einem süßen Lächeln. Die drei Könige standen nahebei, ihre Hände voll von Geschenken, die in Gold und Silber eingepackt und mit scharlachroten Bändern verschnürt waren. Und überall, auf weichem, schimmerndem Stroh, lagen Lämmer. Und unter den Lämmern lag ein echter Hund, ein weißer wolliger Terrier, der Hund des Pfarrers.

»O wie süß«, rief Maudie aus, so daß die Leute sich umdrehten und auf die gebeugte, schwarzgekleidete Greisin schauten, die da zugleich lächelte und zitterte. Auch sie lächelten, denn es gab nur das sanfte, verwischende Licht der Kerzen, und niemand konnte erkennen, wie gelb und krank sie aussah.

Ganz, ganz langsam schritten wir den Mittelgang hinauf, denn sie achtete nicht auf ihre Füße, sondern nur auf die reizende Szene am Altar; wir setzten uns ganz vorne hin, wo wir sehen konnten, wie der brave Hund wegen der Hitze der Kerzenflammen ein wenig hechelte und gähnte. Ach wie lieb, ach wie schön, oh, meine Süßen, meine kleinen Süßen, schluchzte Maudie und streckte die Arme aus; der Hund fühlte sich angesprochen und kam halb bis zu ihr, dann lief er, auf einen leisen Befehl von jemand Unsichtbarem zwischen den Säulen hin, wieder zu seinem Lager zwischen den Lämmern. An dem Gottesdienst war nichts Besonderes, und die Krippenszene war eigentlich kitschig.

Hinterher war Maudie von alldem ganz erschöpft, und ich steckte sie mit einem Glas heißer Milch und ihrer Katze ins Bett.

So lieb, so lieb, ganz lieb und süß, murmelte sie, und als ich ging, lächelte sie mich an, mich, ihre Katze, ihre Erinnerungen.

Aber . . . ins Krankenhaus muß sie doch. Der Hausarzt war letzte Woche da, und nicht, weil die böse Vera ihn bestellt hätte. Er hatte schon damit gerechnet, so erklärte er ihr, daß Maudie nun ›so langsam überfällig‹ für die Klinik sein würde, und seine Befunde veranlaßten ihn zu der Erklärung, wenn nicht Weihnachten wäre, müßte sie sofort hin. So hat sie noch eine Woche Aufschub. Wir wissen, daß sie das Krankenhaus nicht wieder verlassen wird.

Weiß sie es?

O nein, schon wieder zwei Wochen um . . . Ein Alptraum. Maudie rast und wütet. Vera Rogers ist nicht da, sie ist auf einem Fortbildungskursus, und da ein Feind nun einmal her muß, bin ich es. »Maudie«, fragte ich, nachdem sie mir an einem Abend die Tür vor der Nase zugeschlagen und mich am nächsten mit blassem Gesicht und blitzenden Augen eingelassen hatte, »warum behandelst du mich so schlecht?« Wir saßen einander gegenüber, das Feuer war aus, das Zimmer kalt, ihre Katze, nicht gefüttert, strich umher und maunzte. Ich erwartete, sie würde kapitulieren, ihren Kopf abrupt abwenden, ihr Kinn stolz emporstrecken – dann seufzen, die Hand heben und damit ihr Gesicht abschirmen und schließlich mit leiser, vernünftiger Stimme eine Erklärung vorbringen. Aber nein, sie blieb mürrisch sitzen, mit vorgeschobener Unterlippe und ins Leere starrenden Augen. Ich schmeichelte und flehte, aber ohne Erfolg; und nun frage ich mich, ob ich *meine* Maudie überhaupt jemals wiedersehen werde. Denn ohne Zweifel ist sie jetzt ein bißchen verrückt. Ich habe darüber nachgedacht, was wir bei Menschen tolerieren, bevor wir sie für verrückt erklären. Was ist Verrücktheit eigentlich? Doch wohl Verlust des Kontaktes zur Realität? Daß Maudie ihre einzige Freundin beschimpft und anschreit, sie als Feindin behandelt, ist realitätsfremd.

Nichts von den Geschehnissen hat mit der Realität zu tun,

es ist alles eine gräßliche Farce, weil ich Maudie nicht ins Gesicht sagen kann, daß sie Krebs hat. Ich denke an meine Mutter, ich denke an Freddie. Nachts liege ich wach und grüble, was den Unterschied ausmacht, daß jene beiden Menschen aussprechen konnten »Ich habe Krebs«, aber Maudie kann das nicht. Schulbildung? Unsinn! Aber meine Mutter und mein Mann begriffen bis zuletzt sehr genau, was vorging. Ich war es, die nicht begriff.

Und Vera ist nicht da, und ich kann sie nicht fragen . . . wonach eigentlich? Nach allem möglichen, was ich wissen muß. Ich werde mit Maudie nicht mehr fertig. Weder im Krankenhaus noch außerhalb.

Vera ist wieder da, wir haben Maudie ins Krankenhaus gebracht.

Ich mußte mich um die Katze kümmern, zur Zeit wird sie von der Nachbarin gefüttert, aber die warnte mich, aufnehmen könne sie sie unmöglich, und warum ich sie nicht ins Tierheim brächte? Ich schaute überall in der Wohnung nach, ob da auch nichts mehr wäre, was riechen würde – der Nachtstuhl, die Küche. Ich fand Verstecke mit scheußlich beschmutzten Unterhosen und anderer Wäsche, die konnte ich endlich auf den Müll werfen. Und dabei kam ich mir vor, als würfe ich Maudie auf den Müll.

Ich muß denken, warum hat sie so etwas durchzumachen, warum so ein langes, qualvolles Sterben? Warum konnte sie nicht einfach einschlafen? Aber welches Recht habe ich, so zu empfinden, wenn sie es nicht tut?

Sie liegt in einem Viererzimmer in einer ganz neuen Großklinik, sie bekommt die beste, modernste medizinische Betreuung und Pflege. Sie ist umgeben von Fürsorge, Takt, Charme. Und da liegt nun die arme Maudie, eine kleine, gelbe, zornige Greisin, aufgestützt im Bett oder von Kissen gehalten im Sessel, das Essen, die Medikamente werden ihr gebracht, den ganzen Tag tut sie nichts als wüten, aufbegehren, grummeln, fluchen . . . und doch wird sie von allen geliebt. Es ist wirklich so. Zuerst dachte ich, es schiene nur so durch ihre erstklassige Ausbildung, aber nein; jede der Schwestern hat mir erklärt, sie habe ein gewisses Etwas; und der Assistenzarzt fragte mich: »Wie sind Sie ihre Freundin geworden?« Er wollte es wirklich wissen, weil auch er dieses gewisse Etwas in ihr spürt. »Sie ist sehr liebenswert«, behauptet der Krankenpfleger, der gerade zwanzig Minuten daran verwenden mußte, sie zum Einnehmen ihrer Medizin zu bewegen. Ein Schmerzmittel. Nicht so etwas Starkes, wie sie es später bekommen wird, wenn der Schmerz wirklich schlimm wird und es erforderlich macht; dies ist nur ein mittelstarkes Gebräu. Aber Maudie klagt: Es nimmt mir den Verstand, mein Gehirn fühlt sich an wie voll Watte; und sie schiebt es hinaus, bis sie schließlich ein wütendes Wimmern ausstößt und mir mit einem Ruck des Kopfes in Richtung auf das Glas andeutet, daß sie es jetzt nehmen will.

Jeden Tag nach Feierabend gehe ich für ein paar Stunden zu ihr.

»Ach, da bist du ja endlich«, sagt Maudie.

Und wenn ich mich verabschiede: »Du gehst schon?« Und sie wendet ihr Gesicht von mir ab.

Die Erleichterung, sie nicht waschen und ihre Kleider halbwegs sauberhalten zu müssen; nicht Ärger, Depression, Groll unterdrücken zu müssen, während sie Gift auf mich sprüht.

Die Sippschaft war schon da, zu zweien und dreien wurden sie zu ihr hereingelassen.

»Kommt ihr, um herauszufinden, ob ihr etwas erbt, wenn ich tot bin?« fragt sie. »Das solltet ihr besser wissen, ihr habt mir doch schon vor Jahren alles abgeknöpft.«

»O Tantchen!« klagen Nichten und Neffen, und die Matriarchin fragt streng: »Was redest du denn da daher, Maudie?«

»Du weißt sehr genau, wovon ich rede«, sagt Maudie, wendet ihr Gesicht ab, starrt in die andere Richtung und reagiert nicht auf ihre Abschiedsrufe.

Ich habe beantragt, mit meiner Halbtagsregelung früher anzufangen und handhabe das jetzt flexibel, je nach Arbeitsanfall; zwei Tage bin ich ganztägig da, einen halben Tag zur

Kreativsitzung, und ich habe zugestimmt, in den Tagen vor der Drucklegung jeweils anderthalb Tage zu kommen.

Phyllis hat mich zum Mittagessen eingeladen. Ganz formell. Sie und Jill sind nämlich jetzt unzertrennlich. Jill hat sich an Phyllis eng angeschlossen, und es ist nicht leicht, ein paar Minuten für eine private Unterredung abzuzweigen.

Ich hatte geglaubt, sie brauchte meinen Rat wegen irgendeiner Büroangelegenheit, vielleicht auch wegen Jill, aber sie überraschte mich, indem sie mir erzählte, Charles habe ihr einen Heiratsantrag gemacht.

So etwas war mir überhaupt noch nicht in den Sinn gekommen. Ich tupfte mir den Mund mit der Serviette ab und trank einen Schluck Wein, um Zeit zu gewinnen, und dabei dachte ich: Natürlich nicht, es ist ja unmöglich. So war meine erste Reaktion, und jetzt beim Schreiben (um Mitternacht) finde ich, es war die richtige.

Unmittelbar darauf erholte ich mich, war ganz aufmerksame Einfühlung und versuchte, mein schlechtes Gefühl dabei zu übertäuben, indem ich mir stumm vorsagte, ich sei ja bekanntlich, da ich nie wirklich verheiratet war, nicht für Urteile über dieses Thema qualifiziert, bei mir ›fehle da etwas‹.

Aber wie kann Phyllis Charles heiraten, oder vielmehr, wie kann so eine Ehe gutgehen? Er muß sich scheiden lassen, er hat drei Kinder, für deren Ausbildung er Unsummen zahlen muß. Für die Aufrechterhaltung des Lebensstandards wird Phyllis sorgen müssen. Was ist, wenn Kinder kommen? All das schoß mir durch den Kopf; indessen saß sie da und lehnte sich eifrig vor, so eine hübsche Frau in ihrer weichen Kleidung. Früher wäre ich nicht auf den Gedanken gekommen, sie als hübsch zu bezeichnen, aber heute trifft das zu. Glänzendes Haar, glänzende Augen, sie schien vor der dunkelgetäfelten Wand des Restaurants zu glänzen und zu schimmern.

Sie wollte Ratschläge haben. Na, nach alldem werde ich mich hüten, Leuten Ratschläge zu erteilen.

Ich wollte erst einmal herausfinden, ob sie sich auch darüber klar war, worauf sie sich da einließ. Denn das war ja wohl das wichtigste? Sie selber erzählte nur, wie gut sie und Charles beruflich zusammenarbeiteten, wie leicht alles lief; unermüdlich erzählte sie von der Arbeit, und ihre Augen ruhten erwartungsvoll auf meinem Gesicht, denn noch hatte ich weder gesagt: O Phyllis, du spinnst wohl; noch: Was für eine wunderbare Neuigkeit. Und ich ließ sie reden und reden und sagte selber nicht viel bis auf die gelegentlichen weltläufigen Bemerkungen, von denen man so viele an der Hand haben muß, wenn Leute von einem erwarten, man könne ihnen sagen, was sie tun sollen.

Ungefähr als wir mit dem Essen fertig waren, erwähnte sie zum erstenmal, Kinder würden sie sich nicht leisten können, denn sie würde ja arbeiten müssen, und über ihre Einstellung zu Kindern sei sie sich noch nicht ganz im klaren. Sie warf mir ständig rasche hoffnungsvolle Blicke zu, so als erwartete sie selbst jetzt noch von mir zu hören: Aber natürlich mußt du ihn heiraten!

Was ich sie wirklich fragte, in der hastigen, verlegenen Weise eines Menschen, der ein eigentlich unpassendes Thema anschneiden will: »Was wird denn aus deinen Frauengruppen und all diesem Kram?«

Sie schaute schräg in die Luft, lächelte und sagte obenhin: »Ach, ihm ist es egal, was ich mache, er ist sogar ganz interessiert.«

Das kam mir so widersprüchlich vor, daß ich in nervöses Lachen wie über einen mißlungenen Witz ausbrach.

Auch Charlie lud mich zum Essen ein. Er wollte mir von seinem Problem erzählen. Er hat das Gefühl, es sei unfair, Phyllis zu heiraten und ihr die Last seiner Vergangenheit aufzubürden. Er muß sich noch einmal überlegen, ob er sie heiraten will! Ich hatte mir schon einen Haufen Phrasen zurechtgelegt wie etwa: Du mußt es dir gründlich überlegen und dann tun, was dir am besten erscheint! Oder: Ich verstehe schon, daß du so empfindest! Ich hatte für sie alle Verwendung, während ich eigentlich nur seinem zweistündigen Monolog zuhörte. Als wir uns vor dem Restaurant verabschiedeten, dankte er mir für die guten Ratschläge. Phyllis ist gewitzter: Als wir uns ein paar Tage zuvor (vor dem glei-chen Restaurant) trennten, fragte sie mich verschmitzt: »Warum sagst du mir nicht, was ich tun soll, damit ich dich dann zum Sündenbock machen kann?«

Es kommt mir schon recht wahrscheinlich vor, daß die beiden rein aus Trägheit heiraten; und wenn die Ehe dann trotz allem gutgeht . . .?

Ich hatte mich schon darauf gefreut, jetzt, wo ich mehr Zeit habe, meine Garderobe auf Vordermann zu bringen. Was für harte Arbeit doch hinter meinem Stil steckt. Ich stellte mich in meinem besten Kostüm vor den Spiegel. Honigfar-bene Wildseide. Handtasche. Handschuhe. Schuhe. Die Sitzfläche ist angerauht, dagegen läßt sich nichts machen. Die Kanten des Revers sind etwas abgestoßen. Zwei Knöpfe hängen lose. Aus dem taubengrauen Satinfutter zieht sich ein Faden. Meine Schuhe haben Furchen im Vorderteil. Meine Handschuhe sind auch nicht mehr perfekt. Alle Sei-denstrümpfe haben Laufmaschen. Was also tun? Alles weg-werfen und von vorn anfangen! Aber nein, das Problem ist, selbst wenn ich jetzt Zeit genug für meinen Stil habe, mir fehlt die Lust. Ich erinnere mich an eine Romanfigur na-mens Leah bei Colette oder Chéri, die ihren langjährigen Liebhaber mit der Ankündigung begrüßte, sie habe sich in ein Kostüm mit herrlichem Spitzenjabot gekleidet und sei nun in vollem Ornat und bereit zu allem. Und verletzt fühlte er (oder Colette?) sich dadurch, daß sie sich nicht mehr die Mühe für diesen zeitraubenden Luxus machte. Aber ich bin fest entschlossen, mich nicht gehenzulassen. Müde zu wer-den, sich gehenzulassen, ist die Falle des Alters – und schließlich bin ich erst in den Fünfzigern, noch längst nicht alt genug, um abzutreten. Wenn ich auf meinen Stil schon nicht mehr soviel Zeit, Mühe und Aufmerksamkeit verwen-den kann, wie es eigentlich nötig wäre, dann muß ich mir einen vernünftigen Kompromiß einfallen lassen. Jetzt habe ich erst einmal einen Haufen Kleider zur Wohlfahrt ge-bracht und meine Schneiderin beauftragt, einige Stücke noch einmal zu kopieren. So etwas habe ich noch nie getan, wir haben immer stundenlang über Stoffe, Knöpfe, Futter gesprochen. Als sie jetzt meinen Brief bekam, war sie ganz verblüfft, rief mich an, und was sie fragte, lief darauf hinaus: Was soll das heißen, ich soll das hellgraue Wollkostüm einfach noch einmal machen, und den Stoff gibt es in der Bond Street? Haben Sie etwa das Interesse verloren? – Ja, so ist es, ich habe das Interesse verloren; aber schließlich habe ich Phyllis zu Ihnen geschickt. Und ich werde Sie auch beauftragen, den braunen Hosenanzug noch einmal zu machen, die schwarze Bluse aus Crêpe de Chine, das cremefarbene Seidenkleid.

Wie lange ist das her? Zwei Wochen, glaube ich

Jeden Tag ein Besuch bei Maudie. Hallo, wie geht's dir, sage ich mit demselben freundlichen Lächeln, das hier jeder trägt und das ihr, wenn ich mich in ihre Lage veretze, wie ein Alptraum von Heuchelei und Betrug vorkommen muß. Da liegt sie gefesselt, gefangen, umringt von unseren verlogen lächelnden Mienen. Und dabei zwingt sie uns selbst dazu. Ich wünsche mir so sehr, sie möge aus ihrer gelben, verbissenen Feindseligkeit herauskommen, ich sehne mich danach, wenigstens für ein paar Minuten Verbindung mit Maudies eigentlichem Ich zu haben. Aber sie ist eingesperrt in ihren Käfig aus Wut und Mißtrauen; und wenn sie aus diesem Käfig blickt, sieht sie jenes ekelhaft charmante Lächeln, zu dem sich auch mein Gesicht automatisch verzieht, wenn ich zu ihr komme.

Was für eine Prüfung, was für ein Grauen! Von meiner Prüfung spreche ich jetzt, nicht von Maudies. Anscheinend immer noch selbstsüchtig, wenn ich auch meine, daß die Janna von heute, die tagtäglich eine, zwei, drei Stunden bei Maudie sitzt (allerdings nie lange genug, sie empfindet es immer als Zurückweisung, wenn ich gehe), kaum noch etwas mit der Janna gemeinsam hat, die sich verweigerte, als ihr Mann, ihre Mutter im Sterben lagen. Stundenlang sitze ich bei Maudie und bin bereit, das zu geben, was meine

Mutter und mein Mann von mir gebraucht hätten: daß ich mich einbringe, mein volles Bewußtsein darüber, was da geschieht. Aber Maudie verlangt etwas anderes – sie will nicht sterben!

In einem ungewohnt hastigen, atemlosen Ton haucht sie mir zu: »Ich weiß schon, wem ich das verdanke, ich weiß, wer mich hierhergeschickt hat!« Und sie sieht mich nicht an, der Anblick ist ihr verhaßt. Mich meint sie und Vera Rogers.

Als Vera zu Besuch kam, schickte sie sie fort, sie solle sich nicht wieder bei ihr sehen lassen. »Ich will nichts von Ihnen wissen«, schleuderte sie der armen Vera entgegen, »kommen Sie mir nicht wieder unter die Augen.« Und die ihren wandte sie ab.

Ich sitze ganz ruhig bei ihr, mein Stuhl ist zu hoch, denn sie sitzt aufgestützt in einem niedrigen Sessel. Der riesige Sessel, die fachmännisch angeordneten Kissen, die Decke über den Knien, all dies scheint die kleine Maudie erdrükken zu wollen. Sie starrt sowieso nur geradeaus, gleichgültig, in was für eine Haltung man sie setzt. »Wie geht es, Mrs. Fowler, möchten Sie nicht etwas Tee – etwas heiße Milch – etwas Schokolade – etwas Suppe?« Keine Königin, keine Lieblingsfrau eines reichen Arabers könnte besser gepflegt werden als sie. Aber sie verlangt etwas anderes – sie will nicht sterben!

Ich sitze neben ihr und denke: Maudie ist nun zweiundneunzig Jahre alt und hat anscheinend das Gefühl, ihr würde ein Unrecht angetan! Eine von den Nachtschwestern bekam mit, wie Maudie mich entließ – »Du gehst schon?« –, und sie lief mir den Flur entlang nach, Mrs. Somers, Mrs. Somers, sie erwischte mich am Arm und sah mir ins Gesicht, mit dem gleichen sanften, freundlichen, überredenden Lächeln, das für Maudie gleichbedeutend mit Gefangenschaft und Lüge ist . . .

»Sie dürfen sich nichts daraus machen«, sagte sie. »Das ist ein Stadium, das sie durchmachen müssen. Verstehen Sie, es gibt drei Stadien. Im ersten finden die Patienten, wenn sie sich über ihren Zustand klarwerden, es sei unfair. Sie empfinden Selbstmitleid.«

»Unfair? Unfair, daß ein Mensch sterben muß?«

»Kranke Menschen reagieren nicht immer unbedingt rational. Als nächstes werden sie dann zornig.«

»Zornig ist sie, das kann man wohl sagen!«

»Nun, ja«, meinte sie verschmitzt, während ihre kundigen Augen mein Gesicht auf Anzeichen von Überlastung absuchten, »es ist natürlich für niemanden schön zu sterben, stelle ich mir wenigstens vor.«

»Können diese Stadien auch mal durcheinandergeraten?«

Sie lachte, und das ganz ehrlich, sie freute sich, über ›das Lehrbuch‹ lachen zu können. »Im Lehrbuch heißt es, drei Stadien. Ich meine auch, im wirklichen Leben läßt sich selten etwas so klar aufteilen!«

»Und was ist das dritte Stadium?«

»Wenn sie ihr Ende akzeptieren, sich damit abfinden . . .«

In dem Moment kam eine andere Schwester gerannt und rief, Schwester Conolly, Schwester Conolly, und mit einer flüchtigen Entschuldigung eilte sie zurück zu irgendeiner kleineren oder größeren Krise. Und ich fuhr heim.

Unfair . . . Zorn . . . Sich-Abfinden.

Eine über Neunzigjährige findet es *ungerecht*, daß sie sterben muß?

Und am nächsten Tag richtete Maudie ihren düsteren gelben Blick zielstrebig auf mein Gesicht, anstatt wie sonst meistens absichtlich daran vorbeizuschauen, und sagte deutlich und verächtlich: »Es ist tragisch, tragisch!«

»Was ist tragisch, Maudie?«

Sie sah mich an – o wie verächtlich! »Tragisch«, wiederholte sie laut und deutlich, und dann wandte sie das Gesicht ab und sprach leise, gequält, flüsternd weiter, in einem Tonfall, den ich sonst zur Zeit nicht von ihr höre. »Gerade jetzt, als wir so glücklich waren, du kamst jeden Abend zu mir, und ich erzählte dir meine Geschichten. Und jetzt passiert so eine Tagödie . . .«

Wenn ich bei Maudie sitze, halte ich ihre Hand, aber ihre Hand fällt immer ein-, zweimal, sogar drei-, viermal kraftlos aus der meinen, bis sie sich festklammert. Sie mag sich abwenden, mich nie ansehen, den Mund offen hängenlassen, weil sie durch die Medikamente die Kontrolle über sich selbst verliert, sie mag eine mürrische, schmollende, zornige Greisin sein, aber ihre Hand spricht immer noch die Sprache der Freundschaft.

Maudie empfindet es als unfair, daß sie sterben muß.

Gestern sagte sie es wieder, hauchte es hastig vor sich hin: »Tragisch, tragisch, tragisch«, und auf einmal sagte ich zu ihr – und nicht in dem ›charmanten‹, gewinnenden, beflissenen Krankenhauston – »Maudie, du bist zweiundneunzig Jahre alt.«

Langsam drehte sich ihr Kopf zu mir, und ihre blauen Augen blitzten mich an. Wutsprühend.

Ich frage mich: Wer oder was in Maudie macht sie glauben, sie sei unsterblich, ungerechterweise zum Tode verurteilt? Mir scheint es, als hausten mehrere Maudies in diesem winzigen gelben Knochenkäfig, die verschieden schnell sterben, und zumindest eine von ihnen denkt überhaupt nicht daran zu sterben!

Eine andere von den Schwestern fragte mich: »Sind sie vielleicht religiös?« Ich weiß schon, warum sie das fragte. Weil mein allgemeines Auftreten, meine Ausstrahlung, mein Verhalten mich als eine von jenen kennzeichnet, die Tod und Sterben nicht aus der Fassung bringt – im Gegensatz zu den anderen, die leicht zu identifizieren sind, wenn man sich andere Besucher, Verwandte und Freunde ansieht.

Sie meinte: *Du* denkst womöglich, es gebe ein Leben nach dem Tod! Einbegriffen ein leichtes Naserümpfen über diese Rückständigkeit.

Ich sagte: »Nein, ich bin nicht religiös.« Ihre eigentliche Frage beantwortete ich nicht.

Und wieder grübele ich, was ich denn nun eigentlich von einem Leben nach dem Tode halte oder halten könnte – für meine Mutter, meinen Mann, Maudie. Ich denke heute so und morgen so. Ein Jahrzehnt lang ›glaubt‹ man an das eine, im nächsten ans Gegenteil.

Schon wieder eine Woche um

So um neun oder zehn will ich Maudie verlassen, und ihre Hand schließt sich fester um die meine, mit erstaunlicher Kraft lehnt sie sich vor und verlangt: Nimm mich mit zu dir nach Hause, hol mich hier raus! Ihre Augen haben mich zwei, drei Stunden lang gemieden, aber plötzlich sind sie da, ganz wilde Forderung.

Wie kann ich dich denn mit nach Hause nehmen, Maudie? Du weißt doch, das geht nicht; das sage ich jeden Abend, gequält und schuldbewußt.

Sich mit unermeßlich bedürftigen Mensch abzugeben, heißt eine Last an Schuld auf sich zu nehmen. Sie brauchen so viel, man kann so wenig geben.

Jeden Abend auf der Heimfahrt denke ich: Ob ich Maudie nicht tatsächlich mit nach Hause nehmen könnte? Sie könnte ein Bett in meinem Wohnzimmer haben. Ich könnte Tag und Nacht Schwestern für sie anstellen ... Jill würde auch helfen. Das ist absurd, aber ihre Forderung zwingt mich dazu. Und es ist noch nicht einmal, was sie eigentlich will: daß nämlich ich, ihre Freundin Janna, sie pflegen solle, Tag und Nacht für sie da sein, und keine lächelnden, routinierten Schwestern mehr.

Ganz ausgeschlossen; und doch grüble ich jeden Abend, wie man es möglich machen könnte.

Warum nicht, warum nicht, warum nicht? verlangt sie zu wissen.

Ich könnte mich nicht um dich kümmern, sage ich.

Was wäre daran absurder, als daß ich mich mit Maudie überhaupt so intensiv angefreundet habe oder daß ich nun schon seit Monaten Eliza und Annie besuche? Joyce zum Beispiel findet all das, mild ausgedrückt, exzentrisch. Wenn ich mein Verhalten mit den Augen eines Außenstehenden betrachte, so wie ich es vor dem Tod meines Mannes und meiner Mutter getan hätte, so ist tatsächlich etwas Zwanghaftes, ja Ungesundes daran. (Wobei ich natürlich außer acht lasse, inwiefern meine Geisteskrankheit das Dasein dieser armen alten Frauen vielleicht bereichert.) Und warum eigentlich? Wieso ist es dahin gekommen, daß jemand wie ich, wohlhabend, Mittelklasse, im Vollbesitz der Kräfte, der solche Aufgaben übernimmt, ohne es nötig zu haben, als nicht ganz richtig im Kopf gilt? Manchmal sehe ich aus einem Blickwinkel und dann wieder aus einem anderen; manchmal finde ich, ich sei verrückt, dann wieder, unsere Gesellschaft sei es. Aber diese Verantwortung habe ich nun einmal auf mich genommen, und ich bin die Freundin von Eliza und von Annie, und ich bin die Freundin (und noch mehr, glaube ich) von Maudie, einfach weil ich mich dafür entschieden habe. Ich entschied mich, und ich tat es. Also ist es jetzt so. Wenn man sich für eine Handlungsweise entscheidet, ist sie nicht absurd, jedenfalls nicht für einen selber.

Zu Joyce sage ich: »Was ist denn der Unterschied zwischen deiner ›Ratgeberei‹, was immer du auch damit meinen magst, und mir, wenn ich Leuten, die sie brauchen, meine Freundschaft gebe?« Ich frage so, weil ich sie sagen hören möchte: »Der Unterschied ist, daß ich dafür bezahlt werde!«

Aber einmal ausgesprochen, ist das als lächerlich entlarvt.

»Willst du behaupten, Joyce, man sollte nie mehr etwas tun, wofür man nicht bezahlt wird?«

»Wenn du so verflixt *logisch* sein willst, Janna, schon gut, aber ich kann nur sagen, was du machst, hat etwas Neurotisches an sich.«

»Darüber will ich nicht streiten.«

So ringen wir miteinander über das große Wasser hinweg, dabei hören wir die Stimme der anderen in der Regel so deutlich, als säßen wir in benachbarten Häusern.

Absurd wäre es, wollte ich Maudie für die Wochen oder Monate oder gar Jahre, die sie noch zu leben hat, zu mir nehmen, denn das könnte ich unmöglich schaffen.

Und gestern lehnte sie sich vor und warf mir, sozusagen bedauernd, vor: »Du bist eine Freundin nur in guten Tagen.«

Das mußte ich auf mir sitzen lassen.

Und heute nachmittag fragte sie: »Warum kann ich nicht nach Hause, warum bloß nicht?«

»Du weißt doch, daß das nicht geht, Maudie! Du kannst dich nicht mehr selbst versorgen.«

»Aber sicher kann ich mich selbst versorgen, das konnte ich doch immer«, behauptete sie voller Verwunderung.

Eigentlich gehörte Maudie, und das weiß sie, in das Haus ihrer Schwester, wo sie zusammengerechnet Jahre ihres Lebens auf Liebe und Fürsorge für die Familie verwendet hat; dort sollte sie im Bett liegen, und ihre Verwandten sollten sie mit Brühe und heißer Milch verwöhnen und ihr ihre Medizin reichen.

Mir kommt flüchtig etwas aus *Krieg und Frieden* in den Sinn, etwas über eine alte Gräfin, die ihre Kindheit durchlebt. Sie weinte ein bißchen, lachte ein bißchen, schlief ein bißchen, zankte ein bißchen, und all das wurde geduldet ... In jenem Haushalt gab es viele Bedienstete, Kostgänger, Familienmitglieder, und eine alte Frau, in einem Sessel in der Ecke oder aufgestützt im Bett sitzend, fiel nicht weiter auf.

Heutzutage kann ich mir keinen Haushalt vorstellen, der Maudie ohne weiteres verkraften könnte, wir arbeiten alle schon so zu hart und haben zu viele Verpflichtungen; unser Leben ist auf das Machbare beschnitten, gerade das, womit wir noch fertig werden und nicht mehr.

Natürlich ist das Unsinn, wenn ich hier sitze und Maudies Hand halte und dabei denke, sie gehört in eine große, liebevolle Familie, die wie ein Gumminetz hier und da nachgeben kann, um sich ihr anzupassen. Genausogut könnte ich verlangen, sie hätte ein auf vernünftige Weise geliebtes Kind vernünfiger Eltern sein sollen, und ihre Mutter hätte nicht sterben sollen, als sie fünfzehn war, und sie hätte *von Rechts wegen* ihr ganzes langes Leben hindurch gesund und reich und glücklich sein müssen. Zu verlangen, was ihr, überhaupt einer alten Frau, beim Sterben *von Rechts wegen* zusteht, heißt Mühsal, Leiden, Ungerechtigkeit, Schmerz ablehnen – kurz, die ganze Realität des Menschenlebens verleugnen.

Nimm mich mit zu dir nach Hause, Janna, nimm mich mit zu dir nach Hause!

Das kann ich nicht, Maudie, das mußt du doch selber einsehen!

Und jetzt muß ich laufen, es ist schon spät, das Nachtpersonal ist gerade gekommen. Bis morgen, Maudie.

Heute war ich zur Trauung. Wie immer waren da Verwandte, von denen man noch nie gehört hat; Leute, die man (wie in Phyllis' Fall) schon jahrelang kennt, aber nur in ihrer Berufsfunktion. Phyllis' Familie, ähnlich der meinen. Aber eine Überraschung! Charles entpuppte sich als Exot mit einer wild-eleganten Mama aus Paris und zwei Vätern, leiblichem und Stiefvater, beide weltläufig und voller Esprit und Charme. Phyllis sah großartig aus, sie machte uns und *Lilith* alle Ehre. Ich habe es genossen.

Zwei Wochen später

Maudie leidet jetzt wirklich schlimme Schmerzen. Dreimal täglich bekommt sie sorgsam abgemessene Dosen von Schmerzmitteln, aber sie wird auch von jenen geschulten, aufmerksamen, lächelnden Augen beobachtet, ihr werden behutsame Fragen gestellt, und je nachdem was die Augen sehen, was Maudie sagt, wird die Dosis allmählich erhöht.

Wenn ich abends um sechs zu ihr komme, steht das Glas mit der Medizin auf dem Nachttisch neben ihr. Sie wissen, das Mittel zu schlucken bedeutet für sie Niederlage, die schlimmste Niederlage – das Ende. Darum versuchen sie sie weder zu zwingen noch zu überreden. Sie sagen: »Nehmen Sie es, wenn Sie das Gefühl haben, daß Sie es brauchen.«

Maudie sitzt aufrecht, ihr knochiger Griff um meine Hand verstärkt sich. Sie wirft den Kopf herum und faßt ihren Feind ins Auge, das Glas mit seinem Inhalt. Dann zwingt sie sich, in eine andere Richtung zu schauen. Gleich darauf kehrt ihr Blick auf das Glas zurück. Ich höre ihr Stöhnen über den Schmerz, der in ihrem Magen brennt.

Ich habe bereits gelernt, daß ich nicht zu früh fragen darf: »Willst du jetzt die Medizin, Maudie?« Wenn ich frage, nickt sie rasch, abwesend, als habe sie irgend etwas viel Wichtigeres im Sinn; halte ich dann das Glas an ihre Lippen, stülpen die sich gierig vor wie Wesen, die gar nicht zu ihr gehören, und saugen sich am Glasrand fest, um das betäubende Zeug einzuschlürfen.

»Sie nehmen mir meinen Verstand weg, sie wollen meine Gedanken totmachen«, hat sie mir zugeflüstert, vorwurfsvoll, bekümmert, zornig. Wenigstens hat sie nicht behauptet, *ich* täte das . . .

An den letzten beiden Abenden ist eine Nachtschwester hereingekommen, hat keck und lächelnd ihr Reich in Augenschein genommen, eins, zwei, drei, vier; hat ein Bett nach dem anderen aufgesucht, hat beiläufig, aber höchst effizient jedes kranke alte Gesicht begutachtet – in diesem Zimmer liegen lauter alte Frauen –, und dann stand sie eine Weile neben Maudie: »Wie geht es uns heute, Mrs. Fowler? Guten Abend, Mrs. Somers! – Wenn Sie gerne ein bißchen was zum Einschlafen hätten, brauchen Sie nur zu klingeln.«

Das bedeutet: ›Wenn der Schmerz zu schlimm wird . . .‹

Und an beiden Abenden hat Maudie mich, als ich gehen wollte, am Rocksaum gepackt und geflüstert: »Sag ihnen, sag ihnen, vergiß nicht – ich hätte gerne etwas heiße Milch oder so etwas.«

Und ich ging ins Dienstzimmer und übersetzte: »Ich glaube, Mrs. Fowler wird noch etwas gegen die Schmerzen brauchen.«

»Nur keine Sorge, wir sind gleich bei ihr.«

Und das sind sie auch.

Und mir klingen Maudis Gedanken in den Ohren, während ich nach Hause eile, zu meinem Bad, meiner Medizin, meinem Vergessenselixier: Hätte mir nur jemand so etwas geboten, als ich es brauchte, als ich nichts für meinen Johnnie hatte, als er mir gestohlen wurde . . .

Ein Monat

Und es geht so weiter und weiter und weiter . . . Ich bin so müde. So absolut ausgebrannt. Ich sage mir: Wieso fühlst du dich jetzt müde? Das ist doch nichts im Vergleich zu der

Zeit, als du ein-, zweimal täglich zu Maudie kommen und für sie einkaufen und putzen und Wäsche waschen und sie selbst waschen mußtest. Das ist doch ein Spaziergang, du kommst in diese schöne neue saubere Klinikstation, die Schwestern sind lieb und freundlich, Maudie wird gut versorgt, du brauchst nichts zu tun als dich hinzusetzen und Maudies Hand zu halten. Und natürlich dir die Reaktion zu verkneifen, wenn Maudie dich mit den Augen anblitzt und sagt: »Warum, warum, warum?« oder: »Tragisch ist es, tragisch«, denn solche Sachen sagt sie immer noch. Die Wahrheit ist, daß ich davon erschöpft bin und kein Ende in Sicht ist. Ich weiß, nach der Schätzung der Schwestern müßte es ihr jetzt schon schlechter gehen; man kann sich zusammenreimen, was sie denken, weil sie normalerweise gar kein Hehl daraus machen. Wie nirgendwo sonst regiert in einem Krankenhaus das Ungesagte, Unausgesprochene, das Verstehen anhand eines Blicks. Ich wurde ins Dienstzimmer gebeten, und dort erklärte man mir, Maudie würde wahrscheinlich in das alte Gebäude weiter oben an der Straße verlegt werden, wo die meisten alten Leute liegen. Das erschreckte mich. Weil es Maudie erschrecken wird. Ich wünsche mir nämlich ganz einfach, daß sie endlich stirbt. Es ist alles so gräßlich. Und trotzdem kann ich mir diesen Gedanken nicht gestatten. Sie will nicht sterben, und darauf kommt es an. Mir erscheint es gerechtfertigt, jemanden tot zu wünschen, der sich selber tot wünscht, aber ganz gewiß nicht jemanden, der nicht bereit ist.

Ich suche nach Anzeichen für den Beginn des ›dritten Stadiums‹. Maudie kommt mir so zornig vor wie eh und je. Vielleicht gibt es nur zwei Stadien: Es ist unfair! was ja wohl das gleiche wie Zorn ist, und dann das Sich-Abfinden. Ach, wenn Maudie sich doch endlich abfinden würde! Es liegt etwas Grauenhaftes darin, diese uralte Frau mit dem Gefühl sterben zu sehen, es sei ihr etwas gestohlen worden. Sie mag ja mit einiger Berechtigung das Gefühl haben, ihr Leben sei ihr gestohlen worden – durch den frühen Tod ihrer Mutter, durch die Großmannssucht ihres Vaters, durch sein federbehängtes Flittchen, durch die Gehässigkeit ihrer

Schwester –, aber wo soll das hinführen? Ich meine, was kann sie *jetzt* noch erwartet haben und nun für gestohlen halten? Was, glaubt sie, schuldet ihr das Leben heute noch und enthält es ihr vor?

Wenn ich sie nur bewegen könnte, mit mir zu reden. Aber wir sitzen in so einem großen, sauberen, hellen Zimmer unter dem Dach der Großklinik, Himmel und Luft um uns herum, die Vögel fliegen vorbei, draußen gurren die Tauben, und in diesem Zimmer liegen noch drei andere Patientinnen, Schwestern gehen ein und aus, ebenso Besucher und Ärzte.

Der Arzt, der hier hauptsächlich Dienst tut, ist nett, Maudie mag ihn. Ich sehe das, wenn es ihm auch so vorkommen mag, als haßte sie ihn. Aber ein- bis zweimal die Woche kommt der Chefarzt mit seiner Anhängerschaft, und dann ist Maudie, wenn ich abends komme, zornig und mehr als das, sie sprüht vor Wut.

»*Er* war heute wieder da!« sagt sie, in ihrem gelben Gesichtchen arbeitet es, ihre Lippen beben.

»Und wie lief es?« frage ich, obwohl ich es natürlich schon weiß.

»Da stehen sie in der Tür, *er* und lauter Jungen und Mädchen. Angeblich Ärzte! Für mich sind das Kinder. Und Schwarze sind auch dabei!« Wenn Maudie sie selbst ist, versucht sie fair zu sein und fügt immer, wenn sie etwas Schlechtes über einen Farbigen gesagt hat, hinzu: »Natürlich sind das Menschen wie du und ich«, aber jetzt sind ihr diese Skrupel abhanden gekommen, sie empfindet nur noch, daß diese Leute fremd und andersartig sind. Sie kreist in einem Wirbel der Widersprüche, denn auch zwei der Schwestern sind schwarz, und Maudie mag sie sehr gern. Schwarz sind und bleiben sie und damit eine Zielscheibe für ihren Zorn. Sie mag besonders die Art und Weise, wie eine von ihnen sie aufhebt und in den Sessel setzt, ohne daß es weh tut; sie sieht die Weichheit in ihrem Gesicht, ganz kurz nur, bis sie weggefegt wird – aber die Schwester ist und bleibt schwarz und erinnert Maudie daran, daß sie unfreiwillig in diesem Krankenhaus liegt, wo sie keine eigenen Entscheidungen treffen kann.

Ich erkläre ihr: »Schwarze Schwestern und schwarze Ärzte müssen nun einmal ausgebildet werden, und dies ist schließlich eine Universitätsklinik.«

»Wieso soll ich als Versuchskaninchen herhalten? Mich hat keiner um Erlaubnis gefragt. Und die sind alle so jung, wie können Kinder von irgendwas etwas verstehen? Und dieser komische Doktor Großmaul kam hierher und sah auf mich herunter und erzählte denen die ganze Zeit etwas über mich. Die glauben ja wohl, ich wäre dämlich! Und dann standen sie alle um mich herum . . .«, ich sah die Szene vor mir, die winzige gelbe Maudie in ihren weißen Kissen, der Wald von hochgewachsenen jungen Männern und Frauen, der Halbgott in Weiß ihnen gegenüber, nicht etwa in ihrer Mitte . . . »Als er ausgeredet hatte, fragte er: Und wie fühlen wir uns heute, Mrs. Fowler? Und schon fing er wieder an, diesen Kindern etwas über mich zu erzählen. Hält er mich für eine Idiotin?« (Das kommt als ein Schrei, ein Schluchzen, wo wütend und so gequält ist sie.) »Und dann verlangt er von mir, ich solle mein Nachthemd hochziehen. Ich dachte nicht daran, wie käme ich dazu? Und da kam die Schwester, die tat alles für ihn, sie zog mir das Nachthemd hoch, und da lag ich auf dem Präsentierteller, alle konnten alles sehen. Und dann fing *er* an, zu tasten und zu stupsen, als wäre ich ein Stück Kuchen auf dem Tablett, und zu *ihnen* sagte er: Sehen Sie die Schwellung da? Fühlen sie sie mal an. Und nicht ein Wort zu mir. Sie faßten meinen Bauch an, einer nach dem anderen. Danach sagte er: Danke, Mrs. Fowler; aber um Erlaubnis hatte er mich nicht gebeten, von wegen! Sehen Sie die Schwellung da, hatte er gesagt, fühlen Sie sie an – als ob ich sie nicht sehen und fühlen könnte! Ich bin doch nicht blöd, ich bin keine Idiotin!« Maudie ist außer sich vor Zorn und Hilflosigkeit. »Er hat mich überhaupt nicht angesehen, nicht ein einziges Mal. Ich hätte geradesogut ein Stück Holz oder ein Stein sein können. *Sie* hat er angesehen, an ihnen liegt ihm etwas. Ich war nur um ihretwillen da.«

Sie werden ihr eröffnen, daß sie in das andere Haus verlegt wird. Und sie ist wahrhaftig nicht blöd, und – ich habe Angst davor.

Sie haben ihr es gesagt. Als ich heute kam, saß sie von mir, von allem abgewendet. Nachdem ich eine halbe Stunde bei ihr gesessen hatte, ohne daß sie ein Wort gesagt hätte, fing sie an zu grummeln: »Ich gehe nicht, ich gehe nicht ins Arbeitshaus.«

»Was für ein Arbeitshaus? Wovon redest du da, Maudie?« Sie beharrte: »Ich will nicht im Arbeitshaus enden.«

Ich fand heraus, daß das Krankenhaus, in das sie verlegt werden soll, einmal vor undenklichen Zeiten das Arbeitshaus war. Ich rief Vera Rogers an. Ihre Stimme klang müde und verhuscht. »Was wollen Sie?«

»Ich möchte wissen, was Maudie meint. Sie redet ununterbrochen davon, man wolle sie ins Arbeitshaus stecken.«

Ein Seufzer. »O Gott«, sagt Vera, »nicht schon wieder. All unsere lieben alten Leutchen reiten darauf herum, wir wollen uns nicht ins Arbeitshaus stecken lassen, sagen sie. Arbeitshäuser gibt es nicht mehr seit – seit Gott weiß wie lange. Aber verstehen Sie, als sie jung waren, war das Arbeitshaus ein Schreckgespenst. Wer dahin geschickt wurde, mußte arbeiten, egal, wie alt er war. Sie schrubbten Böden und wuschen Leinen und kochten Mahlzeiten. Und zitieren Sie mich jetzt nicht, aber ich weiß gar nicht, was daran so schrecklich gewesen sein soll. Wie ist es denn heute? Wir verfrachten sie in Heime, wo sie keinen Handschlag tun dürfen, und da gehen sie vor Langeweile ein oder schnappen über. Wenn ich etwas zu sagen hätte, müßten sie alle von früh bis spät arbeiten, das würde sie von ihren Wehwehchen ablenken. Ach, hören Sie einfach gar nicht hin, Janna, ich lasse nur Dampf ab.«

Annie Reeves und Eliza Bates müßte ich wenigstens hin und wieder besuchen, aber Maudie läßt mir keine zusätzliche Energie mehr.

Heute zog ich mit Maudie ins ›Arbeitshaus‹. Mit uns kam ein freundliches, gleichgültiges Mädchen namens Rosemary. Zweck ihres Mitkommens war, so sagte sie, daß Maudie ein vertrautes Gesicht sehen und sich nicht verlassen fühlen sollte. Aber Maudie fragte: »Wer sind Sie denn?« Und Rosemary antwortete: »Aber Sie kennen mich doch,

Mrs. Fowler. Ich war doch oft bei Ihnen.« – »Ich kenne Sie nicht«, behauptete Maudie. »Aber ich war fast jeden Tag bei Ihnen, Mrs. Fowler.«

»Janna?« flehte Maudie mit erstickter, weinerlicher Stimme. »Janna, bist du da?«

»Ja, hier bin ich.«

Wir saßen zu dritt im Krankenwagen, Rosemary hielt Maudies Besitztümer, eine Einkaufstasche mit Kamm, Waschlappen, Seife und ihrer Handtasche. In ihrer Handtasche hat Maudie ihren Trauschein, eine Fotografie von ihrem Mann, einem mürrischen gutaussehenden Muskelmann um die Vierzig in dandyhafter Kleidung, noch eine Fotografie von einem ordentlich angezogenen kleinen Junen, der verlegen in die Kamera lächelt.

Am Eingangstor zum Krankenhaus hoben die kumpelhaften, unerschütterlichen Helfer Maudis Rollstuhl die Stufen hinauf, Maudie klammerte sich fest und merkte erst, als sie schon drinnen war, daß dies nun das gefürchtete Arbeitshaus war.

»Ist es das? Ist es das?« flüsterte sie mir zu, während wir sie die Flure entlangschoben, in denen Kunst von der Hand der Insassen, Personal wie Patienten, ausgestellt war. Auf dem Treppenabsatz ein Poster, Beardsleys *Salome mit dem Haupt Johannes des Täufers*, das muß wohl irgendein Witzbold da hingehängt haben. Aber Maudies Erstaunen darüber hielt noch bis in den ersten Stock an. »Ist es das?« fragte sie, klammerte sich an ihrem Stuhl fest und rutschte doch, trotz aller Vorsicht der Helfer, darin hin und her, denn sie ist so leicht, daß ein Windhauch sie wegblasen könnte.

»Das ist die alte Klinik«, bestätigte Rosemary vergnügt.

»Dann hat sie sich aber verändert«, behauptete Maudie.

»Ja, wirklich?« sagte Rosemary. »Ich weiß nur, daß hier kürzlich neu gestrichen worden ist.«

Maudie jedoch war um die Zeit des Ersten Weltkrieges hier gewesen und hatte eine Tante besucht, und die Erinnerungen von damals konnte sie überhaupt nicht mit dem, was sie sah, in Einklang bringen.

Wir kamen an Räumen vorbei, die wie traditionelle Krankenhaussäle aussahen, mit etwa zwanzig Betten und großen Fenstern die ganze Längsseite entlang. Aber Maudie, so stellte sich heraus, hatte ein Einzelzimmer.

Da saß Maudie nun aufrecht im Bett, das helle Licht vom Fenster her ließ sie gelb gegen den Haufen von weißen Kissen erscheinen. Durch das Fenster sah man einen Kirchturm, den grauen Himmel, einige Baumwipfel. Maudie schwieg und schaute sich verbittert im Raum um – ich sah darin ein Krankenhauszimmer, nicht mehr und nicht weniger – und dann aus dem Fenster.

»Also das ist die alte Klinik«, stellte sie fest und starrte uns an, mich, die Schwester, die ihr ins Bett geholfen hatte, Rosemary, die gehen wollte und die Arme voller Akten hatte.

»Ja, Mrs. Fowler, dies ist die alte Klinik.«

Und Maudie fletschte die Zähne, zog keuchend den Atem ein und sagte: »Dann steht es also so? Ich bin also hier? Und das ist also das Ende?«

»Aber Mrs. Fowler«, sagte Rosemary begütigend, »so dürfen sie doch nicht reden. Ich muß jetzt los, ich sehe nach Ihnen, wenn ich nächstesmal hier bin.«

Und damit ging Rosemary zurück in die neue Klinik.

Ich blieb den ganzen Nachmittag bei Maudie. Ich wollte herausfinden, wer hier unter dem Personal derjenige war, mit dem ich reden, eine Beziehung aufbauen konnte. Diese Klinik hat eine ganz andere Atmosphäre als die neue, es liegt etwas Entspanntes, Liebenswertes, Lässiges darin. Die neue Klinik ist natürlich auch eine der besten der Welt, und die Schwestern dort sind Spitzenklasse, die Ärzte auch. Hier werden fast alle die alten Männer und Frauen bleiben, bis sie sterben. Es ist eigentlich nicht ganz eine Klinik; es ist auch kein Heim – es ist ein Zwischending. Der Chefarzt aus der anderen Klinik kommt mit seinem Gefolge hierher, um Unterricht in geriatrischer Medizin zu erteilen. Ein paar von den Schwestern kommen aus der neuen Klinik für einige Wochen hierher, sie sind ehrgeizig, sie wollen lernen, was sie nur in einem Haus wie diesem lernen können, bei all den alten Männern und Frauen, die nie mehr fortgehen werden und die an den hartnäckigen, sich hinziehenden Krankheiten leiden, die für ihren Zustand typisch sind.

Ich hatte gedacht, es sei ein Glücksfall für Maudie, ein Zimmer für sich allein zu bekommen; aber Maudie, wie ich sehr bald merkte, faßte es (und zu Recht, wie ich jetzt weiß) als ihr Todesurteil auf. Und es war scheußlich laut dort. Und es geht uns allen so, wir sind so unterjocht von dem vielen Lärm und Getöse um uns: Erst als ich bemerkte, wie Maudie unter dem Lärm litt, öffnete ich meine eigenen Ohren, die vorher verschlossen waren, und hörte das Türenschlagen, das Klappern und Klirren der Essenstabletts aus der kleinen Küche genau gegenüber, das Quitschen der Servierwagen.

Lärm! Ich schlug Maudie vor: »Wir wollen die Tür zumachen.« Aber sie sagte: »Nein, nein, nein«, und schüttelte den Kopf. Sie hat Angst, eingeschlossen zu werden.

Als sie ankam, hatte sie keine Medikamente bekommen, und jetzt litt sie Schmerzen. Ich ging die Schwester suchen und bat sie um ein Mittel für Maudie.

Sie war eine ältere Frau, sie wirkte wie eine langjährige Insassin, wahrscheinlich ist sie ja auch hier genauso zu Hause wie in ihrer eigenen Wohnung. Sie betrachtete mich mit dem geübten, routinierten Blick, mit dem solche Leute einen abschätzen: vernünftig, dumm, verläßlich, kann die Wahrheit vertragen, muß geschont werden ...

Sie sagte: »Sie wissen doch, daß wir so wenig wie möglich geben, damit die starken Dosen, wenn sie nötig werden, überhaupt noch etwas nutzen?«

»Ja, das weiß ich. Aber nun hat sie den Umzug durchzustehen gehabt, und sie hat Angst, weil das hier die alte Klinik ist – und sie hat Schmerzen.«

»Oje«, seufzte die Schwester. »Sie wissen sicher, daß sie noch wochenlang, sogar monatelang leben kann. Und auf die Schmerzen gegen Ende kommt es an, verstehen Sie?«

»Ja, ich verstehe schon.«

Aber etwas bekam Maudie doch, ›um ihr über die nächste Zeit hinwegzuhelfen‹, nicht genug, sie selbst, nur den Schmerz zu betäuben, und als ich ging, war sie hellwach, horchte auf alles und schwieg grimmig. Ob das wohl das

Stadium des Sich-Abfindens ist? Ach, wenn es doch so wäre!

Geh kampflos nicht in jene gute Nacht! So etwas. So ein feiges, verheultes, albernes Selbstmitleid! So eine Selbstüberschätzung! Und wie typisch für uns verwöhnte Bälger mit unseren Ansprüchen und unserem ›Das ist nicht fair‹ und unserem ›Ich habe nicht bekommen, was mir zusteht‹.

Jill und ich waren heute beide schon früh zu Hause. Ich kam aus der Klinik und war so erschöpft, daß ich nicht wußte, ob ich Männlein oder Weiblein war.

Jill merkte, wie es mir ging, sie machte mir Tee und ein Sandwich.

Sie setzte sich mir gegenüber und wartete, bis ich mich erholt hatte. Unter all ihrer Gutgelauntheit, ihrem Streben zu gefallen, ihrem neugewonnenen Selbstvertrauen – denn genau wie ich damls lernt sie jeden Tag aufs neue, was sie alles leisten kann, wie gewandt und flexibel sie ist – lag etwas Dumpfes, Kritisches. Ich wußte, was mir bevorstand.

»Warum machst du das, Janna?« Und dahinter lag der ganze heftige Protest der Jugend: Nein, nein, ich will nicht, ich kann nicht, halt mir das vom Leibe. Mehr noch: *Wenn du, die du mir so nahestehst, dieses Häßliche, Scheußliche, Erschreckende als Teil deines Lebens akzeptierst, was kann man dann noch verhindern, daß es auch einmal in mein Leben kommt?*

»Ich nehme an, das ganze Für und Wider wird im Büro durchdiskutiert«, sagte ich.

Sie sah verlegen drein; als Jannas Nichte, die Jannas Wohnung teilt, kann sie sich dem nicht entziehen: Janna sagt, Janna tut, Janna ist – dieses oder jenes.

»Mag schon sein.«

»Typisches Oberklassenverhalten«, stichelte ich, »die Tradition, Arme zu besuchen, sinnlose Wohltätigkeit, aber die Revolution wird mit all diesem Unsinn aufräumen.«

Sie lief rot an. Jill ist nämlich zur Revolutionärin geworden. Wenn ich sie damit aufziehe, gibt sie wütend zurück: »Womit hast du denn gerechnet? Du hast hier nie Besuch, es gibt kein Gesellschaftsleben, was erwartest du also?«

»Was ich erwarte?« antworte ich. »Daß du dir mit all den anderen Revolutionären ein Gesellschaftsleben aufbaust – und es bei einem anderen Namen nennst.« Nach einer Weile lachte sie sogar darüber. Aber heute nicht, heute fühlte sie sich zu bedrängt zum Lachen.

»Laß schon gut sein«, bat ich. »Bald wird sie sterben. Bald ist alles vorbei.«

»Lächerlich finde ich das, einfach lächerlich«, sie steigerte sich in Wut. »Stundenlang, jeden Tag. Wer ist sie schon, wer ist diese Maudie? – Ich weiß, natürlich ist sie einfach ein Substitut für Oma, zu der warst du nicht gut, also versuchst du es an Maudie Fowler wiedergutzumachen.«

»Welcher Scharfblick, welche Tiefe, welches Verständnis!«

»Also, Janna, das liegt doch wohl auf der Hand!«

»Na und wenn schon?«

»Das ist so ein sonderbares Verhalten, das muß dir doch selber auffallen.«

»Nun hör mir mal zu, meine Liebe, als du hier einzogst, habe ich keinerlei Versprechen abgegeben, meine Lebensweise nach den Vorschriften meiner Schwester, den deinen oder sonst jemandes umzumodeln.«

Schweigen. Ein ausgewachsenes Schmollschweigen, vorgestülpte Teenagerlippen, aufquellende Tränen, gesenkte Blicke.

Aber das war das erste Mal, und da ich weiß, in ihrem Elternhaus war so etwas an der Tagesordnung, halte ich ihr das zugute. Unser erster Streit war es auch.

Ich sagte: »Wenn du magst, können wir nette kleine Dinnerpartys geben, sobald Maudie erst tot ist. Darauf verstehe ich mich. Du kannst deine Genossen einladen, und dann können wir uns über Klassenkampf unterhalten.«

Sie lachte *beinahe*.

Maudie ist jetzt seit einer Woche in der alten Klinik. Nicht die Spur weniger zornig als zuvor, aber stiller. Verbissen. Sie hält mühsam aus. Der Schmerz, der jezt viel schlimmer ist, läßt ihr wenig Energie übrig. Gestern abend zeigte mir die Schwester wortlos das Glas, das sie ihr brachte, und bedeutete mir: Sehen Sie? Ich sah. Das war der Trank, den sie für den allerschlimmsten Schmerz verabreichen, ein giftiges Gemisch aus Morphium und Alkohol.

Maudie sitzt gerade aufgerichtet, ihre Augen starren blicklos vor sich hin, an ihrer schlaffen Unterlippe formt sich ein Speicheltropfen und fällt, ein neuer formt sich und fällt. Sobald ich da bin, geht es los: »Heb mich hoch, heb mich hoch.« Ich stelle mich neben sie und hieve sie hoch, so daß sie ganz gerade sitzt. Kaum habe ich das getan und mich hingesetzt, flüstert sie: »Heb mich hoch, heb mich hoch.«

Ich hebe sie an, setze mich. Hebe sie, setze mich. Dann bleibe ich neben ihr stehen und hebe sie so hoch, daß sie vornüberkippt, sie kann sich nicht halten.

»Maudie, du sitzt doch schon ganz gerade!« protestierte ich.

Trotzdem: »Heb mich hoch, heb mich hoch!«

Und ich tue es, denn das gibt ihr wenigstens das Gefühl, in dieser Welt, in der sie sich nun befindet, wo sie leiden muß und sich nicht wehren kann, noch einen Einfluß geltend machen zu können; und auch, weil ich sie dann berühren und halten kann. Allerdings sagt sie niemals: Halt mich, ich möchte gehalten werden; sie sagt immer nur: Heb mich hoch, heb mich hoch.

Die letzten zwei Tage habe ich stundenlang neben ihr gestanden, sie hochgehoben und hingesetzt, hochgehoben und gehalten. Ich sagte: »Maudie, ich bin müde, ich muß mich ausruhen.« Sie gestattete es mit einem kleinen Rucken ihres Kopfes, aber gleich ging es wieder los: »Heb mich hoch, heb mich hoch.«

Ich könnte mir denken, vielleicht ist das für sie eine Methode, sich wach zu halten, wo die Schmerzmittel jetzt so stark sind.

Die meiste Zeit ist sie benommen. Die Schwestern sagen, nachts schläft sie in der Regel. Und doch ist sie bei Bewußtsein, sie weiß, was vorgeht, sie leidet ziemlich unter dem Krach und Klappern, dem Trappeln von Füßen auf dem teppichlosen Flur, dem Räderquietschen der Servierwagen. Die

Türen knallen alle paar Minuten. Ich merke selber, daß ich angespannt auf den nächsten Knall warte.

Aber trotzdem muß die Tür offenbleiben, denn Maudie hat Angst vor der Stille und Gleichförmigkeit des Grabes, in dem sie eingeschlossen sein wird.

Maudie ist nicht bereit zu sterben.

Wenn ich bei ihr sitze, komme ich jetzt nicht mehr viel zum Nachdenken, ich bin zu sehr damit beschäftigt, sie hochzuheben, ihr die Kissen zurechtzuklopfen, sie zu hätscheln, aber zu Hause in der Badewanne denke ich nach. Was soll man von diesen Euthanasie-Gesellschaften halten? Ich glaube nicht, daß meine Mutter oder Freddie früher abtreten wollten, als es sein mußte; sie konnten sich damit abfinden, sie waren erwachsen, aber ich bin sicher, wenn sie gewünscht hätten, jemand möge ihnen einen Giftbecher reichen, hätte ich das gewußt. (Hätte ich das wirklich? Ich muß Schwester Georgie danach fragen, wenn ich sie das nächste Mal sehe. Wenn ich sie überhaupt noch einmal sehe.) *Warum* ist es so hart zu sterben? Ist es legitim, so etwas zu fragen? Sinnvoll? Ach, es ist hart, hart, hart zu sterben, der Körper will nicht aufgeben. Ein wilder Kampf ist im Gange.

Angenommen, Maudies Wille und Verstand wären einverstanden, sie gehen zu lassen, würde deshalb ihr Körper weniger verbissen kämpfen? Wenn es überhaupt ihr Körper ist, der so kämpft.

Maudie sitzt aufrecht und will nicht sterben. Ich verstehe es einfach nicht, mehr kann ich dazu nicht sagen!

Wenn ich mich mit Maudie vergleiche, merke ich, manchmal *kann* man sich nicht an die Stelle eines anderen versetzen. Dabei weiß ich, was ich tue, wenn ich meinen seelischen Zustand, den einer Fünfzigjährigen, die vom Gesundheitszustand her nicht an den Tod zu denken braucht, mit ihrem zu vergleichen versuche, dem einer über Neunzigjährigen, die dem Tode nahe ist. Ändert sich die gesamte geistige Struktur, wenn der Tod näherrückt? Da gibt es selbstverständlich eine undurchdringliche Barriere oder Mauer zwischen meinem Bewußtsein und dem Wissen, daß ich sterben werde. Ich meine, natürlich weiß ich, daß ich ster-

ben werde, aber es ist mir nicht als anschauliche, nachvoll-
ziehbare Tatsache im Bewußtsein. Vielleicht sind wir ja genau wie die Tiere programmiert, dieses Wissen nicht zu wissen, denn wenn wir es wüßten, würde es uns am Leben
hindern. Die Natur ist daran interessiert, daß wir leben, uns
vermehren, die Erde bevölkern – um irgend etwas, was darüber hinausgeht, kann die Natur sich nicht kümmern. Und
darum sitze ich, Janna oder Jane Somers, hier bei einer Sterbenden und strebe danach, in meinem Bewußtsein umzu-
schalten, eine Schutzschicht abzuwerfen, mich auf irgendeine Weise schutzlos dem Wissen anheimzugeben, daß
auch ich sterben werde. Aber die Natur läßt es nicht zu.

Ganz absichtlich male ich mir alle möglichen Schrecken
und Ängste aus; ich zwinge mich, mich selbst, Janna, als uralte Frau zu sehen, die zwischen Kissen aufgestützt liegt
und von innen her verzehrt wird. Meine äußeren Schranken
ziehe ich eine nach der anderen hoch, weg damit, weg zuerst
mit meinem Schutzschild von Kleidung, meiner Darstellung
nach außen; und dann zu meinem gesunden Körper, der
nicht – noch nicht – gegen meinen Willen plötzlich Kot und
Urin ausstößt, der immer noch frisch und attraktiv ist; und
ich gehe ganz zurück auf mich selbst, auf das Bewußtsein
meiner selbst, und ich stelle mir vor, ich hause in einem Ka-
daver, einer ekelhaften Ansammlung von Fleisch und Bein.
Es hilft nichts. Ich empfinde immer noch keine Angst vor
dem Tod. Es hilft nichts.

Und je länger ich Maudies Sterben beobachte, um so weniger Angst empfinde ich merkwürdigerweise. Die Menschen, die berufsmäßig mit dem Tod zu tun haben, entwik-
keln genau die Erkenntnisklarheit, wie ich sie auch gerne
hätte. Sogar Ehrlichkeit; ich weiß jetzt, wenn man Maudie
auch nicht ›die Wahrheit‹ sagt – als ob sie sie nicht ohnehin
wüßte –, die Schwestern würden sie ihr jederzeit sagen,
wenn sie nur fragen würde. Selbst wenn sie nicht explizit
sagen würden: Maudie Fowler, du liegst im Sterben; – sie
würden sie es doch wissen lassen. Jetzt natürlich tun sie das
nicht, Maudies Einstellung läßt es nicht zu, nach dem Verständnis der Schwestern ist Mrs. Fowler ›nicht bereit, es zu

wissen‹, wie sie es mir gegenüber ausdrücken. Darum geht es in ihrem Zimmer freundlich, beiläufig, gleichmütig zu, als habe sie nichts Schlimmeres als eine Erkältung oder ein gebrochenes Bein.

Was das Leben nach dem Tod angeht: Ich kann mir einfach nicht vorstellen, daß Maudie, dieser wütende Energiebolzen, einfach zu Nichts werden könnte. Das kann ich nicht glauben, auch wenn ich es versuche. Meine Güte, Maudie, egal, ob gesund oder krank, fordert einen so sehr heraus; so heftig ist ihr Zeugnis von ihr selbst, vom Leben, vom Wesen ihrer Erfahrungen; Maudie ist so intensiv *da*, daß ich nicht glauben kann, sie könne sich in Luft auflösen. Ausgeschlossen.

Das *Jetzt* von Maudies Zustand beschäftigt mich aber so sehr, daß ich mich kaum fragen kann, was von ihr wohl überleben wird, oder wie sie aussehen wird – ob sie jung oder alt sein wird, ob ihr Mann oder ihr Sohn – als Baby oder als erwachsener Mann? – sie wiedererkennen werden, all das ist für mich im Moment irrelevant.

»Heb mich hoch, heb mich hoch«, befiehlt Maudie, und ich hebe dieses winzige Knochenbündel an und setze es aufrecht hin, ich streiche ihre spärlichen Haarsträhnen zurück und sage: »Bitte, laß es einen Moment genug sein, Maudie, ich muß mich mal setzen.«

Denn so klein und leicht sie auch ist, das ständige Hochheben macht sich in meinem Rücken bemerkbar. Mein Rücken drückt sich sehr deutlich aus, und ich ertappte mich dabei, wie ich mit ihm rede: halt noch aus, wart ein Weilchen, du mußt noch aushalten, du darfst noch nicht aufgeben.

Zum erstenmal finde ich die Arbeit im Büro belastend. Ich bin so müde, daß ich nur noch automatische Gesten vollführen kann, Phyllis springt für mich ein, Jill auch, soweit es ihr Ausbildungsstand zuläßt.

Wenn ich mit Jill von der Arbeit heimfahre, überlasse ich ihr das Steuer, erklimme die Treppen wie eine lebende Tote, plumpse in meinen Sessel und bleibe da sitzen, völlig ausgepumpt, fast ohne eine Bewegung, dabei sammle ich Energie, um ins Krankenhaus zu fahren. Jill sagt: »Geh nicht, Janna, bitte nicht, sonst wirst du noch krank.«

»Natürlich muß ich gehen.«

Gegen zehn oder noch später komme ich zurück, versinke für eine Stunde oder so in der Badewanne oder lege mich im Wohnzimmer auf den Fußboden, ein Kissen unter dem Kopf. Jill bringt mir Tee und Suppe. Genau wie Eliza Bates war es mir mehr als einmal zuviel der Mühe, ins Bett zu gehen, statt dessen saß ich die Nacht über auf und betrachtete Maudies Drama, als werde es irgendwo in meinem Innern gespielt, auf meiner eigenen Bühne, während das Leben mit seinem Lärm irgendwoanders weitergeht. Jill ist schon manchmal um zwei, drei Uhr früh zu mir hereingekommen, und ich habe gesagt: »Laß gut sein, laß mich allein.« Wenn sie nicht hier wäre, würde ich an all dem gar' nichts so Unnormales finden. Sicher bin ich ›durcheinander‹, wie Jill es ausdrückt, ich habe ja Grund dazu, das muß ich eben durchleben. Jill ist durcheinander, sie bekommt es mit der Angst, wenn ich nicht zu Bett gehe oder auf dem Teppich einschlafe. Aber sie benimmt sich lieb und rücksichtsvoll, ganz die Tochter ihrer Mutter.

Was sie nicht daran hindert, gelegentlich zu sagen: »Der Apfel fällt nicht weit vom Stamm, das wird sich schon noch herausstellen, wenn ich länger bei dir wohne, Janna!« Mit dem Stamm meint sie mich. Sie sagt das mit einem harten, amüsierten Blick und einem Ausdruck, der bedeutet: Geschieht dir recht, wenn du dich nicht um mich kümmerst!

»Findest du denn, ich mache es dir so schwer?«

»Eigentlich das nicht gerade, aber schenken tust du mir auch nichts, oder?«

»So habe ich das allerdings noch nie gesehen.«

»Es macht mir nicht wirklich etwas aus. Mutter habe ich erzählt, es wäre nur gut für mich. Abhärtend.«

»Wie kalte Bäder.«

Und dann ist da auch noch das Problem mit Mrs. Penny.

»Warum haßt du sie so?« fragt Jill ganz erstaunt, so daß ich mich selber fragen muß, warum eigentlich. »Sie ist doch ganz nett und erzählt all diese interessanten Geschichten über Indien, und sie ist so einsam, so eine arme alte Frau.«

»Ich habe mich wohl ziemlich unglaubwürdig gemacht,

indem ich unfreundlich zu Mrs. Penny war; aber sie ist so eine, die die ganze Hand nimmt, wenn man ihr den kleinen Finger reicht.«

»Die anderen alten Frauen besuchst du doch auch und erträgst ihre Launen. Wenn Mrs. Fowler tot ist, wirst du dann die beiden anderen weiter besuchen?«

»Ich kann sie doch nicht einfach fallenlassen, oder?«

»Du bist ein ganz schöner Dickkopf, Janna, aber das weißt du wahrscheinlich selber.«

Was ich selber weiß, was ich mir schon klargemacht habe: Seit ich Jill in mein Leben gelassen habe, meine Schranken hochgezogen sind, mein Schutzwall zerbröckelt, mein Revier erstürmt ist, seit ich keinen Zufluchtsort mehr für mich allein habe, kommt es auf Mrs. Penny auch nicht mehr an. Ich treffe Jill und Mrs. Penny bei einer freundschaftlichen Tasse Tee in der Küche an, ich gönne ihnen ein berechnetes kühles, geistesabwesendes Nicken, ganz Karrierefrau mit wichtigen Problemen im Kopf, und dann ziehe ich mich in mein Schlafzimmer zurück und mache die Tür hinter mir fest zu.

Aber sehr bald erhebe ich mich, um die arme Maudie zu besuchen. Wenn ich zu Hause bin und ›mich ausruhe‹, wie es Jill verordnet, muß ich ja doch dauernd an sie denken, also kann ich genausogut leiblich bei ihr sein. Und die Schwestern und Ärzte kennen mich, ich gehe dort jederzeit ein und aus, ohne daß mich jemand anhält.

Nun habe ich schon einiges vom Leben und Treiben in der großen Station mitbekommen. Maudie war nach ihrem Mittagstrank eingeschlafen, und ich saß eine Stunde oder länger bei ihr und wartete darauf, daß sie aufwachen sollte.

Die Stationsschwester kam, sie stellte sich ans Fußende von Maudies Bett und begann in diesem scheinbar nichtssagenden Tonfall drauflozuschwatzen, in dem in Krankenhäusern so viel Information weitergegeben wird. Auch Anweisungen. Sie erzählte, einige ihrer Patientinnen bekämen überhaupt nie Besuch. »Sie könnten genausogut gar nicht mehr unter den Lebenden weilen, was ihre Verwandten angeht.«

Darum schätze ich jetzt Maudies Zustand ab, um sicher-zugehen, daß ich da bin, wenn sie richtig wach wird, und dann gehe ich durch die Stationen und unterhalte mich mit jedem, der Lust zu haben scheint.

Früher einmal hatte ich solche Angst vor Alter und Tod, daß ich alte Leute auf der Straße gar nicht wahrnehmen wollte – sie existierten nicht für mich. Jetzt sitze ich stun-denlang in der Station herum, beobachte, staune, bewun-dere.

Die Schwestern . . . so etwas von Geduld, Vernunft, Ge-lassenheit! Wie schaffen sie das nur? Hier liegen etwa acht-zehn alte Leute, die alle auf die eine ode andere Weise schwierig sind, inkontinent, lahm, geistig behindert, schwerkrank oder – wie Maudie – sterbend. All diese alten Leutchen liegen in engster Nachbarschaft, in einem Saal mit Betten auf beiden Seiten, und gemeinsam ist ihnen nur ihre Schwäche, ihre Bedürftigkeit. Weiter nichts. Vor ihrer Ein-lieferung waren sie keineswegs Freunde. Am entgegenge-setzten Ende von Maudies Zimmer liegt eine Sechsund-neunzigjährige, grinsend, stocktaub, völlig desorientiert, sie weiß nicht, wo sie ist. Sie wird in ihren Stuhl gesetzt, und da bleibt sie vielleicht ein, zwei Stunden sitzen, dann springt sie auf und geht ein bißchen zwischen den Bettenreihen spa-zieren. Damit hat sie sich aber auch gleich verirrt, alle sehen ihr zu, manche lachen, manche gereizt, denn sie findet nicht zurück. Sie hält wahllos an diesem oder jenem Bett, ver-sucht hineinzusteigen und merkt nicht, daß schon jemand drin liegt. »Maggie«, schreit die Inhaberin, »siehst du nicht, daß ich hier bin?« – »Was machst du in meinem Bett?« kreischt die alte Maggie, und schon ruft alles im Chor: »Schwester, Schwester, es ist Maggie!« Und dann kommen die Schwestern angerannt, meistens lachen sie und sagen: »Maggie, was stellen Sie denn jetzt schon wieder an?«, und da sie schon einmal auf ist, nutzen sie die Gelegenheit, sie zur Toilette zu führen.

In dem Bett neben Maggie liegt die ›Schwierige‹.

Ach, wie schwierig ist es doch mit Ihnen, seufzen die Schwestern, wenn sie wieder einmal ihren Willen durchsetzt. Sie ist eine massiv gebaute Frau, und ihr derbes Gesicht ist immer auf der Hut, ob etwa jemand ihre Überzeugung von dem, was ihr zusteht, in Frage stellen will. Sie hat schlimme Beine, die aufgestützt hochliegen. Sie sitzt mit verschränkten Armen und schaut zu. Oder sie liest. Meistens Liebesromane oder auch Seegeschichten, die mag sie gern: ›Die grausame See‹ oder ›Hornblower‹.

Sie ist seit drei Monaten hier. Manche der anderen schon seit Jahren. Als sie eingeliefert wurde, stelle sie klar: Mein Name ist Mrs. Medway. Ich lasse mich nicht mit ›Flora‹ anreden. Und ich lasse mich nicht wie ein kleines Kind behandeln.

Wenn eine Schwester neu in der Station anfängt und sie Liebes, Schatz, Liebling oder Flora nennt, bekommt sie zu hören: »Ich verbitte mir die Babysprache, ich bin alt genug, Ihre Urgroßmutter zu sein.« – »Oh«, sagt dann die arme Schwester, die sich von den anderen Schwestern abgeguckt hat, einen schlechten Esser wie ein Kind zu überreden, ›noch ein Löffel für die Mama‹ oder ›essen Sie Ihren Pudding auf, Herzchen, tun Sie's um meinetwillen‹. »Oh, Mrs. Medway, ganz wie Sie wünschen, aber nennen Sie mich bitte Dorothy, mir macht das nichts aus.«

»Mir aber«, sagt die furchteinflößende alte Frau; und hört sie mit, wie die Schwestern ihre Aufgaben abstimmen, Maggie braucht dieses oder jenes, Flora braucht . . . »Mrs. Medway«, korrigiert sie dann, laut, aber ruhig.

»O liebe Mrs. Medway, warum sind Sie nur so schwierig?«

»Ich bin nicht lieb.«

»Nein, das sind Sie oft wirklich nicht . . . Können wir Sie jetzt bitte hinunter zur Physiotherapie bringen?«

»Nein.«

»Warum nicht?«

»Weil ich nicht will.«

»Aber es würde Ihnen guttun.«

»Ich will nichts, was mir guttut.«

»Wollen Sie denn nicht, daß Ihre Beine besser werden?«

»Seien Sie nicht albern, Schwester. Sie wissen selber, von ein bißchen Beugen und Stecken werden die nicht besser.«

»Aber wenigstens verhindert es, daß sie schlimmer werden.«

»Ich bewege sie ja hier schon die ganze Zeit.«

Das ist wahr. Etwa alle halbe Stunde zieht sie die leichten Plastikstiefel aus, die sie – ich vermute, als Schutz gegen Druckstellen – im Bett trägt, dann bewegt sie ihre Beine und Füße und massiert sie mit den Händen. Dann kommt die laute, tonlose Stimme: »Schwester, ziehen Sie mir die Stiefel wieder an. Und dann führen Sie mich zur Tür und zurück.«

Ihr gegenüber liegt eine Neunzigjährige, die der Oberschwester zufolge einmal eine ›Lady‹ war. Innerhalb dieser Gruppe von Menschen, die mir alle so bewundernswert erscheinen, ist die Oberschwester ›der eine Mensch‹, den Joyce und ich immer meinten. Sie bestimmt den Rhytmus der Station. Sie ist mittleren Alters, wirkt müde, hat stämmige Beine, die sie zu schmerzen scheinen, und ihr Gesicht ist breit, vernünftig, freundlich und strahlt Vertrauenswürdigkeit aus. Sie achtet scharf auf das geringste Anzeichen von Unfreundlichkeit oder Ungeduld bei ihren Untergebenen. Dabei kommt es ihr nicht darauf an, daß sie lässig, manchmal flüchtig, manchmal anscheinend sogar schlampig arbeiten, dieses oder jenes vergessen und dann mit einem Lachen und einer Entschuldigung darüber hinweggehen. Ganz im Gegenteil, mir kommt es vor, als ermutige sie diesen Stil. Aber einmal bemerkte ich, wie eine der fixeren, auf Tempo bedachten Schwestern gegenüber der alten Maggie einen etwas scharfen Ton anschlug, und sofort rief Schwester White sie zu sich und sagte: »Dies hier ist ihr Zuhause. Ein anderes hat sie nicht. Wenn sie albern sein will, so ist das ihr gutes Recht. Hetzen Sie sie nicht, kommandieren Sie sie nicht herum. Das dulde ich nicht, Schwester!«

Schwester White erzählte mir, die Frau, die sie eine Lady nennt, sei Gutsbesitzerin in Essex gewesen. Sie habe Hunde gezüchtet und Jagden geritten und einen großen Garten gehabt. Wie ist sie wohl hierher in ein Londoner Krankenhaus gekommen? Das weiß die Schwester nicht, denn Ellen ist schon sieben Jahre hier und redet nicht gerne über die Vergangenheit.

Ellen ist völlig taub und hat kranke Beine, ein Gang zur Toilette kann bei ihr zehn Minuten oder noch länger dauern und ebenso lange zurück. Sie kann sich nicht ohne Hilfe aufsetzen. Ihr Gesicht ist hager, sanft und wach, ihre Augen sprühen vor Leben. Denn sie beobachtet alles, was um sie geschieht, nichts entgeht ihr, sie lächelt für sich, wenn etwas Nettes oder Lustiges passiert, seufzt über das Traurige . . . Wenn ich hereinkomme, lächelt sie mir zu und bedeutet mir mit einer Geste, daß sie die Zeitschriften gelesen hat, die ich ihr mitbringe: *Country Life, Die Lady, Pferde und Hund*. Unterhalten können wir uns nicht wegen ihrer Taubheit.

Manchmal unterhalte ich mich mit Mrs. Medway. Bis vor kurzem hat sie einen Zeitungs- und Süßwarenkiosk in Willesden betrieben; ihr Mann starb vor einem Jahr. Ihre einzige Tochter lebt im West Country und kommt sie manchmal besuchen. Viel Besuch bekommt Mrs. Medway nicht. Ellen hat überhaupt keinen, sie ist vergessen. Bis auf die Seelsorger von verschiedenen Kirchen natürlich und die jungen Leute, die freiwillig Alte besuchen und sie mit ihrer Gesellschaft erfreuen. Mrs. Medway, der Schrecken der Station Tennyson, unterhält ihre jungen Besucher mit Erinnerungen daran, wie sie selbst in ihrem Alter war – damals so um den Ersten Weltkrieg. Wenn sie fort sind – kopfschüttelnd, lachend, Blicke austauschend darüber, daß jene unendlich entfernte Welt für Mrs. Medway so nah liegt –, sieht sie mich an, und auch wir lachen über die Zeit und die Streiche, die sie einem spielt. »Ha!« sagt sie dann vielleicht, während sie gebieterisch eine Schwester heranwinkt, die ihr ihre Brille reichen soll (wenn sie sich zehn Zentimeter vorlehnen würde, könnte sie sie selber erreichen, aber sie sieht nicht ein, wieso sie das nötig haben soll), »ha, ich kann Ihnen nur sagen, ich hätte jeden einzelnen von denen in Grund und Boden getanzt, Nacht für Nacht! Ein schlapper Haufen im Vergleich zu uns, behaupte ich.« Damit nimmt sie ihren Roman zur Hand, höchstwahrscheinlich betitelt ›*Leidenschaft im Zwielicht*‹.

Ich selber überlege mir, wenn ich hier in der Station oder bei Maudie sitze, einen neuen Roman, aber diesmal wird es nichts Romantisches sein.

Ich möchte über die Stationshelferinnen schreiben, die Spanierinnen, Portugiesinnen, Jamaikanerinnen, Vietnamesinnen, die so lange Arbeitszeiten haben und so extrem schlecht bezahlt werden, die Familien ernähren, Kinder großziehen und noch Geld heimschicken, zu Verwandten in Südostasien oder einem Dörfchen in der Algarve oder Zentralspanien. Diese Frauen gehören wie selbstverständlich zum Inventar. Im Vergleich zu ihnen werden die Krankenträger gut bezahlt; sie bewegen sich im Krankenhaus mit einer Selbstsicherheit, die meiner Einschätzung nach daher rührt, daß man nicht müde ist. Diese Frauen sind müde, das zumindest weiß ich genau. Und ob sie müde sind. Sie sind so müde, daß ihre Träume darum kreisen, ins Bett gehen und wochenlang schlafen zu dürfen. Ihnen allen steht so eine allgegenwärtige Sorge im Gesicht, die mir bekannt vorkommt: man kann sich nur mit genauer Not über Wasser halten; wenn etwas passiert, eine Krankheit, ein Knochenbruch, ist man verloren. Woher kenne ich nur diesen Blick? Denn ich glaube nicht, daß ich ihn schon vorher gesehen habe. Habe ich davon gelesen? Nein, ich glaube, das hat mit Maudie zu tun: Wenn Maudie erzählte, wenn sie aus ihrem Gedächtnis Geschichten ausgrub, die ich jetzt gar nicht mehr weiß, dann lag wahrscheinlich dieser Ausdruck auf ihrem Gesicht, weil er mit ihrer Erzählung einherging. Diese Frauen leben in Angst. Durch ihre Armut haben sie keinerlei Sicherheitsspielraum, und andere sind von ihnen abhängig. In der Station kommt es vor, daß sie eine Geldbörse aus einer Handtasche ziehen, hier ein Pfund, da ein paar Pence mitgehen lassen, hier ein Schmuckstück klauen, da eine Apfelsine in die Tasche stecken. Vor diesen von Not getriebenen Fingern ist nichts sicher, und daran liegt es, wenn die großen Londoner Kliniken, Vorbilder für Hospitäler in der ganzen Welt mit Namen, die Ärzten und Schwestern in den armen Ländern von Nordindien bis Südafrika wie eine Inspiration klingen, es nicht verhindern können, daß ihren Patienten gestohlen wird, was nicht niet- und nagelfest ist. Ich beobachte diese Frauen bei der Arbeit, wenn sie die Hand kurz ins Kreuz drücken und ein Seufzen ausstoßen, das halb

Stöhnen ist; wenn sie die Schuhe ausziehen und ein paar gestohlene Augenblicke lang hinter einer halbgeschlossenen Tür stehen, um ihren Füßen Rast zu gönnen; wenn sie ein paar Züge aus einer halbgerauchten Zigarette nehmen, die sie dann ausdrücken und wieder in die Tasche stecken. Freundlich sind sie auch, sie bringen Leuten wie mir eine Tasse Tee, oder sie geben einer geistesverwirrten Alten eine leuchtendrote Blume in die Hand, die sie dann anstarrt und vielleicht sieht, wie sie so etwas noch nie in ihrem Leben gesehen hat; oder einer anderen, die nie Besuch bekommt, steckten sie eine Praline in den Mund, die einer mit Besuch aus der Schachtel geklaut ist. Sie behalten alles im Auge, wissen alles, was vorgeht, sind überall – und soweit ich feststellen konnte, werden sie von niemandem beachtet. Sie gehören zum Inventar. Und was tun dagegen wohl die starken Männer und Frauen, die dauernd auf die Barrikaden steigen, oder unsere Gewerkschaften, die sich in alles einmischen?

Ja, darüber würde ich gerne schreiben, aber so ein Roman ist natürlich eine ganz andere Aufgabe als die fröhlichen Modistinnen oder die wohltätige Lady.

Heute kam der Chefarzt mit seinen Neophyten.

Ich saß bei Maudie, als es losging wie eine Herde Ziegen, klippklippklapper auf den nackten Zementstufen. Stimmen, und alles übertönend *seine* feste laute Stimme.

Maudies Tür steht offen. Genau davor kommt die Herde zum Stillstand.

Der große Chefarzt, ein Experte in Altersmedizin, nach allem, was ich höre, sogar eine weltbekannte Koryphäe, hat seinen Auftritt.

Dies ist der Magenkrebs, Sie haben Ihre Notizen. Sie haben die Aufnahmen gesehen. Typisch ist er insofern, als . . . die nächsten paar Sätze verstehe ich nicht. Atypisch ist er insofern, als . . . wieder verliere ich den Faden. Und jetzt, meine Damen und Herren, würden Sie bitte . . . Die Herde kommt in Sicht, alle zusammen drängen sie sich unter der Tür. Maudie sitzt hochaufgerichtet, ein wenig vornübergeneigt, hellwach, den Kopf läßt sie hängen und starrt die Bettdecke an.

Sie wirkt leidend. Die Schwester, die mit den Ärzten gekommen ist, sieht Maudie mit deren Augen, sie kommt zu ihr und bittet: »Legen Sie sich hin, Mrs. Fowler, ja, bitte, legen Sie sich hin, Liebes . . .« Dabei weiß sie, wie Maudie ständig verlangt, man solle sie aufsetzen, und wie ich das wieder und immer wieder tue, und wie Maudie genau wie jetzt minuten- und stundenlang dasitzt.

Wir spielen die Scharade durch: Maudie wird flach auf ihre Kissen gelegt, sie ist ganz still, die Masse von Medizinern schaut zu.

Maudie hält die Augen geschlossen.

Der Chefarzt ist unschlüssig, ob er Maudie um der Studenten und künftigen Ärzte willen untersuchen soll, aber entscheidet sich dagegen: Es steht zu hoffen, daß die Stimme der Menschlichkeit ihn bewegt hat.

Alle miteinander gehen sie ein paar Schritte auf den Flur zurück.

Dort erklärt der Chefarzt, Maudie läge jetzt im Koma und würde im Schlaf hinübergehen.

Ich bin verblüfft. Die Schwester ist schockiert, sie gibt unwillkürlich einen entrüsteten Ausruf von sich.

Denn Maudie ist meistens wach und kämpft gegen den Schmerz an. Wenn sie ihren Trank genommen hat, schläft sie ein oder zwei Stunden lang sehr fest, danach kämpft sie sich wieder ins Bewußtsein hoch.

Unter respektvollem Schweigen legt der Chefarzt dar, Mrs. Fowler sei eine äußerst willensstarke und selbstbewußte Dame, die von Anfang an Betäubungsmittel abgelehnt habe, und in solchen Fällen müßten sie natürlich besonders sorgfältig vorgehen . . . usw., etc. . . . aber jetzt läge sie glücklicherweise im Koma und würde sterben, ohne noch einmal zu sich zu kommen.

Die Schwester ist empört. Die Disziplin verbietet ihr, einen Blick mit mir auszutauschen, aber wir vibrieren auf derselben Wellenlänge. Denn natürlich sind es die Schwestern, die alles ›sorgfältig vorlegen‹, alle Bedürfnisse und

Stimmungen der Patienten, die Ärzte tauchen nur von Zeit zu Zeit auf und erteilen Befehle. Da ist eine schroffe, unüberwindliche Kluft zwischen Ärzten und Schwestern, und das ist so ungefähr das Erstaunlichste, was ich bei meinem Beobachten und Zuhören mitbekomme. Die Schwestern sind es, die wissen, was vorgeht, und die Instruktionen des Arztes« werden von ihnen den Umständen angepaßt, abgewandelt, oft schlankweg ignoriert. Wie ist dieses seltsame System entstanden, in dem diejenigen, die Befehle erteilen, gar nicht wissen, was eigentlich vorgeht?

Die Geräusche werden leiser, als die Mediziner in den Hauptstationen verschwinden.

Die Schwester wirft mir ein entschuldigendes Lächeln zu. Gleichzeitig flüstert Maudie: »Heb mich hoch, heb mich hoch«, und ich hebe ihren Rücken wieder in die Stellung wie vorhin, in der sie sich aus irgendeinem Grund wohler fühlt.

»Ich mache die Tür mal einen Augenblick zu«, flüstert die Schwester, sie meint: Dann merken die Ärzte nicht, daß Sie sie aufgesetzt haben.

Sie tut es. Maudie: »Machen Sie die Tür auf, aufmachen, aufmachen.«

»Warte doch einen Moment, Maudie, nur bis sie fort sind.«

Ein paar Minuten später kommen sie alle mit Geklapper und Stimmengewirr wieder die Teppe hinunter und vorbei.

Ich mache die Tür auf. Jetzt kommen mit Krachen und Scheppern die Servierwagen.

»Mrs. Fowler, etwas Suppe? Ein Sandwich? Cremespeise? Eiskrem?«

Ich sage an ihrer Stelle: »Bitte etwas Suppe und Cremespeise«, obwohl sie jetzt überhaupt nichts mehr ißt.

Ich halte ihr die Suppe an die Lippen, sie schüttelt den Kopf; ich biete ihr einen Löffel voll Cremespeise an. »Nein, nein«, flüstert sie, »heb mich hoch, heb mich hoch.«

Das tue ich, wieder und wieder, den ganzen Abend.

Dann ist es neun Uhr, die Nachtschicht tritt ihren Dienst an. Ich warte noch ab, bis ich mit den Nachtschwestern Kontakt aufnehmen und ihnen persönlich erzählen kann, was für einen Tag Maudie gehabt hat – genauso einen wie gestern und vorgestern –, und die Nachtschwestern beugen sich über Maudie und lächeln ihr zu und sagen: »Hallo, Liebes, hallo, Schätzchen, wie geht es uns?«

Drei von den Nachtschwestern sind braun und eine weiß, und Maudie fühlt sich von Fremdartigkeit umringt.

»Ich muß jetzt los, Maudie, bis morgen.«

»Du gehst schon? Dann also gute Nacht.«

Die *Modistinnen* sind heute erschienen. Vor der Veröffentlichung wurden sie zweimal nachgedruckt. Maudie hat mich so in Atem gehalten, daß ich das alles gar nicht gebührend auskosten konnte. Es wird ein rauschender Erfolg. Meine geheimen Ängste, die entsetzliche Vorstellung, ich hätte meinen wunderbaren gutbezahlten Job vor die Hunde geworfen, löste sich in Nichts auf.

In aller Herrgottsfrühe habe ich es heute gelesen, an einem dunklen Wintermorgen, düster und kalt, aber der Umschlag der *Modistinnen von Marylebone* leuchtete bunt und schön. Was für einen Spaß das gemacht hat, Maudies erbarmungsloses Leben zu einer bravourösen, leichtherzigen Geschichte voller herrlicher Überraschungen umzudichten. In meiner Version wird Maudie auch der Sohn gestohlen, aber sie weiß, wo er ist, und besucht ihn im geheimen, sie helfen einander im Kampf gegen ihren verruchten Liebhaber, den sie trotz allem liebt, juchheißa! Dann kommt eine lange Freundschaft, basiert auf gegenseitigem Respekt, mit einem älteren Mann, einem reichen Schankwirt, der Maudie im Herzen hochhält und ihr hilft, ihren Sohn wiederzugewinnen. Sie selbst ist die geachtete Vorarbeiterin in der Putzmacherwerkstatt, und mit der Hilfe jenes selbstlosen Gentleman erwirbt sie ihr eigenes Geschäft, und das blüht auf und gewinnt die Kundschaft des Adels, ja sogar minderer Angehöriger der königlichen Familie. Maudie wäre begeistert von ihrem Lebenslauf, so wie ich ihn umgeschrieben habe.

Jetzt ist Maudie schon drei Wochen in der alten Klinik. Ich finde keine Veränderung an ihr, außer daß sie immer unruhiger wird. Sie bittet, man solle sie niederlegen, und wenn das geschehen ist, man solle sie aufstützen. Unaufhörlich fleht sie: Heb mich hoch, und dann, wenn sie vornübersackt, denn sie kann sich nicht mehr halten, zischt sie: Leg mich hin.

Die Schwestern gehen ein und aus, sie beobachten, sie ›verfolgen‹. Maudie bekommt unheimlich starke Drogen, Maudie ist wahrhaftig nicht bei sich selber, aber wenn sie eins nicht ist, dann im Koma. Maudie hat nicht resigniert oder sich mit ihrem Los abgefunden, und sie hat auch keinerlei Absicht, das jemals zu tun.

Immer noch sagt Maudie zu mir bzw. haucht mir zu: »Nimm mich mit zu dir nach Hause – o ja, nimm mich mit, wenn du heimgehst.«

Maudie weiß und weiß doch nicht, daß sie Magenkrebs hat und im Sterben liegt.

Oder vielmehr, es gibt eine Maudie, die es weiß, und eine andere, die es nicht weiß.

Ich glaube fast, die Maudie, die es nicht weiß, ist diejenige, die bleiben wird, wenn Maudie endlich stirbt.

Ach Gott, wenn es doch nur soweit wäre, wenn Maudie doch endlich sterben würde. Aber natürlich *weiß* ich, daß das ganz falsch ist. Zur Zeit überlege ich, ob es wohl sein kann, daß ihre Zeit gar nicht durch ihren Körper bemessen ist, nicht durch den großen Klumpen in ihrem Magen, der mit jedem Atemzug größer wird, sondern durch den Willen der Maudie, die nicht stirbt und die sich gewöhnen muß – ja, an was? Wer kann sagen, was für gewaltige Dinge dort vorgehen, in Maudies herabhängendem Kopf, hinter ihren verschlossenen Augen? Ich glaube, sterben wird sie erst, wenn diese Vorgänge abgeschlossen sind. Und darum würde ich auch niemals für Euthanasie eintreten, jedenfalls nicht ohne tausend Sicherheitsmaßnahmen. Die Zuschauer, die Verwandten und liebsten Freunde, ja sie wünschen, der arme, leidende Kranke möge so schnell wie möglich sterben, weil das alles so eine fürchterliche Belastung ist. Aber könnte es vielleicht sein, daß es für die Sterbenden bei weitem nicht so schlimm ist wie für die Zuschauer? Maudie leidet Schmerzen – wenigstens zeitweise, zwischen den umwerfenden Dosen, die sie bekommt –, aber ist Schmerz denn das Schlimmste auf der Welt? Für mich war er das jedenfalls nie. Für Maudie auch nicht, als sie noch sie selber war. Wieso wendet man auf die Sterbenden, sobald sie an einem gewissen Punkt angelangt sind, nicht mehr oder nicht mehr so selbstverständlich die normal-menschlichen Kriterien an? Maudie hätte nie im Leben das, was ihr zustieß, nach dem körperlichen Schmerz beurteilt, den sie dabei empfand. Warum also sollte man annehmen, daß es jetzt bei ihr anderes ist? Vor dem Sterben fürchtet sie sich immer noch, das weiß ich, weil sie immer noch die Tür offen haben muß, diese gräßliche Tür, die so viel Lärm hereinläßt (*Leben* hereinläßt) – Fußgetrappel, Stimmen, Räder, Geschirrklappern. Aber ihre eigentlichen Gedanken haben mit Schmerzen wahrscheinlich gar nichts zu tun. Der Schmerz ist etwas, womit sie fertig werden muß; er ist da, sie spürt ihn kommen und gehen, nachlassen und sich verschärfen, sie muß ihre Haltung wechseln – Heb mich hoch, heb mich hoch! – Aber von dem, was eigentlich geschieht, haben wir nicht die leiseste Ahnung.

In der letzten Nacht ist Maudie gestorben.

Die letzten paar Tage war eine hübsche kleine dunkle Schwester zuständig, ich meine eine Weiße mit dunklem Haar und dunklen Augen, keine schwarze Schwester. Die ist lässig, gutgelaunt, sorglos. Sie kam immer mal wieder in Maudies Zimmer, half mir, Maudie anzuheben, sie hinzulegen, brachte mir eine Tasse Tee. Ich wußte, die allgemeine Meinung war, Maudie ginge es schlechter, weil mir gestern mehrmals Tee angeboten worden war. Selber konnte ich kaum einen Unterschied feststellen, höchstens daß sie wirklich unglaublich ruhelos war. Dieser Energiebolzen von Maudie in dem hohen, glatten spezialangefertigten Krankenhausbett forderte mir alles ab, ermüdete auch die kleine dunkle Schwester, bis sie zu mir sagte: »Du liebe Güte, Mrs. Somers, Sie müssen aber Kräfte haben.« Letzte Nacht geschah folgendes. Die Schwester brachte Maudies Trank herein, ein fast randvolles Glas. Es war noch nicht ganz an der Zeit, also setzte sie es nieder und ging noch einmal fort. Als sie zurückkam, war sie wegen irgend etwas in Eile, bemerkte: »Oh, ich habe Mrs. Fowlers Medizin vergessen«, und beim Aufnehmen warf sie das Glas um. Die ganze mörderische Flüssigkeit stand in Pfützen auf dem Fußboden.

Die alten Gesten des Dramas stimmen völlig, sie sind genau beobachtet: Sie zog scharf die Luft ein, ihre Augen weiteten sich vor Schrecken, beide Hände fuhren an den Mund, sie stand da, biß sich auf die Nägel und starrte auf den verschütteten Trank. Dann richteten sich diese Augen auf mich, geradezu demütig flehend, ob ich sie auch nicht verraten würde?

Ich war verblüfft, daß so eine nette, etwas luschige Schwester mich anscheinend als eine Art Tyrannin betrachtete, aber ohne ein Wort gab ich dem armen Ding zu verstehen, ich würde nichts sagen.

Sie holte Wischlappen und putzte die Bescherung auf, und unterdessen saß Maudie schweigend und mit hängendem Kopf da und verlangte nach ihrem Trank.

Nun mußte ich gestern abend auch noch eine halbe Stunde früher fort, sonst gehe ich nicht vor neun. Ich hatte zugesagt, einen Anruf aus Rom wegen der Modenschauen nächste Woche zu Hause zu erwarten.

Darum schärfte ich der Schwester ein: »Sie sorgen doch dafür, daß Mrs. Fowler ihre Medizin noch bekommt?« Jetzt ist mir allerdings klar, daß das Mädchen ihr Vergehen wahrscheinlich nicht gemeldet hat, nach ihrem Zustand zu schließen. Aber auch so bekam Maudie, wenn es ihr nachts schlecht ging, immer zusätzliche Schmerzmittel, so hatte mir das die Oberschwester erklärt.

Jetzt allerdings frage ich mich, ob das Mädchen die verschüttete Dosis vielleicht nicht ersetzt hat, ob Maudie in der Nacht etwas brauchte und es nicht bekam – kurz, ob sie an einem Übermaß von Schmerzen starb? Ich weiß es nicht und werde es nie erfahren.

Ich nahm den Anruf entgegen, arbeitete noch etwas an

Akten, die ich aus dem Büro mitgebracht hatte, nahm ein Bad, ging sehr spät zu Bett, und so um vier weckte mich das Telefon: Mrs. Fowler sei soeben gestorben, und ob ich kommen wolle.

Innerhalb von zehn Minuten war ich in der Klinik.

Um diese Stunde hatte das Haus ein gedämpftes Summen an sich, eine sanfte Vitalität, recht angenehm. Ich rannte die kalten Steinstufen hinauf und in die Station. Flüchtig sah ich zwei winzigkleine braune Mädchen, wohl Vietnamesinnen, die sich abmühten, den massigen Körper einer alten Frau aus dem Bett zu hieven. Sie sahen mich. Ich sah ihre gehetzten Gesichter: Ach du liebe Güte, noch ein Problem. Aber als sie dann bei mir waren, hatten sie alle Hetze aus dem Gesicht gelöst und lächelten freundlich, und sie erklärten, Maudie sei vor etwa einer Stunde gestorben, so nähmen sie jedenfalls an; sie hätten jedoch diese Nacht mit einer schwerkranken alten Frau alle Hände voll zu tun gehabt, und als sie nachschauen kamen, war Maudie tot.

Als letztes hatte sie noch gesagt: »Wartet einen Moment, wartet einen Moment«, als die Schwestern sie nämlich allein ließen, wie sie tun mußten, sie hatten ja noch für so viele andere zu sorgen.

»Wartet einen Moment«, hatte sie gemurmelt oder geflucht oder geschrien, als das Leben weiterwogte und sie zurückließ, aber das Leben hatte es nicht beachtet und war an ihr vorbeigeschritten.

Es hätte mich nicht im geringsten gewundert, wenn Maudie an – ja, an Wut gestorben wäre. Janna nicht hier, aber das ist sie ja nie! – und diese schwarzen Schwestern, sieh sich das einer an, ein und aus laufen sie, niemand hat Zeit für mich . . . So ist Maudie sehr wahrscheinlich gestorben. Aber ich glaube nicht, daß das das Eigentliche war, was bei ihr hinter den Kulissen ablief.

Eins der Mädchen brachte mir eine Tasse Tee. Das Ritual. Da saß ich bei der toten Maudie, die genau wie eine Schlafende aussah und sich warm und angenehm anfühlte, ich hielt ihre tote Hand und in meiner anderen Hand eine Tasse Tee. Was sich gehört, muß eingehalten werden.

Wenn ein Patient stirbt, muß man den Angehörigen eine Tasse Tee anbieten. So gehört es sich.

Herein kam die Schwester, eine andere, die Nachtschwester, oder vielleicht war sie auch die Aufsichtführende. Jedenfalls stand sie da und plauderte, sie rückte alles wieder ins Licht der Normalität. Von mir wurde erwartet, bestimmte Dinge zu sagen, und ich sagte sie: etwa, daß Maudie eine wunderbare Frau gewesen sei, daß sie ein schweres Leben hinter sich habe, daß sie alle Schicksalsschläge mit so viel Mut und Entschlossenheit gemeistert habe.

Und die Schwester hörte zu und lächelte mitfühlend.

Und dann gab es für mich nichts mehr weiter zu tun.

Mein Problem war, ich konnte mir überhaupt nicht gefühlsmäßig klarmachen, daß Maudie tot war, obwohl ich sie zum erstenmal seit Monaten still gesehen hatte; ich befürchtete sogar, sie sei womöglich gar nicht tot. Aber ihre Hand wurde schon steif und kalt, als ich sie losließ. In dem Augenblick, als ich aufstand und meine Sachen zusammensuchte, eilte eine der kleinen braunen Schwestern herein, legte Maudie die Hände über der Brust zusammen und zog ihr das Bettuch über das Gesicht. Dabei hatte sie den Blick einer Hausfrau: Das wäre erledigt! Und was jetzt? Richtig, jetzt muß ich . . .

Als ich an der Front der Klinik entlang nach Hause fuhr, sah ich die hübsche Schwester von gestern abend. Sie trug einen rötlichen Hosenanzug und hatte einen riesigen rosa Schal um Hals und Schultern geschlungen, sie sah aus wie eine reife, weiche Erdbeere. Ihr Gesicht war heiter, rosig angehaucht, träge, satt: jede Faser, jede Bewegung an ihr verkündete, daß sie die ganze Nacht im Liebesspiel verbracht hatte und in Gedanken immer noch in dem warmen Bett weilte, das sie ein paar Minuten zuvor so ungern verlassen hatte. Ihre Uniform trug sie in einer Tasche, mit der sie vor und zurück und im Kreis herum schaukelte, und sie lächelte . . . Sie war zu früh dran für ihre Schicht, ihr Plan war, sich in die Klinik und in ein Badezimmer zu schleichen und sich erst einmal frischzumachen, die Oberschwester oder Aufsichtführende würde hoffentlich nichts merken. Obwohl man sich leicht vorstellen konnte, wie diese ältere Frau, einen Tadel schon auf der Zunge, dann doch sagen würde: »Lassen wir es gut sein, aber tun Sie das nicht wieder«; wie sie dann das absolut Unfaire einer solchen Zumutung empfinden und beim Blick in das schläfrige, glückliche Gesicht ihre eigene Niederlage einsehen würde. Sie würde noch denken, na ja, wahrscheinlich bleibt sie ja doch nicht lange bei uns . . .

Das glückliche Mädchen würde nach ihrem Bad von Station zu Station gehen, wo sich alles in fieberhafter Geschäftigkeit auf die Tagesschicht vorbereitet, aber eine Freundin würde sie schon finden, die sie auffordern würde: »Klar, nimm dir eine Tasse; wie ist es draußen? Warm, nicht wahr?«

Dann, beim Antreten ihrer Schicht, würde das Mädchen gähnen, sich denken, ach, der Tag wird schnell vorbeigehen, und dann . . . Oh, Mrs. Fowler ist tot? Ist sie schon zurechtgemacht worden? Ja? Oh, prima! Denn natürlich verabscheute sie die Aufgabe, die Toten zur Besichtigung vorzubereiten, und drückt sich möglichst davor.

Als sie in Maudies Zimmer kommt und das ordentliche weiße Bett sieht, in dem sich der schmale Wulst von Maudies Körper kaum abhebt, erinnert sie sich, und wieder fahren in der uralten Geste ihre Hände an den Mund – *Oh, was habe ich getan?* –, aber dann denkt sie sich, selbst wenn sie ein oder zwei Tage früher gestorben ist als nötig, was kommt es darauf an? Sie nimmt sich vor, gleich mal auf dem Krankenblatt nachzusehen, ob Maudie in der Nacht noch einen Extratrank bekommen hat, sie würde gerne sicher sein, daß die alte Frau nicht an Schmerzen gestorben ist, aber dann vergißt sie es.

Ich rief Vera an, sobald ihr Büro aufmachte. Zu meiner und ihrer eigenen Überraschung brach sie in Tränen aus. »O Gott«, sagte sie, »tut mir leid, aber das hatte gerade noch gefehlt, es ist zuviel – wie albern von mir, sie war ja überfällig, aber . . . Geht es Ihnen einigermaßen? Hoffentlich. Ach, ich weiß nicht, warum, es war etwas an ihr dran, was war das nur?« So faselte Vera weiter, einfach aus Nervosität. Dann weinte sie wieder. Dann sagte sie noch einmal: »Wie albern von mir . . . hören Sie gar nicht hin. Die Angehörigen haben Sie kennengelernt, sagen Sie? Glauben Sie, sie werden für die Beisetzung aufkommen?«

»Leisten können sie es sich jedenfalls.«

»Ich werde sie anrufen . . . Oje, ich fühle mich so mies. Nicht nur wegen Maudie, ich habe solche Probleme. Nein, Sie sollten nicht fragen. Als ich diese Stelle annahm, nahm ich mir vor, meine Arbeit ist das eine und mein Privatleben das andere, und ich will sie nicht durcheinanderbringen. Bis jetzt ist es mir gelungen. Die Stelle habe ich angenommen, weil ich sonst durchgedreht wäre. Obwohl man sagen könnte, vom Regen in die Traufe, ich tue zu Hause ungefähr dasselbe wie bei der Arbeit – und damit wollen wir es genug sein lassen, wenn es Ihnen recht ist.«

Später rief sie zurück und erzählte, Maudies Schwester habe gesagt, Maudie hätte schließlich jahrelang eingezahlt, um anständig unter die Erde zu kommen, und sie könne beim besten Willen nichts beisteuern.

»Meine Güte«, sagte Vera, »kotzt einen das nicht an? Komisch, ich hatte schon so ein Gefühl, daß sie genau das sagen würde. Nun gut, dann wird es eben ein Begräbnis auf Gemeindekosten. Und jetzt muß ich sie um einen Gefallen bitten – würden Sie sich um die Katze kümmern? Das ist das eine, was ich nicht übers Herz bringe: wenn diese armen alten Leutchen sterben, ihre Katze zum Einschläfern zu bringen.«

Im Büro geht alles drunter und drüber, weil Phyllis zur Frühjahrsmesse nach Rom fliegt – ich wollte nicht. Sagte, ich hätte ›Probleme‹; mein Problem ist Maudies Tod. Verrückt ist das, und ich weiß es auch. Aber für mich ist es richtig so. Später Schnee, Schwierigkeiten an den Flughäfen – aber das haben wir hinter uns, sie ist fort, und ich fuhr zu Maudies Wohnung. Oh, der Gestank dort, diese dunkle, scheußliche Höhle! Ohne das prasselnde Feuer war kein Leben darin. Eine halbe Stunde verbrachte ich damit, alle alten Lebensmittel in Tüten zu packen und in die Mülltonne zu werfen. Einschließlich vollkommen brauchbarer, ungeöffneter Dosen und Gläser. Ich war einfach von dem Verlangen gepackt, reinen Tisch zu machen. Vera sagt, aus diesem Grund sagen die Entrümpelungsfirmen ab, wenn alte Leute sterben. Es geht allen so, auch den Gemeindeangestellten, die kommen und schätzen: nichts wie weg damit, wir wollen reinen Tisch machen. Maudies Bücherregale könnten in einem Antiquitätenladen ein Sümmchen einbringen, glaube ich, sie hat ein paar Stiche, die gar nicht so übel sind, eine schöne Kommode. Aber wenn ich nun Vera bitte: Sorg dafür, daß wer immer berechtigt ist, den Gegenwert dieser guten Sachen bekommt – wer wird dann davon profitieren? Niemand anders als Maudies Schwester . . .

Die Katze. Ich ging zur Hintertür, und da saß das arme Vieh draußen und wartete sicher darauf, daß Maudie zurückkäme. Vor etwa fünfzehn Jahren erschien die Katze auf Maudies Schwelle und maunzte um Hilfe. Sie war trächtig. Maudie nahm sie auf, brachte die Jungen unter, ließ die Katze sterilisieren. Nichts als Liebe und Zärtlichkeit seit damals, und jetzt plötzlich wieder ein heimatloses Tier, das vor einer Hintertür kauert. Ich suchte die Frau auf, die sie gefüttert hatte, vielleicht würde ich ja Glück haben. Aber sie war böse und schimpfte: »Wenn ich geahnt hätte, daß es so lange dauern würde! Wochen und Wochen, darauf hätte ich mich gar nicht eingelassen . . . Ich habe schließlich selber eine Katze . . .« Dann wurde sie sanfter und sagte: »Ich würde sie ja nehmen, wenn ich könnte, aber . . .«

Ich steckte die Katze in Maudies Katzenkorb und lud das schreiende Tier in mein Auto und fuhr zum Tierheim. Gerade rechtzeitig vor Torschluß.

Heute war Maudies Beerdigung

Maudie hat viele Jahre lang wöchentlich in eine Sterbekasse eingezahlt. In schweren Zeiten sparte sie sich die Beiträge vom Mund ab. Als sie aufhörte, waren fünfzehn Pfund angespart. Damals also genug, um sie anständig zu beerdigen. Sie wollte neben ihrer Mutter in Paddington liegen, aber die Gräber dort sind schon vor langer Zeit evakuiert und der Friedhof überbaut worden. Maudie wußte nicht, daß der Friedhof nicht mehr existiert, ebensowenig, daß man mit ihren fünfzehn Pfund heute kaum noch einen Totengräber bezahlen kann.

Das Begräbnis, das die Gemeinde für die mittelos Verstorbenen ausrichtet, ist ganz anständig; für mich wäre es jedenfalls gut genug, aber mir kommt es ja auch nicht auf so etwas an.

Heute wurde mir klar, daß ich bei der Beerdigung meiner Mutter und Freddies abgeschaltet habe. Dabei war ich wohl, aber das war auch alles. Bei Maudies Beerdigung war ich wahrhaftig *dabei* . . .

Ein schöner Frühlingstag, blaßblauer Himmel, schnellziehende weiße Wolken, ein paar Schneeglöckchen und Krokusse im Gras zwischen den Gräbern. Ein alter Friedhof voller Vögel.

Die Sippe rückte an, aber ohne die Urenkel, die Maudie so brennend gern kennengelernt hätte. Aber *natürlich* mutet man Kindern heutzutage ja auch so etwas Elementares wie Tod und Begräbnis nicht zu.

Dreiunddreißig Leute waren da, alle wohlhabend, gut gekleidet und selbstzufrieden.

Ich war die ganze Prozedur hindurch stinkwütend. Und da war auch die Matriarchin, schluchzte pflichtschuldigst und ließ sich auf jeder Seite von ihren ältlichen Söhnen stützen.

Hinterher kam ein Sohn eines Neffen zu mir und begann über Maudie zu sprechen. Ich sah uns dastehen, neben dem großen Hügel aus frischduftender hellbrauner Erde, ich in makelloser Beerdigungskleidung, dunkelgraues Kostüm, schwarze Handschuhe, mein schwarzer Hut (den Maudie immer so bewundert hat, sie sagte, er sei ein Wunderwerk!), schwarze Schuhe mit meterhohen Absätzen, schwarze Seidenstrümpfe. Ich hatte mich richtig in Schale geworfen, um diesem Haufen zu zeigen, wie hoch ich Maudie schätzte.

Und da stand er, ein armseliger kleiner grauer Mann, und ich begann mich zu fragen, auf *wen* ich eigentlich wütend war. Er lächelte, er tat sein Bestes.

Er fing an: »Tante Maudie hatte schon Sinn für Humor, o ja, sie war immer für einen kleinen Scherz zu haben . . .«

Und er erzählte mir eine Geschichte, die ich oft aus Maudies eigenem Mund gehört hatte. Sie putzte für Leute, die eine Obstund Gemüsehandlung hatten, und die Frau fragte Maudie: »Möchten Sie gern die ersten frischen Erdbeeren der Saison probieren?« Und stellte der erwartungsvollen Maudie eine einzige Erdbeere auf einem schönen Teller vor die Nase, dazu Zuckerdose und Sahne. Maudie aß die Erdbeere und sagte dann zu der Frau: »Vielleicht möchten Sie einmal die Kirschen von dem Baum in meinem Hinterhof kosten?« Brachte der Frau eine einzelne saftstrotzende Kirsche in einer großen braunen Papiertüte und kündigte auf der Stelle.

Inzwischen hatten sich noch mehrere Verwandte dazugesellt. Einige hatte ich bei jenem Mittagessen gesehen, andere kannte ich noch nicht. Sie waren neugierig auf Maudies feine Freundin.

Ich sagte: »Sie hat auch oft die Geschichte erzählt: Sie war arbeitslos, sie hatte Grippe gehabt und ihre Stelle als Putzfrau verloren. Ohne einen Pfennig in der Tasche ging sie nach Hause und betete, lieber Gott, hilf mir, bitte hilf mir, Gott . . . Und da sah sie vor sich auf der Straße ein Halbkronenstück liegen. Und sie sagte: Danke, Gott. Sie ging in den nächstbesten Laden und kaufte sich ein Rosinenbrötchen und aß es an Ort und Stelle auf, solchen Hunger hatte sie. Dann kaufte sie Brot, Butter, Marmelade und Milch ein. Ein Sixpencestück behielt sie übrig. Auf dem Heimweg ging sie in die Kirche und tat das Sixpencestück in den Opferstock und sagte zu Gott: Du hast mir geholfen, jetzt helfe ich dir.«

Gesichter um mich her, unschlüssig, ob sie lachen sollten oder nicht. War das nun ein Scherz? Maudie war doch immer so zu Scherzen aufgelegt gewesen! Voller Zweifel blickten sie alle drei und sahen einander an, sie fragten sich, ob es angebracht sei, weitere Anekdoten zu erzählen. Und ich dachte, was soll das eigentlich? Sie hatten Maudie doch schon vor Jahren einfach abgeschrieben. Die Schwester (sie schluchzte hörbar, als die Erde auf den Sarg plumpste): Sie hatte es für sich nicht verarbeiten können, wie sie Maudie benutzt und dann entlassen hatte, wieder benutzt und wieder entlassen; sie hatte Maudie aus dem einen oder anderen Grund für *unmöglich* erklärt – und also konnte die Familie sie vergessen. Ich stand da und sah in die verlegenen, *dummen* Gesichter, und ich beschloß, mir über sie nicht den Kopf zu zerbrechen.

Und trotz allem hatten sie noch das letzte Wort: Als ich in meinen Wagen steigen wollte, kam einer der ältlichen Söhne zu mir und sagte in gutmütigem, herablassendem Ton: »Jetzt werden Sie sich ja wohl eine neue Nebenbeschäftigung suchen, nicht wahr?«

So war das also.

Als ich nach Hause kam, war ich außer mir vor Wut, ich stürmte durch die Wohnung, knallte Türen zu, machte Krach und grummelte vor mich hin. Wie Maudie.

Als Jill aus dem Büro heimkam, blieb sie eine Weile stehen und sah mich an, dann kam sie zielbewußt auf mich zu, nahm mich bei der Hand und führte mich zu meinem Ohrensessel.

Ich stand noch daneben, da langte sie nach meinem Hut, und ich nahm ihn ab und gab ihn ihr.

»Wunderschöner Hut, Janna«, sagte sie.

Sie guckte auf meine Handschuhe, und ich zog sie aus und reichte sie ihr.

»Wunderschöne Handschuhe.«

Sie setzte mich sanft in meinen Sessel, holte einen Schemel und hob meine Beine darauf.

»Wunderschöne Schuhe«, sagte sie.

»Ich bin so wütend!« sagte ich. »Ich bin so wütend, daß ich daran fast ersticke.«

»Das sehe ich.«

»Wenn ich mich erst gehenlasse, wenn meine Wut nachläßt, werde ich heulen und schreien.«

»Auch keine schlechte Idee.«

»Jetzt bin ich aber erst mal wütend.«

»Hauptsache, du weißt, auf *wen* du wütend bist«, sagte Nichte Jill und ging, mir eine Tasse Tee zu machen.

Doris Lessing

»In Doris Lessings Erzählungen geht es fast immer um die Unmöglichkeit einer glücklichmachenden Liebe. Sie beschreibt genau, manchmal voller Sarkasmus und Ironie, meistens jedoch mit großer Nüchternheit, wie aus dem großen Glück allenfalls ein kleines, meistens jedoch nur ein Unglück wird… Zum Beispiel in der Geschichte ›Unsere Freundin Judith ‹: da wird eine Frau beschrieben, die versucht, mit allen Konventionen und Erwartungen zu brechen, die ganz bei sich bleibt, ihr eigenes Leben lebt und von sich sagt, sie tauge eher zur Geliebten denn zur Ehefrau. Kühl und nüchtern, ohne begründende Erklärungen, ist von einer die Rede, die ohne die großen Schmerzen auskommt; aber: obwohl dieser Ausblick beruhigend ist, die Bitterkeit über die verlorenen Wünsche bleibt.«

Manuela Reichart